DONGSUH MYSTERY BOOKS 115

THREE—ACT TRAGEDY

3막의 비극

애거서 크리스티/강남주 옮김

동서문화사

옮긴이 강남주(姜南周)
수산대 및 부산대 대학원 졸업. 시인. 한성여대·수산대·부산여대 출강. 지은책 시집 《해저의 숲》, 논문 《포크너 소설의 악의 표출문제》 등이 있다.

DONGSUH MYSTERY BOOKS 115

3막의 비극

애거서 크리스티 지음/강남주 옮김
초판 발행/1977년 12월 1일
중판 발행/2003년 11월 1일
발행인 고정일/발행처 동서문화사
창업 1956. 12. 12. 등록 16-345(윤)
서울강남구신사동 540-22 ☎ 546-0331~6 (FAX) 545-0331
www.epascal.co.kr

*

편찬·필름·제작 일체 「동판」 자본으로 이루어짐에 따라
출판권 소유권자 「동판」에서 제조출판판매 세무일체를 전담합니다.
사업자등록번호 211-90-02201
ISBN 89-497-0211-8 04840
ISBN 89-497-0081-6 (세트)

3막의 비극
차례

3막의 비극
제1막 의혹······ 11
제2막 확신······ 58
제3막 발견······ 138

퀸 씨 등장
퀸 씨 등장······ 280

포아로의 혜안 번뜩이는 크리스티 탁월한 수법······ 305

등장인물

새터드웨이트   예술과 연극 후원자

찰스 카트라이트 경   은퇴한 연극배우

바이얼릿 밀레이 양   찰스 경의 비서 겸 하녀

바솔로뮤 스트레인지 경(톨리)   의사. 신경과 권위자

존 엘리스   바솔로뮤 집안의 집사

드 러시브리저   바솔로뮤 의사의 환자

허미온 리튼 고어(에그)   고어 부인의 젊은 딸

메리 리튼 고어 부인   에그의 어머니

스티븐 배빙턴   늙은 목사

마거릿 배빙턴   스티븐 배빙턴의 아내

안젤라 서트클리프(앤지)   여배우

프레디 데이크리스   해군 대령

신시어 데이크리스   프레디 데이크리스의 아내. 의상실 경영

앤터니 애스터(윌스)   여성 극작가

올리버 맨더스   저널리스트를 지망하는 청년

에르퀼 포아로   사립 탐정

제1막 의혹

1

새터드웨이트 씨는 까마귀장(莊) 테라스에 앉아 집 주인인 찰스 카트라이트 경이 바다로 이어진 샛길로 올라오는 것을 지켜보고 있었다. '까마귀장'은 멋들어지게 보이는 현대식 방갈로였다. 박공이니 도리 등 건축가들이 중요하게 여기는 군더더기가 이 건물에는 아예 없었다. 꾸밈 없는 튼튼하고 새하얀 건물로서 겉보다 실제의 모습이 훨씬 컸다. '까마귀장'이라는 이름은 이 건물이 루마스 항구를 높은 곳에서 굽어보는 자리에 세워졌기 때문에 붙여진 이름이다. 사실 튼튼한 난간이 둘러쳐져 있는 테라스 한쪽 구석은 아래쪽 바다까지 병풍을 펼친 듯한 벼랑으로 이루어져 있었다. 찻길로 가면 까마귀장은 시에서 1.6킬로미터 떨어진 곳에 있었다. 까마귀장으로 이어지는 길은, 뭍을 지나서 바다를 끼고 갈지자 꼴로 높다랗게 나 있었다. 어부들이 다니는 가파른 샛길을 걸어가면 7분 만에 닿을 수 있었다. 지금 마침 찰스 카트라이트 경이 올라오고 있는 길이 바로 그 샛길이다.

찰스 경은 햇볕에 그을은, 늠름해 보이는 중년 남자였다. 낡은 잿빛 플란넬 바지에 흰 스웨터를 입은 그가 두 손을 가볍게 움켜쥐고 몸을 양 옆으로 조금 흔들며 걸어오고 있다. 그를 보면 누구나 첫눈에 이렇게 말하리라.

"저 사람은 퇴역 해군 장교로군. 틀림없어."

그러나 직감력이 좀더 날카로운 사람이라면 아무래도 어딘지 어설픈 점이 느껴져, 그렇게 분명히 말할 수는 없을 것이다. 그러면 어떤 연극의 한 장면이 절로 떠오른다. 배의 갑판에, 그것도 진짜 배가 아니라 호화롭고 두툼한 막이 쳐져 있는 배의 갑판에 한 사나이, 찰스 카트라이트 경이 서 있다. 햇빛이 아닌 조명이 그의 몸을 비추고 있다⋯⋯. 반쯤 움켜쥔 손, 느릿한 걸음걸이, 천천히 기분좋게 울리는 목소리, 영국 뱃사람 특유의 꽤 교만스러운 말투 등등.

"아니, 당신 질문에는 아무래도 대답하기가 어렵군요."

찰스 카트라이트 경이 말했다.

그러자 무거운 막이 서서히 내려오고 극장 안의 전등이 한꺼번에 켜지며 관현악단의 연주가 절정으로 접어들자, 이윽고 나비 매듭을 머리에 붙인 꽤나 호들갑스러운 매점원의 "초콜릿? 레모네이드는 어떠세요?" 하는 목소리가 들리기 시작한다. 이렇게 해서 찰스 카트라이트 경이 밴스턴 사령관 역할을 연기하는 〈바다의 외침〉 제1막이 끝나게 되는 것이다.

테라스에서 새터드웨이트 씨는 아래를 굽어보며 미소지었다.

너무 말라 질흙으로 만든 작은 항아리와 같은 사나이인 새터드웨이트 씨는 예술과 연극의 후원자였다. 그는 완고하고 사리에 어둡기는 하나 유쾌하며 귀족적인 취미를 지닌 사나이였기 때문에 유력한 집안의 파티나 사교계 모임에는 꼭 모습을 드러냈으며, 그가 기록한 방문객 명부의 끝머리에는 으레 '앤드 미스터 새터드웨이트'라는 글씨가 씌어 있었다. 게다가 그는 꽤 약삭빨랐으며 사람이나 사물에 대한 관찰력이 아주 날카로웠다.

새터드웨이트는 고개를 흔들면서 중얼거렸다. "뜻밖이야. 아니, 이건 정말 예기치 못한 일인걸."

테라스에서 발소리가 나자 새터드웨이트는 뒤를 돌아보았다. 커다란 몸집에 머리가 희끗희끗한 사나이가 의자를 앞으로 당겨 앉았다. 인정이 있으면서도 어딘지 날카로워 보이는 중년 얼굴, 이 사나이가 무슨 일을 하는지 똑똑히 알 수 있었다. 할리 거리(영국 런던의 거리 이름. 일류 의사들이 모여 있는 동네)의 의사인 바솔로뮤 스트레인지 경은 의사로서 대단한 성공을 거두고 있었다. 신경과 권위자로, 얼마 전 국왕 탄신일에는 '기사' 작위까지 받았다.

그는 새터드웨이트 씨 옆으로 자기 의자를 끌어당기면서 말했다.

"대체 무엇을 예기치 못했다는 겁니까? 이야기나 들어봅시다, 네?"

새터드웨이트 씨는 미소지으며 아래쪽 샛길을 재빨리 올라오고 있는 사람을 가리켰다.

"뭐, 찰스 경이 이런 섬에서 귀양살이 비슷한 생활을 하면서도 줄곧 만족하고 있다는 말이지요."

"그것은 나도 정말 예기치 못했습니다." 이렇게 말하고는 바솔로뮤 경은 몸을 뒤로 벌렁 젖히며 웃었다.

"나는 찰스 경을 어렸을 적부터 알고 있지요. 우리들은 옥스퍼드 대학에 함께 다녔지만 저 친구는 조금도 달라진 데가 없습니다. 무대 위에서보다 실생활에서 연기가 더욱 뛰어나지요. 찰스 경은 1년 내내 연극을 하고 있습니다. 그렇게 하지 않을 수 없는 거지요. 그것은 그에게 있어 제2의 천성일 겁니다. 방에서 나가는 것도 찰스 경에게는 '퇴장'입니다. 게다가 퇴장할 적에는 언제나 재치있는 대사를 되뇌어야만 한다고 생각하고 있지요. 또한 저 사람은 일인다역을 좋아합니다. 두 해 전에 그는 무대에서 물러났습니다. 속물들이 북적거리는 도시를 떠나 소박한 시골 생활 속에서 예전에 자신이 품고 있던 바다에 대한 몽상에 잠기고 싶다고 말입니다. 그래서 그는 여기에 와서 이 집을 지었습니다. 소박한 시골집인 셈이지요. 소박하다고는 하지만 욕실이 3개나 되고 설비 또한 최신식이지요.

참, 새터드웨이트 씨, 나도 당신과 같은 생각입니다. 나는 그가 이런 생활을 언제까지나 계속하리라고는 생각하지 않습니다. 결국은 찰스도 사람이니까요. 그 친구에게는 관객이 필요합니다. 두서너 사람의 퇴역 장교와 할머니들, 그리고 목사 한 사람. 이 정도의 관객뿐이라면 그가 인기를 얻는 관객으로서는 충분하지 않습니다. 내 생각으로는 '바다를 연모하는 천진난만한 사나이'는 아마도 여섯 달쯤 계속될 겁니다.

아무튼 솔직하게 말해서 그쯤 되면 그 친구는 해군 장교 역할에 싫증을 내고 말 거예요. 다음 포스터를 메울 광고는 '몬테카를로의 은둔자'이거나 '스코틀랜드 고지의 대지주'일 겁니다. 그 친구는 뭐든지 척척 해내는 재주꾼이니까요. 찰스 경은 말이오."

의사는 이야기를 그쳤다. 꽤 긴 이야기였다. 아래쪽에서 혼자 올라오는 사나이를 지켜보는 그의 눈에는 애정과 흥미가 넘치고 있었다. 이윽고 저 사나이도 테라스로 올라와 두 사람과 자리를 함께 할 것이다. 바솔로뮤 경은 다시 말을 이었다.

"하지만 우리가 잘못 생각하고 있는지도 모르죠. 소박한 생활의 매력은 길게 가는 법이니까요."

"자기 자신을 연극적으로 꾸미는 사나이는 때로는 사람들에게 얕보이게 됩니다. 사람들은 그의 성실함을 진심으로 받아들이지 않으니까요." 새터드웨이트 씨가 말했다.

"정말 그렇습니다. 그건 정말이에요."

그는 곰곰이 생각에 잠겨 대답했다.

"오!" 라는 명랑한 목소리가 들리고, 이어 찰스 카트라이트가 테라스 위로 훌쩍 뛰어올라왔다.

"미라벨호가 여느때 볼 수 없었던 실력을 발휘해 주었네. 새터드웨이트, 자네도 같이 갔으면 좋았을 텐데."

새터드웨이트 씨는 고개를 저었다. 이제까지 그는 영국 해협을 몇 번이나 건넜지만 그럴 때마다 배멀미 때문에 무진 고생을 해야만 했다. 게다가 새터드웨이트 씨는 그날 아침 미라벨호를 침실 창문에서 내다보고 있었는데, 그때 강한 뒷바람이 불고 있어서 자기가 단단한 땅 위에 있는 것을 하늘에 감사했던 것이다.

찰스 경은 마실 것을 가져오라고 했다. 그는 친구에게 말을 걸었다.

"톨리, 자네도 같이 갔으면 좋았을걸. 자네는 할리 거리에서 인생의 반을 보내면서, 환자들에게는 바다 생활이 얼마나 좋은지 설득하고 있지 않나?"

"아니 아니, 의사의 가장 큰 특권은 말이야, 자기 자신의 충고에 따르지 않아도 좋다는 것이라네." 바솔로뮤 경이 말했다.

찰스 경은 웃음을 터뜨렸다. 그러나 무의식적이기는 하지만 그는 그 와중에도 딱딱하고 쾌활한 해군 장교 역을 연기하고 있었다.

찰스 경은 가까이에서는 도저히 쳐다볼 수 없을 정도로 잘생긴 얼굴을 하고 있었다. 훤칠하게 균형잡힌 몸집과 조금 마르고 유머러스한 얼굴. 흰 머리가 섞인 머리카락이 이마 위에 늘어뜨려져 있는 것이 이 사나이의 풍모를 더욱 두드러지게 만들고 있었다. 첫째로는 신사, 둘째로는 배우라는 그의 인품을 잘 나타내고 있다.

"혼자 갔었나?"

의사가 물었다.

"아닐세."

찰스 경은 그렇게 말하고, 쟁반을 들고 있는 늘씬한 객실 하녀에게서 자기가 마실 것을 받으려고 뒤돌아보았다.

"조수가 있었어. 분명히 말하면 에그라는 아가씨야."

그의 이 목소리에는 희미하나마 자기 의식의 어느 한 부분이 엿보여서 새터드웨이트 씨는 날카로운 눈빛으로 얼굴을 들었다.

"리튼 고어 양 말인가? 그녀는 언제나 항해에 대해서 얼마쯤은 알고 있다고 말하더군."

"그녀와 견준다면 나는 마치 풋내기 해군 병사 같았는데, 이만큼 할 수 있게 된 것도 모두 그녀 덕분이지."

찰스 경은 조금 분한 듯이 웃었다.

여러 가지 상상이 잇달아 생겨나 새터드웨이트 씨 머릿속을 스치고 지나갔다.

'그렇다, 에그 리튼 고어……. 그래, 어쩌면 그녀가 있어서 그가 이 고장에 싫증을 느끼지 않는지도 모르지. 그녀는 아주 매력적이니까.'

찰스 경은 이야기를 계속했다.

"바다보다 좋은 것은 없네. 태양, 바람, 바다, 그리고 우리 집은 잠시 쉬었다 가는 오두막집이지."

이렇게 말하고 그는 자못 기쁜 듯이 뒤의 흰 건물을 돌아다보았다. 욕실이 셋이나 있고 침실마다 더운 물과 찬물이 나오며, 최신식 중앙 난방 설비와 최신식 전기 기구가 갖추어져 있다. 뿐만 아니라 하녀만 하더라도 여느 하녀와 우두머리 하녀 말고도 객실을 맡아 보는 하녀와 부엌일을 맡아 보는 하녀까지 있다. 그러므로 찰스 경이 말하는 '잠시 쉬었다 가는 생활'이라는 말은 꽤나 부풀려 있는 셈이다.

키가 크고 보기 드물게 못생긴 여자가 집에서 나와 세 사람이 있는 곳으로 다가왔다.

"잘 잤소, 밀레이 양？"

"안녕히 주무셨어요, 찰스 경？"

밀레이 양은 다른 두 사람에게는 머리를 숙이는 시늉만 해보였다.

"이것이 오늘 만찬 메뉴입니다. 어떻게 할까요, 바꾸시겠습니까？"

찰스 경은 메뉴판을 받더니 나지막하게 말했다. "음, 캔털루프 멜론(멜론의 하나. 열매 곁에 그물눈이 없고 혹처럼 생긴 돌기가 있으며 세로 홈이 있음)에 보르시치 수프(육수와 양배추, 고기와 비트, 토마토퓌레 등을 재료로 해서 만드는, 붉은 색이 도는 진한 수프), 신선한 고등어, 뇌조(닭목 들꿩과 새. 고산지대와 극지방 평지에서 서식함), 수플레 스프라이즈, 카나페 다이안(작은 정어리, 치즈 등을 얹은 요리)……. 아니, 아주 훌륭하오, 밀레이 양. 손님들은 오후 4시 30분 기차로 오실 거요."

"벌써 홀게이트에게 일러 두었습니다. 그리고 찰스 경, 만일 실례가 안 된다면 오늘 밤 저도 여러분과 함께 식사를 할 수 있도록 허락해 주시겠습니까？"

찰스 경은 움찔했다. 그러나 정중하게 말했다.

"괜찮소, 밀레이 양. 참석해요, 그런데 무슨 일로？"

밀레이 양은 조용히 설명했다. "그렇게 하지 않으면 테이블에 앉는 사람이 열셋이 됩니다. 사람들은 보통 13이라는 숫자에 대한 미신을 믿기 때문에……."

밀레이 양의 말투로 짐작건대, 밀레이 양 자신은 그런 일은 조금도 염두에 두지 않으며, 매일 밤이라도 만찬 테이블의 열세 번째 자리에 앉을 수 있을 것처럼 보였다.

"이제 준비는 모두 끝났습니다. 홀게이트에게 메리 부인과 배빙턴 부부를 자동차로 모셔오라고 말해 두었습니다. 그래도 괜찮겠습니까？"

"음, 그대로요. 그렇지 않아도 당신에게 그 일을 부탁하려던 참이었소.”

못생긴 얼굴에 조금 자랑스러워 하는 듯한 미소를 떠올리며 밀레이 양은 물러갔다.

“정말 굉장한 여자라네. 나는 이따금 그녀가 내 이까지도 닦아 주러 오지나 않을까 하고 생각할 때가 있어.”

찰스 경은 그저 감탄할 따름이라는 듯이 말했다.

“대단히 똑똑한 여자로군.” 스트레인지가 말했다.

“그녀가 내 밑에서 일한 지도 벌써 여섯 해나 지났네. 처음에는 런던에서 내 비서로서, 또 지금은 여기 이곳에서. 정말 저 여자는 아무도 못 당할 만큼 똑똑하다네. 시계처럼 여기 일을 도맡아 꾸려 나가고 있어. 그런데 그녀가 이제 와서 여기 일을 그만두려고 하는 것 같아.”

“왜?”

찰스 경은 의아스럽다는 듯이 콧잔등을 쓰다듬었다.

“그녀가 말하기를, 자기에게는 병약한 어머니가 있다는 걸세. 하지만 나는 그런 말을 믿지 않네. 저런 여자는 어머니가 없는 법이니까. 그녀는 발전기에서 자연발생적으로 생겨났다고나 할까. 아마도 반드시 뭔가 다른 이유가 있을 걸세.”

“틀림없이 있을 게 뻔하지. 남들이 수군거리고 있으니까…….”

바솔로뮤 경이 말했다.

“남들이 수군거리고 있다고? 뭐라고들 수군거리고 있나?”

찰스 경이 놀라서 되물었다.

“찰스 경, 그 소문이 어떤 것인지쯤은 자네도 알고 있잖은가?”

“자네가 말하는 그 소문이라면, 그럼 저 여자와 나에 대한 소문이라는 뜻인가? 그 얼굴에다, 그 나이의 여자와 나하고?”

“그녀는 아마 쉰 살이 채 되지 않았을걸.”

"그럴 테지."

찰스 경은 그 일을 곰곰이 생각하고 나서 말했다.

"그런데 진지하게 하는 말인데, 톨리, 자네는 지금까지 그녀의 얼굴을 주의하여 본 적이 있나? 눈이 둘, 코가 하나, 입이 하나……. 하지만 그것은 자네가 얼굴이라고 부르는 그런 게 아닐세. 적어도 여자 얼굴이 아니란 말이지. 이 근방에서 스캔들을 좋아하는 심술궂은 여자라도 그 얼굴을 스캔들과 정면으로 결부시킬 수는 없을걸."

"자네는 영국 노처녀의 상상력을 너무도 낮게 평가하는군."

찰스 경은 고개를 저었다.

"나는 그렇게는 생각하지 않아. 밀레이 양에게는 영국 노처녀마저도 인정할 욕지기가 치미는 듯한 거드름이 있단 말일세. 그 여자는 미덕과 거드름을 동시에 가진 여자지. 그러나 쓸모는 있네. 나는 언제나 비서를 쓸 때 되도록이면 못생긴 여자를 택하고 있어."

"현명한 사람일세, 자네는."

찰스 경은 잠시 말없이 무슨 일인가를 생각하고 있었다. 그의 기분을 바꾸어 주려고 바솔로뮤 경이 물었다.

"대체 오늘 오후에 누가 오는가?"

"한 사람은 안젤라일세."

"안젤라 서트클리프 말인가? 그거 참, 잘된 일이로군."

새터드웨이트 씨는 흥미롭다는 듯이 몸을 앞으로 내밀었다. 그는 이 집의 파티 손님이 알고 싶어 견딜 수 없었다. 안젤라 서트클리프는 이름난 여배우이다. 이미 젊다고는 할 수 없지만 위트와 매력이 넘쳐서 여전히 대중들에게 사랑을 받고 있었다. 그녀는 곧잘 엘렌 테리의 후계자라고 추켜 세워지기도 했다.

"그리고 데이크리스 부부."

새터드웨이트 씨는 혼자 고개를 끄덕였다. 데이크리스 부인은 큰 성공을 거두고 있는 디자이너로서 앰브로신이라는 의상실을 경영하고 있었다. 흔히 연극 프로그램에 '제1막에 나오는 블랭크 양의 옷은 앰브로신 의상실에서 만든 것입니다'라고 씌어 있다.

그녀의 남편 데이크리스 해군 대령은 그가 자랑으로 여기는 경마에서 쓰는 '다크호스'라는 말에 꼭 어울리는 사람이었다. 그는 경마에 꽤 많은 시간을 투자하고 있었다. 한때는 그랜드 내셔널 레이스 ^(1839년 영국에서 시작된 전국 규모의 경마 대회. 머지사이드 주 에인트리에서 매년 열림)에 몸소 출전하기도 했었다. 무슨 일인지는 아무도 모르지만 소문이 퍼진 걸 보면 거기에 무엇인가 시끄러운 일이 있었던 듯싶다. 아무도 조사해 보지 않았고 뚜렷하게 밝혀진 사실 또한 하나도 없어서 모르지만, 프레디 데이크리스에 대한 이야기가 나오면 사람들은 눈살을 찌푸렸다.

"또 극작가 앤터니 애스터도 오기로 되어 있네."

"〈일방통행〉을 쓴 여자로군. 그것이라면 나는 두 번이나 보았네. 대박을 터뜨린 연극이었지." 새터드웨이트 씨가 말했다. 그는 앤터니 애스터를 알고 있는 것이 아주 자랑스러운 듯했다.

"바로 그대로라네. 그런데 그녀의 진짜 이름이…… 참, 윌스라고 했던 것 같아. 꼭 한번 만난 적이 있는데, 안젤라를 기쁘게 해주기 위해 불렀다네. 이상이 파티에 오는 사람들일세."

"그리고 이 지역 사람들은?" 바솔로뮤가 물었다.

"맞아, 이 지역 사람들을 잊고 있었네. 그렇지, 배빙턴 부부를 빠뜨렸어. 배빙턴은 목사인데 아주 좋은 사람이야. 목사 티를 별로 내지도 않고 게다가 부인이 참으로 사람이 좋아. 나에게 원예를 가르쳐 주고 있어. 이 두 사람이 오기로 되어 있어.

그리고 메리 부인과 에그 양. 그게 다야. 아니지, 맨더스라는 젊은이가 있지. 그는 신문기자인가 뭔가 하는 젊은 놈인데 잘 생겼다네. 자, 이것으로 끝이야."

새터드웨이트 씨는 성격이 꼼꼼했다. 그는 손님의 숫자를 하나하나 세어 보았다.

"먼저 서트클리프 양으로 한 사람…… 데이크리스 부부로 세 사람 …… 앤터니 애스터로 네 사람…… 메리 부인과 그 따님으로 여섯 사람…… 목사 부부로 여덟 사람…… 맨더스라는 젊은이까지 넣으면 아홉 사람에다 우리들까지…… 모두 열 두 사람이로군. 찰스 경, 자네나 밀레이 양이 잘못 계산했어, 틀림없네."

"밀레이 양이 잘못 계산할 리가 없지." 찰스 경이 확신에 차 말했다. "그녀는 결코 실수하지 않아. 하지만 잠깐만……. 아, 자네 말이 맞네. 내가 손님 하나를 빠뜨렸네. 까맣게 잊고 있었어." 그는 소리 내어 웃었다.

"그다지 반가운 손님은 아니야. 내가 지금까지 만난 사람 가운데 가장 잘난 체하는 작은 악마 같은 사람이라네."

새터드웨이트 씨의 눈이 번쩍 빛났다. 이 세상에서 가장 자부심이 강한 것은 배우라고 생각해 왔던 것이다. 그는 찰스 카트라이트 경 또한 예외라고는 생각하지 않았다. 이런 경우가 '자기 일은 쏙 빼놓고 남의 말만 한다'는 것으로 받아들여져서 새터드웨이트 씨는 마냥 재미있어했다.

새터스웨이트 씨는 짐짓 물어보았다.

"그 자부심이 강한 사람이 누군데?"

"이상한 녀석이야. 하지만 오히려 '이름난 거렁뱅이'라고 말하는 편이 좋을지도 모르지. 자네도 언젠가 소문을 들은 적이 있을 걸세. 에르퀼 포아로, 벨기에 사람이지."

"탐정이지? 만난 일이 있어. 정말 대단한 사람이더군."

새터드웨이트 씨가 말했다.

"제법 한다 하는 뛰어난 사람이야." 찰스 경이 말했다.

"나는 아직 만난 일이 없네. 그 사람 소문은 익히 들었지만 말일세. 그런데 얼마 전에 은퇴하지 않았나? 하기야 내가 이제까지 들은 건 거의 다 소문이지만. 글쎄, 아무튼 찰스 경, 나는 이 주말에는 범죄가 없기를 바라네."

바솔로뮤 경이 말했다.

"그건 또 어째서이지? 우리들이 탐정을 초대했기 때문에 그런가? 그렇다면 수레를 말 있는 곳으로 끌고 오는 거나 마찬가지지. 이야기 앞뒤가 뒤바뀌었다네, 톨리, 안 그런가?"

"아무튼 그것이 나의 지론일세." 바솔로뮤 경이 대답했다.

"바솔로뮤 씨, 당신의 지론이란 대체 어떤 것입니까?"

새터드웨이트 씨가 물었다.

"언제든 사건이 사람을 찾아오지, 사람이 사건이 있는 곳으로 다가가지는 않는다는 것이지요. 왜 어떤 사람들은 눈부신 생활을 하고 있는데 다른 사람들은 지루한 생활을 보내고 있는 걸까요? 환경 때문일까요? 천만에!

어떤 사나이가 지구 끝까지 여행했다고 합시다. 그러나 여행 도중에는 그 사나이에게 아무런 일도 일어나지 않습니다. 오히려 그가 도착하기 1주일 전에 대학살이 일어났을지도 모르며 그가 떠난 다음날에 지진이 있을지도 모릅니다. 또 그가 히미디면 타려고 갰던 배가 난파될지도 모릅니다.

그런데 이와 반대되는 사람이 있다고 가정해 봅시다. 런던의 밸헴 지구에 살면서 날마다 시내만 통근할 뿐이던 한 사나이가 불의의 사고를 당할 수도 있을 겁니다. 그는 협박단에 휩쓸릴지도 모르고 예쁜 여성이나 자동차 강도 등에게 당할지도 모릅니다. 난파당할 운명의 사람도 있는 법이라서, 비록 아름답고 잔잔한 호수를 배로 건너다가도 재난은 닥쳐오겠지요. 이것과 마찬가지로 에르퀼 포아로 같은 사람은 일부러 범죄를 찾아나서지 않더라도 범죄 쪽에서 먼저 알아서 다가오는 겁니다."

"그렇다면 밀레이 양에게 우리 파티에 참석하도록 하여 만찬 테이블에 앉은 사람이 열세 사람이 되지 않도록 하면 되겠군."

새터드웨이트 씨가 말했다.

"좋아, 자네가 그토록 바라는 일이라면 살인 사건을 만날 수 있을 걸세, 톨리. 다만 나는 한 가지 조건을 붙이겠네. 즉, 내가 죽는 일은 없다는 것일세."

이 말에 세 남자는 웃으면서 집 안으로 들어갔다.

2

새터드웨이트 씨가 여느때 품고 있는 관심의 대상은 주로 '사람'이었다. 특별히 그는 남성보다 여성에게 더 많은 흥미를 갖고 있었다. 따라서 새터드웨이트 씨는 남자지만 여성을 너무나 잘 알고 있었다. 그의 성격은 여성적인 면이 있어 이것이 그의 여성 심리 통찰에 도움을 주고 있었다. 그러나 그는 이제까지 여성으로부터 믿음은 받아 왔을지언정 진지한 상대가 된 적은 한번도 없었다. 그래서 그는 가끔 이점을 조금은 쏩쓰레하게 여기고 있었다. 그 자신이 언제나 특별석에서 연극을 보고 있기는 하지만 한번도 실제로 무대에 서 본 적은 없다고 느끼는 것이었다. 하지만 구경꾼 역할이야말로 확실히 그에게 가장 어울리는 일이었다.

그날 저녁, 새터드웨이트 씨는 현대적인 장식가가 배의 특등석처럼 교묘하게 장식한 테라스에 잇닿은 홀에 자리잡았다. 그는 신시어 데이크리스의 정교하게 물들인 머리카락에 눈길을 주고 있었다. 완전히 색다른 색조였다. 파리에서 직접 수입한 것인지, 진귀하지만 꽤 효과적으로 녹색 기운이 감도는 브론즈 빛이었다. 데이크리스 부인의 인상을 여기서 말하기란 불가능한 일이다. 그녀는 키가 크고 날씬하며 매순간 상황에 걸맞는 완벽한 태도를 취할 수 있는 여자였다. 목과 팔은 시골에서 여름 햇볕에 그을린 갈색이었다. 그러나 자연스럽게 햇볕에 그을린 것인지 일부러 그렇게 한 것인지는 알 수 없었다. 녹색 기운이 감도는 브론즈 빛 머리는 런던의 일급 미용사만이 할 수 있는 교묘하고 참신한 모양으로 손질되어 있었다. 사이를 둔 눈썹이며 마스카라를 칠한 속눈썹이며 아주 아름답게 화장한 얼굴, 그리고 입술은 립스틱으로 본디 곧은 선의 자취 같은 걸 아예 남기지 않고 곡선으로 그려져 있었다. 그러나 이것들은 그녀의 야회복에 비하면 마치 부속물로밖에는 보이지 않았다. 실제로는 그렇지도 않지만 얼른 보아서는 그저 아무렇게나 재단된 듯한, 그것도 첫눈에는 수수해 보이면서도 어딘지 광채를 간직한 듯한 이 야회복은 진귀한 재질로 되어 있어 깊고 색다른 푸른빛을 띠고 있었다.

"아주 굉장한 여자로군." 새터드웨이트 씨는 감탄의 눈길로 그녀를 흘끗 보며 말했다. "정체는 도무지 알 수 없지만……."

물론 지금 새터드웨이트 씨는 그녀의 마음에 대해서 말한 것이며, 겉모습을 말하고 있는 건 아니었다.

장소에 맞게 점잔을 빼는 느릿한 그녀의 목소리가 들려왔다.

"어머나, 그것은 안 돼요. 모든 일에는 할 수 있는 것과 할 수 없는 것이 있기 마련이에요. 이건 안 돼요. 그건 날카로워요."

'그건 날카롭다.' 이 말은 새로 생긴 말이었다.

찰스 경은 신이 나서 칵테일을 흔들며, 장난스러운 입매에 예쁜 눈을 가진 키가 큰 은발의 부인 안젤라 서트클리프와 즐겁게 이야기하고 있었다.

데이크리스는 바솔로뮤 스트레인지와 이야기하고 있었다.

"누구나 래디스본 노인이 제정신이 아니라는 것은 알고 있어요. 마구간에서는 모두들 알고 있어요."

그는 톤이 높은 목소리에 말꼬리를 길게 늘이는 투로 말했다. 작은 몸집에 붉은 얼굴을 한 여우 같은 사나이. 코밑수염을 기르고 교활해 보이는 눈초리를 하고 있었다.

새터드웨이트 씨 옆에는 윌스 여사가 앉아 있었다. 그녀의 〈일방통행〉은 요 몇 년 동안 런던에서 상연된, 가장 위트가 풍부하고 대담한 희곡 가운데 하나로 손꼽히고 있었다. 윌스 여사는 키카 크고 말랐으며 짧은 턱에 아름다운 머리, 그러나 머리의 웨이브는 볼품이 없었다. 그녀는 코안경을 쓰고 너덜너덜한 녹색 모슬린을 몸에 걸치고 있었다. 목소리는 날카로워 알아듣기가 힘들었다.

"저는 남프랑스에 갔었지요. 하지만 그다지 즐겁지는 않았어요. 도무지 친근감이 안 드는 거예요. 하지만 물론 제 일에는 도움이 되었지요. 그 고장의 모든 상황을 보는 일, 그것이 도움이 되거든요."

새터드웨이트 씨는 생각했다. '불쌍한 여자로군. 성공한 덕분에 속세의 구속에서 벗어나고자 빌려 둔 본마우스의 집에서 멀리 떠나 있을 수밖에 없는 거야. 그곳이야말로 그녀가 살고 싶어하는 고장이건만……'

새터드웨이트는 작품과 그 작가 사이에 서로 일치하지 않는 것이 있음에 놀랐다. 앤터니 애스터가 자기 희곡에서 묘사하고 있는 저 교양 있고 세상 일에 익숙한 감각은 실제 윌스 여사에게서는 눈곱만치도 엿보이지 않는다. 새터드웨이트 씨는 그녀의 코안경 속에서 빛나는, 좀 색다른 총명함으로 가득 찬 연푸른 눈동자에 눈길이 쏠렸다. 그 눈동자가 바야흐로 저울짓하듯이 자기를 바라보고 있어서 새터드웨이트 씨는 조금 당황하였다. 마치 윌스 여사는 그를 송두리째 외어

버리려는 것만 같았다.

찰스 경은 마침 칵테일을 따르고 있었다.

"칵테일을 가져다 드리지요."

새터드웨이트 씨는 윌스 여사에게 말하며 의자에서 벌떡 일어났다.

윌스 여사는 소리내어 웃으며 말했다. "아무쪼록 부탁하겠어요."

이때 문이 열리며 하녀 템플이 메리 리튼 고어 부인과 배빙턴 부부가 도착했음을 알렸다.

새터드웨이트 씨는 윌스 여사에게 칵테일을 가져다 준 다음 메리 리튼 고어 옆으로 다가갔다. 그는 작위에는 꼼짝을 못했다. 그러나 그런 속물근성이야 어떻든, 그는 아무래도 숙녀가 좋았다. 그리고 메리 부인은 말 그대로 전형적인 숙녀였다.

딸이 3살이었을 때 아주 가난한 과부 신세가 되어 버린 그녀는 루마스의 작은 집에 와서 헌신적인 하녀 하나와 함께 살고 있었다. 키가 크고 말랐으며 쉰다섯 살 치고는 겉늙어 보였다. 그녀의 표정은 사랑스러우면서도 수줍은 데가 있었다. 딸을 아주 귀여워하고 있었지만 정말은 이 딸이 그녀의 속을 얼마쯤 썩이고 있었다.

무슨 이유에서인지는 몰라도 '에그'로 통하는 허미온 리튼 고어는 어머니와 거의 닮지 않았다. 허미온은 좀더 활동적인 타입의 여자였다. 새터드웨이트 씨는 허미온이 미인은 아니라고 단정했다. 하지만 매력적인 여자임에는 틀림없었다. 새터드웨이트 씨는 허미온에게 있는 매력의 원천이 넘쳐흐르는 활력에 있다고 생각했다. 허미온은 적어도 이 방 안에 있는 누구보다도 두 배는 원기가 있어 보였다. 허미온은 검은 머리에 잿빛 눈을 가지고 있으며 키는 보통이었다.

허미온이 사람들에게 어리광스러운 듯한 젊음과 넘치는 활력을 느끼게 하는 데에는 목 언저리에서 곱슬곱슬하게 늘어뜨린 머리 매무새, 똑바로 사람을 바라보는 잿빛 눈, 광대뼈의 곡선, 그리고 사람을 매혹하는 웃는 모습 등의 매력 때문이었다.

허미온은 막 도착한 올리버 맨더스와 서서 이야기하고 있었다.

"왜 항해에 싫증이 났는지 모르겠어요, 예전에는 퍽 좋아했잖아요?"

"나도 어른이 된 거야, 에그."

올리버는 눈썹을 치켜올리며 느릿느릿 말했다.

잘생긴 젊은이다. 아마 스물다섯 살쯤 되었으리라. 그의 뛰어난 외모에는 어색한 구석이 조금도 없었다. 더욱이 그 밖에 또 다른 무엇, 이국적인 느낌까지 있었다. 어딘지 모르게 영국인이 아닌 듯한 데가 있어 보였다.

또 다른 누군가가 올리버 맨더스를 바라보고 있었다. 달걀처럼 생긴 머리에 자못 이색적인 콧수염을 기른, 몸집이 작은 사나이였다. 새터드웨이트 씨는 문득 붙임성이 좋았던 에르퀼 포아로를 떠올렸다. 새터드웨이트 씨는 이 사나이가 일부러 호들갑스럽게 외국 사람임을 지나치게 떠벌리는 게 아닐까 하고 의심했다. 포아로의 조그맣고 반짝반짝 빛나는 눈은 마치 이런 말을 하는 것처럼 보였다. '저를 당신들을 위해 희극을 연기하는 광대라고 생각하시나 보군요, 물론 당신들의 바람대로 해 드려도 좋겠지요!'

하지만 어떤가, 벌써 에르퀼 포아로의 눈에는 반짝임은 사라지고 없었다. 진지해 보였으나 조금은 슬픈 듯한 표정이었다.

루마스 교구 목사 스티븐 배빙턴이 다가와서 메리 부인과 새터드웨이트 씨 사이에 끼어들었다. 그는 나이로는 예순을 훨씬 넘겼지만 친절해 보이는, 이미 빛을 잃은 눈을 가진 자못 조용하고 수줍어하는 듯한 노인이었다.

그는 새터드웨이트에게 말했다. "저희들은 찰스 경이 루마스에 함께 살고 있어서 아주 행복하게 생각합니다. 아주 친절하고 너그러우신 분이지요, 정말 기분좋은 이웃입니다. 메리 부인도 아마 동감일 거라고 생각합니다만……."

메리 부인은 미소지었다. "저는 그분을 아주 좋아해요, 그분은 성 공했다고 해서 결코 자만에 빠지지 않았어요, 게다가 여러 가지 의미 에서" 여기서 더욱 활짝 웃으면서 말했다. "아직 소년 같아요,"

여성은 어디까지나 영원히 모성적인 것을 잃지 않는구나 하고 새터 드웨이트 씨가 생각하고 있느라니 객실 하녀가 칵테일 쟁반을 가지고 다가왔다. 빅토리아 왕조 태생인 새터드웨이트 씨는 메리 부인의 이 특징에 동감하는 바가 있었다.

"어머니, 칵테일 한 잔 드세요, 아주 조금만……."

잔을 손에 든 에그가 성큼 다가와서 말했다.

"고마워," 메리 부인이 부드럽게 말했다.

"내 아내도 내가 한 잔쯤 마시는 것은 눈감아 줄 것으로 생각합니 다," 옆에 있던 배빙턴은 이렇게 말하며 성직자답게 조용히 웃었다.

새터드웨이트 씨는 배빙턴 부인을 흘끗 보았다. 배빙턴 부인은 찰 스 경과 비료에 대해서 열심히 이야기하고 있었다. 새터드웨이트 씨 는 그녀가 아주 맑은 눈을 가지고 있다고 생각했다.

배빙턴 부인은 몸집이 크고, 약간 수선스러워 보이는 여자였다. 터 질 것 같은 활력이 넘쳐흘러 하찮고 옹졸한 일은 딱 질색이라는 듯이 보였다. 찰스 카트라이트가 말했듯이 좋아 보이는 여자였다.

메리 부인이 이때 몸을 앞으로 내밀며 말했다.

"우리가 들어왔을 때 당신과 이야기하고 있던 그 젊은 여자분은 누 구였나요? 그러니까, 녹색 옷을 입은……."

"극작가 앤터니 애스터입니다,"

"뭐라구요? 저 얼굴이 파리한 젊은 분이!" 그녀는 목을 움츠리 더니 말했다. "어머나, 제가 이상한 소리를 했군요! 하지만 이상해요, 그분은 도무지 극작가처럼 보이지 않는걸요, 뭐. 마치 평범한 보모 같아 보였어요."

그 말은 윌스 여사의 모습에 참으로 들어맞는 묘사여서 새터드웨이트 씨는 웃음을 터뜨렸다.

배빙턴 씨는 안경을 낀 부드러운 눈으로 온 방 안을 둘러보고 있었다. 그는 칵테일을 한 모금 마시더니 낮게 기침을 했다. 칵테일에 익숙지 못하구나 생각하자 새터드웨이트 씨는 재미가 있었다. 아마도 배빙턴은 칵테일이 낯설고 별로 좋아하지 않는 것이다. 배빙턴은 얼굴을 조금 찌푸리고 과감하게 한 모금 더 마시고 나서 말했다.

"저기 계시는 저 부인인가요? 아니, 어떻게 된 일이지?"

배빙턴은 목에 손을 가져갔다. 에그 리튼 고어의 목소리가 울렸다.

"올리버, 이 엉터리 고리대금업자 같으니!"

새터드웨이트 씨는 생각했다. '과연 바로 그대로야. 이국적인 느낌은 아니었어. 유대인이야!'

저들은 얼마나 어울리는 한 쌍인가. 둘 다 저렇듯 젊고 잘생긴 데다 말다툼하는 것도 똑같았다. 이것은 건강하다는 증거이다.

그때 새터드웨이트 씨는 옆에서 무언가 기묘한 소리를 들었다. 배빙턴 씨가 일어나서 비틀거리며 여기저기를 걸어다니고 있었는데, 얼굴이 심하게 떨리고 있었다.

메리 부인이 일어나서 걱정스러운 듯이 손을 내밀고 있었지만 방 안 사람들의 관심을 끈 것은 에그의 맑은 목소리였다.

"어머나, 배빙턴 씨가 어디 편찮으신가 봐요."

바솔로뮤 스트레인지 경이 재빨리 앞으로 나오더니 괴로워하는 목사를 거의 안다시피 부축하여 방 한구석에 있는 긴 의자로 데리고 갔다. 다른 사람들은 긴 의자 둘레에 몰려와 모두 어찌할 바를 몰라하고 있었다.

2분 뒤, 바솔로뮤 경은 일어나서 고개를 저었다. 에둘러서 이야기해봐야 소용없다는 것을 깨달았는지 무뚝뚝하게 말했다.

"딱하게도 돌아가셨습니다."

3

"잠깐이라도 좋으니 이리 와 주게나, 새터드웨이트."

찰스 경이 문에서 고개를 내밀고 말했다. 배빙턴 씨가 갑작스럽게 죽고 나서부터 1시간 30분이나 지났다. 소동은 끝나고 평정을 되찾았다. 메리 부인이 흐느껴 우는 배빙턴 부인을 부축해서 방에서 데리고 나갔고, 나중에는 부인을 이끌고 목사관으로 가 버렸다. 밀레이 양은 민첩하게 전화로 그 고장의 의사를 불렀고, 의사가 도착하여 진찰을 끝냈다. 간단한 식사가 끝난 뒤 사람들은 서로 의논한 끝에 저마다 방으로 물러갔다.

새터드웨이트 씨도 물러가려는데 목사가 죽은 그 거실 문에서 자기를 부르는 찰스 경의 목소리를 들었다. 새터드웨이트 씨는 희미하게 몸이 떨리는 것을 진정하며 안으로 들어갔다. 바솔로뮤 경은 벌써 죽은 사람을 보기 싫어할 만한 나이였다. 왜냐하면 이제 곧 그 자신도……

'하지만 어째서 이런 일을 생각하는 거지? 나는 앞으로 스무 해는 끄떡없어.' 새터드웨이트 씨는 힘을 내면서 스스로를 타일렀다. 거실에는 찰스 경과 바솔로뮤 스트레인지 경 단 두 사람만 있을 뿐이었다. 그는 새터드웨이트 씨를 보더니 머리를 끄덕이며 말했다.

"이 사람이 왔으니 다 잘될 거야. 새터드웨이트 씨와 함께 의논해 보지요. 이분은 인생을 알고 있으니까요."

조금 놀란 새터드웨이트 씨는 바솔로뮤 경 옆에 놓인 팔걸이의자에 앉았다. 찰스 경은 방 안에서 왔다갔다 하고 있었다. 그전처럼 가볍게 손을 움켜 쥐지도 않고, 지금은 도무지 해군 같은 모습은 보이지 않았다.

"찰스 경은 배빙턴 노인의 딱한 죽음을 즐기고 있을 까닭이 없습니다."

바솔로뮤 경이 말했다.

새터드웨이트 씨는 얼마나 서투른 감정 표현인가 하고 생각했다. 그야 누구든 죽음을 '즐길' 사람은 없으리라. 그는 바솔로뮤 경이 쓴 이 당돌한 '즐긴다'는 말에 다른 뜻이 있다고 생각했다.

"이 얼마나 애처로운 일인가!"

새터드웨이트 씨는 자기의 말에 신경을 쓰며 말했다.

"참으로 애처롭기 이를 데 없는 일이야."

그는 생각난 듯이 갑자기 몸을 떨며 그렇게 덧붙였다.

"음, 하지만 아주 성가신 일이 되었군요."

바솔로뮤 경이 의사 특유의 직업적인 태도로 말했다.

찰스 카트라이트 경이 걷기를 멈추었다.

"톨리, 지금까지 이와 비슷하게 죽은 사람을 본 일이 있나?"

바솔로뮤 경은 잠시 생각에 잠기더니 거기에 대해 대답했다. "아니, 본 적이 있다고는 말할 수 없네." 그는 잠깐 사이를 두더니 말을 이었다. "난 자네가 상상하는 만큼 많은 사람의 죽음을 겪어 보지는 못했어. 신경과 의사는 환자를 죽인다기보다는 살려 두고서 돈을 쥐어짜내는 쪽이지. 맥두걸이 아마 나보다 죽은 사람을 훨씬 더 많이 보았을 거야."

밀레이 양이 불러온 맥두걸은 루마스의 으뜸가는 의사였다.

"맥두걸은 배빙턴이 죽는 것을 보지 못했어. 그가 달려왔을 적에는 이미 배빙턴은 이 세상 사람이 아니었어. 그로서는 다만 우리들이나 자네가 말한 일밖에는 아는 게 없어. 그는 발작의 하나일 거라고 말하더군. 배빙턴이 이제 나이가 들어서 건강이 썩 좋지는 않았다면서 말이야. 아무래도 나로선 수긍이 되지 않지만 말이야."

찰스 경이 말했다.

새터드웨이트 씨가 불평하듯 말했다. "아마 맥두걸도 이해가 가지 않았을 거야. 하지만 의사는 뭐라고 말을 해야 해. '발작'이란 말은 교묘한 말이지. 즉 의미가 없지만 여느 사람에게는 그럭저럭 이해시킬 수 있어. 더욱이 배빙턴은 나이가 많고, 요즘에 와서는 건강 상태도 그렇게 좋지 않았는가 보더군. 그의 아내 또한 그렇게 말했어. 무언가 겉보기만으로는 알 수 없는 결함이 있을지도 모르지."

"그것은 전형적인 경련, 아니 발작이라고 하는 것이었을까?"

찰스 경이 물었다.

"전형적인 뭐라고 했나?" 새터드웨이트 씨가 물었다.

"어떤 병의 전형적인 특징 말일세."

"만일 자네가 의학 공부를 했더라면 전형적인 보기 같은 것은 거의 없다는 걸 알 걸세." 바솔로뮤 경이 대신 대답했다.

"대체 자네는 무엇을 말하고 싶은 건가, 찰스?"

새터드웨이트 씨가 물었다.

찰스 경은 대답하지 않았다. 그는 손으로 까닭 모를 손짓을 해보였다.

바솔로뮤 경은 히죽 웃고 나서 말했다. "찰스 경 또한 모르고 있습니다. 극적인 가능성에 그의 마음이 저절로 쏠리는 거지요."

찰스 경은 손을 내저었다. 그의 얼굴은 심각한 생각에 잠겨 있는 듯했다. 그는 고개를 조금 흔들었다. 새터드웨이트 씨는 찰스 경의 몸짓이 누군가와 닮았다고 생각했으나 생각이 나지 않아 짜증스러웠다. 그러나 마침내 누군지 알아냈다. 아리스티드 뒤발이었다. 미궁에 빠진 사건의 헝클어진 실타래를 풀어 가는 비밀 경찰의 우두머리다.

다음 순간 새터드웨이트 씨는 똑똑히 알 수 있었다. 찰스 경은 걸으면서 저도 모르게 절룩거리고 있었다. 아리스티드 듀발이 절름발이 사나이라는 것은 유명한 사실이었다.

바솔로뮤 경은 찰스 경의 까닭을 알 수 없는 의심에 철저하게 상식적으로 비판을 가했다.

"자네는 대체 무엇을 의심하고 있는 거지, 찰스? 자살? 아니면 타살? 죄 없는 늙은 목사를 누가 무엇 때문에 죽이려 했겠나? 그것은 완전히 헛된 생각이야. 그러면 자살? 그렇지, 그럴지도 모르네. 하지만 배빙턴이 자살하고 싶다고 생각할 만한 동기를 상상해 보게나."

"동기가 무엇일까?"

바솔로뮤 경은 천천히 고개를 흔들었다. "우리들이 어떻게 남의 마음속에 숨겨진 비밀을 알 수 있겠나? 이를테면 배빙턴이 암 같은 불치병에 걸렸다고 생각해 보세. 그런 것이라면 동기가 될 수도 있지. 자기의 병 간호로 아내를 고생시키고 싶지는 않다고 생각했을 거야. 이것은 물론 어림짐작일 뿐이지만, 배빙턴이 스스로 죽음을 바라고 있었다고는 생각하지 않아."

"나도 자살이라고는 생각지 않아." 찰스 경이 말했다.

바솔로뮤 스트레인지가 다시 낮은 목소리로 소리내어 웃기 시작했다.

"확실히 그렇지. 자네는 타당성 따위는 개의치 않는군. 자네가 구하는 것은 요컨대 센세이션이야. 이를테면 칵테일 속에 들어 있는, 지금까지 일찍이 규명되지 않은 독약과 같은 그 무엇이……."

찰스 경은 찌푸린 얼굴로 의미심장하게 말했다.

"나는 결코 그런 것을 바라지 않아. 무엇보다도 톨리, 그 칵테일은 내가 직접 만들었어."

"그렇다면 갑작스레 살인광이라도 되었다는 건가? 우리 경우는 징후가 늦게 나타나는가 보군. 그럼, 우리 모두 내일 아침까지는 죽겠구먼."

"그만 해! 농담하지 말아……. 하지만……."

찰스 경은 망설이는 듯이 입을 다물었다.

"난 농담하는 게 아니야." 바솔로뮤 스트레인지가 대답했다.

바솔로뮤 경은 말투를 바꾸었다. 이번에는 장중하지만 동정심이 없는 말투였다.

"나는 배빙턴 노인의 딱한 죽음을 놓고 농담하고 있는 게 아니야. 다만 자네의 어림짐작에 일침을 가하려는 것뿐이야. 찰스 자네가 나머지 다른 사람들에게 무분별하게 피해를 끼치는 일은 없도록 하기 위해서이지."

"피해라고?" 찰스 경이 되물었다.

"새터드웨이트 씨, 당신이라면 내가 무슨 말을 하는지 알 수 있겠지요?"

"음, 그래요." 새터드웨이트 씨가 말했다.

바솔로뮤 경이 말하기 시작했다.

"자네의 그 같은 시시한 의심은 명백히 해로운 것이네. 모르겠어, 찰스? 이러한 일은 금방 퍼지고 말아. 분명하지 않은 경우, 더구나 근거라고는 눈씻고 찾아볼 수도 없는 잘못된 어림짐작은 엄청난 말썽을 불러일으킬 뿐만 아니라 배빙턴 부인을 괴롭힐 수도 있네. 나는 이러한 종류의 사건이라면 두서너 가지 알고 있어……. 갑작스러운 죽음, 시시껄렁한 두서너 가지 소문, 결국 이것은 온 마을에 퍼지게 되네. 소문은 더욱더 널리 퍼져 그때는 이미 누구 한 사람의 노력으로는 어떻게 해볼 수 없는 지경까지 가는 거야. 이제 그만두게나, 찰스, 그것은 정말 잔인하고 쓸데없는 짓이야. 바로 자네의 그 턱없는 상상력 때문에 말이야."

배우 찰스 경의 얼굴에 망설이는 빛이 나타났다. "거기까지는 생각을 못했어." 그는 시인했다.

"자네는 대단한 사람이야, 찰스, 하지만 자네는 그 상상력과 함께 도피를 하는 버릇이 있어. 자, 찰스, 자네는 저 순진한 노인을 죽이고 싶어하는 녀석이 있다고 믿는가?"

"믿지는 않아. 그리고 자네 말처럼 이런 일은 바보스러운 짓이야. 미안하네, 톨리. 하지만 나로서는 단순히 장난으로 그런 것은 아니었어. 정말로 무언가 이상하다는 예감이 들었던 거야."

찰스 경이 말했다.

새터드웨이트 씨는 가볍게 헛기침을 했다.

"그럼 이렇게 생각해 보게. 배빙턴 씨는 그 방에 들어가 자기의 칵테일을 입에 대자마자 몸 상태가 나빠졌다. 그렇지, 나는 그가 칵테일을 마시면서 얼굴을 찡그리는 것을 우연히 보고 있었어. 나는 다만 그 사람이 칵테일에 익숙지 못해서 그런가 보다 생각했지. 그러나 아까 배빙턴 씨가 무언가 곡절이 있어 자살하려고 했을지도 모른다는 바솔로뮤 경의 가설이 옳다면, 어떨까? 하지만 다른 하나의 가설인 타살설은 아주 우스꽝스럽게 생각되겠지만 동시에 충분히 있을 수 있는 일이라고도 생각해. 하지만 타살설보다는 자살설 쪽이 더 가능성이 많은 것 같군.

그런 일은 있을 수 없을지도 모르지만, 배빙턴 씨가 우리가 보지 못하는 사이에 칵테일 잔에 무언가를 집어넣었던 것은 아닐까? 있을 수 있는 일이네. 자, 아직 이 방에 있는 물건에는 아무도 손을 대지 않은 것 같아. 칵테일 잔은 그때 그대로의 자리에 놓여져 있어. 이것이 배빙턴 씨의 칵테일 잔이야. 나는 여기에 앉아 그 사람과 이야기하고 있었기 때문에 잘 알 수 있어. 바솔로뮤 경에게 이 잔을 분석해 달라고 하게. 그러면 아주 은밀하게, 소리 소문 없이 끝날 게 아닌가."

바솔로뮤 경은 의자에서 일어나 그 잔을 집어들었다.

바솔로뮤 경이 말했다.

"알겠네. 이봐 찰스, 진과 베르무트(포도주에 여러 가지 향료를 가미시킨 술) 외에 아무것도 없다는 것에 10파운드를 걸겠어."

"나도 좋아." 찰스 경은 한 몫 거들면서 한층 더 쓸쓸레한 웃음을 지었다. "톨리, 내 공상에는 자네 책임도 있어."

"내가 말인가?"

"그렇지, 오늘 아침 자네가 한 범죄 이야기 때문일세. 에르큘 포아로라는 사나이는 가는 곳마다 범죄가 그를 따라 오는, 폭풍우의 바다제비 같은 사람이라고 자네가 말했잖아. 그 사나이가 도착하자마자 여기에서 갑작스럽게 사람이 죽는 이런 기괴한 사건이 일어났어. 물론 내 생각은 곧 타살 쪽으로 기울어지지만……."

"그런데 나는……" 하고 새터드웨이트 씨는 말하려다가 입을 다물었다.

"참, 나도 이제야 생각이 나네만……. 어때, 톨리? 포아로가 이번 일을 대체 어떻게 생각하는지를 들어 보는 게? 난 그게 탐정에 대한 예의라고 생각하는데……." 찰스 카트라이트 경이 말했다.

"미묘한 문제로군. 나는 의학상의 예의는 알지만 탐정에 대한 예의 같은 건 내 알 바 아니야." 새터드웨이트 씨가 중얼거렸다.

"자네는 전문 가수에게 노래를 청하지 못하네. 그와 마찬가지로 전문 탐정에게 수사를 부탁할 수 있을까? 그야말로 아주 미묘한 일이지."

"다만 하나의 의견일 뿐이야." 찰스 경이 말했다.

그때 조용히 문을 두드리는 소리가 나고 미안해하는 듯한 에르큘 포아로의 얼굴이 나타났다.

"오, 들어 오십시오. 안 그래도 우리는 방금 당신 이야기를 하고
있었습니다."

"방해가 된 건 아닌가요?"

"무슨 말씀을. 한 잔 드시겠습니까?"

"고맙습니다만 위스키는 아예 입에 대지 않습니다. 시럽이라면 조
금쯤……."

그러나 찰스 경에게 '시럽' 따위는 '마시는 액체' 개념에는 포함되
어 있지 않았다. 손님인 포아로를 의자에 앉히더니 찰스 경은 곧 요
점으로 들어갔다.

"쓸데없이 에둘러서 말하고 싶지는 않습니다. 우리는 마침 당신 이
야기를 하고 있었습니다, 포아로 씨. 그리고 오늘 밤의 사건에 대
해 이야기를 주고받고 있었지요. 자, 어떻습니까? 이상하다고는
생각하지 않으십니까?"

포아로의 눈썹이 올라갔다.

"이상하다고요? 어떤 것이 이상하다는 말입니까?"

바솔로뮤 스트레인지가 입을 열었다.

"제 친구는 배빙턴 노인이 살해된 것으로 생각하고 있습니다."

"그러면 당신도 그렇게 생각합니까?"

"우리들은 먼저 당신은 어떻게 생각하는지가 알고 싶습니다."

포아로는 조심스럽게 말했다.

"물론 배빙턴 씨는 갑작스레 돌아가셨지요. 정말로 갑자기 말입니
다."

"네, 그렇지요." 새터드웨이트 씨는 자신의 자살설과 그 칵테일 잔
을 분석해 달라고 했다는 제안을 포아로에게 들려 주었다.

포아로도 같은 의견이라는 듯이 고개를 끄덕였다. "아무튼 우선은

그렇게 하는 것도 괜찮겠지요. 사태를 파악해보건대 저 사람 좋고 죄 없는 노신사를 없애려고 할 사람은 한 사람도 없을 것 같습니다. 하물며 자살설도 저로서는 선뜻 이해되지 않습니다. 그러나 그 어느 쪽이든 칵테일 잔이 가르쳐 줄 겁니다."

"그래, 분석 결과는 어떠하리라고 생각하십니까?"

포아로는 어깨를 으쓱했다.

"저에게 말씀하시는 겁니까? 억측이지요. 당신은 지금 저더러 그 분석 결과를 알아맞히라고 말씀하시는 거로군요."

"그렇습니다."

"그렇다면 아주 고급 마티니 찌꺼기만 발견될 뿐이라고 생각합니다." 포아로는 찰스 경에게 가볍게 고개를 숙이며 말을 이었다. "쟁반에 담아 돌려진 많은 칵테일 잔 가운데 하나로 사람을 독살한다……. 그렇습니다, 그러려면 아주 어렵고도 골치아픈 기교가 필요하지요. 그리고 가령 남에게 호감을 주는 어떤 목사가 자살하고 싶어했다 하더라도 저는 그가 파티 석상에서 그 일을 감행하리라고는 생각하지 않습니다. 그렇게 한다면 파티에 온 다른 사람들의 일은 아예 고려조차 하지 않은 것이 되고 맙니다. 더욱이 저는 배빙턴 씨가 생각이 깊은 분이라는 인상을 받았습니다."

포아로는 여기서 말을 잠시 끊었다가 다시 이어서 말했다. "이상이 저의 의견입니다. 물어보시기에 말씀드렸습니다만……."

잠시 침묵이 흘렀다. 이윽고 찰스 경이 깊은 한숨을 쉬더니 일어나 창문을 열고 밖을 내다보고 나서 말했다. "바람은 한 군데를 빙글빙글 돌고 말았군."

찰스 경은 이제 해군 사관으로 되돌아갔다. 그에게서 비밀 탐정은 사라져 버리고 없었다. 하지만 관찰력이 뛰어난 새터드웨이트 씨로서는 찰스 경이 연기를 하려다가 결국 실패한 탐정 역에 미련을 가지고 있음을 문득 느낄 수 있었다.

4

"그런데 당신은 어떻게 생각하시나요, 새터드웨이트 씨? 정말 어떻게 생각하세요?"

새터드웨이트 씨는 주위를 둘러보았다. 빠져 나갈 길은 없었다. 에그 리튼 고어는 그를 멋들어지게 낚시터인 방파제 끝까지 몰아넣었다. 이처럼 요즘 젊은 여성들은 정말이지 아주 무자비하고 활발하다.

"찰스 경이 에그 양에게 그런 생각을 갖도록 한 모양이군."

새터드웨이트 씨가 말했다.

"아뇨, 그분은 그러지 않으셨어요. 전부터 생각하고 있었던 일이에요. 처음부터 머릿속에 있었던 거예요. 게다가 이번 일은 너무나 갑작스러운 사건이었어요."

"그 사람은 노인이고 건강도 그다지 좋지 않았으니……."

에그는 새터드웨이트 씨가 하려는 말을 가로막았다.

"그런 '잠꼬대' 같은 말을 하시다니! 그분은 신경통으로 류머티즘성 관절염 증세가 있었어요. 하지만 그런 것쯤으로는 당신이라 할지라도 발작으로 쓰러지거나 하지는 않을걸요. 배빙턴 씨 또한 지금까지 한 번도 발작 같은 것은 일으키지 않으셨대요. 그분은 아흔 살까지도 사실 수 있었을 거예요. 그분은 마치 저 얌전히 삐걱거리는 문짝 같은 분이었어요. 당신은 어떻게 생각하세요?"

"모든 것이 지극히 정상인 것 같은데……."

"맥두걸 선생의 사망 진단서를 어떻게 생각하시느냐는 거예요. 더없이 전문적이었지요. 몸 안 여러 기관에 대한 상세한 진단서였어요. 하지만 그 말들 속에는 무언가 숨기려는 게 있다는 것을 눈치채지 못하셨어요? 맥두걸 씨가 한 말은, 그러니까 이런 거예요.

'이 죽음이 자연적인 원인에 따른 것이 아니었다는 걸 증명하는 것은 아무것도 없다.' 말하자면 맥두걸 씨는 자연사라고는 말하지 않았어요."

"에그 양, 그 말은 좀 모순인 것 같은데⋯⋯."

"저는 지금 맥두걸 의사가 한 말을 이야기하고 있는 거예요. 그도 이상하다고 생각했던 거지요. 하지만 근거가 없었던 거지요. 그래서 의학 용어나 늘어놓고 달아나지 않을 수 없었던 거예요. 바솔로뮤 스트레인지 경은 어떻게 생각하실까요?"

새터드웨이트 씨는 바솔로뮤 스트레인지 경이 내린 소견 몇 가지를 에그에게 되풀이하여 말해 주었다.

"그분은 이번 일 같은 것에는 코웃음치셨겠지요? 물론 그분은 신중하실 거예요. 런던 할리 거리의 이름난 분이시니까 말이에요."

에그는 생각에 잠겨 말했다.

"어쨌든 그 칵테일 잔에는 진과 베르무트 성분밖에 없었지."

새터드웨이트 씨는 에그의 주의를 일깨웠다.

"그것은 그렇지만 검사 뒤에 일어난 일이 이상한 것 같아서⋯⋯."

"의사가 에그 양에게 뭐라고 말했나?"

"저에게 한 게 아니고, 올리버에게 말했어요. 올리버 맨더스, 그 사람도 그날 밤 만찬에 참석했지만 아마 당신은 기억하지 못하시겠지요?"

"아니야, 그 사람이라면 아주 잘 기억하고 있어. 에그 양과 가까운 사이지?"

"전에는 그랬지만 요즘은 만나기만 하면 싸워요. 그 사람은 런던 시내 숙부님 사무실에서 일하고 있어요. 일년 내내 '이놈의 일 때려치우고 저널리스트가 되고 싶다'고 그래요. 글은 그런대로 잘 써요. 그리고 점점 그 말대로 되어 가고 있다고 생각돼요. 부자가 되고 싶은 거지요. 사람들은 누구나 다소 돈에 대해 혐오감을 갖고 있는데 말이지요. 어떻게 생각하세요, 새터드웨이트 선생님?"

새터드웨이트 씨 가슴속 깊이 그녀의 젊음이, 거침없고 건방져 보이는 그녀의 앳된 생각이 전해져 왔다.

"이봐요, 에그 양. 저마다 사람들에겐 나름대로 혐오하는 대상이 따로 있는 법이지."

"대부분의 사람들은 아무리 생각해도 탐욕스러워요." 에그는 동의를 얻었다는 듯 말했다. "제가 배빙턴 노인의 일로 가슴 아파하는 것도 그 때문이에요. 그분이 저의 마음에 꼭 들었었어요. 그분은 견진성사(가톨릭 교회 7성사 중 하나, 세례성사 다음에 받는 의식) 같은 걸 받도록 했고, 그분의 일이라는 게 대부분 쓸데없는 이야기를 늘어놓는 것인데도 그분은 그 일에 정말 진지하셨어요. 그분은 정말 정이 많은 분이었어요. 새터드웨이트 씨, 저는 진심으로 그리스도교를 믿습니다. 어머니처럼 성서며 이른 아침 기도 같은 게 있는 그리스도교가 아니라 좀더 이성적으로, 즉 역사의 일부분으로서의 그리스도교를 믿지요. 교회라는 곳은 성 바울의 전통이니 뭐니 하여 아주 혼잡스럽고⋯⋯. 사실 교회는 아주 번잡해요. 하지만 그리스도교 자체는 그렇지 않지요. 제가 올리버처럼 공산주의자가 될 수 없는 까닭은 이 때문이에요. 실제로 우리의 신념은 거의 같은 곳을 지향하고 있어요. 인민의, 인민 전체가 소유권을 가지는⋯⋯. 다른 점도 있지만 이것에 대해서는 이 이상 말씀드릴 필요가 없겠지요. 하지만 배빙턴 부부는 참다운 크리스천이었어요. 찔러 대든가 캐묻든가 나무라든가 하시지 않았고, 게다가 두 분 모두 사람이나 사물에 대해서 무정하게 대하는 일이 결코 없었답니다. 두 분 모두 저에게는 아주 좋은 분들이었지요⋯⋯. 로빈도 그렇구요."

"로빈?"

"두 분의 아드님이에요. 인도에 갔다가 그만 죽고 말았지요. 당시 저는 로빈에게 폭 빠져 있었어요."

에그는 눈을 들었다. 그녀의 눈길은 잠시 바다 저편에 가 있었다. 이윽고 그녀의 관심은 새터드웨이트 씨와 현실로 되돌아왔다.

"네, 이해하시겠어요? 제가 이번 일에 대해 크게 느끼는 까닭을? 저는 결코 자연사가 아니라고 봐요."

"이봐요, 에그 양!"

"아주 이상한 일이에요! 선생님도 이상하다는 건 인정하셔야 해요."

"하지만 에그 양 스스로도 확실히 배빙턴 부부가 이 세상에 적 따위를 가질 사람은 아니라고 말했잖나?"

"그 점이 아주 이상하다니까요. 납득할 만한 동기 같은 걸 도무지 생각할 수 없어요."

"거참! 칵테일 속에는 아무 것도 없었다니까."

"틀림없이 누군가가 그분에게 피하주사라도 놓았을 거예요."

"남미 인디언 화살 독약이라도 넣은 주사를 말인가?"

새터드웨이트 씨가 점잖게 놀렸다.

에그는 생긋 웃었다. "그거예요! 아무런 상처 자국을 남기지 않는 굉장한 독! 어머나, 선생님은 그 방면에 대해 아주 잘 아시네요. 언젠가는 반드시 우리가 옳았다는 것을 아시게 될 거예요."

"우리라니?"

"찰스 경과 저지요." 그녀의 얼굴이 희미하게 붉어졌다. 새터드웨이트 씨는 누구네 집의 책장에나 반드시 《인용구사전》이 있었던 시절의 사고방식으로 모든 사물을 생각했다.

　　나이는 여자의 갑절이나 되고
　　볼에는 옛날의 칼자국 상처 남아 있고

멍들고 햇볕에 그을린
그를 사모하고 사랑한 것이
내 운명의 끝장이었네.

　새터드웨이트 씨는 인용 글귀가 생각난 것이 조금 부끄러웠다. 테니슨(19세기 영국 시인)도 오늘날에 와서는 거의 사람들의 입에 오르내리지 않는 것이다. 더욱이 찰스 경은 햇볕에 그을어 있기는 하지만 칼자국도 없고, 에그 리튼 고어 또한 건전한 연애는 할 수 있겠지만 사랑을 위해 몸을 망가뜨린다든가 작은 배로 강을 떠돌아다니는 일은 결코 할 것 같지 않았다. 그녀에게는 백합 같은 아가씨 에스톨라트와 같은 점은 전혀 찾아볼 수 없었다.
　'그녀의 젊음은 똑같지만……' 새터드웨이트 씨는 생각했다.
　젊은 아가씨란 늘 재미있는 과거를 가진 중년 남자에게 이끌리기 마련인데, 에그도 그 범주에서 벗어나지는 못하는 것 같다.
　"왜 그분은 아직 독신이실까요?" 그녀가 갑작스레 물었다.
　"그건 말이야……." 새터드웨이트 씨는 잠깐 사이를 두었다. 그러고는 무뚝뚝하게 '조심하기 위해서겠지……'라고 할 참이었으나 그런 대답은 리튼 고어에게는 먹히지도 않으리라 생각했다. 찰스 카트라이트 경은 여배우를 비롯한 이런저런 여자들과 연애사업은 활발하게 펼쳤지만 결혼만은 어떻게 해서든지 피해 왔다. 그러나 에그는 좀더 낭만적인 설명을 바란다.
　"폐병으로 죽었다는 그 여배우라던가, 이름이 R로 시작되는 여자를 그분은 좋아했나 보지요?"
　새터드웨이트 씨는 에그가 말한 여배우를 떠올렸다. 소문으로는 찰스 카트라이트 경과 그녀의 이름이 한 쌍이었다. 그러나 그 소문 또한 아주 미미했으므로 새터드웨이트 씨는 찰스 경이 그녀와의 추억

때문에 아직 독신을 고집하고 있다고는 믿지 않았다. 찰스 경은 요령 껏 해 나왔다.

"그분에게는 이제껏 숱하게 많은 연애 사건들이 있었겠지요?"

에그가 말했다.

"그야 아마 그럴 테지." 이렇게 대답하자 새터드웨이트 씨에게 무언가 빅토리아 왕조적인 것이 느껴지는 데가 있었다.

"저는 예전에 로맨스가 있었던 사람이 좋아요. 그런 사람은 괴짜가 아니라는 증거이니까요." 에그가 말했다.

새터드웨이트 씨의 빅토리아 왕조적인 성실성으로 본다면 더욱더 괴로운 일이었다. 그는 어떻게 대답을 해야 할지 몰라서 막막했다. 에그는 새터드웨이트 씨가 당황하고 있음을 눈치채지 못했다. 그녀는 생각에 잠기며 계속 말했다.

"찰스 경은 정말이지 남들이 생각하는 것보다 슬기로운 분이세요. 끊임없이 어떤 자세를 취하거나 연극적인 구석이 있는 반면에 머리는 뛰어난 분이에요. 그분은 지금까지 선생님이 그분에게서 들으신 것보다 실제로는 훨씬 돛을 잘 다루세요. 선생님은 그분에게서 들은 이야기로 그런 건 모두 그의 겉치레라고 생각하실 테지만, 사실은 그렇지가 않아요. 이번 사건만 하더라도 마찬가지예요. 그분이 명탐정 역을 하고 싶어하는 것은 사람들에게 주는 효과를 노리는 것이라고 생각하시겠지요? 제가 말하려고 하는 건, 그분이라면 그 역을 잘 해낼 수 있으리라고 생각된다는 거예요."

"그렇겠지." 새터드웨이트 씨도 동의했다.

그의 목소리는 지금 그의 심정이 뚜렷이 드러나 있었다. 에그는 그 것을 재빨리 알아차리더니 말했다.

"그럼, 선생님의 견해로는 '목사의 죽음'은 스릴러가 되지 않는다고 말씀하시는 거로군요. 그것은 한낱 '만찬회 자리에서 생긴 슬픈 사건'이겠지요. 정말 흔해빠진 불행한 사고라고만 생각하시는 거죠? 하지만 포아로 씨는 어떻게 생각하실까요? 그분이라면 알 수 있을 거예요."

"포아로 씨는 칵테일 잔 분석 결과를 기다리라고 했는데, 그의 의견으로는 아무것도 아닌 모양이오."

"그랬군요. 그분도 이제 나이를 먹어 구식이 되어 버렸군요."

새터드웨이트 씨는 질려 버렸다. 에그는 자신이 하는 말의 잔인함을 깨닫지 못하고 다시 말을 이었다.

"저의 집에 오셔서 어머니와 차라도 한 잔 드시지 않겠어요? 어머니는 선생님을 좋아하세요. 그렇게 말씀하셨어요."

얼떨결에 새터드웨이트 씨는 초대에 응하고 말았다. 집에 도착하기가 무섭게 에그는 직접 찰스 경에게 전화를 걸어 새터드웨이트 씨가 나중에 돌아갈 거라고 전했다.

새터드웨이트 씨는 빛바랜 사라사(사람이나 새·짐승·꽃 따위 무늬를 여러 가지 빛깔로 물들여 날염한 베) 무명이며 매우 잘 닦인 낡은 가구가 있는 아담한 거실에 앉았다. 이것이야말로 그가 마음속으로 '귀부인의 방'이라고 부르는 빅토리아풍의 방이었다. 그는 그 방이 아주 마음에 들었다.

새터드웨이트는 메리 부인과 유쾌하게 대화를 나누었다. 화려하다기보다는 즐거운 이야기였다. 찰스 경의 일이 화제에 올랐다. 메리 부인이 물었다.

"찰스 경과는 가깝게 지내고 있습니까?"

새터드웨이트 씨가 대답했다.

"몇 년 전 찰스 경이 출연한 연극에 재정적으로 도움을 준 일이 있었는데, 그때부터 찰스와 친구 사이가 되었지만 그렇게 가깝게 지내는 사이는 아닙니다."

"그분 분명 매력이 있어요. 에그뿐만 아니랍니다. 저 또한 그렇게 느끼는걸요. 하지만 에그가 영웅시하기를 좋아한다는 걸 알고 계시리라고 생각해요." 메리 부인이 미소지으며 말했다.

새터드웨이트 씨는 메리 부인이 어머니로서 딸의 그 점에 대해서 조금은 염려하고 있는 게 아닐까 하고 생각했다. 그러나 사실은 그렇게 보이지 않았다.

"에그는 아직 세상일을 아무것도 모르지요." 그녀는 한숨을 쉬었다. "저희들은 무척 쪼들리는 형편에 부자유스럽게 지내고 있습니다만 제 사촌오빠가 그 아이에게 런던 구경을 시켜준 일이 있었어요. 그러나 그 뒤로 그 아이는 딱 한번 이 고장을 떠났지요. 젊은 사람은 되도록 많은 사람과 만나고, 여러 곳에 가봐야 하고, 특히 되도록 많은 사람과 만나야 한다는 것이 저의 생각입니다. 그렇지 않으면…….참, 너무 가깝게 지내는 것도 때로는 위험하지만."

새터드웨이트 씨는 찰스 경과 에그의 뱃놀이 일을 생각하자 같은 생각이 들었다. 그러나 메리 부인이 마음에 두었던 것은 그 일이 아니었음을 다음 순간에 이어지는 그녀의 말에서 알게 되었다.

"찰스 경이 이 고장에 오시게 된 일은 에그에겐 꽤 도움이 되었지요. 덕분에 그 아이의 시야도 넓어진 셈이지요. 이 고장에는 젊은 분이 아주 적어요. 특히 젊은이가 말이에요. 제가 늘 걱정하는 것은, 에그가 다른 남자는 돌아보지도 않고 한 남자하고만 사귀다가 덜컥 결혼해 버리지나 않을까 하는 일이랍니다."

새터드웨이트 씨는 직감으로 알아차렸다.

"올리버 맨더스 젊은이를 말하시는 거로군요?"

메리 부인은 자신의 속마음을 들킨 것처럼 놀라며 얼굴을 붉혔다.

"어머나, 새터드웨이트 씨, 어떻게 알고 계시지요? 그래요, 올리버의 일이랍니다. 그와 에그는 언제나 함께 있지요. 물론 제 자신은 벌써 구식이라는 건 알고 있지만, 그 젊은이의 사고방식에는 아무래도 마음에 들지 않는 구석이 있답니다."

"젊은 사람들은 그들 멋대로 내버려 두십시오."

새터드웨이트 씨가 말했다.

그러나 메리 부인은 고개를 저었다.

"저로서는 걱정이 되어서 밤잠도 설치는걸요. 확실히 어울리는 사람이고, 게다가 그에 대해서는 뭐든지 알고 있어요. 그리고 그 사람의 작은아버지는 그를 최근에 자기 회사에서 일하게 해주었으며 굉장한 부자지요. 이런 말 하면 안 되겠지만요. 전 얼마나 바보스러운 것일까요. 하지만……."

그녀는 더 이상 자신의 심정을 나타내지 않고 고개를 저었다. 새터드웨이트 씨는 이상하게 부인에게 친근감을 느꼈다. 그래서 조용히 알기 쉽게 이야기했다.

"그렇지만 메리 부인, 따님을 나이가 갑절이나 차이 나는 남자와 혼인시키고 싶은 생각은 없으시겠지요?"

그러나 부인의 대답은 너무나도 뜻밖이어서 새터드웨이트 씨는 놀랐다.

"그러는 게 오히려 더 안전하지 않을까요? 만일 당신이 결혼하셨다면 아실 수 있을 거예요. 그 나이가 되면 남자의 방탕함도 죄지음도 아득한 지난 일이 될 것이고 또 앞으로도 그런 일은 다시 없게 되지요."

새터드웨이트 씨가 대답을 하지 않고 있는 동안에 에그가 돌아왔다.

"에그, 꽤 오래 걸렸구나." 부인이 말했다.

"저는 찰스 경과 이야기를 나누었어요. 얼마나 좋은 분인지 몰라요. 그분은 한창 자랑스러운 시대의 외톨이예요."

에그는 새터드웨이트 씨 쪽으로 돌아서며 나무라듯이 말했다.

"선생님은 저에게 파티가 끝난 일을 가르쳐 주지 않았더군요."

"바솔로뮤 스트레인지 경을 빼고는 어제 모두 돌아갔어. 바솔로뮤 경은 내일까지 머물러 있을 예정이었는데, 오늘 아침 긴급전보를 받고 런던으로 돌아갔어. 그의 환자 한 사람이 위독하다더군."

"어머나, 유감이로군요. 글쎄, 전 파티에 참석했던 사람들을 조사해 보려고 마음 먹었거든요. 그들을 조사하면 무슨 단서를 찾아낼 수 있었을지도 모르는데." 에그가 말했다.

"무슨 단서, 에그?"

"새터드웨이트 씨가 알고 계세요. 아니에요, 아무것도 아니에요. 올리버는 아직 있어요. 그 사람 힘을 빌리면 되겠지요. 그는 언제라도 필요할 때에는 머리가 잘 돌아가니까요."

새터드웨이트 씨가 까마귀장에 돌아와 보니 주인 찰스 카트라이트 경은 바다를 바라보면서 테라스에 앉아 있었다.

"오, 새터드웨이트. 리튼 고어 모녀와 차를 마셨다면서?"

"그랬어. 마음에 걸리지 않았어?"

"천만에. 에그가 전화를 걸어 와서 말이야. 그 에그라는 아가씨는 재미있는 아가씨야."

"그 점이 매력이지." 새터드웨이트 씨가 말했다.

"음, 그럴지도 몰라." 찰스 경은 의자에서 일어나 두서너 걸음 거닐었다. 그러더니 갑작스럽게 거칠게 내뱉었다.

"이따위 저주스러운 곳에는 오지 않았으면 좋았을 것을."

5

'저 친구, 몹시도 상심했구나!'

새터드웨이트 씨는 마음속으로 생각했다. 그는 갑작스럽게 찰스 카트라이트가 가엾어졌다. 이 쾌활한 플레이보이 찰스 카트라이트 경은 쉰두 살의 나이에 사랑에 빠졌다. 더구나 그 자신도 그 사랑이 열매를 맺지 못하리라는 것을 처음부터 뻔히 알고 있었다. 아무리 생각해도 젊은 사람은 젊은 사람을 상대해야 한다.

'여자란 마음속으로 생각하는 일을 밖으로는 좀처럼 나타내지 않는 법이야.' 새터드웨이트 씨는 생각했다. 에그는 찰스 경에게 늘 자기가 찰스 경을 좋아한다고 떠들고 다니지만, 만일 진심이라면 그렇게 내놓고 이야기하지 않으리라. 생각했던 대로 맨더스 청년이 진짜 상대인 것이다…….

새터드웨이트 씨의 판단은 언제나 꽤 날카로운 데가 있다. 그러나 그런데도 그가 아직 계산에 넣지 못한 요소가 있었다. 그가 아직 깨닫지 못하고 있기 때문일 테지만, 그것은 다름아닌 자기 나이 때문에 젊음을 과대평가하는 일이었다.

나이 지긋한 새터드웨이트 씨로서는 에그가 젊은 상대보다는 중년 남자를 좋아한다는 것이 솔직하게 말해서 믿어지지 않았다. 그에게 젊음이란 사람의 천성 가운데 가장 매력적인 것이었다.

에그가 저녁 식사를 마치고서 의논하고 싶은 일이 있으니 올리버를 데리고 찾아뵈어도 좋으냐고 말했을 적에 그의 신념은 더욱더 확고해졌다. 확실히 아름다운 젊은이였다. 검은 눈에 깊은 쌍꺼풀이 지고, 몸놀림에는 부드러운 기품이 있다. 에그의 활력에 압도되어 끌고 오는 대로 내맡겨진 것처럼 보이지만, 그의 태도에는 어딘가 회의적인 데가 있었다.

"그녀와 이야기를 해주시겠습니까?" 그는 찰스 경을 보고 말했다. "에그를 저렇게 원기왕성하게 만들고 있는 것은 그녀의 이 놀랄 만큼 건강한 시골 생활이지요, 그렇잖아, 에그, 당신은 얄미울 정도로 원기가 좋아. 그리고 당신의 흥미를 끄는 것이라고는 주로 어린아이 장난 같은 범죄라든가 센세이션이라든가 하는 허풍스러운 것이지."

"자네는 회의론자인가, 맨더스?"

"그렇지요, 확실히. 저 나이 먹고 갸날픈 양 같은 사람이 자연사한 것이 아니라고 생각하다니, 꿈 같은 이야기지요."

"확실히 자네 말대로라고 생각해." 찰스 경이 말했다.

오늘 밤 찰스 카트라이트는 무슨 역을 연기하는 것일까? 퇴역 군인도 아니고 국제 탐정 역도 아니다. 아니, 완전히 새롭고 처음 보는 역인걸.

찰스 경의 그 역이 무엇인지 알아차렸을 때 새터드웨이트 씨는 깜짝 놀랐다. 찰스 경은 제2바이올린을 켜고 있었다. 올리버 맨더스를 주역으로 내세우고 자신은 제2바이올린을.

에그와 올리버는 한쪽으로는 열을 올리고, 다른 쪽으로는 기운없이 말다툼을 하고 있었다. 찰스 경은 머리만 그늘지게 하여 뒤로 기대더니 그들을 지켜보았다.

찰스 경은 여느때보다 늙어 보였다. 게다가 피로에 젖어 있었다.

가끔 에그는 논의에 열을 올렸고, 자신 있게 올리버에게 호소했는데 그의 대답은 만족스럽지 못했다.

그들이 돌아간 것은 11시였다. 찰스 경은 테라스 위로 그들과 함께 나가더니 돌멩이가 깔린 샛길을 잘 내려갈 수 있도록 손전등을 빌려주려 했다. 그러나 손전등은 필요없었다 밝고 아름다운 달밤이었기 때문이다. 그들은 함께 나갔다. 두 사람의 이야기 소리는 그들이 멀어짐에 따라 점점 작아져 갔다.

달밤이든 아니든 새터드웨이트 씨는 추운 느낌이 들어서 밖으로 나갈 기분이 나지 않았다. 그는 방으로 돌아왔다. 찰스 경은 잠시 동안 테라스에 있었다.

찰스 경은 방으로 돌아오더니 뒤쪽 창문에 자물쇠를 채우고 나서 큰걸음으로 사이드 테이블에 다가가 위스키소다를 따랐다.

"새터드웨이트, 난 내일 안으로 이곳을 떠나겠네."

찰스 경이 말했다.

"뭐라고?" 새터드웨이트 씨는 깜짝 놀라 외쳤다.

자기가 연출한 어떤 종류의 우울한 쾌감이 잠깐 동안 찰스 카트라이트 경 얼굴에 나타나 있었다.

"그럴 수밖에 없어." 찰스 경은 힘주어서 말하기 시작했다. "나는 이 집을 팔겠네. 그 일이 나에게는 어떤 의미를 갖는지 아무도 모를 걸세."

찰스 경의 목소리가 점점 작아졌다, 망설이면서도 효과적으로, 찰스 경의 에고이즘은 오늘 저녁 스스로 제2바이올린을 켜게 된 일에 복수라도 하려는 듯 주역으로 돌아왔다. 이것이야말로 찰스 경이 이제까지 여러 가지 잡다한 연극에서 자주 연기해 온 위대한 대단원의 장면이었다. 다시 말해서 남의 아내를 단념하고, 자기가 사랑하는 여자를 단념하는 장면이다.

말을 이어 가는 그의 목소리에는 화려하게 멋을 부리는 데가 있었다. "가질 수 없는 것은 단념을 해야지. 그렇게 하는 것이 지극히 마땅한 일이니까. 젊은 사람의 상대는 젊은 사람이야. 그들 두 사람은 서로 도와가며 살아가는, 잘 어울리는 한 쌍이야. 나는 떠나겠어."

"어디로?" 새터드웨이트 씨가 물었다.

찰스 경은 상관없다는 듯이 말했다.

"어디로 가든지 상관없지 않은가?" 그러면서 목소리를 바꾸어 이렇게 덧붙였다. "몬테카를로에라도……."

그리고 여기서 찰스 경의 날카로운 심미안은 자신의 연기가 시작은 거창했으나 막판에 흐지부지 끝났음을 깨닫고 그것을 만회하려는 듯 이렇게 외쳤다. "사막 저편이나, 군중의 한복판일 테지만 어디에 가든 별 상관이 없지 않은가. 남자 마음속 깊이 있는 건 고독뿐이라네. 나는 언제나 고독한 인간일세."

이것은 명백히 퇴장을 뜻하는 대사였다.

찰스 경은 새터드웨이트를 향해 끄덕여 보이더니 방을 나갔다.

새터드웨이트 씨도 의자에서 일어나 찰스 경의 뒤를 쫓아 침실로 가려고 했다.

'설마 사막 한복판까지는 아닐 테지.' 새터드웨이트 씨는 이렇게 생각하니 우스워서 소리내어 웃고 말았다.

이튿날 아침, 찰스 경은 새터드웨이트를 보더니 말했다.

"내가 도시로 떠나는 걸 부디 용서하게. 하지만 여보게, 자네는 내 일까지 여기 머무르게. 자네는 태비스톡(영국 데번 주 남부 다트무어 서쪽 끝에 있는 경치 좋은 지구)의 하버튼 씨 댁에 갈 게 아닌가. 거기까지는 자동차로 태워다 주도록 하겠네. 이젠 결정을 내려야 할 때가 된 것 같아. 한번 마음에 정한 일은 결코 뒤돌아 봐서는 안 된다고 생각해."

찰스 경은 남자다운 결의를 보이며 어깨를 펴고 새터드웨이트의 손을 굳게 잡았다. 그러고는 저 유능한 밀레이 양에게 새터드웨이트의 일을 부탁했다.

밀레이 양은 이제까지 처리해 왔던 것과 마찬가지로 이번 경우도 척척 처리하려고 하는 것 같았다. 그녀는 하룻밤 사이에 내려진 찰스 경의 결심을 들었을 적에도 두무지 놀라는 빛을 보이지 않았을 뿐만 아니라 아무런 감정도 얼굴에 드러내지 않았다. 새터드웨이트도 그 점에 대해서는 그녀에게 무어라고 말할 수 없으리라. 갑작스럽게 죽었든지 계획을 바꾸게 되었든지 간에 그 어떤 것도 밀레이 양의 관심을 끌지는 못한다. 그녀는 일단 벌어진 일은 그것이 비록 어떠한 것이든 그대로 사실로서 받아들이고, 효과적인 수단으로 그것에 대처했다.

밀레이 양은 부동산업자에게 전화를 걸고, 외국에 전보를 치고, 열심히 타자기를 두드려댔다. 새터드웨이트 씨는 부두 방파제를 향해 걸어내려가, 아주 효과적이고 마음이 울적해지는 이 일을 마음에서 떨쳐냈다. 그가 정처없이 걷고 있으려니까 뒤에서 누군가가 그의 팔목을 잡았다. 뒤돌아보니 창백한 얼굴을 한 에그 리튼 고어가 눈 앞에 서 있었다.

"이게 도대체 어떻게 된 일이에요?" 에그가 흥분해서 물어왔다.

"뭐가 어쨌다는 거야?" 새터드웨이트 씨는 시치미를 뗐다.

"찰스 경이 어딘가로 떠나신다잖아요, 까마귀장을 파실 거래요, 사람들이."

"사실이야."

"그분, 정말 떠나시나요?"

"벌써 떠나 버렸어."

"어머나!" 에그는 새터드웨이트 씨의 팔을 놓았다. 그녀는 갑자기 심한 상처라도 입은 어린아이처럼 보였다. 새터드웨이트 씨는 뭐라고 말해야 좋을지 몰랐다.

"어디로 가셨어요?"

"외국, 남프랑스로."

"어머나!"

새터드웨이트 씨로서는 아직 어떻게 말해야 좋을지 짐작도 할 수 없었다. 틀림없이 에그는 찰스 경에 대해서 영웅 숭배 이상의 감정을 품고 있다. 새터드웨이트 씨는 에그가 가엾게 여겨져서 마음속으로 이것저것 위로할 말을 생각하고 있다가 다음 순간 에그가 꺼낸 말을 듣고 그만 소스라치게 놀랐다.

"대체 어떤 여자지요, 그녀는?" 에그가 흥분하여 몰아붙였다.

새터드웨이트 씨는 너무 놀라서 벌어진 입을 다물지 못하고 다만 에그의 얼굴만 바라볼 뿐이었다. 에그는 그의 팔을 움켜잡고 세차게 흔들었다.

"알고 계실 테지요! 어느 여자예요? 은발? 아니면 어느 쪽이에요?" 에그는 다그쳐 물었다.

"에그 양, 나는 도무지 무슨 말인지 모르겠는데······."

"아니에요! 알고 있어요! 물론 그 여자겠지요! 찰스 경은 나를 좋아했어요. 나는 알고 있었지요. 그 두 명의 여자 가운데 누군가가 그날 밤 그것을 눈치챘기 때문에 나에게서 찰스 경을 떼놓으려 했을 게 틀림없어요. 싫어요, 그 따위 여자들. 심술쟁이 고양이 같으니라구! 선생님은 그 여자의 옷을 보셨을 테지요? 녹색 머리의 여자 말이에요! 저는 분해서 이를 갈았어요. 그런 옷을 입고 있으면 누구라도 인기를 끌지요. 누구든 그렇게 생각할 거예요. 그 여자는 벌써 할머니가 되었고 지독히 못생겼건만, 그래도 그런 것은 아무렇지도 않은가 보지요. 누가 보더라도 촌사람의 마누라로 보여요. 그 여자인가요? 아니면 은발의 다른 여자? 은발의 여자는 명랑한 사람이었어요, 알고 계세요? 성적 매력이 넘치는······. 찰스 경은 그 여자를 앤지라고 불렀어요. 하긴 그런 말라비틀어진 양배추 같은 여자일 리는 없어요. 날씬한 여자 쪽이에요, 아니면 앤지예요? 어느 쪽이지요?"

"에그 양은 뭔가 큰 착각을 하고 있어. 찰스 카트라이트 경은 그런 여자들 어느 누구한테도 눈곱만한 관심도 가지고 있지 않아."

"믿을 수 없어요, 거짓말쟁이! 그 여자들은 그분에게 관심을 가지고 있었어요."

"아니야, 그렇지 않아. 에그 양이 잘못 알고 있는 거야. 지금 말한 것은 모두 다만 에그 양의 상상일 뿐이야. 에그 양이 오해해서 조바심을 내고 있다는 걸 난 잘 알 수 있어."

"그럼 그분이 왜 이렇게 갑작스럽게 떠난 거지요?"

새터드웨이트 씨는 헛기침을 하고서 말했다. "나는 그 친구가 그렇게 하는 것이 가장 좋다고 생각했기 때문이라고 생각되는데."

에그는 새터드웨이트를 뚫어져라 바라보았다.

"선생님은 그럼 제 탓이라고 말씀하시는 거예요?"

"굳이 말로 하자면 그런 것이겠지, 어느 정도는 말이야."

"그래서 그분은 달아난 셈이로군요. 저는 제 심정을 조금 솔직하게 털어놓았을 뿐인데. 남자란 여자가 뒤쫓아다니는 걸 가장 싫어하는 모양이지요? 결국 어머니 말이 옳았어요. 어머니가 남자들에 대해 한바탕 늘어놓을 때, 어머니 표정이 얼마나 황홀하게 변하는지 알고 계실 테지요? 언제나 3인칭으로, 지극히 빅토리아풍으로, 그것도 정숙하게 이야기하시죠. '남자는 여자들이 쫓아다니는 걸 싫어하는 법이란다. 남자가 여자를 쫓아다니도록 해야 해'라고 하셨죠. 멋진 표현이지요? '쫓아다니도록 한다'는 표현 말이에요. 이번 경우는 그분이 실제로 그렇게 한 거예요. 찰스 경은 나에게서 도망치고 만 거예요. 그는 무서웠던 거지요. 더구나 속상한 일은 저는 그를 쫓아갈 수가 없다는 거예요. 만일 쫓아가기라도 한다면 그는 야만스러운 아프리카 땅이나 다른 어디로 더욱 멀리 도망가 버릴 테니까요."

"허미온 리튼 고어, 고어 양은 찰스 경에 대하여 진심인가?"

"물론이지요."

"올리버 맨더스는 어떻게 하고?"

에그는 짜증스러웠다. 머리가 완전히 뒤죽박죽이 되어 올리버 맨더스 따위는 아예 생각하고 싶지 않았다.

머릿속에 아예 없었다.

"당신은 제가 찰스 경에게 편지를 보내는 것이 좋다고 생각하세요? 그저 특별한 내용 없이, 아주 수다스럽게 늘어놓는 거예요.
그분을 놀라게 할 필요는 없겠지요. 두려움을 갖지 않도록 그분의
마음을 편하게 해 드리는 거예요."

에그는 여기서 눈살을 찌푸리고 나서 다시 말을 이었다.

"저는 정말 바보였어요. 어머니였다면 좀더 능숙히 해냈을 텐데.
빅토리아 왕조 사람들은 이럴 때 어떻게 대처해야 하는지를 터득하
고 있었겠지요. 수줍은 척하면서 뒤로 물러서는 거 말예요. 그런
걸 저는 아예 아무것도 몰랐어요. 저는 진심으로 그분에게 용기를
불어넣어 드리는 일이 필요하다고 생각했어요. 그분은, 그분에게는
조금 도움이 필요하다고 생각했어요……."

에그는 갑작스럽게 새터드웨이트 씨를 윽박질렀다.

"가르쳐 주세요. 찰스 경은 어젯밤 내가 올리버에게 키스하는 것을
보았을까요?"

"그런 일은 나도 모르겠는걸. 언제였는데?"

"모두 저 달빛 속에서의 일들이에요. 우리들이 샛길을 내려갈 때,
그분은 아직 테라스에서 보고 계셨다고 생각해요. 만일 그때 그분
이 저와 올리버를 보고 계셨다면……. 그래요, 저는 그렇게 하면
그분이 조금이나마 정신을 좀 차리지 않을까 하고 생각했던 거예
요. 왜냐하면 그분은 저를 좋아하거든요. 맹세코 그분은 저를 좋아
해요."

"그렇다면 올리버에게는 너무한 게 아닐까?"

에그는 단호하게 고개를 저었다.

"조금도 그렇지 않아요. 올리버는 자기가 여자에게 키스해 주면 그
것은 여자에게는 영광스러운 일이라고 생각하고 있으니까요. 물론
그의 자존심으로는 기분 좋지 않을지도 모르지만 결국 무엇이든 다
잘된다는 건 무리잖아요. 저는 찰스에게 시위를 하고 싶었던 거예

요. 그분은 요즘 좀 이상해지신 것 같았어요. 오히려 냉담할 정도였어요."

"이봐, 에그 양. 찰스 경이 이렇게 갑자기 가 버린 까닭을 에그 양은 정말 모르는 것 같군. 그는 에그 양이 올리버를 사랑하고 있는 줄 알았던 거야. 그는 더 큰 괴로움에서 벗어나기 위해서 가 버린 거야."

에그는 홱 돌아서서 새터드웨이트의 어깨를 잡으며 그의 얼굴을 들여다보았다.

"그게 사실인가요? 찰스 경은 바보! 바보야! 아!"

그녀는 갑자기 새터드웨이트의 어깨에서 손을 떼더니 깡충깡충 뛰었다.

"그렇다면 그분은 돌아오실 거예요! 돌아오세요! 하지만 돌아오시지 않는다면……."

"글쎄, 돌아오지 않는다면?"

"그땐 제가 그분을 꼭 데려오고 말 거예요. 제가 데려오지 못하리라고 생각하세요?"

말투만 다를 뿐이지, 에그와 에스톨라트 백합 아가씨 사이에는 공통점이 많은 것 같다. 다만 에그의 방법은 엘레인 백합아가씨의 그것보다 훨씬 현실적이라고 생각했다. 게다가 그녀는 실연 때문에 자살 따위는 생각조차 하지 않을 것이라고 새터드웨이트 씨는 생각했다.

제2막 확신

6

새터드웨이트 씨는 하루 예정으로 몬테카를로에 와 있었다. 파티가
열리는 곳마다 찾아다니는 일도 대강 끝났고, 9월의 리비에라는 그의
마음에 들어 곧잘 발길을 옮기는 곳이었다.

새터드웨이트 씨는 햇볕을 가득 받으며 뜰에 앉아 이틀 전의 〈데일
리 메일〉지에 눈을 고정시키고 있었다. 그러다 '스트레인지'라는 이
름을 발견했다. '바솔로뮤 스트레인지 경 사망'. 그는 파고들듯이 그
기사를 읽어 내려갔다.

신경병 계통의 권위자 바솔로뮤 스트레인지 경의 사망 소식을 보
도함에 앞서 먼저 깊은 애도의 뜻을 나타낸다. 바솔로뮤 경은 요크
셔 저택에서 친구들을 대접하던 중 몸과 마음이 아주 건강했었음에
도 불구하고 파티가 거의 끝날 무렵 갑자기 세상을 떠났다. 경은
친구와 이야기하던 가운데 한 잔의 포도주를 입에 대자마자 갑자기
발작을 일으켜 의사가 달려오기도 전에 숨을 거두었다. 바솔로뮤

경의 죽음에 대해 깊은 애도를 금할 수 없다. 경은…….

　그 다음에는 바솔로뮤 경의 이력과 업적이 나와 있었다.

　새터드웨이트의 손에서 신문이 미끄러져 떨어졌다. 그는 무어라 말할 수 없는 불쾌한 기분에 사로잡혔다. 마지막으로 만났을 때 바솔로뮤 경의 모습, 커다란 몸집에 명랑하고 아주 생기에 넘쳐 있던 바솔로뮤의 모습이 그의 머리를 휙 스치고 지나갔다. 그런데 그러한 그가 더 이상 이 세상 사람이 아니다. 신문기사 가운데 몇 개의 낱말이 그 글월에서 빠져나와 새터드웨이트의 마음속을 기분나쁘게 휘젓기 시작했다.

　'한 잔의 포도주를 입에 대자마자 갑자기 발작…… 의사가 달려오기도 전에 숨을 거두었다.'

　이번에는 칵테일이 아니라 포도주였지만 콘월의 까마귀장에서 일어났던 배빙턴 사건과 이상하게 꼭 들어맞는 데가 있다. 새터드웨이트 씨는 저 온화한 목사의, 경련으로 일그러졌던 얼굴이 다시 생생하게 보이는 듯했다.

　만일 그렇다면 이번에도……. 문득 눈을 들자 찰스 카트라이트 경이 잔디밭을 가로질러 그에게 다가오는 게 보였다.

　"새터드웨이트, 이건 정말 놀라운 일이네! 나는 마침 그 친구를 만나고 싶다고 생각하던 참이었는데, 딱하게도……. 톨리의 일, 자네도 신문에서 봤나?"

　"지금 막 읽었어."

　찰스 경은 새터드웨이트 씨 옆 의자에 털썩 앉았다. 찰스 경은 나무랄 데가 없는 모습을 하고 있었다. 이미 회색 플란넬 바지나 헌 스웨터 따위는 입고 있지 않았다. 이제 그는 남프랑스에서 잔뼈가 굵은 요트맨이었다.

"여보게, 새터드웨이트, 톨리는 때려 죽여도 죽을 것 같지 않던 친구였어. 몸도 어디 한 군데 탈난 곳이 없었는데……. 나는 좀 덜 떨어진 상상가일까? 그래, 자네는 이번 일로 뭔가 생각나는 게 없나? 그 일 말일세……."

"루마스의 까마귀장 사건 말인가? 물론 나도 생각했네. 하지만 우리가 잘못 생각하고 있는지도 모르고, 또 겉으로만 비슷하게 보이는지도 모르지. 갑작스런 죽음이란 여러 가지 원인으로 생기는 거니까 말일세."

찰스 경은 답답하다는 듯이 고개를 끄덕이고 나서 말했다.

"나는 방금 에그 리튼 고어의 편지를 받았네."

새터드웨이트 씨는 미소를 감추며 말했다.

"그녀가 처음으로 보낸 편지인가?"

찰스 경은 대수롭지 않다는 듯이 말했다.

"아니, 이곳에 닿자마자 바로 한 통 받았어. 내 손에 들어오기까지 시간이 조금 걸렸던 모양이야. 뉴스니 뭐니 그런 걸 너절하게 써보냈더라구. 답장을 쓰고 싶은 마음은 조금도 들지 않았네, 새터드웨이트. 그 아가씨로서는 그야 뭐 어떻다고 할 것도 없을 테지만, 나로선 웃음거리가 되고 싶지 않았던 거야."

새터드웨이트 씨는 입가에 손을 가져가 아직도 남아 있는 웃음을 감추려 했다.

"그래, 이번 편지는 어떻던가?" 새터드웨이트 씨가 물었다.

"이건 앞서 보낸 편지와는 다르더라고, 살려 달라는 거야."

"살려 달라고?" 새터드웨이트 씨의 눈썹이 치켜올라갔다.

"에그 양은 이번 사건이 일어났을 때, 글쎄 그 집에 머물러 있었다네."

"바솔로뮤 스트레인지 경이 죽을 때 그곳에 있었단 말인가?"

"그렇지."

"그래서 그 일에 대해서 뭐라고 말하고 있나?"

찰스 경은 주머니에서 편지를 꺼내 좀 머뭇거리다가 새터드웨이트에게 건넸다.

"직접 읽어 보는 게 좋아."

새터드웨이트 씨는 호기심으로 가슴을 설레며 편지를 펴들었다.

친애하는 찰스 경.

이 편지가 언제 당신 손에 들어가게 될지 모릅니다만 되도록 빨리 닿기를 빌고 있습니다. 전 어떻게 해야 좋을지 몰라 아주 난처해하고 있습니다. 바솔로뮤 스트레인지 경이 돌아가셨다는 기사를 이미 신문으로 보셨으리라 생각합니다. 그런데 상황이 배빙턴 씨가 죽을 때와 너무도 똑같았습니다. 단순히 '우연의 일치'로 넘길 수는 없습니다. 정말이지…… 정말이지 그런 일은 있을 수 없는 일인걸요. 저는 너무도 괴로워 죽을 것 같습니다.

부탁이니 제발 돌아오셔서 어떻게 해 주실 수 없을까요? 이런 표현이 좀 거친지 모르겠습니다만, 당신은 요전번 사건 때 의혹을 품으셨었지요. 하지만 그 어느 누구도 당신이 하시는 말씀에 귀를 기울이지 않았습니다. 게다가 이번에 살해된 사람은 당신의 친구입니다. 만일 당신이 돌아오시지 않는다면 아마 아무도 진상을 밝혀내지 못하리라고 생각합니다.

그리고 또 한 가지, 저는 어떤 사람의 일로 아주 고민하고 있습니다. 그는 이번 사건과는 아무런 관계가 없습니다. 그것은 확실합니다. 하지만 일이 좀 이상하게 꼬이고 있답니다. 아, 편지로는 뭐라 설명할 수가 없습니다.

꼭 좀 돌아오시지 않겠어요? 당신이라면 진실을 밝힐 수 있을 거예요, 저는 그렇게 믿고 있습니다. 빨리 와 주세요.

에그로부터

"어떤가, 내용이 좀 두서없기는 하지만 에그 양은 아주 서둘러 쓴 모양이네. 자네는 어떻게 생각하나?"

찰스 경이 초조한 듯 물었다.

새터드웨이트 씨는 대답하기 전에 1, 2분 사이를 두기 위해 천천히 편지를 접었다. 그는 이 편지의 내용이 좀 두서없다는 데는 의견을 같이 했으나 그것을 서둘러 썼다는 생각은 들지 않았다. 그가 본 바로는 그녀는 이 편지를 세심하게 주의를 기울여서 썼다. 즉 편지는 찰스 경의 허영심과 기사도 정신, 거기다 그의 스포츠 본능에 호소하도록 꾸며져 있었다.

새터드웨이트 씨가 알고 있는 한의 찰스라면, 이 편지에는 확실히 그를 꾀어 낼 만한 힘이 있었다. 새터드웨이트 씨가 그에게 물었다.

"자네는 그녀가 '어떤 사람' 또는 '그'라고 부르는 이가 누구라고 생각하나?"

"맨더스를 말하는 거라고 생각하는데……."

"그럼 그 또한 그 자리에 있었던 셈이겠군?"

"있었을 게 틀림없어. 어째서인지는 모르지만, 톨리는 맨더스를 그때 우리 집에서 한번 만났을 뿐인데 말이야, 그가 왜 또 맨더스를 불렀는지 모르겠군."

"바솔로뮤 경은 그런 큰 파티를 때때로 열었었나?"

"한 해에 서너 번은 열었어. 그 가운데 한 번은 언제나 성 레거의 날이었어."

"그는 대체로 요크셔에 있었나?"

"톨리는 요크셔에 커다란 요양소 같은 것을 가지고 있었어. 멜포트 애비라는 낡은 건물을 사서 수리하여 요양소를 새로 만들었던 거지."

"그런데……." 새터드웨이트 씨는 1, 2분 동안 가만히 있다가 이윽고 말을 이어갔다. "그 파티에는 그밖에 어떤 사람들이 있었을까?"

찰스 경이 그거라면 다른 신문에 나와 있을 거라고 해서 둘이서 찾으러 갔다.

"여기에 있네." 찰스 경은 그것을 소리내어 읽었다.

"바솔로뮤 스트레인지 경은 해마다 해 오던 성 레거 파티를 열기로 되어 있다. 참석자는 에든 경 부부, 메리 리튼 고어 부인, 조셀린 경과 캠벨 부인, 데이크리스 대령 부부와 유명한 여배우 안젤라 서트클리프 양.'"

찰스 경과 새터드웨이트 씨는 얼굴을 마주 보았다.

"데이크리스 대령 부부와 안젤라 서트클리프 양이라……. 그런데 올리버 맨더스에 대해서는 아무것도 씌어 있지 않아."

찰스 경이 말했다.

"그렇다면 어제 일자 〈콘티넨털 데일리 메일〉지를 읽어 보세. 거기라면 무언가 나와 있겠지." 새터드웨이트 씨가 말했다.

"새터드웨이트, 읽을 테니 들어 보게. '바솔로뮤 스트레인지 경 사망. 오늘 고(故) 바솔로뮤 스트레인지 경의 검시 결과, 독극물을 넣은 피의자와 그것을 마시게 한 방법에 대한 확증이 없으므로 니코틴 중독에 따른 사망이라고 판정내렸다.'"

찰스 경은 눈살을 찌푸리며 말했다.

"니코틴 중독에 따른 사망이라……. 아주 그럴듯하게 들리지만, 그러나 니코틴은 결코 남자 하나를 발작으로 쓰러뜨릴 수는 없네. 여기에 씌어 있는 말은 도무지 이해가 가지 않아."

"그래, 자네는 어떻게 하겠나?"

"어떻게 하다니? 오늘 밤 열차의 침대칸 승차권을 사러 가야지."

"그렇다면 나도 그렇게 하기로 할까?"

"자네도 말인가?" 찰스 경은 놀라서 돌아보았다.

"그런 일은 오히려 내 쪽이 전문이라네." 새터드웨이트 씨는 그래도 겸손하게 말한 셈이었다. "나에게는…… 저…… 조금 경험이 있어. 게다가 그곳 경찰부장을 잘 알고 있어. 존슨 대령이라고 하는데, 아마 도움이 될 걸세."

"좋아! 그럼 이제 표를 끊으러 갈까?" 찰스 경이 외쳤다.

새터드웨이트 씨는 마음속으로 이렇게 생각했다. '에그 양이 마침내 성공했구나. 찰스를 끌어낸 셈이니…… 꼭 해낼 수 있을 거라고 말했었지. 그 편지가 어디까지가 진짜인지 정말 궁금하군.'

확실히 에그 리튼 고어는 기회주의자였다.

찰스 경이 표를 사러 가기 위해 자리를 비우고 나서 새터드웨이트 씨는 천천히 정원을 거닐었다. 그는 아직도 에그 리튼 고어의 일을 기분 좋게 생각하며 에그의 기지와 적극성에 아낌없는 찬사를 보냈다. 새터드웨이트 씨는 여러 가지 고뇌의 씨앗을 만들어 내는 여성을 인정하지 않는 빅토리아 왕조적 기질의 한 면을 이때는 숨기고 있었다.

새터드웨이트 씨는 사람을 보는 관찰력이 뛰어났다. 모든 여성에 대해, 특히 에그 리튼 고어에 대해서 그는 곰곰이 생각했다. 그러다가 문득 자신도 모르게 중얼거리는 소리를 냈다.

"그 기묘한 머리…… 전에 어디선가 이렇게 기묘한 머리를 가진 사람을 본 것 같은데……"

그런데 바로 그 기묘한 머리의 소유자가 생각에 잠긴 채 바로 그 앞의 의자에 앉아 앞을 바라보고 있었다. 자기 몸에 비해 균형이 잡히지 않을 만큼 큰 콧수염을 기른 몸집이 작은 사나이였다. 옆에는 불만에 찬 얼굴을 한 영국인 여자아이가 서 있었다. 여자아이는 번갈아가며 한 발로 서서 때때로 로벨리아 (도라지과의 한해살이 풀)의 가장자리를 심심한 듯이 발길질하고 있었다.

"그런 짓은 그만두어라." 패션 신문을 정신없이 읽고 있던 어머니가 나무랐다.

"나는 아무것도 할 일이 없어요." 어린아이가 말했다.

마침 몸집 작은 사나이가 여자아이 쪽으로 돌아보았으므로 새터드웨이트 씨는 그가 누구인지 알아보았다.

"포아로 씨, 정말 놀랍습니다." 새터드웨이트 씨가 말했다.

포아로는 의자에서 일어나 인사를 했다.

"저도 놀랐습니다, 무슈!"

두 사람은 악수를 했다. 새터드웨이트 씨는 자리에 앉았다.

"너도나도 모두 몬테카를로에 와 있는 것 같군요. 30분 전에 찰스 카트라이트 경을 만났는데, 이번에는 당신과 만났으니 말입니다."

"오, 찰스 경 말입니까? 그분도 이곳에 와 있나요?"

"그는 요트를 즐기고 있어요. 그가 루마스 집을 팔아 버린 일은 알고 계실 테지요?"

"허, 저는 전혀 몰랐습니다. 참으로 뜻밖이군요."

"저는 뜻밖이라고 생각지 않습니다. 그는 자기 일에 너무 열심이었기 때문에 건강을 해쳐서 어디론가로 피해서 숨어 살아야 했지만, 저는 카트라이트가 정말로 영원히 세상을 떠나 살 수 있으리라고는 생각하지 않습니다."

"그 점에서는 저도 동감입니다. 저는 다른 이유로 놀랐습니다. 찰스 경은 루마스에 머무를 수밖에 없는 남모를 사정, 그리고 지극히 매력적인 이유를 가지고 계신 것으로 저는 생각했었는데……. 어떻습니까? 에그인가 뭔가 하는 그 이상한 처녀 맞지요?"

포아로의 두 눈이 부드럽게 반짝였다.

"허, 그것을 눈치채셨습니까?"

"분명히 알았지요. 저는 서로 사랑하는 사람들을 꿰뚫어보는 데 예민하답니다. 당신도 그렇다고 생각합니다만."

포아로는 한숨을 내쉬었다.

"당신은 찰스 경이 루마스를 떠난 까닭을 핵심을 찔러 말씀하시는 것 같군요. 사실 그는 도망쳐 온 것이랍니다."

"에그 양한테서 말입니까? 하지만 그녀가 찰스 경을 사모하고 있는 것이 명백했는데, 그건 대체 어떻게 된 일입니까? 달아나다니요?"

"아, 당신은 우리들 앵글로색슨인들의 복잡한 심리를 모르시는군요." 새터드웨이트 씨가 말했다.

포아로는 자기 추리의 밧줄을 거두어들이고 있었다.

"하긴 일을 만드는 데는 좋은 방법이지요. 여자로부터 달아나면 그 여자가 뒤쫓게 마련이지요. 찰스 경은 다채로운 경험의 소유자 아닙니까? 이 이치를 알고 계시겠지요."

새터드웨이트 씨는 점점 유쾌해졌다.

"반드시 그렇다고는 생각하지 않습니다. 그런데 당신은 이곳에 무슨 볼일로 오셨습니까? 지금 휴가 중인가요?"

"요즘은 날마다 휴일이지요. 저는 성공했습니다. 지금은 돈도 많고, 은퇴하고 나서 이렇듯 온 세계를 두루 구경하며 다닌답니다."

"그거 참 대단하군요." 새터드웨이트 씨가 말했다.

"대단한 일일까요?" 포아로가 물었다.

"엄마, 뭔가 할 일이 없을까요?" 아까 그 영국인 아이가 물었다.

"애야, 외국에 나와서 이렇게 멋진 일광욕을 할 수 있으니 이것만으로도 얼마나 좋으니?"

"네, 하지만 아무것도 할 일이 없어요."

"이 근처를 뛰어다니며 놀거라. 바다를 구경하고 오면 좋을 거야."

바로 그때 프랑스인 아이가 갑자기 나타나 말했다.

"엄마, 같이 놀아요."

그 프랑스 아이의 어머니는 읽고 있던 책에서 얼굴을 들었다.

"마르셀, 공치기 하며 놀아라."

프랑스 아이는 불만인 듯한 표정을 지었으나, 그래도 순순히 공을 치기 시작했다.

"아저씨가 같이 놀아 줄까?"

에르큘 포아로가 말을 걸었다. 새터드웨이트 씨는 아주 기묘한 표정을 지었다.

이윽고 포아로는 새터드웨이트의 표정에서 무엇인가 읽어냈던 모양으로, 그것에 대답하기라도 하듯 입을 열었다.

"당신은 확실히 감각이 날카롭군요. 과연 당신이 생각한 대로입니다." 포아로는 1, 2분 동안 말없이 있더니 이윽고 말을 이어갔다. "그렇습니다, 저는 소년 시절에 가난했습니다. 저와 같은 소년이 많았었지요. 우리들은 세상의 거센 파도를 헤쳐 나가야 했습니다. 저는 경찰에 들어갔습니다. 열심히 일했지요. 천천히 승진해 갔습니다. 이윽고 이름이 알려지게 되고 이어서 국제적 명성까지 얻게 되었지요. 그러고는 마침내 퇴직하기에 이르렀습니다. 그뒤 제1차 세계대전이 일어났고, 저는 몸을 다쳤습니다. 저는 지쳐 빠진 피난민으로서 영국으로 건너갔습니다. 어느 친절한 부인이 제 뒷바라지를 해주셨지요. 그런데 그분이 돌아가셨습니다. 자연사가 아니라 살해되었습니다. 저는 기지를 발휘했습니다. 저의 작은 은빛 뇌세포를 활동시켰고, 마침내 범인을 찾아냈습니다. 이때 제 인생이 아직 끝나지 않았음을 깨달 있습니다. 사실 저의 능력은 그때까지도 강력했습니다. 이때부터 저의 제2의 인생이 시작되었습니다. 영국의 사립 탐정이 된 것입니다. 그로부터 오늘날까지 불가사의한 사건들을 거뜬히 해결해 왔습니다. 저는 그렇게 살았습니다! 인간 본성에 대한 연구는 참으로 놀라운 것이지요, 저는 돈도 많이 벌었습니다. 그래서 '언젠가는' 하고 저는 저 스스로에게 말하곤 했습니다. '필요한 만큼의 돈을 전부 손에 넣을 테다. 내 꿈을 모두 실현시키는 거다'라고 말이지요."

포아로는 새터드웨이트의 무릎 위에 손을 올려 놓았다.

"그러나 꿈이 실현되는 날을 조심해야 합니다. 저기 있는 아이만 해도 틀림없이 다른 나라에 가 보는 일을 꿈꾸어 왔을 겁니다. 호기심, 그렇습니다. 다른 나라에서는 모든 것이 얼마나 다를까 하는 ……. 아시겠습니까?"

"당신 자신은 만족하지 못한다는 말이로군요."

새터드웨이트 씨가 말했다.

포아로는 고개를 끄덕였다. "확실히 그렇습니다."

새터드웨이트에게는 때때로 모든 것이 바크^(셰익스피어 작품〈한여름 밤의 꿈〉에 나오는 장난꾸러기 꼬마 요정)처럼 보이는 일이 있었는데, 이때도 그러했다. 새터드웨이트의 주름진 조그마한 얼굴이 개구쟁이처럼 실룩거렸다. 그는 말을 해야 할 것인가, 하지 말 것인가를 두고 망설이고 있었다.

새터드웨이트 씨는 가지고 있던 신문을 친친히 펼쳤다.

"이 기사를 보셨습니까, 포아로 씨?"

새터드웨이트 씨는 그 기사를 포아로에게 내밀었다. 포아로는 그 신문을 손에 들었다. 새터드웨이트 씨는 포아로가 그것을 읽는 것을 지켜보고 있었다. 포아로의 얼굴에는 아무런 변화도 생기지 않았으나, 새터드웨이트 씨는 자신의 몸이 굳어지는 듯한 느낌이 들었다. 포아로가 마치 쥐구멍을 냄새맡고 있는 테리어^(영국 원산의 개 품종의 하나로 민첩하고 작아서 사냥에 씀) 같았기 때문이다.

에르큘 포아로는 그 기사를 두 번 되풀이하여 읽더니 신문을 접어 새터드웨이트에게 돌려 주며 말했다.

"재미있군요."

"그렇습니다, 찰스 카트라이트 경이 옳고 우리 생각이 잘못되었던 것입니다."

"네, 우리 생각이 잘못되었던 것 같습니다. 그땐 그토록 순진하고 마음좋은 노인이 살해되다니, 도저히 믿어지지가 않았지만……. 제가 잘못 알고 있었던 것 같습니다. 하지만 이번 바솔로뮤 경의 죽음은 우연의 일치인지도 모르겠군요. 우연의 일치란 있을 수 있는 것이니까요. 아주 놀랄 만한 우연의 일치 말이오. 이 에르큘 포아로도 지금 당신을 놀라게 하는 것과 같은 우연의 일치를 만난 일이 있습니다."

포아로는 잠깐 말을 끊었다가 다시 계속했다.

"찰스 카트라이트 경의 직감이 옳았던 것 같군요. 그는 예술가입니다. 날카로운 감각과 강한 감수성을 가진 사람입니다. 그는 사물을 추리해 간다기보다 느낌으로 판단하지요. 이러한 방식은 흔히 비참한 결과를 만들지만 때로는 들어맞기도 하지요. 그런데 찰스 경은 지금 어디 있습니까?"

새터드웨이트 씨는 미소를 짓더니 말했다.

"가르쳐 드리지요. 지금 그는 표를 사러 갔습니다. 저는 그와 함께 오늘 밤 영국에 가기로 했지요."

"호!"

포아로는 의미심장하게 놀라움을 나타냈다. 포아로의 두 눈은 궁금하다는 듯이 장난꾸러기처럼 반짝였다. 이윽고 포아로가 물었다.

"찰스 경은 지금 무엇에 열중하고 있습니까? 나의 역할, 햇병아리

탐정 역을 연기하기로 결심했습니까? 아니면 그밖에 다른 까닭이 있어서 가는 겁니까?"

새터드웨이트 씨는 아무 대답도 하지 않았으나 포아로는 그의 침묵에서 이미 대답을 끌어낸 모양이다.

"알았습니다. 여기에는 저 고어 양의 빛나는 눈과 관계되어 있군요? 찰스 경을 끄는 것이 사건만은 아닌 것 같습니다."

"고어 양이 찰스에게 돌아와 달라고 편지를 보냈습니다."

새터드웨이트 씨가 말했다.

포아로는 고개를 끄덕이기는 했지만 여전히 모르겠다는 표정이었다.

"모르겠군요, 도무지 모르겠습니다, 저로서는……."

새터드웨이트 씨가 그 말을 가로막았다.

"당신은 영국의 현대 여성에 대해 잘 모르시는군요. 그렇다면 놀라는 것도 당연합니다. 하지만 저도 뭐 다 아는 것은 아니지요. 리튼 고어 양 같은 여성은……."

이번에는 포아로가 입을 열어 가로막았다.

"말씀 중에 미안합니다만, 당신은 제가 한 말을 잘못 이해하신 것 같군요. 저는 리튼 고어 양을 충분히 이해하고 있습니다. 그런 여자라면 저도 지금까지……. 그렇지요, 그녀 말고도 많이 만나 봤습니다. 당신은 그런 타입의 여자를 현대 여성이라고 밀씀하시지만, 그것은 뭐라고 말하면 좋을까…… 그렇지요, 벌써 시대에 뒤진 흔한 일입니다."

새터드웨이트 씨는 얼마쯤 까닭을 알 수 없다는 표정이 되었다. 그는 지금까지 자기가, 아니 자기만이 에그를 이해하고 있는 줄로만 생각하고 있었다. 이 괴벽스러운 외국인이 영국의 젊은 여성에 대해 무엇을 알겠는가 싶었던 것이다.

포아로는 아직도 이야기하고 있었다. 그의 말투는 꿈꾸는 듯, 사색에 잠긴 듯했다.

"인간의 지식, 이것만큼 위험한 게 또 어디 있겠습니까?"

"아니, '유익한 것'이지요."

새터드웨이트 씨가 포아로의 말을 고쳤다.

"그건 아마 견해 차이일 겁니다."

새터드웨이트 씨는 어물거리다가 이윽고 일어났다. 그는 조금 실망했다. 미끼를 던졌는데도 물고기는 걸려들지 않았고 오히려 인간성에 대한 자기의 견해만 반박을 받은 것 같이 여겨졌기 때문이다.

"그건 그렇고, 휴가를 즐겁게 보내십시오."

"고맙습니다."

"다음에 런던에 오시거든 부디 들러 주십시오. 이것이 저의 주소입니다." 새터드웨이트 씨는 명함을 내밀었다.

"당신은 아주 친근감을 주는 분입니다. 새터드웨이트 씨. 저는 당신이 아주 마음에 들었습니다."

"그렇다면 당분간 떨어져 지내야겠군요. 자, 실례하겠습니다."

"안녕히 가십시오."

새터드웨이트 씨는 가 버렸다. 포아로는 잠시 동안 그의 뒷모습을 배웅하다가, 다시 자기 앞에 펼쳐진 푸르른 지중해를 바라보았다. 그대로 10분쯤 의자에 앉아 있었다.

아까 그 영국인 어린이가 다시 모습을 나타냈다.

"엄마, 바다를 보고 왔어요. 이번에는 무엇을 하지요?"

"좋은 질문이구나."

에르큘 포아로는 중얼거렸다. 그는 의자에서 일어나 표 파는 사무실 쪽으로 천천히 걸음을 옮겼다.

7

찰스 경과 새터드웨이트 씨는 존슨 대령의 서재에 앉아 있었다. 이 대령은 몸집이 크고 얼굴이 불그스름한 사나이였다. 목소리가 질그릇 깨지는 소리 같았으나 태도는 친절해 보였다. 그는 얼굴 가득히 기쁨을 나타내며 새터드웨이트 씨를 맞이하기는 했으나, 사실은 유명한 찰스 카트라이트 경과 알게 된 일을 기뻐하고 있었다.

"아내는 연극을 아주 좋아한답니다. 아내는 당신의 그, 뭐라더라…… 미국에서는 뭐라고 하지요? 그렇지, '팬'의 한 사람입니다. 바로 '팬'이라는 거지요. 저도 좋은 남자 배우는 좋아합니다. 훌륭한 소질이 있는 친구들 말입니다. 지금 무대에 올라 있는 연극 가운데에는 형편없는 것도 많더군요!"

찰스 경은 이러한 경우에 성실하고 솔직한 태도를 보이려고 신경을 썼다. 그는 결코 형편없다고 할 만한 연극은 상연한 적이 없었다. 그는 될 수 있으면 상대방에게 호감을 주도록 편안한 마음으로 대답했다. 두 사람이 방문 목적을 말하자 존슨 대령은 기다리고 있었던 것처럼 알고 있는 일들을 모두 이야기했다.

"당신들의 친구분이었다면서요? 아무튼 딱한 일입니다. 이곳에서도 아주 유명하셨지요. 그분의 요양소는 아주 높게 평가되었으며 또한 그분은 누구에게 물어봐도 그 분야 최고의 권위자였을 뿐 아니라, 인격적으로도 아주 훌륭한 분이었습니다. 친절하고 너그러워 모든 사람들이 우러르며 따랐지요. 그분만은 살해될 그런 사람이 아니라고 생각되실 테지요? 그렇지만 사실은 살인으로밖에는 볼 수 없습니다. 자살을 뒷받침할 만한 것이 아무것도 없는 데다 사고사라는 것도 도저히 생각할 수 없으니까요."

"새터드웨이트 씨와 저는 방금 외국에서 돌아온 참이라, 다만 신문으로 단편적인 기사만 이것저것 주워 읽었을 뿐입니다."

"그렇다면 당연히 모든 것을 알고 싶으시겠군요. 그러면 정확히 사건의 시작부터 말씀드리지요. 일단 지금은 바솔로뮤 경 집안의 집사를 찾아내야 합니다. 이 사나이는 새로 들어왔지요. 바솔로뮤 경은 그를 2주일 전에 고용했습니다. 더구나 그는 사건이 난 뒤 바로 모습을 감추었습니다. 그림자도 없이 허공으로 사라져 버렸습니다. 이것은 좀 수상하지 않습니까? 어떻게 생각하십니까?"

"당신은 그 사나이가 어디로 갔는지 아예 짐작조차 안 되십니까?"

존슨 대령의 붉은 얼굴이 더욱 붉어졌다.

"우리들이 게을렀다고 생각하시는군요. 사실 그런 생각도 무리는 아니겠지요. 물론 그 사나이도 다른 사람들과 마찬가지로 경찰의 감시를 받고 있었습니다. 그는 우리들이 묻는 것에 대해 만족스럽게 대답을 해주었습니다. 런던의 어느 직업소개를 통해 고용된 일이며, 그전의 고용주는 호레이스 버드 경이었다는 일 따위를요. 끝까지 아주 정중하게 이야기했으며, 당황하는 듯한 눈치는 눈곱만치도 없었습니다. 그런데 그만 모습을 감추었습니다. 그 집은 엄중히 감시받고 있었는데……. 저는 부하를 호되게 꾸짖었습니다. 그들은 맹세코 잠시도 눈을 떼지 않고 감시했다고 주장하고 있습니다."

"참으로 주목할 만한 점이로군요." 새터드웨이트 씨가 말했다.

"다른 일은 그만두고라도 그 사람은 정말 바보 같은 짓을 저질렀군요. 그는 자기가 생각하고 있었던 만큼 의심받지 않았는데…… 없어졌기 때문에 모두의 눈길을 끌게 된 셈이잖습니까?"

"확실히 그렇습니다, 찰스 경. 그러나 어차피 도망갈 수는 없을 겁니다. 인상서(범죄자나 가출자 등을 체포하거나 찾기 위하여 외모의 특징을 적어서 돌리는 글)가 여기저기 뿌려져 있기 때문에 그가 붙잡히는 것도 시간 문제지요."

"그러나 이상한데요……. 저로서는 왜 도망을 갔는지 그 까닭을 도무지 모르겠군요."

"그 까닭은 지나치리만큼 분명합니다. 겁이 나서 갑자기 두려워진 거죠. 그리고 마지막 수단으로 도망간 겁니다."

"살인을 할 수 있는 신경의 소유자라면 끝까지 침착하게 버틸 수 있지 않았을까요?"

"반드시 그렇다고는 말할 수 없지요. 저는 범죄자를 잘 알고 있습니다. 그 사나이는 자신이 의심받고 있음을 알고서 자취를 감춘 것입니다."

"당신은 그의 진술을 확인하셨나요?"

"물론이지요, 찰스 경. 그거야 우리가 마땅히 해야 할 일이 아닙니까? 런던의 직업 소개소에서는 그의 진술을 확인해 주었고, 게다가 그 사나이는 호레이스 버드 경의 친절한 소개장을 지니고 있었습니다. 호레이스 경은 지금 아프리카에 계십니다만."

"그렇다면 그 소개장이 가짜일지도 모르겠군요."

"확실히 그렇습니다." 존슨 대령은 교장이 성적 좋은 학생을 칭찬할 때처럼 찰스 경을 흘끗 쳐다보더니 말했다.

"물론 호레이스 경에게도 전보를 쳐 두었습니다. 하지만 답장을 받기까지는 시간이 좀 걸릴 것 같습니다. 그는 지금 서아프리카에서 사냥을 하고 있거든요."

"그 사나이는 언제 사라졌습니까?"

"사건이 일어난 이튿날 아침이지요. 그 만찬 모임에는 독극물을 연구하는 조셀린 캠벨 경이라는 의사가 와 있었습니다. 그와 이 지방에 사는 데이비스라는 의사가 있었는데, 그 두 의사의 의견으로 우리들이 즉각 불려갔습니다. 우리들은 두 사람의 의견으로 그날 밤 거기에 있던 사람들을 모두 만나 보았습니다. 엘리스는 그 집사의 이름입니다. 엘리스가 그날 밤 자기 방에 들어갔는데, 이튿날 아침 행방을 감추고 없었습니다. 침대에는 잠을 잔 흔적도 없었습니다."

"어둠을 틈타 살그머니 달아났다는 건가요?"

"그런 것 같습니다. 그 집에 머물러 있던 부인들 가운데 서트클리프 양이 있었습니다. 그 여배우를 아시지요?"

"잘 압니다."

"서트클리프 양이 우리들에게 넌지시 알려 주었습니다. 그녀는 집사가 비밀 통로를 지나 집에서 빠져나갔을 거라고 말했지요."

존슨 대령은 변명을 하듯 코를 풀고 나서 다시 말했다.

"에드거 월리스의 소설에나 나올 법한 이야기지만 비밀 통로라고 할 수 있는 게 있긴 있었던 모양입니다. 바솔로뮤 경은 자랑삼아 그것을 보여준 적도 있었답니다. 그 한쪽 출구는 그 집에서 800미터 남짓 떨어진 곳에 있는 낡은 석조 건물로 연결되어 있지요."

"확실히 가능성 있는 설명이군요. 다만 문제는 집사가 그 통로가 있는 걸 알고 있었는지 어떤지 하는 점이지요."

찰스 경은 고개를 끄덕이며 말했다.

"물론 그게 문제지요. 그런데 제 아내 이야기로는 하인들은 언제나 뭐든지 속속들이 다 알고 있다고 합니다. 그 말은 정말인 것 같습니다."

"저는 독이 니코틴이라고 들었습니다만……."

새터드웨이트 씨가 말했다.

"그렇습니다. 독으로서는 아주 드물게 쓰이는 거라고 생각합니다만. 아니, 비교적 드물다고 할까요? 바솔로뮤 경이 지독한 골초이기 때문에 일은 더욱더 복잡하기만 할 뿐입니다. 그 사람이라면 니코틴 중독으로 자연사할 수도 있다는 생각이 들기 때문인데, 그래도 이번 일은 자연사로서는 너무나 갑작스럽습니다."

"독은 어떤 식으로 넣었을까요?"

"도무지 알 수가 없습니다. 그 점이 바로 이번 사건의 가장 큰 난점입니다. 의사 진단에 따르면 죽기 바로 2, 3분 전에 먹은 모양입니다."

"모두들 포도주를 마시고 있었다는데……."

"그렇습니다. 그래서 독이 그 포도주에 들어 있지 않았나 하고 생각했었지요. 그러나 그렇지가 않았습니다. 우리들은 바솔로뮤 경의 잔에 있던 내용물을 분석해 보았습니다. 그 글라스에는 포도주 말고는 아무것도 들어 있지 않았습니다. 다른 잔은 물론 모두 치워졌습니다만, 씻지 않고 식기실 쟁반 위에 놓여 있었습니다. 그러나 어느 잔에도 독물은 없었습니다. 바솔로뮤 경이 먹은 음식은 다른 사람이 먹은 것과 똑같았습니다. 수프에 가자미 구이, 닭고기와 감자볶음, 초콜릿과 달걀 흰자 요리, 생선 알과 토스트입니다. 더구나 그 요리사는 바솔로뮤 경의 집에서 15년이나 있던 사나이입니다. 그 요리사가 주인에게 독물을 먹일 까닭은 절대로 없습니다. 하지만 어쨌든 독은 위장 속에 들어 있었습니다. 골치 아픈 일이지요."

찰스 경은 새터드웨이트 씨 쪽을 돌아보더니 흥분하여 외쳤다.

"너무나도 똑같군! 전번 그 사건과 너무도 비슷해!"

찰스 경은 변명이라도 하듯이 대령을 돌아보며 말했다.

"설명을 해드려야겠군요. 콘월에 있는 저의 옛 집에서도 이런 이상한 사건이 일어났답니다."

존슨 대령은 흥미가 있는 모양이었다.

"그 일에 대해서는 젊은 아가씨…… 그렇지, 리튼 고어 양으로부터 들은 것 같군요."

"그랬었군요. 그녀는 마침 그때 저의 집에 있었으니까요. 그녀가 당신에게 이야기했습니까?"

"네, 이야기해 주었지요. 리튼 고어 양은 결코 자기 신념을 굽히지 않더군요. 그런데 찰스 경, 저는 고어 양의 추리가 도무지 미덥지가 않습니다. 그녀의 추리대로라면 집사의 실종은 설명할 수 없지요. 그런데 그때도 무슨 일 때문에 당신의 고용인이 사라진 일은 없었습니까?"

"저는 남자 하인은 두지 않습니다. 객실 하녀라면 있습니다만……."

"남자가 변장하고 있다고는 생각할 수 없을까요?"

단정하고 얌전한, 지극히 여성스러운 템플 양을 머리에 떠올리며 찰스 경은 미소지었다. 존슨 대령도 어색한 듯이 쓴웃음을 지었다.

"그저 한 번 생각해 보았을 뿐입니다." 그는 계속해서 말했다. "리튼 고어 양의 말이 그다지 미덥지가 않다는 것은 아닙니다만, 말씀하신 그 사건의 피해자는 나이 지긋한 목사였다면서요? 대체 늙은 목사를 죽이는 녀석도 있을까요?"

"그게 바로 그 사건에서 이상한 점이지요." 찰스 경이 말했다.

"당신은 그저 우연의 일치라고 생각하시는 모양인데, 만약 그렇다면 집사는 이미 우리 손아귀에 있는 거나 진배 없습니다. 상습범일 게 뻔하니까요. 그러나 유감스럽게도 우리들은 그의 지문을 하나도 발견하지 못하고 있습니다. 지문 담당 전문가를 집사의 방과 식기실로 보냈습니다만 하나도 발견하지 못했습니다."

찰스 경과 새터드웨이트 두 사람 모두 잠자코 있었으므로 존슨 대령은 자신의 의견에 그럴듯한 점이 없어서 그런 것이리라고 생각했다.

"사건 진상은 어차피 미루어 헤아릴 수밖에 없습니다. 존 엘리스를 붙잡아서 도대체 그가 누구인지, 전과가 있는 녀석인지 어떤지 밝히면 동기는 아무래도 분명해지겠지요."

"당신들은 바솔로뮤 경의 서류들도 모두 조사하셨으리라고 생각합니다만……."

"물론이지요, 찰스 경. 우리는 주의를 기울여 샅샅이 조사하고 있습니다. 당신에게 이 사건을 맡고 있는 크로스필드 경감을 소개해 드리겠습니다. 아주 믿음직한 사람입니다. 제가 바솔로뮤 경의 직업이 이번 사건과 어떤 관계가 있을지도 모른다고 그에게 지적했더니, 그도 곧 그 말에 동의했지요. 의사란 직업상 비밀이 많이 있어서요. 바솔로뮤 경의 서류는 모두 보기 좋게 정리되어 있고, 요점은 깔끔하게 적혀 있었습니다. 바솔로뮤 경의 비서 린든 양도 크로스필드와 함께 세밀하게 조사했습니다."

"그런데도 아무것도 없었습니까?"

"참고가 될 만한 건 아무것도 없었습니다, 찰스 경."

"그 저택에서 무언가 없어진 것은 없었습니까? 가령 은그릇이라든가 보석류라든가……."

"아무것도……."

"정확하게 말해서, 그 저택에 있었던 사람은 누구누구였습니까?"

"그 명단을 가지고 있습니다……. 아니, 어디로 갔을까? 그렇지, 크로스필드가 가지고 있을 겁니다. 크로스필드를 꼭 만나십시오. 사실은 지금 곧 그가 보고하러 여기로 올 겁니다."

그때 벨이 울렸다.

"틀림없이 크로스필드일 겁니다."

크로스필드 경감은 크고 우람하며 말투는 느릿했으나, 아름답고 날카로운 푸른 눈을 가지고 있었다. 그는 먼저 상관에게 인사하고 나서, 두 사람의 방문객에게 소개되었다.

새터드웨이트 혼자였다면 아마도 크로스필드를 격의 없이 대하기가 어려웠으리라. 크로스필드는 햇병아리 주제에 런던에서 '의견'을 가지고 찾아온 이 신사들에게 찬동할 사람은 아니었다. 그런데도 불구하고 찰스 경의 경우는 달랐다. 크로스필드 경감은 무대의 마력에 앳된 동경심을 가지고 있는 사나이였다. 이제까지 찰스 경의 연기를 두 번 구경한 적이 있던 그는 이 각광받고 있는 영웅을 마치 육친이라도 만난 듯한 흥분과 기쁨으로 맞아 찰스 경에게 더없는 친밀감을 보이며 이야기를 나누었다.

"런던 무대에서 당신을 뵈었습니다. 아내와 함께 보았지요. 〈에인트리 경의 딜레마〉라는 연극이었는데, 우리는 서서 구경했답니다. 극장은 아주 혼잡해서 2시간이나 전부터 줄을 서 있어야 했습니다. 아내가 꼭 그렇게 해야겠다고 고집을 피웠으니까요. '전 무슨 일이 있어도 〈에인트리 경의 딜레마〉에 나오는 찰스 카트라이트 경을 보고 싶어요'라고 말하더군요. 그것은 펠멜 극장에서였습니다."

"그렇습니까? 그러나 저는 아시다시피 지금은 무대에서 떠나 있지요. 너무 무리를 하여 두 해 전에 신경쇠약에 걸려서 말입니다. 하지만 사람들은 아직도 펠멜에서 연기하던 저의 이름을 기억해 주고 있지요."

찰스 경은 이렇게 말하더니 명함을 꺼내어 무언가 끄적거리고 나서 크로스필드 경감에게 건네 주었다.

"부인과 함께 다음에 가실 적에는 이것을 좌석 담당자에게 보여 주십시오. 특별석으로 안내해 드릴 겁니다."

"정말 친절하시게도……. 찰스 경, 고맙습니다. 이 말을 아내에게 하면 기뻐서 펄쩍 뛸 겁니다."

이런 이야기가 오고 간 뒤 크로스필드 경감은 완전히 은퇴 배우의 포로가 되었다.

"이번 사건은 정말 기묘합니다. 저는 아직 니코틴 중독 살인 따위는 맡아 본 적이 없습니다. 데이비스 박사도 마찬가지지요."

"저는 여태까지 니코틴 중독이 담배를 지나치게 피워서 생기는 병의 하나라고만 생각했는데요."

"사실 저도 처음에는 그렇게 생각했습니다. 그러나 의사의 말에 따르면 순수한 알칼로이드는 냄새가 없는 액체로서, 두서너 방울만으로도 사람을 충분히 즉사시킬 수 있답니다."

찰스 경은 휘파람을 휙 불고 나서 말했다.

"효과적인 수법이로군!"

"말씀하시는 대로입니다. 게다가 그것도 흔히들 쓰고 있지요. 그 용액은 희석시켜서 장미 살충제로 쓰이니까요. 게다가 아무 담배에서나 뽑아낼 수 있답니다."

"장미 살충제? 아니, 어딘선가 들은 것 같은데……."

찰스 경은 눈살을 찌푸리고 고개를 저었다.

"무언가 새로운 정보라도 있었나, 크로스필드?"

존슨 대령이 물었다.

"확정적인 것은 아무 것도 없습니다. 엘리스를 더햄(영국 북부의 주 또는 그 주도)과 입스위치(영국 서포크 주에 있는 도시)와 밸햄, 그리고 랜즈엔드(영국 콘월 주 남서쪽 끝의 곳) 등 여러 곳에서 보았다는 정보도 있습니다만……. 유력한 단서가 있는 곳은 모조리 조사하고 있습니다."

크로스필드는 이렇게 말하고는 두 사람 쪽으로 돌아서며 말을 이었다. "그 사나이의 인상서로 지면 수배를 내리면 영국 인에만 있나는 누군가의 눈에 반드시 띌 것입니다."

"그 사람 생김새는요?" 찰스 경이 물었다.

존슨은 종이 한 장을 집어들고 읽었다.

"존 엘리스, 중키로 172센티미터 남짓, 조금 굽은 등, 잿빛 머리카락, 양쪽 구레나룻이 조금 나 있음, 검은 눈, 쉰 목소리, 윗이빨 하나가 빠져서 웃을 때마다 드러남, 특별한 표적이나 특징은 없음'"

"음, 양쪽 구레나룻과 그 이 빠진 자국 말고는 특징이 없군. 더구나 지금쯤은 구레나룻을 깎아 버렸을 테고, 게다가 웃음 같은 것은 큰 도움이 되지 않지요."

"골칫거리는 그를 자세하게 관찰한 사람이 하나도 없다는 것입니다. 저택의 하녀들로부터 이런 아주 애매모호한 인상을 알아내는 게 고작이었어요. 언제나 마찬가지이기는 합니다만, 제가 어느 한 인물의 인상서를 만들려고 물어보면 제각기 다르게 말합니다. 키가 크다든가 여위었다든가, 그렇지 않으면 키가 작다든가 통통하게 살이 찌고 중키라든가, 또는 뚱뚱하다든가 가냘프다든가……. 쉰 명 가운데 누구 하나 꼼꼼하게 살펴본 사람은 아무도 없어요."

"당신은 엘리스가 범인이라는 확신을 가지고 있습니까, 경감님?"

"그럼, 무슨 다른 까닭이 있어서 도망했을까요? 이것만은 당신도 어쩔 수 없는 일이지요."

"그것이 수사 실패의 원인이 될 수도 있습니다."

찰스 경이 의미 있는 말을 했다.

새터웨이트 씨는 바솔로뮤 스트레인지 경의 서류에 대해 아까 찰스 경이 입에 올린 것과 똑같은 내용을 다시 한 번 더 질문했다.

"아무것도 발견되지 않았습니다. 모든 것이 명확했지요."

"그렇소, 나도 다시 검토해 보았지만 수상한 점은 눈곱만큼도 없었습니다." 존슨 대령이 끼어들었다.

"저는 톨리의 비서와 한 번 만난 일은 있습니다. 똑똑한 여자 같았습니다. 아주 시원시원한 여자였지요." 찰스 경이 말했다.

"말씀하시는 대로입니다. 조금 사무적이기는 하지만 퍽 젊고 발랄합니다. 그리고 우리들은 바솔로뮤 경의 일기도 조사해 보았습니다. 흔한 노트였습니다. 다만 그것뿐입니다. 여기에 그 노트가 있습니다."

"호!" 찰스 경은 자기도 모르게 손을 뻗쳤다. 경감은 작은 초록색 노트 한 권을 건네 주었다. 꽤 오래 썼는지 너덜너덜했다.

새터드웨이트 씨는 찰스가 페이지를 펄럭펄럭 넘기는 것을 그의 어깨 너머로 들여다보았다. 내용은 연필로 끄적거린 메모에 지나지 않았다.

래덤 영감의 세일. 좋은 포도주, 잊지 말고 가지고 갈 것.
L에게 새 테이블 받침 세트를 사도록 이를 것.
피로하다, 곧 은퇴하자.
주 : 저 빌어먹을 바보 정원사를 혼내줘야겠다.
   왜 튤립을 좀더 빽빽이 심지 못하는가?

마지막 장은 비극의 사건 바로 전날의 날짜가 적혀 있었다. 그것은 다음과 같은 내용이었다.

M의 일이 걱정스럽기만 하다. 아무래도 상태가 심상치가 않다.
L에게 소파 스프링이 망가진 것을 말할 것.

"L은 비서 린든 양을 말합니다." 경감이 설명했다.

"그럼 M은 누굽니까?"

"모르겠습니다. 아마 환자 가운데 하나가 아닐까 합니다만……."

찰스 경이 이번에는 사건이 일어난 날 밤 저택에 있었던 사람들의 명단을 보여 달라고 했다. 거기에는 다음과 같이 씌어 있었다.

마사 레키——요리사

비어트리스 처치——고참 하녀

도리스 코커——하녀

빅토리아 볼——침실 하녀

바이올렛 배밍턴——주방 하녀

이들은 모두 오랫동안 바솔로뮤 경을 섬겨 온 선량한 사람들이다. 레키 부인은 이 저택에서 15년 동안 일해 왔다.

글래디스 린든(비서)——33살. 바솔로뮤 경의 비서로 3년 동안 있었다.
범행 동기 같은 것은 찾을 수 없음

그 다음에는 이 집에 온 손님들의 이름이 적혀 있었다.

에든 경 부부——캐도건 스퀘어, 런던

조셀린 캠벨 경 부부——할리 가, 런던

안젤라 서트클리프 양——캔트렐 저택, 런던, S. W. 3

데이크리스 대령 부부——세인트 존스 하우스, 런던, W. 1. 데이크리스 부인은 앰브로신 의상실(런던, 브루턴 가) 경영 중.

메리 리튼 고어 부인과 허미온 리튼 고어 양——로즈 커티지, 루마스

뮤리엘 윌스 양——어퍼 캐드카트 로, 투팅

올리버 맨더스——스파이어 앤드 로즈 상회(올드브로드 가, E. C.)

"음, 신문에는 투팅 사람들이 빠져 있었군. 맨더스 청년도 와 있었고……."

"네, 그것은 그야말로 우연이었지요. 이 젊은이는 오토바이를 그 저택의 옆 담에 부딪히는 사고가 있었습니다. 그래서 아마도 안면이 좀 있는 바솔로뮤 경이 그날 밤 자고 가라고 하지 않았나 생각합니다만."

"경솔한 짓을 했군 그래." 찰스 경이 유쾌한 듯이 말했다.

"그렇습니다, 정말. 사실 저도 그 젊은이가 한잔하여 거나하게 취해 있었을 게 틀림없다고 생각합니다. 맨정신이었다면 담을 들이받을 까닭이 없잖습니까?"

"거나하게 취했을 테지요, 저도 그렇게 생각합니다." 찰스 경이 이어서 말했다. "그럼 경감님, 수고하셨습니다. 그리고 부장님, 우리들이 그 저택을 보러 가도 상관없겠지요?"

"물론 상관없습니다. 하지만 가 보셔도 지금 제가 말씀드린 것 이상의 것은 알 수 없을 겁니다."

"거기에는 지금 누가 있습니까?"

"일꾼들뿐입니다. 파티 손님들은 조사를 받은 뒤 곧 돌아갔고, 린든 양은 할리 거리로 돌아갔습니다."

"어쩌면 의사를, 뭐라고 하셨더라…… 데이비스 의사를 만날 수 있습니까?"

새터드웨이트 씨가 말하자 존슨 대령이 말했다.

"만나시겠다고요? 좋습니다."

두 사람은 데이비스 의사의 주소를 받아들고 존슨 대령에게 그의 친절에 대해 정중히 고마움을 나타낸 뒤 그 자리를 떴다.

8

찰스 경은 길을 걸으며 새터드웨이트 씨에게 말을 걸었다.

"뭔가 생각나는 게 있나, 새터드웨이트?"

"자네는 어떤가?"

새터드웨이트 씨가 되물었다. 그는 마지막 순간까지 자기 의견을 말하고 싶지 않았다. 그러나 찰스 경은 그렇지 않았다. 그는 신이 나서 이야기하기 시작했다.

"녀석들은 잘못 알고 있는 거네, 새터드웨이트. 녀석들의 생각은 틀렸단 말이야. 말하자면 그들 머릿속에는 그 집사가 눌어붙어 있어. '집사가 도망갔다. 그러므로 집사가 범인이다.' 이건 그다지 들어맞는 이야기가 아니야. 겨냥이 빗나간 것도 이만저만이 아니네. 우리 집에서 지난 번에 생긴 또 하나의 괴사건을 계산에 넣어야 해."

"자네는 또 이 두 사건이 서로 관련이 있다는 의견인가?"

새터드웨이트 씨는 마음속으로 이미 그의 의견이 옳다고 생각하고 있었으면서도 이렇게 물어보았다.

"여보게, 그 둘 사이에는 틀림없이 어떤 관련이 있어. 모든 일이 그것을 증명하고 있어. 우리들은 이 두 사건에서 공통점을 찾아내야 해. 예를 들어서 양쪽 파티에 참석한 사람들이라든가……."

"하긴 그렇군." 새터드웨이트 씨도 맞장구쳤다.

"그러나 그것은 겉보기일 뿐, 우리들이 생각하는 것처럼 단순한 문제는 아닌 것 같아. 공통 요소가 너무 많아서 말이야, 카트라이트. 자네는 자네 집 만찬 모임에 참석했던 사람들이 모두 이곳에도 참석했다는 걸 알고 있을 테지?"

찰스 경은 고개를 끄덕이며 말했다.

"물론 알고 있지. 자네는 이 사실에서 뭔가를 끌어낼 수 없겠나?"

"도무지 모르겠는데, 찰스 경."

"음, 그건 안 되겠는걸. 그럼, 우연이라고 생각해? 천만에. 거기에는 의미가 있어. 어째서 첫 사건 때 있었던 사람들이 모두 두 번째 사건 때에도 와 있었을까? 우연일까? 천만에. 틀림없이 계획적이었어. 톨리가 꾸민 것이란 말이야."

"뭐라고? 하기야 있을 수 있는 일이지."

"그게 틀림없어. 새터드웨이트 자넨 나보다는 톨리에 대해 잘 모르고 있어. 그는 자기 의견을 남에게 이야기하지 않아. 말하자면 아주 참을성이 있는 사나이였지. 그와 사건 오랜 세월 동안 나는 한 번도 그가 지레짐작하여 의견을 결정하거나 판단내리는 것을 보지 못했어. 그런 선에서 생각해 보게나. 배빙턴은 살해된 거야. 그렇지, 살해되었어. 내가 얼버무릴 생각은 아예 없어. 그러나 어쨌든 그날 밤 내 집에서 살해된 것은 사실이야. 톨리는 그 문제에 의혹을 품고 있는 나를 은근히 비웃는 눈길로 보고 있었지. 그러나 그 또한 나름대로 의혹을 품고 있었던 거야. 그러나 그는 거기에 대해서는 아무것도 말하지 않았어. 그렇게 하는 일은 그의 방식이 아니었기 때문이지. 하지만 그는 조용히 마음속으로 자기만의 가설을 만들어 나갔던 거야. 어떠한 가설을 세웠는지는 모르지만 내가 생각하기에는 그것이 어떤 특정 인물에 눈독을 들인 것은 결코 아닌 것 같아. 그는 막연하게 파티에 참석한 사람들 가운데 하나가 범인이라고 믿었던 거야. 그래서 누가 범인인지를 찾아내기 위해서 일종의 시험을 할 속셈으로 계획을 세웠던 거지."

"그렇다면 에든 경이나 캠벨 부부와 같은 새로운 손님들은 어떻게 된 건가?"

"그 계획이 드러나지 않도록 하기 위한 장치였겠지."

"그 계획이라는 게 어떤 것이었다고 생각하나?"

찰스 경은 어깨를 으쓱해 보였다. 조금은 과장되고 외국인 같은 몸짓이었다. 찰스 경은 어느새 탐정계의 권위자 아리스티드 듀발이 되어 있었다. 걸을 때 그는 왼쪽 발을 절뚝거렸다.

"어떻게 그런 걸 알 수 있겠나? 나는 마법사가 아니라서 알아맞힐 재간이 없군. 그러나 어쨌든 그런 계획은 있었어. 그런데 범인은 톨리가 생각했던 것보다 더 영리했기 때문에 그의 계획은 실패한 거야. 그가 선수를 치고 나온 거지."

"그라니?"

"아, 어쩌면 그녀인지도 모르지. 독약은 남자의 무기이기도 하지만 여자의 무기이기도 하니까. 아니, 여자의 무기인 경우가 더 흔하네."

새터드웨이트 씨는 잠자코 있었다. 찰스 경이 말했다.

"여보게, 자네는 그렇게 생각하지 않나? 아니면 자네는 저 평범한 의견이 옳다고 보나? '집사가 범인이다. 그가 한 짓이다' 하고 주장하는 경찰 측 견해에 동조하는 건가?"

"그럼 자네는 그 집사에 대해서 어떻게 설명하겠나?"

"나는 그에 대해서는 생각해 보지도 않았어. 내 생각으로는 그는 아무것도 아니야. 설명은 할 수 있지만……."

"어떤 식으로 말인가?"

"좋아, 해주지. 엘리스는 상습범이야. 이를테면 전과가 있을 거라는 점에서는 경찰 쪽에 잘못이 없어. 엘리스는 가짜 소개장으로 집사의 지위를 얻었던 거야. 그런데 톨리가 살해된 거지. 그렇게 되면 엘리스의 처지가 뭐가 되겠나? 사람이 살해되었다, 그리고 그 집에는 '스코틀랜드야드(런던 경시청)에 지문이 보관되어 있어 경찰과 낯익은' 사나이가 있다. 자, 그럼 당연히 허겁지겁 달아났을 게 아닌가?"

"하지만 그 비밀 통로에 대해서는 어떻게 설명을 하지?"

"비밀 통로 따위는 말도 안 되는 소리야. 그 집을 감시하던 머저리 순경이 낮잠 자는 동안에 감쪽같이 도망간 거야."

"하기는 자네 의견이 확실한 것 같네."

"그런데 새터드웨이트, 자네의 생각은 어떤가?"

"내 생각? 뭐, 자네와 마찬가지지. 처음부터 끝까지 그대로야. 집사란 놈은 서툰 훈제 청어 꼴인 셈이지. 나는 바솔로뮤 경과 딱한 배빙턴 씨 둘 다 같은 놈에게 살해되었다고 생각해."

"파티에 참석한 사람들 가운데 한 사람에게 말인가?"

"그렇지, 파티에 참석한 사람들 가운데 한 사람이지."

잠시 침묵이 이어졌으나 이윽고 새터드웨이트 씨가 문득 생각난 듯이 물었다.

"자네는 그들 가운데 누가 범인이라고 생각하나?"

"이봐, 새터드웨이트, 그걸 내가 어떻게 알 수 있겠나?"

새터드웨이트 씨는 조용히 말했다.

"물론 자네로서는 알 수 없을 테지. 나는 다만 자네가 과학적이고 이론적인 뒷받침은 없다 하더라도 무언가 짚이는 데가 있을 거라고 생각했을 뿐이야. 즉 육감이라는 것 말이야."

"아니, 그런 것은 없어." 찰스 경은 잠시 생각에 잠겨 있다가 이윽고 느닷없이 이야기하기 시작했다.

"이봐, 새터드웨이트, 자네가 그렇게 생각해 낸 이상 그들 가운데 누군가가 범행했다고 하는 설명은 불가능하게 보이는데."

"적어도 피의자들이 모였다고 하는 점에서는 자네의 가설이 옳다고 봐. 다만 명백하게 혐의 대상에서 제외되어야 할 사람이 있다는 걸 생각해야 해. 이를테면 자네와 나, 그리고 배빙턴 부인, 맨더스 젊은이 말이야. 그는 피의자에서 빼야 해."

"맨더스?"

"그렇지. 그가 그 저택에 온 것은 완전히 우연이었어. 그는 파티에 초청된 게 아니야. 이 점을 생각할 때 그는 피의자가 될 수 없다는 거야."

"극작가 앤터니 애스터도 그렇지."

"아니, 그렇지 않네. 그녀는 거기에 있었거든. 그는 투팅의 뮤리엘 윌스 양이야."

"그렇군. 그 여자의 본명이 윌스라는 것도 잊고 있었어."

찰스 경은 얼굴을 찌푸렸다. 새터드웨이트 씨는 사람 마음을 읽어내는 데 상당한 실력이 있었다. 그는 지금 앞에 있는 배우 찰스의 마음속도 정확히 꿰뚫어보고 있었다. 찰스 경이 이야기하고 있는 동안 새터드웨이트 씨는 마음속으로 만족해 하고 있었다.

"새터드웨이트, 자네의 말이 옳아. 나는 바솔로뮤가 부른 사람들 모두를 꼭 피의자로는 생각하지 않아. 아무튼 메리 부인과 에그 양까지 그 자리에 있었으니까 말이야. 아니, 바솔로뮤는 아마도 나의 집에서 일어났던 사건을 다시 한번 재현해 보고 싶었는지도 모르지. 그는 어떤 인물을 의심스럽게 보았어. 그 점을 확인해 줄 누군가 증인이 필요했던 거야. 틀림없이 그런 정도였을 거야."

"그럴 테지." 새터드웨이트 씨도 동의하며 말을 이었다. "여기서는 다만 사실을 일반화시켜 가는 수밖에는 다른 도리가 없겠어. 좋아, 리튼 고어 모녀와 배빙턴 부인, 올리버 맨더스와 자네와 나를 빼면 그밖에 누가 남지? 안젤라 서트클리프 양인가?"

"앤지라구? 이봐, 그녀는 옛날부터 톨리의 친구였어."

"그렇다면 데이크리스 부부만 남는데…… 카트라이트, 그럼 자네는 데이크리스 부부를 의심하고 있군? 내가 그렇게 묻는다면, 그렇다고 대답하는 편이 좋을 거야."

찰스 경은 새터드웨이트 씨를 바라보았다. 새터드웨이트 씨는 온화하긴 하나 우쭐대는 표정을 짓고 있었다.

"확실히 그렇게 보일 테지만 난 그 부부만 의심하는 게 아니야. 다만 그들은 다른 사람들보다 좀더 수상쩍은 것 뿐이지. 무엇보다도 나는 그 부부를 잘 모르네. 하지만 인생을 경마에 허비하는 남편 프레디 데이크리스와 엄청나게 값비싼 옷의 디자인으로 세월을 보내는 아내 신시어가 왜 보잘 것 없는 늙은 목사를 죽일 생각이 들었을까. 아무래도 이해가 가지 않아."

그는 고개를 저었으나, 곧 밝은 표정을 지으면서 말했다.

"아직 윌스 여사가 있었군 그래. 또 그녀에 대해서는 잊고 있었어. 이렇게 내가 연거푸 그녀를 잊는 데는 무언가 까닭이 있지 않을까? 그녀는 내가 지금까지 본 여자 가운데 가장 정체 모를 인물이야."

새터드웨이트 씨는 미소지으며 말했다.

"나는 그녀를 보면 번스(스코틀랜드 출신의 국민 시인)의 유명한 말 '젊은이여, 그대들 속에 사물을 기록하고 있다'는 구절이 생각나. 그녀는 언제나 날카롭게 관찰하고 있단 말야. 나는 윌스 여사가 언제나 이 '사물을 기록하고' 있는 게 아닐까 생각해. 아무래도 이상해. 그 안경 뒤에서 날카로운 두 눈이 빛나고 있지. 이번 사건에서 주의해야 할 값어치 있는 일이 있었다면, 반드시 윌스 여사가 눈치챘을 거라고 생각해."

"자네는 그렇게 생각해?" 찰스 경은 의심스러운 모양이었다.

"그건 그렇고, 먼저 점심 식사부터 하자고. 그 뒤 바솔로뮤의 저택으로 가서 무언가 발견할 수 있는지 찾아보자고."

"이번 일에서는 자네도 퍽 열심인 것 같군, 새터드웨이트."

찰스 경은 재미있다는 듯이 눈을 굴리며 말했다.

"나로서는 범죄 수사가 이번이 처음이 아니야. 언젠가 내 차가 부서졌을 적에 나는 어떤 외딴 여관에 묵었었지……."

새터드웨이트 씨는 그 이상은 말을 하지 않았지만, 찰스 경이 대사를 말하듯 맑고 날카로운 목소리로 말했다.

"아, 기억하네. 그 때가 1921년, 내가 여행하고 있었던 동안의 일 말이지?"

이것으로 찰스 경이 이겼다.

9

두 사람이 그날 밤 9시쯤 달빛 아래 본 멜포트 저택의 정원과 건물 만큼 평화로운 것은 없었으리라. 이곳은 예전에는 수도원이었는데, 대부분이 15세기 건물이었다. 지금은 수리를 해서 날개처럼 양쪽에 건물을 새로 덧붙여서 늘렸다. 이 새 요양소는 정원이 있는 저택에서는 보이지 않았다.

찰스 경과 새터드웨이트 씨는 요리사 레키 부인의 마중을 받았다. 뚱뚱하지만 기품 있게 검은 옷을 입은 이 부인은 감상적이고 수다스러웠다. 부인은 찰스 경과는 이미 낯이 익은 사이여서 그녀가 말을 거는 상대는 거의 찰스 경이었다.

"이번 사건이 저에게 어떤 것이었는지는 당신이라면 꼭 아실 거라고 생각해요. 주인님이 돌아가시고 게다가 그 밖의 여러 가지 일이 ……. 경찰관이 여기저기를 냄새맡고 다니면서 닥치는 대로 온 집 안을 쓰레기통까지 뒤졌답니다. 당신은 아마도 믿지 않을 거예요. 뒤지기가 끝나자마자 신문을 하지 뭐예요. 그 사람들은 신문을 해야 직성이 풀리는 모양이지요. 이렇게 오래 살다 보니 그런 일도 보게 되는군요.

주인님은 여느때에도 늘 아주 조용한 분이셨습니다. 기사 작호를 받으셔서 바솔로뮤 경이 되셨지요. 그래요, 그날은 저희 고용인들로서도 정말 자랑스러운 날이었습니다. 비어트리스는 저보다 세 해 늦게 이곳에 왔습니다. 그런데 이 경찰관 녀석들이 묻는다는 게 글쎄……. 죄송해요, 저는 일부러 신사분을 녀석으로 부르고 싶지는 않아요. 신사란 어떤 것인지 잘 알고 있거든요. 하지만 경감이든 누구든 녀석은 녀석이지요."

레키 부인은 여기서 이야기를 멈추고 한숨 돌렸다. 헝클어진 말의 늪 속에 빠져 버린 부인은 거기에서 벗어나려 애썼다.

"신문……. 아, 그랬었지요. 그들은 집에 있는 하녀 모두를 신문했습니다. 모두 착한 아이들인데……. 저는 여기서, 도리스는 아침에 일어나야 할 시간에 일어난다는 등의 이야기를 말씀드리고 싶은 게 아니에요. 하지만 저는 일주일에 적어도 한 번은 잔소리를 해야 했어요. 게다가 비키는 건방지게 굴 때가 많았는데, 한편 생각하면 요즘 어머니들은 버릇을 제대로 가르치지 않으니까 젊은 사람에게 예의를 바라는 것도 무리지요. 어떠한 경감도 저에게 우리 아이들에게 불리한 말을 하게 할 수 없지요. '뭐라구요, 제가 그 애들한테 불리한 말이라도 했으리라고 생각하셨습니까? 그런 건 생각해 볼 필요조차 없습니다. 모두 좋은 애들뿐이니까요. 그리고 그들이 살인과 관계가 있다니, 대체 어째서입니까? 그렇게 생각하는 것만도 정말이지 죄악이에요!'라고 저는 그 경감에게 말해 주었습니다."

레키 부인은 여기서 다시 한숨을 돌렸다.

"그러나 엘리스 씨의 일은 이야기가 아예 다릅니다. 저는 엘리스 씨에 대해서는 아무것도 아는 바가 없기에 그분의 일에 대해서는 대답할 수 없습니다. 베이커 씨의 휴가 동안만 일하기로 하고 런던에서 왔답니다. 여기는 처음이었던 모양이에요."

"베이커 씨라구요?" 새터드웨이트 씨가 물었다.

"베이커 씨는 7년 동안 바솔로뮤 경의 집사였습니다. 그분은 거의 런던 할리 거리에 계셨습니다. 그분을 기억하고 계시겠지요?"

레키 부인은 고개를 끄덕이며 듣고 있는 찰스 경에게 물었다.

"바솔로뮤 경은 파티를 여실 때마다 꼭 베이커 씨를 이리로 부르시곤 했었습니다. 하지만 그 사람은 건강이 그다지 좋지 않았어요. 그래서 바솔로뮤 경은 베이커 씨에게 돈을 주어 두 달 동안 브라이튼 근처의 바닷가로 휴가를 보내 주셨답니다. 주인님은 정말로 친절한 분이셨어요. 그래서 주인님은 엘리스 씨를 임시 집사로 고용했던 것입니다. 그렇기 때문에 그 경감에게도 이야기했듯이 저는 엘리스 씨에 대해서는 뭐라 드릴 말씀이 없습니다. 하기야 엘리스 씨 자신이 말한 것으로 짐작해 보자면 아마 상류 가정에서 일을 보았던 모양입니다. 그리고 어딘가 확실히 신사다운 데가 있었지요."

"당신은 엘리스에 대해 무언가 예사롭지 않은 점을 보지 못했습니까?"

찰스 경이 대답을 기대하는 것처럼 물었다.

"글쎄요, 제가 드린 말씀을 이해하셨다면 그런 식으로 물으시는 게 좀 이상하군요. 보았다고도, 보지 못했다고도 말씀드릴 수 있으니까요."

찰스 경이 '조금만 더'라고 재촉하는 것처럼 쳐다보자 레키 부인도 이야기를 이어 나갔다.

"저로서도 무엇이었는지 똑똑히 말씀드릴 수는 없지만, 확실히 무엇인가가 있었던 것 같았습니다만……"

'예사롭지 않은 일이 있었다고 한다면…… 그것은 아마도 사건이 일어난 뒤의 이야기일 것이다.' 새터드웨이트 씨는 냉정하게 생각했다. 아무리 레키 부인이 버릇처럼 경감을 경멸하고 있다 하더라도 이것만은 증명하지 못할 것이다. 가령 엘리스가 미치광이라고 한다면 레키 부인이 뭔가를 보았다는 것이 된다.

"먼저 한 가지, 그는 선뜻 다가서기가 어려운 사람이었습니다만, 아주 예의가 바른 신사였습니다. 아까 말씀드린 것처럼 아마 상류 가정에 익숙해 있기 때문이겠지요. 그렇지만 자기 껍데기 속에 틀어박히는 성격의 사람으로서, 자기 방에만 들어앉아 있었습니다. 그래서 그 사람에게는, 그래요, 뭐라고 말하면 좋을까, 확실히 그 사람에게는 무언가 있지 않았는가 생각합니다."

"당신은 그 사나이의 본디 직업이 정말은 집사가 아니지 않을까 하는 의심은 해보지 않으셨습니까?"

새터드웨이트 씨가 슬쩍 물어보았다.

"아뇨, 그 사람은 훌륭하게 제대로 일을 하고 있었습니다. 게다가 사교계 명사들의 일에 대해서도 잘 알고 있었지요."

"이를테면 어떤 식으로?" 찰스 경이 은근히 재촉했다.

그러자 레키 부인의 말이 애매모호해졌다. 부인은 이제까지 하녀 방에서 떠도는 잡담을 마음에 두고 기억하려 한 일이 없었다. 그런 종류의 일은 흔히 그녀의 마음을 상하게 하는 게 보통이었기 때문이다.

레키 부인의 마음을 편하게 해주려고 새터드웨이트 씨가 입을 열었다. "그래도 그 사람의 인상 정도는 이야기해 줄 수 있겠지요?"

레키 부인은 기운을 되찾아서 말했다.

"ㄱ거라면 물론 말씀드릴 수 있어요. 그 사람은 구레나룻이 있고 잿빛 머리카락에 등이 조금 구부정했지만 풍채가 아주 좋았습니다. 그리고 살이 점차로 불어났는데, 엘리스 씨는 거기에 크게 신경을 썼어요. 또 한 가지, 손을 떨었어요……. 당신이 상상하시는 알코올 중독이라든가 하는 그런 이유 때문에 떠는 것은 아니었습니다. 그 사람은 제가 알고 있는 사람들과는 좀 달라서 음식을 아주 절제하는 편이었지요. 시력이 좀 약한 것 같았고, 눈빛도 좋지 않아 보였습니다. 특히나 강한 빛을 받으면 눈물이 심하게 난다는군요. 우리와 함께 외출할 적에는 안경을 썼지만, 일할 적에는 쓰지 않았어요."

"특별히 뚜렷한 특징 같은 건 없었소? 이를테면 상처 자국이라든가, 손가락을 다쳤다든가, 아니면 멍이 있었다든가……."

"아니요, 그런 것은 하나도 없었습니다."

"미스터리소설이란 얼마나 현실과 동떨어져 있을까?" 찰스 경이 한숨을 쉬었다. "미스터리소설에는 반드시 뭔가 표적이 될 만한 특징이 있기 마련인데……."

"그는 이가 하나 빠져 있었다면서요?"

새터드웨이트 씨가 말했다.

"그렇다고들 하더군요. 하지만 저는 몰랐습니다."

"사건이 일어난 날 밤 그의 행동은 어떠했습니까?"

새터드웨이트 씨가 조금 딱딱한 말투로 물었다.

"글쎄요, 어떠했다고 말씀드릴 수가 없군요. 우리는 부엌에서 눈코 뜰 새 없이 바빠서 그런 일을 살필 겨를이 없었거든요."

"하긴 그랬겠군요."

"주인님이 돌아가셨다는 소식을 들었을 때 우리들은 모두 숨이 막힐 만큼 깜짝 놀랐답니다. 저는 울음이 북받쳐 올라 눈물이 멎지를 않았어요. 비어트리스도 마찬가지였지요. 물론 젊은 하녀들도 완전히 이성을 잃고 잔뜩 흥분해 있었습니다. 그러나 엘리스 씨는 갓 들어온 사람이어서 저희들만큼 이성을 잃지는 않았습니다. 게다가 우리들의 마음을 이해한다는 듯이, 비어트리스와 저에게 마음을 가라앉히도록 포도주를 마시라고 권했습니다. 그런데 그 사람이 범인이라고 생각하니……."

레키 부인의 말이 끊기면서 두 눈에 노여움의 불길이 번뜩였다.

"그날 밤, 그 사람이 없어졌다면서요?"

"그렇다니까요. 그 사람은 우리들과 마찬가지로 자기 방으로 돌아갔는데, 이튿날 아침에는 벌써 없어졌습니다. 경찰이 그 사람을 수배하게 된 것도 그가 스스로 이런 짓을 했기 때문이에요."

"정말입니다. 바보 같은 녀석이지. 그런데 대체 이 집을 어떻게 빠져나갔다고 생각하십니까?"

"도무지 짐작이 가지 않습니다. 밤새도록 경찰이 집을 지키고 있었는데, 그가 나가는 것을 본 사람은 아무도 없었다더군요. 그 점이 바로 경찰관 또한 사람인 데는 다를 게 없다는 거지요. 그들이야말로 남의 집에 들어와서 냄새를 맡고 다니며 기분 나쁜 느낌을 주고 있으니까요."

"집안 어딘가에 비밀 통로가 있다는 이야기를 들었습니다만……."
찰스 경이 말했다.

레키 부인은 코웃음을 치며 말했다.

"경찰이 그랬지요?"

"그런 게 있긴 있습니까?"

"그런 이야기를 듣기는 했습니다만……."

레키 부인은 조심스럽게 긍정하는 것 같았다.

"어딘가에 들어가는 입구가 있겠지요?"

"아니요, 모릅니다. 비밀 통로 이야기도 좋습니다만, 하녀 방에만은 소문이 퍼지지 않도록 해주십시오. 젊은 하녀들에게 지혜를 가르쳐 주는 것이 되니까요. 그 애들이 그리로 빠져나가려는 생각을 하지 않는다고 장담할 수 없잖아요. 지금 하녀들은 뒷문으로 드나들고 있습니다. 저희들은 그 문을 지나야만 어디로든 갈 수 있습니다."

"놀랐습니다, 레키 부인. 당신은 정말 현명한 분이로군요."

레키 부인은 찰스 경의 칭찬을 받자 자랑스러운 모양이었다.

"다른 하녀들에게도 두서너 가지 물어봐도 괜찮겠습니까?"

찰스 경이 계속해서 말했다.

"물론이지요. 하지만 그 애들은 지금 제가 말씀드린 그 이상의 일은 아무것도 말씀드릴 수 없을 겁니다."

"아, 그거라면 우리도 알고 있어요. 나는 엘리스에 대한 것보다 바솔로뮤 경의 일을 듣고 싶습니다. 그날 밤 바솔로뮤의 태도라든가 그런 것 말이지요. 뭐니뭐니해도 그는 내 친구였으니까요."

"알고 있습니다. 잘 알고 있어요. 저기 비어트리스와 도리스가 있군요. 도리스는 그날 식사 시중을 들고 있었습니다."

"그렇다면 도리스를 만나고 싶군요."

그러나 레키 부인은 들어온 순서를 중요하게 여겼다. 고참 하녀 비어트리스 처치가 먼저 모습을 나타냈다. 그녀는 꼭 다문 입술에 키가 크고 여윈 여자로서 꽤 고집이 세어 보였다.

두서너 가지 시덥잖은 것을 물어본 다음 찰스 경은 운명의 날 밤 파티에 참석했던 사람들의 행동에 대해 이야기를 풀어 나갔다. 그 사람들은 모두 크게 당황하고 있던가? 어떤 말을 하고 어떤 행동을 하던가? 하는 식으로.

비어트리스의 태도가 조금 활기를 띠었다. 흔히 있는 비극적이고 잔인한 취미를 가진 여자였다.

"서트클리프 양은 글쎄 쓰러지고 말았어요. 아주 마음이 따뜻한 분이고 그전에 이곳에 머물렀던 적도 있었습니다. 저는 브랜디나 맛있는 차라도 드릴까요 하고 말씀드렸지만 제 말이 잘 들리지 않는 모양이었어요. 그러나 아스피린은 잡수셨습니다. 잠이 오지 않을 거라고 말씀하셨는데, 이튿날 아침에 제가 차를 가지고 갔더니 세상 모르고 푹 잠들어 있었습니다."

"그리고 데이크리스 부인은 어떠했나?"

"그분은 무슨 일이 생겨도 당황하실 분이 아니에요."

비어트리스의 말투로 짐작해 보니 신시어 데이크리스에 대해서는 그다지 호감을 갖고 있지 않은 모양이었다.

"데이크리스 부인은 다만 돌아가고 싶어 안달이었습니다. 일에 지장이 있다고 말씀하셨어요. 엘리스 씨가 가르쳐 주었는데, 그 부인은 런던에서 큰 의상실을 내고 있다고 하더군요."

'큰 의상실'이란 비어트리스로서는 '직업'을 뜻하는 것이었다. 그런데 이 '직업'이라는 것이야말로 그녀가 언제나 업신여기는 것이었다.

"그리고 부인의 남편은?"

비어트리스는 경멸하듯이 말했다.

"그분은 브랜디로 신경을 안정시키려고 하고 있었습니다. 그보다는 오히려 곤드레만드레가 되었다고 말씀드리는 편이 좋겠네요."

"메리 리튼 고어 부인은?"

"그분은 아주 훌륭한 부인이었습니다."

비어트리스는 말투를 부드럽게 바꾸며 이렇게 말했다. "저의 할머니는 성에서 그분의 아버님을 섬겼습니다. 언제나 귀여운 아씨 마님이었다고 들었습니다. 지금은 조촐하게 살고 계신 모양인데, 어딘지 기품이 있고 또 아주 동정심 많은 분으로서 남에게 결코 방해되는 일은 하지 않으시다며 언제나 기분좋게 이야기하셨습니다. 그분의 따님 또한 아주 호감이 가는 분이었습니다. 두 분 모두 바솔로뮤 경을 그다지 잘 모르는 것 같았지만, 주인님이 돌아가시자 아주 슬퍼하셨습니다."

"윌스 여사는?"

다시 비어트리스의 말투가 딱딱해졌다.

"윌스 여사가 이번 사건에 대해 어떻게 생각하셨는가는 도저히 말씀드릴 수 없습니다."

"그렇다면 여사에 대해서는 어떻게 생각했지? 이봐, 비어트리스, 말해 주어도 좋지 않겠어?"

찰스 경이 물었다. 그러자 뜻밖에도 비어트리스의 굳어진 표정이 풀렸다. 찰스 경의 태도에 어린 학생이 무언가를 조르는 듯한 데가 있었기 때문이다. 밤마다 관객을 강하게 감동시켜 온 찰스 경의 매력 앞에서 그녀 따위는 상대가 안 되었다.

"정말 뭐라고 말하면 좋을지……"

"다만 월스 여사에게서 받은 느낌만 말하면 돼."

"느낀 점은 아무것도 없어요……. 아무것도. 물론 그분은 다만……."

비어트리스는 여기서 망설였다.

"비어트리스, 계속해 봐요."

"네, 그분은 다른 분들과 잘 어울리지 않았어요. 그분으로서도 어쩔 수 없는 일이었겠지요."

비어트리스는 친절하게 계속 말했다.

"어쨌든 그분은 참된 숙녀가 할 수 없는 짓을 하셨거든요. 그분은 선동하고 캐어묻고 다니셨어요. 제가 말씀드리는 뜻을 아시겠어요?"

찰스 경은 비어트리스에게서 좀더 자세히 알아내려고 노력했으나, 비어트리스는 계속 애매모호한 말만 했다.

"월스 여사가 선동하고 캐어묻고 다녔다고 했는데, 실제로 어떻게 선동하고 다녔는지 말해 봐요."

그러나 그녀로서는 그 물음에 대답을 할 수 없었던지 다만 '월스 여사가 엉뚱한 일에까지 참견을 하고 다녔다'는 말만 되풀이할 뿐이었다.

마침내 두 사람 모두 이 문답을 단념했다. 새터드웨이트 씨가 입을 열었다.

"맨더스 청년이 느닷없이 찾아왔다면서요?"

"예, 그분이 오토바이를 타고 가다가 마침 저택의 문 옆에서 사고를 냈거든요. 공교롭게도 여기서 사고가 나서 불행 중 다행이라고 말씀하셨습니다. 저택은 사람들로 가득 차 있었습니다만, 리튼 양이 작은 서재를 맨더스 씨의 침실로 마련해 주었습니다."

"모두들 다 맨더스 씨를 보고 놀라던가요?"

"그야 뭐, 당연한 일이었지요."

엘리스에 대한 의견을 질문받자 비어트리스는 어떻게해서든지 말을 하지 않으려고 했다. "저는 엘리스와 거의 마주치지 않았습니다…… 하지만 그가 왜 주인님을 죽일 생각을 했는지 모르겠어요……. 도망친 것을 보면 나쁜 사람으로 보이지만 그가 나쁜 사람이라고는 상상할 수 없습니다."

비어트리스는 아마도 누구든지 그런 상상은 할 수 없으리라고 생각하는 모양이었다.

"그의 태도는 어떠했지요? 예를 들어 그와 바솔로뮤 경과의 사이 같은 것 말이야."

"바솔로뮤 경은 이번의 파티를 단지 즐기려고 연 것 같던가, 아니면 무언가 계획이 있는 것 같더가?"

"주인님은 눈에 띄게 기분이 좋으셨어요. 무언가 장난이라도 하고 계시는 듯 싱글벙글 웃으셨죠. 저는 엘리스 씨에게 농담하시는 것도 들었는걸요. 베이커 씨에게는 한 번도 그런 농담을 하지 않으셨는데……. 주인님은 늘 고용인에게 좀 무뚝뚝한 편이었지만 또한 친절하셨습니다. 하긴 그다지 말도 걸지 않으셨지만."

"그때 엘리스에게 뭐라고 하시던가?"

새터드웨이트 씨가 열심히 물었다.

"네, 똑똑히 기억하고 있지는 않지만, 엘리스 씨가 전화를 받고서 그 메모를 전하러 올라오자 이렇게 물으셨어요. '상대의 이름을 똑똑히 들었겠지?'라고요. 엘리스 씨는 틀림없다고 말했습니다. 물론 좀더 정중히 대답드렸습니다만. 그러자 주인님은 소리내어 웃으시며 '자네는 굉장한 사람이로군, 엘리스. 훌륭한 집사야. 비어트리스, 너는 어떻게 생각해?' 저는 주인님이 이런 식으로 이야기하시는 것을 처음 들었기 때문에 깜짝 놀랐습니다. 왜냐하면 여느때의 주인님과는 아주 다르셨거든요. 그래서 저는 뭐라고 대답해야 좋을지 몰랐습니다."

"그때 엘리스는 어떻게 했나?"

"무언가 불만인 듯한 표정을 하고 있었습니다. 그런 말은 이때까지 들어 보지 못했다는 듯한 표정이었습니다. 엘리스 씨는 잔뜩 굳어져 있었거든요."

"전화 통화 내용은 뭐였나?" 찰스 경이 물었다.

"전화 통화 내용 말씀입니까? 저, 요양소에서 걸려 온 것이었습니다. 여행을 무사히 끝내고 막 도착한 환자라는 이야기였습니다만……."

"그 환자의 이름을 기억하고 있나?"

"아주 기묘한 이름이었습니다."

비어트리스는 조금 망설이더니 대답했다.

"드 러시브리저인가 하는 부인이었습니다."

찰스 경은 위로하듯이 말했다.

"하긴 전화로는 똑똑히 알아듣기 힘든 이름이로군. 자, 비어트리스, 고마웠소. 다음에는 도리스를 만나야겠소."

비어트리스가 방에서 나가자 찰스 경과 새터드웨이트 씨는 서로 눈길을 마주하고 들은 이야기를 정리했다.

"윌스 여사는 이것저것 캐묻고 다녔고, 데이크리스 대령은 곤드레만드레 취해 버렸으며, 데이크리스 부인은 아무런 감정도 나타내지 않았다…… 또 그밖에 뭐가 없었나? 고작 이것뿐이로군."

"정말 너무도 적네그려." 새터드웨이트 씨도 동의했다.

"도리스에게 희망을 걸어 보자고."

도리스는 검은 눈을 가진, 얌전한 30대 여자였다. 도리스는 이야기하는 게 아주 즐거운 모양이었다.

"저는 엘리스가 이번 사건과 관계가 있다고는 믿지 않습니다. 제가본 신사로서의 엘리스는 참으로 훌륭한 사나이였습니다. 경찰에서 그를 범인이라고 보고 있는지는 모르지만, 저는 그가 범인이라고 생각해 본 적은 한 번도 없습니다."

"그럼 도리스는 엘리스가 세상에 흔해빠진 아주 고지식한 집사라고 확신하는 건가?" 찰스 경이 물었다.

"그야 세상에 흔해빠진 집사와는 다르지요. 그 사람은 제가 이제까지 함께 일한 집사들과는 완전히 달랐는걸요. 그분은 일을 처리하는 방법부터가 달랐어요."

"그러니까 엘리스가 주인을 독살하지 않았다고 생각한다는 말이로군?"

"어머나, 그 사람이 어떻게 그런 무서운 일을 할 수 있겠어요? 저는 엘리스 씨와 함께 시중을 들고 있었기 때문에 저의 눈을 속이고 주인님이 잡수시는 것에다 무언가 넣는다는 것은 결코 있을 수 없는 일이에요."

"먹는 것만이 아니라 마실 것에라도?"

"그분은 포도주를 가지고 다녔습니다. 처음에는 셰리와 수프, 다음에 라인 백포도주와 보르도 적포도주 순서였어요. 그렇지만 그 사람이 무엇을 할 수 있었겠습니까? 만약 그 포도주 속에 뭔가가 들어 있었다면, 그 자리에 있던 사람들을 모두 독살해 버릴 수도 있지 않겠어요? 적어도 포도주를 마신 사람은 모두 죽었겠지요. 주인님이 혼자 다른 분이 마시지 않은 것을 잡수셨다는 것은 있을 수 없어요. 포트와인도 마찬가지예요. 그 자리에 있던 남자분들은 모두 포트와인을 마셨어요. 그리고 부인 가운데 몇 분인가도 마셨는 걸요."

"모두들 쟁반 위에서 잔을 집어 들었나?"

"네, 제가 쟁반을 가지고 있고 엘리스 씨가 그 위에 잔을 올려놓았습니다. 그리고 제가 식기실로 가져갔습니다. 포트와인을 담은 잔은 아직 테이블 위에 놓여 있어요. 그러나 경찰은 아무것도 발견해내지 못했어요."

"도리스는 주인님 혼자서 다른 이들과 다른 것을 먹거나 마시지 않았음을 보증할 수 있겠나?"

"제 눈으로 직접 보지는 못했습니다만, 주인님은 결코 그러지 않으셨습니다."

"손님 가운데 누군가가 주인님에게 뭔가를 드리지도 않았나?"

"아니요, 어느 누구도 주인님께 뭔가를 드린 사람은 없습니다."

"도리스, 비밀 통로에 대해 뭔가 아는 게 없나?"

"정원사 한 사람이 그 일에 대해 조금 이야기해 주었습니다. 그 통로의 나가는 입구는 숲속 낡은 담이 무너져 있는 곳인가에 있다고 했지만, 그러나 저택 안에서는 들어가는 입구를 본 일이 없습니다."

"엘리스가 거기에 대해 아무 말도 하지 않았나?"

"아니요, 한 번도. 그 사람은 그런 일을 알리고도 하지 않았습니다. 그것은 확실합니다."

"도리스, 대체 누가 주인님을 죽였다고 생각하나?"

"모르겠어요. 저는 돌아가셨다는 것조차도 믿을 수 없어요. 그것은 무언가 뜻하지 않은 재난처럼 생각되는군요."

"수고했어요, 도리스."

도리스는 방을 나갔다.

"만일 배빙턴의 죽음이 없었다면 우리는 저 하녀를 범인으로 미루어 헤아릴 수가 있을 텐데. 그러나 그녀는 저렇듯 아름답고 더구나 테이블에서 시중을 들고 있었다고 하니 말일세. 아니, 그래도 달라. 배빙턴은 틀림없이 살해된 거고, 톨리가 예쁜 여자에게 마음을 빼앗긴다는 일은 있을 수 없으니까. 그는 그럴 사나이가 아니야."

"하지만 그는 아직 쉰다섯 살밖에 되지 않았잖나?"

새터드웨이트 씨가 의미심장하게 말했다.

"그건 또 무슨 말인가?"

"예전에 그런 일이 없었다 하더라도 아직은 여자에게 마음을 완전히 빼앗길 수 있는 나이라는 말이야."

"바보 같은 소리 하지 말게, 새터드웨이트. 나도 올해로 쉰다섯 살이 되네."

"알고 있어."

새터드웨이트의 잔잔하게 빛나는 눈길과 마주치자 찰스 경은 눈을 내리깔았다. 찰스 경은 눈에 띠게 쑥스러워 히는 표정이었다.

10

"엘리스 방의 수수께기를 풀어 보지 않겠나?" 찰스 경의 얼굴이 새빨개지는 모습을 잔뜩 즐기고 난 새터드웨이트 씨가 물었다.

찰스 경도 심심풀이로서는 안성맞춤인 이 계획에 곧 찬성했다.

"그거 재미있겠군. 나도 그 말을 하려던 참이었어."

"물론 경찰은 벌써 조사를 완전히 마쳤겠지."

"경찰이라……."

찰스 경은 경찰 따위는 처음부터 아예 문제 삼지 않았다. 하지만 새터드웨이트에게 방금 전에 당한 일을 잊으려 함인지, 다시 아리스티드 듀발 탐정 역할을 열심히 연기하기 시작했다.

"경찰은 모두 바보 녀석들이야!" 찰스 경은 기고만장하여 쏘아붙였다. "도대체 엘리스의 방에서 그들이 무엇을 찾아냈나. 무슨 증거라도 찾아냈단 말인가? 만약 우리들이 찾아낸다고 해도 그건 그가 무죄라는 증거뿐일 걸세. 정말이야, 이야기가 틀리고 말고!"

"엘리스가 이번 사건에 관계되어 있지 않다고 자네는 확신하고 있나?"

"배빙턴 사건에 대한 우리들의 생각이 옳다면 엘리스는 관계가 없을 게 뻔해."

"그야 그렇겠지. 그리고……."

새터드웨이트 씨는 도중에 말을 끊었다. 새터드웨이트는 만일 엘리스가 바솔로뮤 경에게 정체가 탄로난 전과자로서, 그것 때문에 바솔로뮤 경을 살해했다면 이 사건은 따분하리만큼 시시한 거라고 말하려 했었다. 그런데 그때 새터드웨이트 씨는 바솔로뮤 경이 찰스 경의 친구였다는 걸 생각해 내고는 방금 털어놓으려 했던 자기의 생각이 그에게 얼마나 냉담하게 들릴까 싶어 오싹했다.

얼른 보기에 엘리스 방에서 별다르게 찾아낼 것은 하나도 없을 것 같았다. 장롱 속에 있는 옷이나 벽장 안에 걸린 옷도 모두 깔끔하게 정돈되어 있었다. 어느 것이나 바느질이 훌륭한 것뿐으로, 저마다 다른 양복 가게의 상표가 붙어 있었다. 아마도 이제까지 그가 일해왔던 곳의 주인들에게서 물려받은 것임에 틀림없었다. 속옷도 마찬가지였다. 구두 또한 모두 잘 닦여 있었고, 가지런히 정리되어 있었다.

새터드웨이트 씨는 그 가운데 한 켤레를 손에 들고 중얼거렸다.

"22.86센터미터……. 약 23센티미터로군."

그러나 이 경우 발자국이 없는 이상 실마리가 될 것 같지도 않았다. 집사 옷이 없어진 걸 보니 엘리스가 그걸 입고 나갔음이 분명한 것 같았다. 그래서 새터드웨이트 씨는 찰스 경을 돌아보면서 말했다.

"집사 옷이 없다는 건 꽤나 주목할 만한 사실이야……."

"상식이 있다면 누구든지 다른 옷으로 갈아입을 텐데."

"음, 그건 확실히 이상한걸. 이치에는 맞지 않지만 집사는 외출 같은 건 도무지 하지 않은 것처럼 보이네. 물론 있을 수 없는 일이지만."

그들은 수색을 계속해 갔다. 물집 치료법을 다룬 신문 스크랩, 머지않아 결혼하는 어느 공작 따님에 대한 기사가 실린 스크랩……. 이것 말고는 편지나 서류 따위는 한 조각도 없었다.

작은 테이블 위에는 작은 압지와 싸구려 잉크가 한 병 놓여 있었다. 찰스 경은 그 압지를 거울에 비추어 보았으나 아무 성과를 얻지 못했다. 다만 그 가운데 한 장이 심하게 닳아 있는 것을 보았다. 까닭을 알 수 없는 낙서가 씌어 있었으며, 두 사람이 보기에 그 잉크가 꽤나 오래된 것처럼 보였다.

새터드웨이트 씨는 여기서 마음속으로 결론을 내렸다. '엘리스는 이곳에 오고 나서부터 편지라는 건 쓴 일이 없거나, 또는 압지만을 사용한 일이 없거나. 아무튼 이 둘 가운데 어느 쪽이다.'

"이 압지는 꽤 오래된 것이야, 그것은 확실해."

새터드웨이트 씨는 이렇게 말하더니, 그 낙서 가운데 가까스로 알아볼 수 있는 'L. 베이커'라는 글자를 가리켰다.

"나는 엘리스가 이 압지를 한 번도 쓴 적이 없었다고 생각하네."

"그건 좀 이상하지 않나?" 찰스 경이 말했다.

"어째서 ? "

"왜냐하면 사람이라면 편지쯤 쓰는 게 당연하잖은가 ? "

"그가 범인이라면 쓰지 않았을 걸세. "

"하긴 자네 말대로야. 그런 식으로 달아나야만 했다면, 무언가 켕기는 데가 있었을 게 틀림없어. 다만 톨리를 죽인 것은 이 녀석이 아니었다고 단정할 수가 있어. "

두 사람은 바닥 여기저기를 살펴봤다. 카펫을 들춰 보기도 하고 침대 밑을 기웃거리기도 했다. 다만 벽난로 옆에 잉크 자국이 튀어 있는 것 말고는 어디고 아무것도 없었다. 그 방에는 실망스러울 정도로 아무것도 없었다.

현실 이야기는 미스터리소설처럼 매끄럽게 진행되지는 않는다는 것이 두 사람의 머리에 떠올랐으리라.

그들은 다른 고용인들, 레키 부인과 비어트리스 처치를 겁내어 오들오들 떨고 있는 나이 어린 하녀들과 두서너 마디 이야기를 나누어 보았으나 아무것도 얻은 바가 없었다.

마침내 두 사람은 저택을 나왔다.

"이봐, 새터드웨이트, 뭔가 마음에 짚이는 거라도 있었나 ? "

찰스 경은 정원을 가로질러 걸으며 물었다. 새터드웨이트 씨가 아까 운전사에게 저택 문 앞에서 차를 탈 것이라고 미리 말해 두었기 때문이다.

이 물음에 대해 새터드웨이트 씨는 생각에 빠져들었다. 너무 서둘러서 대답해서는 안 되겠다고 생각했다. 특히 무엇인가가 짚이는 게 있을 거라고 생각하자 아쉬운 느낌이 들었기 때문이었다.

이번 수색이 헛수고였다고 고백하는 것도 마음이 꺼림칙하다. 그는 하녀들의 증언을 다시 한번 하나씩 되새겨 보았다. 그들에게서 얻은 정보라고는 하나같이 시시껄렁한 것뿐이었다.

찰스 경이 방금 결론으로서 간추린 것은 다음과 같다.

윌스 여사——이것저것 들추어 내며 꼬치꼬치 캐묻고 다녔다.
서트클리프 양——당황했다.
데이크리스 부인——당황한 기색이라고는 눈곱만치도 없었다.
데이크리스 대령——곤드레만드레 취해 있었다.

이때 데이크리스 대령이 술에 취해 있는 것이 양심의 가책을 감추기 위해서가 아니라면 실마리는 끊어지고 만다. 아무튼 프레디 데이크리스가 늘 취해 있다는 건 새터드웨이트 씨도 알고 있었다.

"어떤가, 응?" 찰스 경은 초조한 듯이 물었다.

"아냐, 아무것도 없지만…… 다만 그 스크랩으로 보아 엘리스는 물집으로 고민하고 있었다는 건 알 수 있지."

새터드웨이트 씨는 마지못해 털어 놓았다.

찰스 경은 쓴웃음을 짓더니 말했다.

"그건 아주 조리 있는 추론이지만, 그게 무슨 실마리가 될 것 같은가?"

"솔직히 말해서 그런 건 실마리가 되지 않아. 다만 그 밖에 오직 하나……." 이렇게 말하더니 새터드웨이트 씨는 입을 다물었다.

"허, 대체 뭔가? 말해 보게, 어떤 것이라도 쓸모가 있을지 모르니까."

"아까 비어트리스가 했던 말, 바솔로뮤 경이 집사를 놀렸다는 말을 생각해 봤는데, 그 놀리는 방법이 어딘지 여느때의 바솔로뮤답지 않아."

"하긴 확실히 그답지 않은 방식이지." 찰스 경이 힘주어 맞장구쳤다. "자네보다 내가 그에 대해서 잘 알고 있지만, 그는 우스갯소리를 곧잘 하는 그런 타입의 사람은 아니었어. 도대체 그가 그런 투의 말을 지껄인 적은 한 번도 없었지. 만일 했다고 하더라도 그때는 웬만큼 어떻게 되어 있을 때였을 거야. 자네의 생각이 맞아, 새터드웨이트, 그게 핵심이로군. 그래, 우리들은 그걸 어떤 식으로 생각하면 좋을까?"

"그거라면……." 새터드웨이트 씨가 뭔가 말하려고 했다. 그러나 찰스 경은 새터드웨이트의 의견을 들을 생각은 아예 없었으며, 오히려 자기 의견을 들려 주고 싶어했다. 그래서 그의 물음은 변죽을 울리는 말장난일 뿐이었다.

"새터드웨이트, 그 사건이 몇 시에 일어났는지 기억하고 있나? 엘리스가 바솔로뮤에게 전화를 건 바로 뒤의 일이었어. 그 전화의 통화 내용이, 바솔로뮤가 여느때와는 다르게 갑자기 명랑해진 까닭이라고 충분히 예측할 수 있지 않은가. 그 전화의 통화 내용이 어떤 것이었는지, 그 하녀에게 내가 물어보았던 것을 기억하고 있을 테지?"

새터드웨이트 씨는 고개를 끄덕였다.

"그 통화 내용이란 드 러시브리저 부인이 요양소에 무사히 닿았다는 내용이었어. 특별한 통지는 아닌 듯싶어."

새터드웨이트 씨가 이렇게 말한 것은, 자기도 그 점에 주목하고 있었다고 찰스 경에게 알리고 싶었기 때문이었다.

"분명히 그다지 중요하게는 보이지 않네. 그러나 우리 추리가 맞다면, 이 전화의 통화 내용에는 어떤 뜻이 있을 거야."

"그럴까?" 새터드웨이트 씨는 의심스럽다는 듯 말했다.

"응, 확실해. 우리는 그 숨은 뜻을 찾아내야 해. 그 전화 통화 내용 자체가 암호이거나 다른 무엇이 아닐까 하는 생각이 문득 머리에 떠올랐어. 언뜻 보기에는 아주 자연스럽고 시시껄렁한 내용 같지만 정말은 완전히 다른 뜻을 가지고 있는지도 모르지. 만약 바솔로뮤가 배빙턴 목사의 괴상한 죽음에 의심을 품고서 그 진상을 밝히려 하고 있었다면, 이 일은 그의 진상 조사와 관계있는 것이었는지도 모르지. 이를테면 이러한 일이라고 생각할 수도 있어. 즉 바솔로뮤가 진상을 알아내기 위해 비밀 탐정을 고용했는지도 모르는일이야. 그래서 진상을 알아냈을 경우 그 암호로 그에게 알리게끔명령해 두었던 거지. 그렇게 해 두면, 예를 들어 그 전화를 훔쳐들은 사람일지라도 그 참뜻을 알 수가 없어. 이걸로 그가 전화 내용을 듣고 크게 기뻐한 까닭을 설명할 수 있지 않을까? 그리고 바솔로뮤가 엘리스에게 상대의 이름을 똑똑히 들었냐고 물어본 까닭도 설명할 수 있어. 바솔로뮤로서는 사실 그런 여자 따위는 없다는걸 알고 있었던 거야. 사실 사람이란 억측이 들어맞았을 때에는 조금쯤 마음이 흩뜨러지는 법이야."

"자네는 드 러시브리저 부인이라는 여자는 없다고 생각하나?"

"글쎄, 그거야 조사해 보면 확실한 것을 알 수 있겠지."

"어떻게 조사하나?"

"지금 곧 그 요양소로 달려가 간호부장에게 물어볼까?"

"이상하게 여길 텐데……."

"아무튼 나에게 맡겨 주게나." 찰스 경은 웃으며 말했다.

두 사람은 찻길에서 옆으로 꺾어들어가 요양소 쪽으로 걷기 시작했다.

"자네는 어떻게 생각하나, 카트라이트? 무언가 깨달은 것이라도 있나? 그 집을 방문하고 나서 깨달은 것 말이야."

새터드웨이트 씨가 말했다.

"음, 몇 가지 있어. 하지만 어떤 일이었는지 생각나지 않아 화가 나는군." 찰스 경이 천천히 대답했다.

새터드웨이트 씨는 놀라서 찰스 경을 지그시 바라보았다. 찰스 경은 이맛살을 찌푸렸다.

"어떻게 해야 설명할 수 있을까? 무엇인가 있긴 있었는데, 그때는 뭔가 도저히 있을 수 없는 일처럼 생각되었는데. 게다가 그때는 돌이켜 볼 여유가 없었네. 마음 한귀퉁이에 그냥 접어 둘 뿐이었어." 찰스 경이 말했다.

"그렇다면 지금이야말로 생각해 낼 수 있지 않나?"

"아냐, 안 되겠어. 마음속으로는 순간 '이상한데' 하고 생각한 건 기억하고 있지만."

"우리들이 하인들에게 묻고 있을 때가 아니었나? 어떤 여자가 말한 것일 테지?"

"그것이 기억나지 않는다니까. 생각하면 할수록 더 생각나지가 않아. 그렇게 재촉하지 말게. 있다 보면 저절로 떠오를 테니까."

두 사람은 요양소가 보이는 곳까지 이르렀다. 크고 새하얀 근대식 건축물이었다. 철책으로 바솔로뮤 저택의 뜰과 나뉘어져 있었다. 두 사람은 문을 지나 현관 초인종을 눌러 간호부장에게 면회를 신청했다.

간호부장은 키가 큰 중년 여성이었는데, 영리해 보였으며 결코 평범한 사람은 아닌 듯싶었다. 그녀는 찰스 경이 죽은 바솔로뮤 경의 친구였다는 점에서 이름만은 잘 알고 있었다.

찰스 경은 자기는 외국 여행에서 이제 막 돌아왔으며, 친구의 죽음을 듣고서 크게 놀랐다는 것, 더구나 타살 혐의가 있다는 말을 듣고서 몸이 떨려 되도록 상세히 알고 싶어서 바솔로뮤의 저택까지 왔던 참이라는 일 등을 설명해 주었다. 간호부장은 바솔로뮤의 죽음은 큰 손실이라느니, 의사로서 훌륭한 업적이 있었다는 등 구슬픈 목소리로 떠들어댔다. 그런 뒤 요양소가 어떻게 되어 있는지 알고 싶다고 찰스 경이 털어놓자 바솔로뮤 경은 두 사람의 실력 있는 의사를 조수로 쓰고 있었으며, 그 가운데 한 사람이 요양소에서 지내고 있다고 설명했다.

"바솔로뮤는 이 요양소를 무척이나 사랑하고 있었어요. 잘 알고 있습니다." 찰스 경이 말했다.

"그래요. 선생님의 치료는 평판이 아주 좋았으니까요."

"신경병 환자가 주로 옵니까?"

"그렇습니다."

"그래서 묻는 말인데, 내가 얼마 전 몬테카를로에서 만난 사나이가 그의 친척인지 누구인지가 이곳 요양소에 와 있다고 말하더군요. 그 여자의 이름은 벌써 잊어 버렸습니다만, 어쩐지 좀 특이한 이름이라서, 러시브리저라든가 뭐라든가 했는데."

"드 러시브리저 부인을 말씀하시는 건가요?"

"그렇습니다, 그래요. 지금 여기에 있습니까?"

"네, 있어요. 하지만 얼마 동안은 만날 수 없을 거예요. 그분은 지금 절대 안정이 필요하다는 명령을 받고 있기 때문이지요."

간호부장은 좀 교활하게 미소지으면서 말했다.

"편지도 면회도 모두 금하고 있습니다."

"그렇습니까, 그렇다면 증세가 나쁜 거로군요."

"좀 심한 신경쇠약이지요. 기억상실과 심한 신경과로를 일으키고 있어요. 하지만 곧 나을 거예요."

부장은 안심시키듯이 엷은 웃음을 지었다.

"이상하군요. 나는 톨리가 그 부인에 대해서 이야기하는 것을 들은 적이 없는데요. 그분은 바솔로뮤의 환자이자 그의 친구이기도 했겠지요?"

"그렇지는 않다고 생각해요, 찰스 경. 적어도 선생님 자신은 한 번도 그렇게 말씀하신 일이 없어요. 그분은 최근 서인도 제도에 계시다가 이곳에 막 도착하셨는걸요. 아주 이상한 일이 있었답니다. 말씀드리겠어요. 그분의 이름은 하녀로서는 좀 기억하기 어렵고, 게다가 이곳의 객실 하녀는 조금 덜 떨어진 여자인데, 저한테 오더니 '웨스트 인디아 부인이 오셨어요'라고 말하지 않겠어요? 러시브리 저라는 이름은 웨스트 인디아와 조금 같은 것처럼 들리거든요. 그런데 우연의 일치였어요. 그분은 서인도 제도(웨스트 인디아)를 떠나 그때 막 도착한 참이었던 거예요."

"그렇군요. 재미있는 일이라고도 할 수 있겠군요. 그래, 그분의 남편도 여기에 와 있으십니까?"

"그분의 남편은 아직 서인도 제도에 계세요."

"아, 그렇군요. 내가 아마도 다른 사람과 혼동하고 있었나 봅니다. 그 부인은 바솔로뮤가 특별히 관심을 가졌겠군요."

"기억상실증 환자가 그다지 드물지는 않지만 의사로서는 늘 흥미로운 증세이지요. 거기에는 여러 가지 종류가 있어요. 똑같은 증세는 없답니다."

"나는 도무지 모르겠군요. 정말 실례했습니다. 간호부장님, 당신과 이렇게 이야기를 나눌 수 있어 고마웠습니다. 톨리는 당신의 일을 크게 마음에 두고 있었습니다. 줄곧 당신에 대해서 말하고 있었답니다."

찰스 경은 거짓말을 늘어놓았다.

"어머나, 기뻐요." 간호부장은 얼굴을 붉히더니 어깨를 폈다.

"훌륭한 분이셨어요. 아니, 놀라 쓰러질 뻔했다고 말하는 게 좋겠지요. 타살이라니! '대체 누가 바솔로뮤 선생님을 죽인단 말입니까?' 저는 말했습니다. 믿어지지 않는다고요. 저 무서운 집사가……. 경찰더러 빨리 그 사나이를 붙잡아 달라고 하고 싶어요. 게다가 범행 동기도 아무것도 모르겠어요."

찰스 경은 슬픈 듯이 고개를 저었다. 이윽고 두 사람은 그 요양소를 빠져나와 차를 세워놓은 곳까지 걸어갔다.

간호부장과 만나는 자리에서 한 마디도 참견하지 못했던 새터드웨이트 씨는 그 분풀이로 올리버 맨더스의 오토바이 사고 현장에 큰 흥미를 가지고 문지기에게 질문을 퍼부었다. 문지기는 중년 사나이로서 좀 둔해 보였다.

"그렇습니다. 거기가 바로 담이 망가진 곳입니다. 오토바이에는 젊은 신사가 타고 있었습니다. 저는 그 사고가 일어나는 것을 제 눈으로 보지는 못했습니다. 소리를 듣고서 나와 봤던 거지요. 그 젊은 신사는 마침 지금 당신과 함께 오신 분이 서 계시는 장소에 서 있었습니다. 다친 곳도 없었던 것 같습니다. 엉망진창이 된 자기 오토바이를 보고 울상이 되어 있었습니다. 여기가 어디냐고 묻기에 바솔로뮤 경의 저택이라고 했더니 '운이 좋았다'고 말하며 안으로 들어갔습니다. 아주 차분한 젊은 신사였습니다만, 지쳐 있는 것 같았습니다. 어째서 그런 사고가 났는지 저로서는 모르지만, 사고란 때때로 뜻하지 않게 일어나는 것이니까요." 문지기가 말했다.

"이상한 사고로군." 새터드웨이트 씨는 생각에 잠기며 말했다. 그는 눈앞의 넓고 곧은 길에 눈길을 보냈다. 굽은 길도 없거니와 위험한 네거리도 없다. 오토바이를 갑자기 3미터 남짓 되는 담에 들이받을 만한 것이라고는 무엇 하나 없다. 참으로 기묘한 사고이다.

"새터드웨이트, 무슨 생각을 하고 있어?"

찰스 경이 이상하다는 듯이 물었다.

"아무것도 생각하고 있지 않아." 새터드웨이트 씨가 대답했다.

"확실히 이상한 일인걸."

찰스 경도 이상하다는 듯이 사고가 났던 곳을 바라보았다.

두 사람은 기다리고 있던 차를 타고 그곳을 떠났다.

새터드웨이트 씨는 머릿속으로 이것저것 생각을 더듬느라 바빴다. 드 러시브리저 부인…… 찰스 경의 말과는 달리, 그 전화 내용은 아무래도 암호는 아닌 듯싶다. 어쨌든 그런 인물이 실제로 있으니까. 그러나 그 여자 자신에게 무언가가 있는 걸까? 그녀는 증인이 될 수 있을까? 아니면 바솔로뮤 경이 그렇듯 의기양양해하고 있었던 건 그녀가 한낱 흥미있는 증세를 보인 환자였기 때문이었을까? 그녀는 매력 있는 여자일까? 쉰다섯 살의 연애가 사람 성격까지도 완전히 바꾸고 만 경우라면, 새터드웨이트 씨는 그런 경우를 이제까지 많이 봐왔다. 바솔로뮤도 전에는 초연한 태도로 우스갯소리도 잘하지 않았는데, 갑작스레 우스갯소리를 지껄이게 되었을지도 모른다.

그런데 갑자기 찰스 경이 몸을 앞으로 내밀어 와서 새터드웨이트 씨의 생각은 끊겨 버렸다.

"새터드웨이트, 돌아가도 괜찮겠나?"

찰스 경은 이렇게 말하더니 대답도 기다리지 않고 운전사에게 명령했다. 차가 속력을 늦추면서 멈추는가 싶더니, 이내 운전사는 알맞은 샛길을 찾아내고는 차를 돌렸다. 2, 3분 뒤 두 사람이 탄 차는 반대쪽으로 쏜살같이 내달렸다.

"왜 그러나?" 새터드웨이트 씨가 물었다.

"이상하게 생각했던 일이 무엇이었는지 막 떠올랐어. 집사의 방 마룻바닥 위에 있던 잉크 얼룩이었네."

11

새터드웨이트 씨는 놀라서 찰스 경의 얼굴을 보았다.

"잉크 얼룩이라고? 그게 어떻단 말인가, 카트라이트?"

"기억하고 있나?"

"응, 잉크 얼룩은 있었지."

"얼룩이 있었던 자리도 말인가?"

"글쎄, 그것은 정확히 기억나지 않아."

"벽난로 옆 마룻바닥 바로 옆이었어."

"음, 이제야 생각나는군."

"새터드웨이트, 자네는 어째서 그런 얼룩이 생겼는지 알겠나?"

새터드웨이트 씨는 잠시 생각해 보았다.

"그다지 큰 얼룩은 아니었어." 잠시 뒤 찰스 경이 말했다. "잉크병을 엎지른 것은 아니었어. 아마 만년필을 거기에 떨어뜨렸을 테지. 그 방에는 펜이 없었던 것 같았으니까!"

'찰스 경이 생각해 내는 것쯤은 나라도 생각해 낼 수 있다'고 새터드웨이트 씨는 생각하며 말했다.

"따라서 엘리스에게 무언가 쓸 게 있었다면, 만년필로 썼을 거란 말이야. 그런데 무엇을 쓴 흔적이 아예 없었지 않나?"

"아니, 있어. 잉크 얼룩이 있잖은가?"

"하지만 쓰고 있었던 게 아닐지도 몰라. 마룻바닥 위에 다만 만년필을 떨어뜨렸을 뿐인지도 모르고."

"그러나 만년필 뚜껑이 벗겨져 있지 않다면 얼룩이 남아 있을 까닭이 없어."

"하긴 자네 말이 맞는 것 같아. 하지만 도대체 어디가 이상한지 나로서는 모르겠는걸." 새터드웨이트 씨가 말했다.

"어쩌면 아무 일도 아닌 일일지도 모르지만 되돌아가 이 눈으로 조사해 볼 때까지는 뭐라고 말할 수 없어."

차는 문지기 집에서 안으로 들어갔다. 2, 3분 뒤 그들은 저택에 이르렀다. 집사의 방에 연필을 둔 채 잊고 와서 가지러 왔다고 말하며 어리둥절한 표정을 짓는 하인들을 이해시켰다. 찰스 경은 엘리스의 방에 들어가 이것저것 참견을 하는 레키 부인을 몰아낸 다음 문을 잠그고 나서 말했다.

"자, 내가 터무니없는 건지, 아니면 내 생각에 무언가 얻는 바가 있는지 한번 조사해 볼까."

새터드웨이트 씨로서는 터무니없다고 생각했지만, 차마 입에 올릴 수 없어 아무 말도 하지 않았다. 그는 의자에 앉아서 그냥 찰스 경을 바라만 보고 있었다.

"문제의 얼룩은 여기에 있어." 찰스 경은 이렇게 말하며 발로 그곳을 가리켰다. "책상에서부터 꼭 맞은쪽 마룻바닥 위에 있어. 어떤 경우에 이런 곳에다 만년필을 떨어뜨리게 될까?"

"만년필은 어디에라도 떨어뜨릴 수 있어."

새터드웨이트 씨가 말했다.

"물론 저기까지 만년필을 내던질 수도 있겠지. 그러나 만년필은 함부로 내던지든가 하는 물건이 아니야. 그렇다면 아무래도 이해가 가지 않아. 만년필이란 골치아픈 물건이거든. 막상 써야 할 적에 하필이면 잉크가 떨어져 쓸 수 없는 일이 있어. 아마도 그것이 이 문제의 해답이 되겠지. 엘리스는 울화통이 터져 '제기랄!' 하며 방 끝까지 내팽겨쳤을지도 모르지."

"설명은 어떻게라도 될 수 있어. 엘리스가 만년필을 벽난로 위에 놓아 두었는데 굴러떨어졌는지도 모르는 일 아닌가."

새터드웨이트가 말했다.

찰스 경은 연필로 시험해 보았다. 벽난로 위에서 떨어뜨려 보았더니 연필은 그 얼굴에서 약 30센티미터 떨어진 곳에 떨어져 가스 난로가 있는 안쪽으로 굴러들어갔다.

"좋아, 그럼 자네 설명을 들어 봄세." 새터드웨이트 씨가 말했다.

"생각해 내려 하고 있는 참이야."

새터드웨이트 씨는 침대에 걸터앉아 재미있는 찰스 경의 연기를 바라보고 있었다.

찰스 경은 벽난로 쪽으로 걸으며 손에서 연필을 떨어뜨려 보았다. 그런 다음 침대에 걸터앉아 써 보기도 하고, 거기서 연필을 떨어뜨려 보기도 했다. 그러나 연필을 얼룩이 있는 곳에 잘 떨어뜨리려면, 이상한 모습으로 벽에 달라붙듯 서 있거나 앉아 있어야 했다.

"이래 가지고서는 안 되지." 찰스 경은 큰소리로 되뇌었다. 찰스 경은 벽과 얼룩과 작은 가스 불길을 견주면서 우뚝 서서 깊은 생각에 잠겼다.

"만약에 엘리스가 자기가 쓴 것을 불살랐다고 한다면, 글쎄 어떨까? 설마 가스 난로 속에서는 태우지 않았을 테지." 찰스 경은 생각에 잠긴 채 말하는가 싶더니 갑자기 크게 숨을 내쉬었다.

바로 뒤 새터드웨이트 씨는 찰스 경이 연극 배우의 실력을 십분 발휘하고 있음을 깨닫기 시작했다. 찰스 카트라이트는 틀림없이 집사인 엘리스가 되어 있었다. 찰스 경이 아닌 '엘리스'는 책상 앞에 앉아 글을 쓰고 있었다. 그러나 무언가 도둑질하듯 때때로 눈을 들거나 양옆을 둘러보고 있었다. 갑자기 그는 어떤 소리를 들었던 모양이다. 새터드웨이트 씨로서는 그것이 무언지 똑똑히 알 수 있었다. 그것은 복도를 울리는 발소리였다. '엘리스'로서는 마음에 꺼림칙한 데가 있었다. 발소리를 깨닫자 그는 무언가 쓰고 있었던 종이를 흰 손에, 만년필을 다른 한 손에 들고 흠칫 놀라며 일어났다. 그는 방을 가로질러 벽난로로 걸어갔다. 거기에다 고개를 반쯤 뒤로 돌리고 긴장하며 귀를 기울였다. 그는 가스 불길 속으로 종이를 집어던져 넣으려고 했다. 또한 두 손을 쓰려면 만년필이 거추장스럽다는 듯 바닥에 내팽개쳤다. 찰스 경의 연필, 즉 이 극 중에서의 만년필은 정확히 잉크 얼룩 위에 떨어졌다.

"아!" 새터드웨이트 씨는 갈채를 보내며 크게 외쳤다.

너무나도 훌륭한 연기였으므로 새터드웨이트 씨는 엘리스가 이대로 했으며, 이것 말고는 설명할 길이 없다고 깊이 감동할 수밖에 없었다.

"알겠어?" 다시 본디의 찰스로 돌아간 그는 자랑스러운 얼굴빛을 되도록 감추며 말했다. "만약 녀석이 경찰이거나 아니면 경찰관이라고 여겨지는 사나이가 다가오는 소리를 듣고서, 쓰던 것을 숨겨야 했다면 과연 어디에 숨길 수 있었을까? 서랍이라든가 카펫 아래 같은 데는 안 돼. 경찰관이 방을 조사하면 금방 드러나고 말아. 마룻바닥을 뜯어낼 만한 시간도 없었지. 있다면 오직 하나 벽난로 뒤쪽밖에 없어."

"다음에 해야 할 일은 가스 난로 뒤에 무언가 숨겨져 있지 않는가를 조사하는 일이겠군." 새터드웨이트 씨가 말했다.

"그렇네. 그러나 그 발소리는 경찰관은 아니었으므로 나중에 다시 꺼냈을지도 모르지만 최선을 다해 보자고."

찰스 경은 웃옷을 벗고서 셔츠 소매를 걷어붙이고 바닥 위에 엎드려 가스 난로 틈으로 안쪽을 들여다보았다.

"여기 뭔가가 있어. 흰 거야. 어떻게 하면 끌어낼 수 있을까? 부인 모자의 핀 같은 것이 필요한데."

찰스 경이 말했다.

"지금은 여자들도 모자 핀 따위는 쓰지 않아. 주머니칼이면 어떨까?" 새터드웨이트 씨가 실망한 듯이 말했다.

그러나 주머니칼도 그다지 도움이 되지 않았다. 결국 새터드웨이트 씨는 방에서 나가 비어트리스에게서 뜨개질 바늘을 빌려 왔다. 그녀는 무엇 때문에 그런 것이 필요한지 알고 싶어 견딜 수 없었지만, 본디부터 예의범절에 밝았기 때문에 질문은 하지 않았다.

그 뜨개질 바늘을 써서 찰스 경은 뭉쳐 밀어넣어서 꾸깃꾸깃해진 6장쯤의 편지지를 끌어냈다. 두 사람은 가슴을 더욱 두근거리며 그 종이를 펴보았다. 그 종이쪽지는 하나의 편지를 여러 가지 방법으로 바꾸어 쓴 초벌 원고임에 틀림없었다. 어여쁜 사무원이 쓴 것 같은 조그만 필체였다. 맨 마지막 1매는 다음과 같이 시작되어 있었다.

몇 자 올리겠습니다. 이 편지를 쓴 사람은 다른 사람을 불쾌하게 만들고 싶지 않으며, 또한 오늘 밤 그 사람이 목격했다고 생각하는 사건에 대해 오해하고 있는 점이 있을지도 모릅니다만…….

이 편지를 쓴 이는 여기까지 쓰고 나서 불만을 느껴 한번 더 고쳐 쓰기 위해서 멈추었다.

집사 엘리스가 인사 말씀 올립니다. 오늘 밤 사건에 대해 잠깐 뵐 수 있다면 아주 기쁘겠습니다. 제가 손에 넣은 정보를 경찰에 알리기 전에…….

이것 또한 만족스럽지 못했던지 다시 고쳐 썼다.

집사 존 엘리스는 의사의 죽음에 대해 어떤 정보를 가지고 있습니다. 그는 이 정보를 아직 경찰에 알리고 있지 않습니다만…….

다음 편지부터는 3인칭 표현이 더 이상 나타나지 않았다.

돈이 몹시 필요합니다. 1천 파운드만 있다면 사정은 꽤 달라질 겁니다. 경찰에게 알릴 만한 것이 있지만 괜히 시끄럽게 만들고 싶지는 않기 때문에……

맨 마지막 편지는 더욱더 노골적이었다.

　저는 박사가 죽은 원인을 잘 알고 있습니다. 아직 경찰에는 아무 것도 알리지 않았습니다. 저를 만나 준다면……

이 편지만 다른 것과 다른 문장의 마침법을 썼다. '저'라는 글씨 다음부터는 허둥지둥 펜을 끄적거린 탓인지 맨 마지막 다섯 글자가 번져서 읽을 수 없었다. 엘리스는 이 부분을 쓰고 있을 적에 틀림없이 발자국 소리를 듣고서 놀랐던 것이다. 그는 이 편지를 뭉쳐 들고 급히 감추러 갔던 것이다……

새터드웨이트 씨는 숨을 깊이 들어마셨다.

"축하하네, 카트라이트. 잉크 얼룩을 수상쩍게 본 자네의 육감은 옳았어. 훌륭한 솜씨야. 그럼 이제부터 이 일로 시작하여 차근차근 조사해 보자고." 새터드웨이트 씨가 이렇게 말하더니 조금 생각에 잠겨 있다가 다시 말했다. "엘리스는 우리들이 생각하고 있었던 대로의 사람이었어. 그 사람은 범인이 아니지만 누가 범인인지를 알고 있고, 그 남자인가 여자인가를 협박하려고 꾀하고 있었던 거지."

"남자인지 여자인지 그것을 모르니 난처한걸. 엘리스는 왜 그 편지 가운데 하나쯤에 '귀하'라든가 '부인'이라는 말로 편지 앞머리를 쓰지 않았을까. 그러면 짐작이 가련만. 엘리스는 예술가 기질의 사나이였던 것 같아. 협박 편지를 쓰는 데 꽤나 머리를 쓰고 있으니 말이야. 그 녀석은 누구에게 이 편지를 썼던 걸까? 아주 조금이라도 좋으니 실마리가 될 만한 것을 남겨 두었으면 좋았을 텐데."

"뭐, 그렇다고 나쁘게만 생각할 건 없어."

새터드웨이트 씨가 말했다.

"점차로 윤곽이 잡혀 오지 않는가. 우리들이 이 방 안에서 발견하려 했던 것은 엘리스가 죄가 없다는 증거라고 자네 스스로 말했던 것을 기억하고 있나? 우리들은 이미 그 증거를 찾아냈어. 여기에 있는 이 편지가 그의 무죄를 증명하는 거라고. 즉 이번 살인에서는 말이야. 엘리스는 다른 일에서는 철저한 악당이지만, 바솔로뮤 스트레인지 경은 죽이지 않았어. 누군가 다른 사람이 한 짓이야. 배 빙턴을 죽인 것도 그 녀석이야. 경찰에서도 우리 이야기를 들어보면 흥미를 느낄 걸세."

"자네는 이것을 경찰에 알릴 생각인가?"라고 말하는 찰스 경의 목소리가 불만스럽게 들렸다.

"달리 방법이 있나? 왜 그래?"

"글쎄……."

찰스 경은 침대에 걸터앉았다. 그는 이마에 주름살을 모으며 생각하고 있었다.

"어떻게 해야 가장 좋을까? 지금 우리는 아무도 모르는 일을 알고 있는 거야. 경찰은 엘리스를 찾고 있어. 모두 알고 있듯이 경찰도 엘리스가 범인이라고 생각하는 거야. 그러므로 진짜 범인은 마음놓고 있을 게 틀림없어. 범인이 남자이든 여자이든 완전히 마음놓고 있을 수는 없겠지. 그러나 꽤 마음놓고 있을 건 확실해. 이런 지금의 정세를 뒤엎고 마는 것이 좀 아깝지 않나? 이 점이 우리들로서는 다시없는 기회가 아닐까? 배빙턴과 이번 파티 참석자 가운데 한 사람에게 바솔로뮤의 죽음과 배빙턴의 죽음을 결부시켜 생각하는 사람이 있다는 일 따위는 아무도 눈치채지 못하고 있어. 의심해 보는 일조차도 없겠지. 이것이야말로 만나기 어려운 기회란 말이야."

"자네가 말하는 뜻은 알겠어. 동감이야. 확실히 하나의 기회지. 그러나 또한 이 기회를 이용할 수는 없다고 생각해. 우리들이 알아낸 것을 곧바로 경찰에 신고하는 일은 시민으로서 마땅히 해야 할 일이야. 경찰에 이것을 숨겨 둘 권리도 없고……."

새터드웨이트는 말했다.

찰스 경은 새터드웨이트를 놀리는 듯한 눈초리로 바라보았다.

"자네는 전형적인 선량한 시민이야, 새터드웨이트. 물론 정당한 일을 해야 하겠지만 나는 유감스럽게도 자네만큼 선량하지는 못하네. 우리가 알아낸 것을 하루나 이틀 동안 남에게 알리지 않고 두는 일에 거리낄 것까지는 없잖아? 하루나 이틀 말이야. 안 되겠나? 안 된다면 좋아. 그렇다면 내가 양보하지. 법규와 질서의 옹호자가 되라고."

"글쎄, 존슨은 내 친구야. 게다가 이번 일에 우리에게 친절하게 해 주었고, 또 경찰 측 일에도 우리를 끼어들게 해주었으며 온갖 정보를 제공해 주었고……."

찰스 경은 한숨을 쉬었다. "하긴 자네 말대로야. 정말이야. 하지만 결국 가스 난로 아래를 들여다보려고 생각해 낸 것은 나뿐이었어. 머리가 둔한 경찰관들 가운데 어느 누구도 그런 일을 생각해 낸 사람은 없었어. 그러나 자네 생각대로 하는 게 좋겠어. 그런데 새터드웨이트, 엘리스가 지금 어디에 있으리라고 생각하나?"

"그 녀석은 바라는 만큼 손에 넣어, 다시 말해서 멀리 달아날 돈을 받아 들고서 아주 교묘하게 모습을 감추었다고 생각해."

"맞았어. 그 정도일 테지."

찰스 경이 말했다. 경은 약간 몸서리쳤다.

"새터드웨이트, 나는 이 방이 아주 으스스하고 기분 나빠. 나가자고."

찰스 경과 새터드웨이트 씨는 그 이튿날 저녁 무렵에 런던으로 돌아왔다.

존슨 대령과의 만남은 더할 나위 없이 교묘하게 해치워야 했다. 크로스필드 경감은 자신과 그의 부하가 미처 못 보고 지나친 것을 이 한낱 신사들이 찾아낸 데 대해 씁쓰레하게 생각하고 있었다. 경감은 자기 체면을 지키려고 애를 쓰고 있었다.

"하긴 참으로 놀랍군요. 가스 난로 아래를 들여다보다니, 생각도 못했습니다. 정말 솔직하게 말해서, 당신이 그곳을 조사하게 된 동기를 꼭 듣고 싶습니다."

두 사람은 잉크 얼룩으로부터 편지를 찾아내기까지의 추리 과정에 대해서는 상세한 설명을 하지 않았다.

"다만 자세히 살펴보았을 뿐이오." 찰스 경이 대답했다.

"첫눈에 아셨다는 말씀이로군. 당신이 찾아내신 것은 저로서는 그다지 놀랄 게 못 됩니다. 아시다시피 예를 들어 엘리스가 범인이 아니라고 한다면, 그는 다른 어떤 까닭으로 모습을 감추었을 게 틀림없고, 협박이 원래 그가 한 일이 아닌가 하는 것도 저의 머릿속을 떠나지 않고 있었으니까요."

두 사람이 찾아낸 것을 바탕으로 이루어진 일이라면 오직 하나, 존슨 대령이 루마스 경찰과 연락을 취하기로 한 것이었다. 즉 스티븐 배빙턴 변사 사건도 분명히 조사해야 할 필요가 있었기 때문이다.

"만약 배빙턴의 죽음도 마찬가지로 니코틴 중독이 원인이라고 한다면, 크로스필드 또한 이 두 변사 사건이 서로 연관되어 있음을 인정할 수밖에 없겠지." 런던으로 달리는 차 안에서 찰스 경이 말했다.

찰스 경은 자기가 찾아낸 것을 경찰에 내맡겨야 했던 일이 아직도 조금은 불만스러운 모양이다. 새터드웨이트 씨는 찰스 경을 달래는 듯이 말했다. "이 정보는 발표되지도 않을 것이고, 신문에도 제공되지 않을 거야. 그리고 진범이 붙잡히는 일은 아예 없을 거야. 엘리스에 대한 수사는 여전히 계속될 것이고……."

찰스 경도 그것은 확실하다고 인정했다. 그는 새터드웨이트를 보고 런던에 닿으면 에그 리튼 고어를 만날 작정이라고 말했다. 그녀로부터 온 편지는 주소가 벨그레이브 스퀘어로 되어 있었다. 찰스 경은 그녀가 아직 거기에 있어 주기를 바라고 있었다.

새터드웨이트 씨는 그렇게 하는 일에 진지하게 동의했다. 새터드웨이트 씨 자신도 에그와 만나고 싶었던 것이다. 런던에 닿는 대로 찰스 경이 에그에게 전화하기로 약속했다.

에그는 아직 벨그레이브 스퀘어에 있었다. 그녀는 어머니와 그곳의 친척 집에 머무르고 있으며, 앞으로도 1주일간은 루마스에 돌아가지 않고 런던에 머물 작정이었다. 전화로 에그를 설득하여 셋이서 식사를 하기로 하였다.

"그녀가 여기에 오기 거북한 모양이야." 찰스 경은 안락한 방을 둘러보며 말했다. "그녀의 어머니가 바람직하지 않다고 생각한 탓일 테지? 물론 밀레이 양도 함께 부르라면 부를 수도 있지만 그다지 마음 내키지 않아. 사실 아무래도 밀레이 양은 내 스타일에는 너무 어울리지 않아. 그 여자는 모든 일에 너무나 익숙하기 때문에 나는 열등감을 느낄 수밖에 없어."

새터드웨이트 씨는 자기 집이 좋겠다고 말했다. 마침내 버클리에서 식사를 하기로 하고, 에그가 바라면 다른 곳으로 옮기기로 결정했다.

새터드웨이트 씨는 에그가 예전보다 홀쭉해졌음을 첫눈에 알아보았다. 그녀는 눈을 여느때보다 크게 뜨고 있었고 열에 들뜬 듯이 보였으며, 턱은 과단성 있는 성격이 더욱더 강해진 것을 나타내는 것 같았다. 그녀는 얼굴빛이 파리했다. 눈 아래에 기미가 끼어 있었지만, 그녀의 매력은 전에 못지않게 강했으며, 앳된 진지함 또한 전과 다름없이 강렬했다.

"와 주시리라고 생각하고 있었어요." 에그는 찰스 경에게 말했다. 마치 '당신만 와 주신다면 이제 모든 일이 잘될 거예요'라고 말하는 것 같은 말투였다.

새터드웨이트 씨는 마음속으로 생각했다.

'그러나 에그는 찰스 경이 꼭 와 주리라고는 생각지 않고 있었다. 그런 확신은 조금도 없었을 것이다. 에그는 마음을 졸이고 있었을 것이다. 못 견디게 괴로워하고 있었던 것이다.'

새터드웨이트는 다시금 생각했다.

'찰스 경이 그것을 눈치챌까? 배우란 속이 텅 비어 있는 경우가 많지. 이 아가씨가 자기에게 푹 빠져 있다는 걸 알아차렸을까?'

참으로 기묘한 관계라고 새터드웨이트 씨는 생각했다. 찰스 경이 에그 양에게 푹 빠져 있는 것만은 틀림없는데, 그녀도 마찬가지로 그에게 푹 빠져 있다. 기묘한 건 그들 두 사람 사이의 '인연'이다. 두 사람이 서로에게 정신나간 듯이 푹 빠져 있는 이 인연, 그것은 범죄, 그것도 오싹한 이중 범죄였다.

식사를 하는 동안 많은 이야기를 나누지는 않았다. 찰스 경은 해외에서의 경험담을 이야기했고, 에그 양은 루마스의 일을 이야기했다. 새터드웨이트 씨는 대화가 끊어지려 할 때마다 이야기를 이어나가려고 애썼다.

식사가 끝나고 그들은 새터드웨이트 집으로 갔다. 새터드웨이트 씨의 집은 첼시아 엠뱅크먼트, 큰 저택으로서 안에는 아름다운 미술품이 많이 있었다. 회화, 조각, 중국 도자기, 선사 시대 질그릇, 상아 세공품, 세밀화, 그리고 진짜 치펀데일 (18세기 영국 가구 디자이너의/이름이자 그가 만든 가구)이며 헤펠화이트 (18세기 말 영국 가구 디자이너의/이름이자 그가 만든 가구)의 가구가 많이 있었다. 거기에는 세련되고

도 지적인 분위기가 감돌고 있었다.

그러나 에그 리튼 고어에게는 그런 것은 눈에 들어오지 않았다. 아니, 깨닫지도 못했다. 에그는 이브닝 코트를 의자 위에 걸쳐 놓고는 말했다.

"자, 남김없이 이야기해 주세요."

에그는 찰스 경이 요크셔에서의 모험담을 이야기하는 동안 눈을 빛내며 흥미롭게 귀를 기울이고 있었다. 이윽고 찰스 경이 협박 편지를 찾아내는 대목에 이르자 에그는 섬칫하며 숨을 삼켰다.

"그 뒤로 무슨 일이 생겼는지는 억지로 미루어 헤아릴 수밖에 없어요. 아마 엘리스는 입을 다물게 되고 도망하는 데 도움을 받았을 겁니다." 찰스 경은 입을 다물었다.

그러나 에그 양은 고개를 저었다.

"아니에요, 달라요. 모르세요? 엘리스는 죽었어요."

두 사람은 깜짝 놀라 넘어질 정도였으나 에그는 자기의 주장을 되풀이했다.

"물론 엘리스는 죽었어요. 그러므로 누구 한 사람도 그의 행방을 모를 만큼 모습을 잘 감추었던 거예요. 그는 '너무 많이 알고 있었기' 때문에 살해된 거예요. 엘리스가 세 번째 희생양이 된 셈이지요."

이제까지 둘 다 이러한 일이 생길 수 있다고는 생각해 본 일도 없지만, 에그의 말이 반드시 잘못된 것이 아님을 인정할 수밖에 없었다.

"하지만 에그 양, 엘리스가 죽었다는 말은 아주 뛰어난 의견이지만 그렇다면 시신은 어디에 있지? 그 건강한 집사라면 몸무게가 76 kg은 될 텐데 말이야."

찰스 경이 되받아쳤다.

"시신이 있는 곳은 모르겠어요. 숨길 곳이라면 얼마든지 있으니까." 에그가 말했다.

"있을 수 없는 일이야. 있을 수 없어, 그런 일은……."

새터드웨이트 씨가 중얼거렸다.

"충분히 있을 수 있어요." 에그가 되풀이해서 말했다.

"그러니까……." 에그는 잠시 사이를 두었다가 말했다. "지붕 밑……. 그래요, 어디든 사람이 그다지 들어갈 일이 없는 지붕 밑 다락방이 많이 있잖아요."

"있을 것 같지 않은 일이야. 물론 없다고도 딱 잘라 말할 수 없지만 말이야. 한동안은 찾아낼 수 없을 테니까." 찰스 경이 말했다.

불쾌하다고 해서 입에 올리지 않을 에그가 아니었다. 에그는 곧바로 찰스 경의 마음속에 있는 점에 대해 말했다.

"냄새는 위로 올라가지 결코 아래로는 내려오지 않아요. 썩어 버린 시체가 지하실에 있다면 지붕 밑보다는 훨씬 빨리 알게 될 거예요. 게다가 어찌 되었든 꽤 오랫동안 쥐 시체쯤으로밖에 생각하지 않을 걸요."

"에그의 생각이 옳다면, 사람을 죽인 것은 당연히 남자가 되는군. 여자라면 도저히 시신을 온 집안으로 끌고 다닐 수 없을 테니까. 사실 남자로서도 꽤나 힘든 일이지만……."

"하지만 다른 가능성도 있어요. 그 집에는 비밀 통로가 있잖아요? 서트클리프 양이 그렇게 말했고, 바솔로뮤 경 스스로도 서에게 보여주겠다고 말했는걸요. 범인은 엘리스에게 돈을 주고 집에서 밖으로 나가는 통로를 가르쳐 주었겠지요. 그리고 엘리스와 함께 그 통로를 지나가다가 그 속에서 엘리스를 죽여 버리는 일도 있을 수 있지요. 이 일이라면 여자라도 할 수 있어요. 그를 등 뒤에서 찌르려고 생각하면 못할 것도 없지요. 그렇게 해 두고 시신을 거기에 내팽개친 채 돌아와 버리면 어느 누구도 눈치채지 못하잖아요."

찰스 경은 이해가 가지 않는다는 듯이 고개를 저었지만, 그 이상 더 에그와 의견을 달리하여 다투지는 않았다.

새터드웨이트 씨는 찰스 경과 함께 엘리스 방에서 그 편지를 찾아냈을 적에 한순간 지금과 똑같은 의혹이 분명히 떠올랐던 것을 생각해 냈다. 그는 찰스 경이 조금 몸서리쳤던 걸 기억하고 있었다. 엘리스가 이미 죽어 있을지도 모른다는 생각은 이미 그때 그의 마음에 떠올라 있었던 것이다.

새터드웨이트 씨는 생각했다.

'만일 엘리스가 죽었다고 한다면, 우리는 그야말로 위험한 인물을 상대하고 있다. 그렇다, 참으로 아주 위험한 인물을!'

그러자 그는 갑작스레 등골에 오싹하는 듯한 오한을 느꼈다. 세 번이나 살인을 저지른 사람은 다시 한번 더 살인을 저지르길 망설이지 않는다. 그들, 찰스 경과 에그, 그리고 새터드웨이트 씨는 모두 위험한 상태에 있다.

그들이 지나치게 많은 것을 알았다고 한다면……. 그는 찰스 경 목소리에 문득 정신이 들었다.

"에그가 보낸 편지 내용 가운데 한 가지 내가 모르는 것이 있는데 …… 에그는 누군가가 위험한 상태에 있다느니, 경찰이 그 사람을 의심하고 있다느니 하고 말했는데, 나에게는 경찰이 조금도 누군가를 의심하고 있다고는 생각하지 않아."

새터드웨이트 씨는 에그가 조금 당황하는 것처럼 보였다. 그는 그녀가 얼굴을 붉혔다고까지 생각했다.

'에그 양이 이 자리를 어떻게 헤쳐 나갈까?' 새터드웨이트 씨는 혼자 생각했다.

"제가 어리석었어요. 사실 편지를 쓸 당시 제 머릿속은 뒤죽박죽

매우 혼란스러웠거든요. 그건, 꾸며댄 구실 같은 걸 내세우며 그런 식으로 나간 올리버에 대한 일이었어요. 저는 경찰이 그 사람을 당연히 의심할 거라고 생각했던 거예요." 에그가 말했다.

찰스 경은 이 변명을 순순히 받아들였다. "그런가? 알겠어."

새터드웨이트 씨가 물었다. "그것은 꾸며댄 구실이었나?"

에그는 그를 돌아다보았다. "어떤 뜻이지요?"

"기묘한 사고였기 때문이지. 만일 꾸며댄 구실이라고 생각했다면 에그 양이 그 까닭을 알고 있을지도 모른다고 생각했던 거야."

에그는 고개를 저었다.

"몰라요, 그런 일은 한 번도 생각해 본 적이 없어요. 하지만 예를 들어 올리버가 정말로 사고를 일으킨 게 아니라면, 어째서 그 사람이 사고를 일으킨 것처럼 꾸며 보일 필요가 있었을까요?"

"무언가 까닭이 있으리라고 생각하는데. 아주 자연스러운 까닭 말이야." 찰스 경이 말했다. 그는 에그를 바라보며 미소짓고 있었다. 에그는 얼굴이 새빨개지더니 그런 일은 결코 없다고 말했다.

찰스 경은 한숨을 내쉬었다. 새터드웨이트 씨로서는 찰스 경이 에그의 얼굴이 붉어진 것을 아예 다른 쪽으로 해석하고 있음을 알았다. 찰스 경이 다음 말을 늘어놓기 시작했을 때는, 그전보다 풀이 죽은 겉늙은 사나이로 보였다. 그가 말했다.

"그렇다면, 예를 들어 지금 우리들의 친구 맨더스 청년에게 위험이 없다고 한다면, 내가 도대체 왜 끼어들어야 하지?"

에그는 재빨리 앞으로 나아가 그의 소맷자락을 움켜잡았다.

"가버리시면 안 돼요. 단념해서는 안 돼요. 당신은 진상을 밝히려 하고 있으신 거잖아요? 당신 말고 누가 진상을 밝힐 수 있겠어요? 당신이라면 마음이 놓여요."

에그는 아주 진지했다. 그녀의 파도치는 듯한 활력이 그 방, 말하자면 고색창연한 그 방에 커다랗게 굽이치며 소용돌이치고 있는 것 같았다.

"에그는 나를 믿고 있군?"

찰스 경이 말했다. 그는 감동을 받은 상태였다.

"그럼요, 그렇고말고요. 우리들은 진상에 이르려 하고 있어요, 당신과 제가 함께."

"그리고 새터드웨이트 씨도."

"물론 새터드웨이트 씨도 함께이지요."

에그는 마음에 내키지 않는 듯이 말했다.

새스터웨이트 씨는 속으로 웃었다. 에그가 자기를 한몫 끼우고 싶어하든 하지 않든 따돌림을 당할 생각은 조금도 없었기 때문이다. 그는 수수께끼를 좋아했다. 게다가 남의 성격을 관찰하기를 즐겼다. 그리고 사랑하는 사람들에게는 이해심이 있었다. 그런데 이 세 가지가 이번 사건에서는 모두 충족되고 있었다.

찰스 경이 앉았다. 그의 목소리가 달라졌다. 그는 바야흐로 한 작품 감독을 맡아 지휘하고 있는 참이었다.

"무엇보다도 우리들은 상황을 명확하게 해 둘 필요가 있어. 그것은 우리들이 배빙턴과 바솔로뮤 스트레인지를 죽인 사람이 같은 사람으로 여기느냐 아니냐이지."

"믿어요." 에그가 말했다.

"믿겠어." 새터드웨이트 씨도 말했다.

"다시 말해서 우리들이, 두 번째 살인 사건이 첫 번째 살인 사건과 직접적인 원인과 관련되어 있다고 생각하느냐 어떠냐이지. 즉 내가 말하는 것은, 바솔로뮤 스트레인지가 첫 번째 살인의 진상이나 또는 그것에 대해 그가 품었던 의혹이 밖으로 새어 나가지 않도록 범인이 그를 죽였다고 하는 걸 믿느냐 어떠냐를 말하는 거야."

에그와 새터드웨이트 씨가 입을 모아 믿는다고 함께 말했다.

"그렇게 결정되면 우리들이 조사를 필요로 하는 건 두 번째 살인이 아니라 첫 번째 살인 쪽이로군."

에그는 고개를 끄덕였다.

"내 생각으로는 우리들이 첫 번째 살인 동기를 찾아내기까지는 범인을 알아내기 어려울 거라고 생각해. 그 동기야말로 참으로 풀어내기 어려워. 배빙턴은 도무지 남에게 해를 끼친 일이라고는 없을 듯한 온후한 노인이었거든. 이를테면 이 세상에 적 같은 건 한 사람도 없을 듯한 사람이야. 그럼에도 불구하고 살해된 것을 보면, 이 살인에는 반드시 어떤 까닭이 있을 게 틀림없어. 그 까닭을 우리는 꼭 찾아내야 해."

새터드웨이트는 말을 끊었다. 이윽고 그는 여느때 목소리로 돌아가 말했다.

"먼저 이것을 조사하기로 하지. 사람을 죽이는 까닭에는 어떤 것이 있을까……. 가장 먼저 떠오르는 게 이해 관계가 아닐까 하는데……."

"그렇다면 복수?" 에그가 말했다.

"살인광……. 이번 사건의 경우에는 해당되지 않겠군. 그러나 공포심이란 걸 들 수는 있겠지." 새터드웨이트 씨가 말했다.

찰스 경은 고개를 끄덕였다. 그는 종이쪽지에 적어넣고 있었다.

"동기는 대충 그런 정도로 볼 수 있겠고……."

"이해 관계에서 비롯된 것으로서 가장 큰 가능성은 이익이야. 배빙턴의 죽음으로 이득을 볼 사람이 누굴까? 그 노인에게 돈이 있었다든가, 아니면 돈이 들어올 예정이라도 있었던 것일까?"

"저로서는 그런 일은 도저히 있을 수 없다고 생각해요."

에그가 말했고, 새터드웨이트 씨도 동조했다.

"나도 생각이 같아. 하지만 우리들은 그 점에 대해서는 배빙턴 부인에게 물어보는 편이 좋을 것 같아."

"다음으로는 복수를 들 수 있어. 배빙턴이 누군가에게 위해를 가한 일이 있는가……. 젊은 시절에 말이야. 그는 누군가 다른 사나이가 사랑하던 여자와 결혼한 건 아닐까? 이 점에 대해서도 우리는 조사해 볼 필요가 있어.

그 다음으로는 살인광이라는 가능성. 그러니까 배빙턴과 톨리 두 사람 모두 미치광이에게 살해되었다는 거야. 하지만 이 이론은 이치에 맞지 않는다는 생각이 들어. 비록 미치광이라 하더라도 범죄를 저지르는 데에는 나름대로의 까닭이 있어. 내가 말하는 뜻은, 미치광이는 자기가 하늘로부터 의사나 목사를 죽여야 할 사명을 띠고 있다고 생각하는 일이 있을지라도, 의사와 목사 둘 다 죽이려고 하는 일은 있을 수 없다는 것이지. 그래서 살인광이라는 가설은 버려도 좋다고 생각해. 그러면 공포설이 남는군.

솔직히 말해서, 이것이 나로서는 가장 있을 수 있는 설명이라고 생각해. 아마도 배빙턴은 어떤 사람에 대해서 무슨 일인가를 알고 있었거나 또는 어떤 인물을 보았거나 했던 거야. 그래서 어느 누군가가 그로 하여금 그 일이나 사람에 대해서 밝힐 수 없도록 살해한 거지."

"그날 밤 거기에 있었던 누군가를 헐뜯는 것 같은 일을 배빙턴 씨가 알고 계셨으리라고는 생각할 수 없어요."

찰스 경이 말했다.

"아마도 범인이 알고 있었던 것은, 배빙턴이 모르는 일이었는지도 모르지. 그러니까 내 말뜻은 뭐라고 해야 하나…… 좀처럼 잘 표현할 수가 없군. 이를테면, 이것은 다만 내가 예로 드는 일에 지나지 않지만, 배빙턴이 어떤 사람을 어떤 장소, 어떤 시간에 목격했다고

하세. 그리고 그가 알고 있는 바로는 그 사람이 그곳에 있을 필요가 있었던 거지. 그러나 동시에 그 사람이 어떤 까닭으로 아주 교묘한 알리바이를 날조하여 그 특정 시각에 160킬로미터나 떨어진 다른 곳에 있었다고 꾸며 두었다고 생각해 보세. 이렇게 되면 언제 어느 때 배빙턴 노인이 그 알리바이가 허위라는 것을 폭로하게 될지 모르게 되지."

"알았어요. 지금 런던에서 살인 사건이 일어났다고 치고, 배빙턴 씨가 그 범인을 패딩턴(런던 서부 주택 구역, 또는 그 구역 이름) 역에서 목격했는데, 그 사나이는 그 시각에 리즈(영국 잉글랜드 웨스트 요크셔 주 도시)에 있었다는 알리바이를 꾸며 자기 짓이 아니라는 걸 증명하려 한다는 거로군요. 그럴 경우 배빙턴 씨가 이 연극을 폭로시키지 않는다는 보장이 없는 거지요."

"바로 그것을 말하고 싶었던 거야. 물론 이것은 다만 하나의 예에 지나지 않지. 이 경우에는 무엇이든 상관없어. 그날 밤 배빙턴과 만난 사람들은 그가 예전에는 다른 이름으로 알고 있었던 사나이였을지도 모르지."

"결혼과 관련 있는 일일지도 몰라요. 목사는 결혼을 주재하는 일이 많으니까요. 이중 결혼을 범한 사람일 수도 있어요." 에그가 말했다.

"아니면 탄생이나 사망과 관련이 있을지도 모르고……." 새터드웨이트 씨가 말했다.

"꽤 범위가 넓어졌군요." 에그가 눈살을 찌푸리며 말은 이었다.

"우리들은 다른 방법으로 해 나가야겠어요. 그날 밤 거기에 있었던 사람들부터 다시 조사해요. 명단을 만들어요. 까마귀장 파티에 참석했던 사람들이 누구누구이며, 바솔로뮤 경 저택 파티에 참석했던 사람들은 누구누구인지……."

찰스 경이 그녀에게 연필과 종이를 건네 주었다.

"데이크리스 부부는 두 군데 모두 참석했었지요. 그리고 볼품없는 양배추 같은 여자⋯⋯. 이름이 뭐였지요? 아, 윌스였어요. 그리고 서트클리프 양."

"안젤라는 명단에서 빼도 좋아." 찰스 경이 말했다.

"그 사람이라면 나와는 오랜 세월 서로 잘 알고 가깝게 지내 온 사이니까."

에그는 불쾌하다는 듯이 눈썹을 찌푸려 보였다.

그녀가 말했다. "그런 일은 절대로 할 수 없어요! 상대를 잘 알고 있다고 빼다니! 사무적으로 해야 해요. 게다가 저는 안젤라 서트클리프에 대해서는 아무것도 몰라요. 그분 또한 살인을 저지를 수 있을지 모른다는 점에서는 다른 사람과 똑같아요. 게다가 제가 보기에는 다른 사람 이상으로 가능성이 많은 사람이에요. 여배우는 반드시 과거가 있으니까요. 이래저래 그녀야말로 가장 수상쩍은 사람이라고 생각해요."

에그는 찰스를 도전적으로 노려보았다. 찰스 경의 눈동자에는 그것에 반응을 나타내는 번뜩임이 있었다.

"그렇다면 올리버 맨더스도 빼놓을 수 없겠는데⋯⋯."

"어째서 올리버도 집어넣어야 하나요? 그 사람은 배빙턴 씨를 이제까지 몇 번이나 만난 일이 있어요."

"그가 두 곳의 파티에 모두 참석했었고, 게다가 그의 파티 참석 방식이 좀 의심스럽기 때문이지."

"하긴 그렇군요." 에그는 말하더니 다시 이렇게 덧붙였다.

"그렇다면 어머니와 저도 명단에 넣으세요. 이것으로 모두 일곱 사람의 피의자가 생겼군요."

"설마 그런⋯⋯."

"하려면 어디까지나 공명정대하게 해야 해요. 그렇잖으면 그만둬야지요."

에그의 눈이 번쩍 빛났다.

여기서 새터드웨이트 씨가 마실 것을 내놓아서 두 사람 사이를 화해시켰다. 그는 벨을 울려 마실 것을 가져오라고 시켰다.

찰스 경은 방구석으로 어슬렁어슬렁 걸어가 니그로 목각 인형을 감상했다. 에그는 새터드웨이트 곁으로 오더니 한 손을 그의 팔 안으로 미끄러뜨려 넣었다.

"신경질을 부리다니, 저는 정말 바보예요." 그녀는 소곤거리듯 말했다. "저는 바보예요, 하지만 어째서 그 여자를 예외로 봐야 하는거죠? 어째서 찰스 경은 예외로 삼고 싶어할까요? 아, 싫어요, 그리고 어째서 저는 또 이렇듯 야비하리만큼 질투가 많을까요?"

새터드웨이트 씨는 미소지으며 에그의 손을 토닥거려 주었다.

"질투는 헛일이야. 비록 에그 양이 질투를 느끼더라도 겉으로 드러내어서는 안 되지. 그런데 에그 양은 맨더스 청년이 정말로 의심받고 있다고 생각하나?"

에그가 생긋 웃었는데, 친근감을 주는 앳된 웃음이었다.

"천만에요, 저는 그분을 놀라게 해주려고 생각했던 거예요."

에그는 찰스 경 쪽으로 뒤돌아보았다. 찰스 경은 아직도 시무룩하게 니그로 목각 인형을 감상하고 있었다.

"아시겠어요? 저는 제가 저분을 쫓아다니고 있다고 느끼게 하고 싶지 않았던 거예요. 그렇지만 또한 전 찰스 경에게 제가 정말로 올리버에게 관심을 가지고 있다고 생각하도록 만들고 싶지는 않아요, 어째서냐고요? 정말은 그에게 관심 가진 일이 도무지 없었으니까요. 왜 이렇듯 모든 일이 어렵기만 할까요! 찰스 경은 다시 전처럼 저를 아이 다루듯 하게 되어 버렸어요, 저는 그게 싫어요."

"참아, 무슨 일이든 끝에 가서는 잘되는 법이니까."

새터드웨이트 씨가 그녀를 달래듯이 말했다.

"저는 참을성이 없는 편이에요. 저는 무슨 일이든지 생각하면 곧 재빠르게 해치우는 성미지요."

새터드웨이트 씨가 웃었다. 찰스 경이 이쪽을 돌아보더니 그들 쪽으로 다가왔다. 세 사람은 마실 것을 들면서 계획을 세울 논의를 했다. 찰스 경은 아직 살 사람이 나서지 않은 까마귀장으로 돌아가야 했다. 에그와 메리 부인은 예정보다 빨리 로즈 커티지로 돌아가야 했다. 그리고 배빙턴 부인은 그대로 루마스에 살고 있었다. 세 사람은 그녀에게서 되도록 많은 정보를 손에 넣은 다음, 그것을 바탕으로 행동하기로 했다.

"우리들은 꼭 잘할 수 있어요. 반드시 성공하리라고 생각해요."

에그가 말했다.

에그는 찰스 경 쪽으로 다가갔다. 그녀의 눈이 빛나고 있었다. 그녀는 자기 잔을 찰스의 입에 대어 주려고 내밀었다.

"성공을 위하여!" 에그가 먼저 입을 열었다.

찰스 경이 천천히 잔을 입술로 가져갔다.

"성공과 미래를 위하여!"

제3막 발견

13

배빙턴 부인은 항구에서 그리 멀지 않은 어부의 작은 오두막으로 이사해 살고 있었다. 부인은 동생이 6개월 후에 일본에서 귀국하기를 기다리고 있었다. 동생이 귀국할 때까지는 장래 계획 같은 건 아무것도 세워놓고 있지 않았다. 그 오두막은 때마침 6개월간 비어 있게 되어서 그녀가 그걸 빌리기로 했던 것이다. 배빙턴 부인은 갑작스레 남편이 세상을 떠나자 앞이 캄캄하여 루마스를 떠날 수조차도 없었다.

스티븐 배빙턴은 루마스 성 페드로치 교회 사택에서 17년 동안 살았다. 배빙턴 부부는 아들 로빈을 잃고서 슬픔에 잠기곤 했지만, 대체로 17년 동안 행복하게 살았다. 살아남은 자식들 가운데, 에드워드는 스리랑카에, 로이드는 남아프리카에 살고 있었다. 그리고 스티븐 2세는 앙골라 호 3등 항해사였다. 그들은 언제나 효심이 가득 담긴 편지를 보내왔지만, 어머니를 위해 집을 사 주거나 함께 살자고 제의한 적은 없었다. 마거릿 배빙턴은 너무나 쓸쓸했다.

배빙턴 부인은 생각만 하고 있을 수는 없었다. 부인은 교구에서 지금도 일하고 있었다. 새로 부임해 온 교구 목사는 아직 결혼하지 않은 사람이었다. 부인은 언제나 오두막 앞의 작은 꽃밭에서 일하고 있었다. 부인에게 꽃은 생활에 없어서는 안 될 것이었다.

어느 날 오후, 뜰에서 일하고 있으려니 문고리가 딸가닥거리는 소리가 들렸다. 얼굴을 드니 찰스 카트라이트 경과 에그 리튼 고어 양 두 사람이 서 있었다.

마거릿은 에그를 보고도 그다지 놀라지 않았다. 이 아가씨와 어머니가 머지않아 돌아올 것을 알고 있었기 때문이다. 하지만 찰스 경을 보고는 놀랐다. 찰스 경은 이 마을을 떠나 두 번 다시 돌아오지 않으리라는 소문이 있었다. 남프랑스에서의 그의 거취를 보도하는 신문도 있었다. 까마귀장의 뜰에는 '팔 집'이라는 팻말까지 서 있었다. 그러므로 아무도 찰스 경이 돌아오리라고는 생각지 못했다. 그런데 그가 불쑥 다시 돌아온 것이다.

배빙턴 부인은 흩어진 머리카락을 땀이 밴 이마에서 쓸어올리며 흙으로 더러워진 손을 난처한 듯이 바라보았다.

"이러니 악수도 못하겠군요. 뜰손질을 할 때에는 장갑을 끼어야 하는 건데. 때로는 끼고서 일하기도 하지만 곧 벗어 버리고 맙니다. 끼지 않는 편이 훨씬 기분이 좋거든요."

배빙턴 부인은 두 사람을 집으로 맞아들였다. 작은 거실은 벽에 사라사를 발라 아주 아늑했다. 사진이 걸려 있고, 국화를 꽂은 꽃병이 있었다.

"뵙게 되어 정말 놀랐어요, 찰스 경. 까마귀장을 파시고 여기에는 이제 돌아오시지 않는다고 생각했지요."

"저도 그렇게 생각했습니다. 하지만 부인, 운명이란 우리 힘만으로는 어쩔 수 없는 것이라서요." 찰스 경이 솔직하게 대답했다.

배빙턴 부인은 잠자코 있었다. 부인은 에그 쪽을 돌아보았다. 그러자 에그가 먼저 입을 열었다.

"아주머니, 그냥 인사차 찾아온 게 아니에요. 찰스 경과 저는 아주 중대한 걸 말씀드릴 수밖에 없게 되었어요. 다만 저는……."

배빙턴 부인은 에그에게서 찰스 경에게로 눈길을 돌렸다. 부인 얼굴빛은 핏기를 잃었으며 괴로운 것 같았다.

"먼저 첫째로, 내무부에서 무언가 연락이 있었는지 듣고 싶습니다."

배빙턴 부인은 머리를 숙였다. 다시 찰스 경이 말을 이었다.

"그렇습니까? 그럼 우리들이 이야기하기가 한결 쉬워졌군요."

"저, 시신 발굴 명령 문제로 오셨어요?"

"그렇습니다. 정말 딱하게 되었다고 생각합니다. 혹시나 언짢게 여기실까 해서요."

부인은 찰스 경의 다정한 목소리에 마음이 누그러졌다.

"당신이 염려하실 만큼 저는 걱정하고 있지 않아요. 사람에 따라서는 발굴 따위는 생각만 해도 몸이 오싹해지겠지요. 하지만 저는 달라요. 시신은 아무것도 아니에요. 남편은 어딘가, 아무도 그의 편안한 잠을 훼방놓을 수 없는 곳에서 조용히 잠자고 있어요. 아니에요, 그런 일이 아니에요. 제가 놀란 것은 그 생각, 그 일……. 오, 무서워요. 스티븐이 자연사한 것이 아니라는 생각이에요. 그럴 리가 없어요. 있을 수가 없어요."

"당신은 그렇게 여기실 것이 틀림없다고 저는 생각하고 있습니다. 저도 정말은 처음에는……."

"'처음엔'이란 어떤 뜻이지요, 찰스 경?"

"남편께서 돌아가신 날 밤, 무언가 이상하다고 생각되었기 때문입니다. 부인, 당신처럼 저도 그런 일은 있을 리가 없다고 생각하여 마음에서 지워 버렸습니다."

"저도 그렇게 생각했어요." 에그가 말했다.

"에그 양까지도?"

배빙턴 부인은 의아스러운 듯이 에그 양을 바라보았다.

부인은 그런 일이 믿어지지 않는다는 듯이 심각한 반응을 보이자, 두 사람 모두 더 어떻게 이야기를 이끌어 나가야 좋을지 몰랐다. 마침내 찰스 경이 다음을 이어서 말했다.

"아시다시피 부인, 저는 외국에 나가 있었습니다. 남프랑스에 있을 때 친구인 바솔로뮤 스트레인지 경이 배빙턴 목사와 조금도 다르지 않게 살해되었다는 기사를 신문에서 읽었습니다. 저는 리튼 고어 양의 편지도 받았습니다."

에그가 고개를 끄덕였다.

"저는 그때 마침 그곳에 있었어요. 아주머니, 정말로 똑같았어요. 포도주를 마시자 곧 얼굴빛이 달라졌어요. 그리고……. 그래요, 콘월에서의 변사 사건과 마찬가지였어요. 2, 3분도 되지 않아 돌아가셨어요."

"바솔로뮤 경은 독살된 것이 분명합니다. 미치광이가 했을 게 틀림없어요. 부인, 저는 이 사건 진상을 알고 싶습니다. 진실을 밝히고 싶습니다. 이제 한가롭게 있을 수가 없습니다. 발굴 소식이 퍼지면 범인은 당연히 경계하겠지요. 시간을 아끼기 위해 저는 배빙턴 씨의 시신 검시 결과를 상상하고 있는 겁니다. 저는 배빙턴 씨께서도 니코틴 독살로 돌아가셨다고 생각하고 있습니다. 먼저 묻겠습니다만, 순수한 니코틴을 어디에 쓰는지 배빙턴 씨께서도 알고 계셨습니까?"

"저는 언제나 장미 소독에 니코틴 용액을 쓰고 있었어요. 그것이 독인지는 전혀 몰랐습니다."

"저는 어젯밤에 그 일에 대한 기사를 읽었습니다. 내 생각에는 이 두 사건에는 니코틴이 쓰여진 것 같아요. 니코틴에 의한 독살은 그다지 흔치 않은 일이지요."

배빙턴 부인은 머리를 저었다.

"저는 골초들이 니코틴 중독에 걸린다는 것 말고는 니코틴 중독에 대해서는 아무것도 몰라요."

"부군께서는 담배를 피우셨습니까?"

"네."

"그런데 부인, 당신은 부군을 해치려고 할 사람이 있을 리 없다고 말씀하셨는데, 그것은 당신이 알고 있는 한 배빙턴 씨에게는 적이 없다는 말씀인가요?"

"맹세코 남편에게는 적 같은 건 없었습니다. 그 사람은 모든 사람의 호감을 받고 있었지요. 때로는 떠받들기도 했을 정도입니다."

부인은 조금 눈물지으며 웃었다.

"그 사람은 나이를 먹어 새로운 것에 오히려 두려움을 가지고 있었지만, 그런데도 그는 누구에게나 호감을 샀어요. 당신 또한 저의 남편을 싫어하시지는 않았을 거예요, 찰스 경."

"부인, 저는 부군께서 막대한 재산이라도 남기시지 않았는가 생각합니다만."

"아뇨, 아무것도 없는 거나 마찬가지예요. 스티븐은 저축을 할 줄 몰랐어요. 남에게 그저 주기만 했어요. 저는 그 일로 내내 잔소리를 했지만……."

"누군가의 재산을 물려받았다거나, 누군가의 상속인이 되어 있지는 않으셨어요?"

"그런 일도 없어요. 스티븐에게는 친척이 그다지 없어요. 노섬벌랜드의 목사와 결혼한 누이동생이 하나 있지만 그 시누이 내외의 생활은 어렵고, 남편의 작은아버지와 작은어머니는 오래전에 세상을 떠나셨어요."

"그렇다면 부군께서 돌아가셔서 이익을 얻을 사람은 아무도 없는 셈이로군요."

"그렇지요."

"배빙턴 씨를 미워하는 사람의 문제로 되돌아갑시다. 배빙턴 씨에게 적 같은 건 있을 리 없다고 아까 말씀하셨는데 젊었을 적에는 혹시 모르잖습니까?"

배빙턴 부인은 의아스러운 듯한 표정을 지었다.

"그런 일은 있을 수 없다고 생각해요. 스티븐은 남과 다투는 성격이 아니었어요. 그는 언제나 남과 사이좋게 지내고 있었어요."

"좀 멜로 드라마 같아서 난처합니다만……." 찰스 경은 신경질적으로 기침을 했다.

"그러나 저, 이를테면 부군께서 당신과 약혼하셨을 때, 주위에 누군가 그분으로부터 버림받은 구혼자는 없었습니까?"

한순간 배빙턴 부인은 눈을 깜박였다.

"스티븐은 저희 아버지의 부목사(副牧師, 교구 목사 가운데서 맨 아랫자리)였어요. 제가 학교를 마치고 집에 돌아왔을 때 처음 만난 사람들 가운데 하나였어요. 저희는 서로 사랑했어요. 약혼 후 4년 뒤 남편이 켄트에 집을 마련하자 저희들은 결혼할 수 있게 되었어요. 우리 사랑은 정말 단순한 러브 스토리를 가지고 있습니다만, 행복했었어요."

찰스 경은 고개를 끄덕였다. 배빙턴 부인의 꾸밈없는 태도는 아주 매력적이었다. 이번에는 에그가 배빙턴 부인에게 물었다.

"아주머니, 그날 밤 찰스 경 댁에 계신 손님 가운데 목사님께서 이전에 만난 분은 없었습니까?"

배빙턴 부인은 좀 난처한 모양이다.

"글쎄요. 당신과 어머님, 저 올리버 맨더스 씨도 말인가요?"

"네, 그밖에는 누구 알고 계신 분이 없습니까?"

"5년 전쯤 런던의 극장에서 저희들은 안젤라 서트클리프의 무대를 본 일이 있었어요. 그래서 이번에 그녀와 만날 수 있게 되어 둘 다 감격했었지요."

"그 이전에는 그녀를 만나신 일이 없습니까?"

"네, 저희들은 찰스 경이 이곳으로 옮겨오시기 전까지는 한 번도 배우라는 사람들을 만난 일이 없었어요. 그래서 그게 큰 감격으로 다가왔지요. 저희들에게 얼마나 대단한 일이었는지 당신은 모를 거예요. 정말이지 저희들의 생활에 로맨스가 생긴 것처럼 활력소가 되었지요."

"데이크리스 부부와는 만나지 않으셨어요?"

"훌륭한 옷을 입은 부인과, 그 옆에 있던 몸집 작은 분 말인가요?"

"네, 그렇습니다."

"아뇨, 처음이었어요. 그리고 또 한 부인은 희곡을 쓰시는 분이라 했는데 딱하게도 그분은 그렇게 보이지 않았어요."

"그분들 가운데 어느 누구와도 전에 만나신 일이 없었던 게 확실하겠지요?"

"네, 그리고 스티븐도 마찬가지예요. 저희들은 무슨 일을 하든 언제나 함께였으니까요."

"그럼, 목사님은 아주머니에게 앞으로 만나게 될 분이라든가 이미 만난 분에 대해서는 아무것도 말씀하시지 않으셨어요?"

에그가 물었다.

"그 즐거운 밤을 고대하고 있다는 것 말고는 아무 말도 하지 않았어요. 그리고 그 밤이 드디어 찾아와 아주 눈 깜짝할 사이에……."

찰스 경이 급히 끼어들었다.

"이런 혐오스러운 일을 물어 죄송합니다. 그러나 우리는 이번 사건에 뭔가 있으리라고 생각합니다. 찾아낼 수만 있다면 말이죠. 언뜻 보기에는 잔혹하지도 아무렇지도 않은 듯한 살인 같지만 무언가 까닭이 있을 게 틀림없습니다."

"알겠어요." 배빙턴 부인이 말했다.

"만일 살인이라면 무언가 까닭이 있어야 하니까요. 하지만 전 모르겠어요. 생각할 수도 없어요. 무슨 까닭이 있는 걸까요?"

잠깐 동안 침묵이 이어졌다. 찰스 경이 입을 열었다.

"주인님의 이력을 간단히 들려 주시겠습니까?"

배빙턴 부인은 찰스 경의 노트에 적혀 있듯이 날짜까지 잘 기억하고 있었다.

스티븐 배빙턴

1. 1868년 : 데번셔 주 이슬링턴에서 태어남. 성 바울 학교와 옥스퍼드에서 공부
2. 1891년 : 목사가 되어 혹스턴 교구 성직을 얻음
3. 1892년 : 서품을 받음
4. 1894~99년 : 서리 주 이슬링턴 버넌 로리머 목사 아래에서 부목사를 지냄
5. 1899년 : 마거릿 로리머와 혼인하여 성 메리의 길링에서 삶.
6. 1916년 : 루마스 성 페트로치로 옮김

"실마리가 될 겁니다." 찰스 경이 말했다.

"주인께서 성 메리의 길링 목사관에 계실 때가 문제로군요. 옛날 일은 그날 밤 저의 집에 모인 분과는 그다지 관계가 없다고 생각합니다."

배빙턴 부인은 몸을 떨었다.

"그럼, 그 가운데 한 사람의……."

"그것을 어떻게 생각해야 할지 아직 모르는 일이지요. 바솔로뮤 경은 무엇을 보았거나 눈치챈 모양입니다. 그래서 바솔로뮤 경은 남편분과 아주 똑같은 방법으로 살해된 것입니다. 그래서 다섯 사람이……."

"일곱 사람이지요." 에그가 말했다.

"여기에 씌어 있는 일곱 사람은 두 번째 만찬 모임 때에도 참석했습니다. 그들 가운데 한 사람이 아무래도 범인이겠지요."

"하지만 어째서, 어째서이지요? 남편을 죽이려는 동기 따위는 아무래도 있을 리가 없는데!" 배빙턴 부인은 외쳤다.

"그것을 저희들도 알고 싶어 미치겠습니다." 찰스 경이 말했다.

14

새터드웨이트 씨는 찰스 경과 함께 까마귀장에 왔다. 찰스 경과 에그 리튼 고어 양이 배빙턴 부인을 찾아간 동안 새터드웨이트 씨는 메리 부인과 차를 마시고 있었다. 메리 부인은 새터드웨이트 씨를 좋아했다. 메리 부인은 말씨나 태도가 조용했지만, 자기의 좋고 싫음에 대해서는 의견이 뚜렷한 사람이었다.

새터드웨이트 씨는 드레스덴산 찻잔으로 중국차를 마시고 작은 샌드위치를 먹으며 말을 하고 있었다. 요전번 방문 때 두 사람 모두 알고 있는 친구며 친지가 있었음을 알았다. 오늘도 같은 화제로 시작되어 차츰 깊이 있는 화제로 들어갔다. 새터드웨이트 씨는 인정이 있는 사람으로서 다른 사람들의 문제에는 귀를 잘 귀울이지만 자기가 먼저 그런 일을 입에 올리는 일은 없었다. 지난번 방문했을 때에도 부인은 딸의 앞날에 대한 걱정을 스스럼없이 그에게 이야기했을 정도였다.

부인은 어느새 벌써 오랜 친구에게라도 이야기하듯이 말했다.

"에그는 아주 고집이 셉니다. 그 애는 한 가지 일에 곧장 몰두하지요. 아시다시피 새터드웨이트 씨, 그 애가 이번 같은 곤란한 사건에 뛰어든 일을 저는 참을 수가 없어요. 에그는 이런 걱정을 하는 저를 보면 웃겠지만, 그런 일은 숙녀가 할 일이 못 되잖아요?"

부인은 이야기하면서 얼굴을 붉혔다. 부인의 부드럽고 맑은 갈색 눈이 호소하듯 새터드웨이트 씨를 바라보고 있었다.

"말씀하시는 뜻은 잘 알겠습니다. 솔직히 말씀드리자면 저도 그런 일은 싫습니다. 저는 그것이 시대에 뒤진 편견에 지나지 않음을 알고 있지만 할 수 없는 일이지요. 그렇지만 요즘 같은 문명 시대에는 여성이 집안에 얌전히 앉아 바느질을 하든가 무서운 범죄를 생각하며 떨고 있어야 한다고 생각하는 것은 처음부터 무리한 일입니다."

"살인이라니, 생각만 해도 끔찍해요. 저는 결코 그런 일에 휩쓸린다고는 생각해 본 적이 없어요. 정말 무서워요. 바솔로뮤 님이 딱하기만 해요." 메리 부인은 몸서리를 쳤다.

"당신은 그 사람을 잘 아시지는 못하셨겠지요?"

새터드웨이트 씨가 결심한 듯이 물었다.

"두 번밖에 만난 일이 없어요. 첫 번째는 1년 전쯤 찰스 경과 함께 주말을 보내고 계실 때였어요. 두 번째는 가엾은 배빙턴 씨가 돌아가신 저 무서운 날 밤이었어요. 저는 그분의 초대장이 왔을 적에 정말로 놀랐답니다. 하지만 에그가 기뻐하리라고 생각했기 때문에 받아들였어요. 가엾게도 그 애는 초대받은 일이 별로 없거든요. 그 애가 재미있는 일이라곤 아무것도 없다는 듯한 얼굴을 하고서 우울해하고 있었기 때문이지요. 큰 저택에서 벌어지는 파티는 그 애가 기뻐하리라고 생각했던 겁니다."

새터드웨이트 씨는 고개를 끄덕였다.

"올리버 맨더스에 대해 들려 주십시오." 새터드웨이트 씨가 말했다. "저는 그 젊은이에게 꽤 흥미를 느끼고 있습니다."

"그는 똑똑한 사람이에요. 물론 고생을 하고 있긴 하지만 말이죠." 메리 부인이 말했다.

부인은 얼굴을 붉혔다. 이윽고 새터드웨이트 씨의 궁금해하는 눈초리를 느낀 메리 부인이 말을 계속했다.

"올리버의 부모는 정식으로 결혼하지 않았어요."

"정말입니까? 정말 도저히 생각할 수 없는 일이로군요."

"이 근처 사람이라면 누구나 그 일을 알고 있어요. 그렇지 않다면 제가 이런 말을 할 리가 없잖아요. 올리버의 할머니인 맨더스 노부인은 던보의 플리머스 거리 쪽으로 난 아주 큰 집에 살고 있어요. 그녀의 남편은 이 지역의 변호사였지요. 아들은 시내 어떤 가게에 들어가 크게 성공했습니다. 딸은 아주 아름다웠는데, 유부남에게 완전히 반하고 말았답니다. 그 남자도 참 나쁘지요. 어쨌든 마침내는 여러 가지 스캔들을 일으킨 끝에 둘이서 사랑의 도피를 하고 말았어요. 그 남자의 아내가 결코 갈라설 생각이 없었거든요. 그러는 동안 올리버가 태어났고 딸은 얼마 안 되어 세상을 떠나고 말았어요. 그래서 런던에 있는 작은아버지가 올리버를 데려갔습니다. 작은아버지 부부에게는 아이가 없었거든요. 올리버는 작은아버지 부부와 외할머니 사이를 왔다갔다하며 자랐지요. 그는 여름방학이 되면 언제나 이곳에 왔었어요."

메리 부인은 조금 쉬었다가 다시 말했다.

"저는 올리버가 가엾어서 견딜 수가 없었어요. 지금도 마찬가지예요. 그의 꽤나 잘난 체하는 태도도 모두 허세라고 생각해요."

"그다지 대단한 건 아니지요. 그런 건 흔히 있는 일입니다. 자기

일만 생각하고 언제나 잘난 체하는 사람을 보면, 어딘가에 열등감을 숨기고 있는 법이지요."

새터드웨이트 씨가 말했다.

"이상한 일이로군요."

"열등의식이라는 건 아주 색다른 것이랍니다. 이를테면 저 살인마라고 불리던 클리펀 말인데, 그 사나이는 열등의식으로 아주 고뇌하고 있었습니다. 그 많은 범죄는 모두 열등감에서 비롯된 것이었습니다. 범죄를 저질러 자기의 개성을 주장하고 싶다는 욕망이겠지요." .

"저로서는 잘 모르겠는데요." 메리 부인은 중얼거렸다. 부인은 조금 몸서리를 치는 것 같았다. 새터드웨이트 씨는 감상적인 눈초리로 메리 부인을 보았다. 그는, 둥근 어깨에 부드러운 갈색 눈을 가졌으며 화장기라고는 전혀 없는 부인의 모습을 좋아했다.

그리고 속으로 생각했다. '이 사람은 젊었을 적에는 꽤나 미인이었을 거야.'

화려하지는 않다. 장미꽃 같지도 않다. 아름다움을 안으로 숨기고 있는 가련하고도 매력적인 제비꽃과 같은 모습이다.

새터드웨이트 씨는 자기의 젊은 날을 돌이켜보았다. 젊은 날의 로맨스를 생각해 내고 있었다.

이윽고 그는 메리 부인에게 사랑 이야기를 들려 주었다. 그가 이제까지 겪은 오직 하나의 로맨스를……. 지금에 와서 보면 로맨스라고 할 만한 것도 못 되지만, 새터드웨이트 씨에게는 그지없이 그리운 추억이었다.

새트드웨이트 씨는 그녀가 얼마나 아름다웠는지, 큐 가든 (영국 런던 서부 교외인 큐에 있는 왕립 식물원)으로 잔대(초롱꽃과 여 러해살이 풀)를 보러 갔었던 일 등을 이야기했다. 새터드웨이트 씨는 그날 청혼을 하려고 마음먹고 있었다. 그녀가 자기 마음에 대답해 주리라고 생각했었다. 그리하여 잔대를 바라보면서 그녀에게 마음을 털어놓았다. 그러나 그때 새터드웨이트 씨는 그녀에게 다른 남자가 있음을 알았다. 그는 마음속으로 밀어닥치는 여러 가지 상념을 숨기고 그냥 친구로만 머물 수밖에 없었다.

그것은 분명히 이글이글 불타오르는 로맨스는 아니었다. 메리 부인네 응접실의 흐릿하게 빛바랜, 사라사 천으로 만든 커튼과 화사한 중국풍 분위기에 꼭 어울렸다.

잠시 후 이번에는 메리 부인이 자기의 생애, 그다지 행복하다고는 할 수 없었던 결혼 생활에 대해 이야기하기 시작했다.

"저는 처녀 적에는 정말 바보였어요. 처녀란 모두 바보인가 보지요, 새터드웨이트 씨. 젊은 처녀는 자신감이 너무 많아 자기들이 뭐든지 가장 잘 알고 있다고 자만심에 빠져 있는 거예요. 사람들은 여성의 직감에 대해 많이 쓰기도 하고 이야기하기도 하지요. 하지만 저는 그런 걸 믿지 않아요. '이러이러한 남자는 좋지 않으니 조심하세요'라는 따위의 주의를 주는 직감 같은 게 처녀들에겐 하나도 없거든요. 말하자면 처녀들은 아는 게 하나도 없어요. 부모가 잔소리를 해도 아무 소용이 없어요. 믿지를 않는걸요. 입에 올리기도 무서운 일이지만, 세상에서 나쁜 놈이라고 모두 손가락질하는 사나이에게 처녀는 저도 모르게 무언가 끌리는 게 있는 모양이에요. 처녀는 자기의 애정으로 남자로 하여금 악의 구렁텅이에서 벗어나 올바르게 살아갈 수 있도록 하겠다고 곧 생각해 버리지요."

새터드웨이트 씨는 조용히 고개를 끄덕였다.

"사람이 알고 있는 것이란 참으로 새발의 피일 뿐입니다. 좀더 무언지 알 수 있게 되었을 적에는 이미 때는 늦지요."

메리 부인은 한숨을 쉬었다.

"모두 제가 어리석었어요. 주위 사람들은 제가 로널드와 결혼하는 것을 반대했어요. 로널드는 집안은 좋았지만 평판이 나빴거든요. 아버지는 그 사나이가 좋지 않은 사람이라고 대뜸 말씀하셨어요. 하지만 저는 그렇게 생각하지 않았어요. 저를 위해 새사람이 되어 줄거라고 믿었던 거지요."

잠깐 동안 부인은 입을 다물고 지난 추억에 잠겼다.

"로널드는 형편없는 방탕아였어요. 아버지가 옳았던 거예요. 저는 마침내 헤어졌어요. 고리타분한 표현인지는 모르지만, 그가 제 마음에 상처를 주었어요. 그래요, 제 마음에 상처를 냈어요. 저는 언제나 다음에는 무슨 일이 생길까 하고 겁내고 있었답니다."

다른 사람의 생활에 언제나 큰 관심을 가지고 있는 새터드웨이트 씨로서는 동정이 가는 말이었다.

"새터드웨이트 씨, 이런 일을 말씀드린다는 게 참으로 나쁜 일이지만 남편이 폐렴으로 죽었을 때 저는 정말 마음이 놓였어요. 남편이 싫었다는 뜻은 아니에요. 저는 그가 죽을 때까지도 사랑했어요. 하지만 그에게 환상 같은 건 갖고 있지 않았어요. 게다가 에그가 있었기 때문에……."

부인의 목소리는 부드러워졌다.

"에그는 정말 재미있는 아이였지요. 토실토실 살이 올라서 서려고 하면 금방 넘어지고 말았어요. 달걀처럼. 그래서 에그라는 우스꽝스러운 별명이 붙었지요."

거기서 부인은 크게 숨을 내쉬었다.

"요 2, 3년 동안에 읽은 책은 제 마음을 크게 달래 주었어요. 심리학 책이었지요. 그 책에, 사람이란 존재는 자신의 힘으로는 어쩔 수 없다는 말이 있더군요. 일종의 변덕이라고 말씀드릴 수 있을까요? 가정교육이 엄격한 집에서 자란 사람이라 할지라도 그것만은 어쩔 수 없다는 거예요. 어렸을 적에 로널드는 학교에서 돈을 훔쳤

답니다. 돈 같은 건 그 사람에게는 아무 필요도 없었는데……. 지금 와서 생각하니 그가 스스로를 억제할 힘이 없었기 때문이었다는 걸 알았어요. 그 사람은 천성적으로 변덕스러웠지요."

메리 부인은 조용히 작은 손수건으로 눈을 닦았다.

"그러나 저로서는 그런 일은 도저히 믿을 수가 없었어요." 부인은 변명 비슷하게 말했다. "누구나 선과 악을 구별할 수 있다고 배웠지요. 하지만 그렇다고만은 생각되지 않는군요."

"사람의 마음이란 정말 이해할 수 없는 것입니다. 아직까지도 그것을 알아내기 위해서 애를 쓰고 있을 뿐입니다. 미치광이가 아니어도 자제력이 없는 사람이 있습니다. 이를테면 부인과 제가 '저 사람은 밉다, 죽어 버리는 쪽이 낫다'라고 말했다 해도 그런 생각은 말이 혓바닥에서 굴러 나오자마자 마음에서 사라져 버립니다. 자제력이 스스로 알아서 작동하는 것이겠지요. 그러나 어떤 사람들의 마음속에는 그런 사고방식이나 집념이 없어지지 않고 도사리고 있습니다. 그들은 그 생각을 실행함으로써 얻게 되는 만족밖에는 다른 어떤 것에도 관심이 없습니다."

"아무래도 저는 이해하기가 너무 어렵군요." 메리 부인이 말했다.

"죄송합니다, 이야기가 딱딱해져서."

"요즘 젊은이들은 단정치 못하고 허랑방탕하다고 말씀하시는 건가요?"

"아니, 그렇지 않습니다. 자유스럽다는 건 누구에게나 좋은 일입니다. 에그 양의 일을 생각하고 계시는군요."

"그냥 에그라고 불러 주세요." 메리 부인이 미소지으며 말했다.

"그건 실례가 되지요. 사실 에그 양이라고 부르는 게 좀 우습게 들릴지도 모르겠지만."

"에그는 흥분을 잘하는 성미인 데다 한 가지 일에 마음을 빼앗기면 그때는 손을 쓸 방법이 없어요. 앞서도 말씀드렸듯이, 저는 그 애가 이번 사건에 휩쓸리는 것이 아주 싫어요. 하지만 그 애는 제 말을 귓등으로도 안 듣는걸요."

새터드웨이트 씨는 메리 부인이 난처해 하는 태도를 보고서 좀 우스워졌다. 그는 마음속으로 이렇게 생각하고 있었다.

'에그가 이 사건에 열중하는 것이, 여자가 남자 꽁무니를 쫓아다니는 저 옛 연애놀음의 현대판임을 메리 부인은 모르는 것일까? 아니야, 메리 부인은 그런 걸 생각만 해도 깜짝 놀라겠지.'

"글쎄요, 에그는 배빙턴 씨도 독살된 거라고 말하지 않겠어요? 당신도 그렇게 생각하세요? 아니면 에그의 허풍스러운 말일까요?"

"시신을 발굴해 보면 확실한 걸 알 수 있겠지요."

"그럼, 정말로 발굴하나요? 배빙턴 부인으로서는 아주 무서운 일일 거예요. 여자에게 그 이상 무서운 일은 없지요."

메리 부인은 몸서리쳤다.

"부인, 당신은 배빙턴 댁과 가까운 사이였지요?"

"그럼요, 그분들은 저희들과 친구였어요."

"목사님에게 원한을 가질 만한 사람이 있었는지, 혹시 모르십니까?"

"아니요, 없어요."

"목사님은 그런 사람이 있다는 것을 당신에게 이야기한 적이 없습니까?"

"네, 없어요."

"부부 사이는 좋았습니까?"

"그분들은 정말 잘해 나가고 있었어요. 부부 사이도, 자식들과도, 물론 생활 자체는 넉넉지 못했지만. 게다가 배빙턴 씨는 류머티즘에 걸려 있었습니다. 그것만이 그 댁의 유일한 골칫거리였지요."

"올리버 맨더스와 목사의 사이는 어떠했습니까?"

메리 부인은 말하기를 망설였다. "글쎄요……. 뭐, 그다지 좋은 사이라고는 할 수 없었어요. 배빙턴네 사람들은 올리버를 가엾게 생각하고 있었어요. 방학 때가 되면 올리버는 배빙턴네 아이들과 놀기 위해 목사관에 가기도 했지요. 그런데 올리버와 배빙턴이 잘 어울렸다고는 생각하지 않아요. 올리버는 평판이 아주 나쁜 아이였어요. 그는 자기가 가지고 있는 돈이라든가 학교에서 가져온 과자라든가, 런던에서 놀았던 재미있는 일 따위로 너무 뽐내고 있었어요. 아이들은 그런 아이에게는 쌀쌀맞게 대하는 법이지요."

"그럴 테지요. 하지만 자라서는 어떠했습니까?"

"올리버와 목사관 사람들이 서로 이해하는 사이라고는 생각지 않아요. 사실 올리버는 어느 날 저의 집에서 배빙턴 씨에게 실례된 일을 했답니다. 두 해쯤 전일 거예요."

"어떤 일인데요?"

"올리버가 그리스도교를 마구 공격했었어요. 배빙턴 씨는 꾹 참고 끝까지 정중한 태도로 정중하게 말을 했습니다. 그것이 올리버를 더 버릇없게 굴도록 만들었지요. 올리버가 이렇게 말했답니다.

'당신들 성직자들은 저의 부모님이 정식으로 결혼하지 않았으니까 깔보고 있을 테지요. 저를 가리켜 죄악의 자식이니 뭐니 하고 부를 데지요. 그러니 나는 나를 굽히지 않는 용기가 있고, 많은 위선자나 목사가 어떻게 생각하든 그런 일을 거들떠보지도 않는 사람을 존경하겠습니다.'

배빙턴 씨는 잠자코 계셨습니다. 올리버는 계속해서 말했답니다.

'대답할 수 없을 테지요. 교회주의와 미신이 온 세계를 혼란시키는 겁니다. 나는 교회라는 것을 온 세계에서 몰아내고 싶습니다.'

배빙턴 씨는 웃으면서 말씀하셨습니다.

'목사도 말인가?'

그때 올리버를 성나게 한 점은 배빙턴 씨의 그 미소였다고 생각해요. 그는 자기를 진지하게 대해 주지 않는다고 생각하고 이렇게 말했어요.

'나는 교회가 하는 일은 모두 밉살스럽습니다. 교만하고, 무사안일하고 위선적이니까요. 위선자는 모두 몰아내고 싶습니다.'

배빙턴 씨는 웃고 계셨습니다. 아주 부드러운 웃음이었지요. 그리고 말씀하셨어요.

'여보게, 만일 자네가 지금까지 세워진 교회, 이제부터 세워질 교회 모두를 없애 버릴 수 있다 하더라도 자네는 하느님을 생각해야 할 거야.'"

"맨더스는 뭐라고 대답했습니까?"

"그는 섬뜩했던 모양이었어요. 침착해지며 언제나 남을 깔보는 듯한 나른한 태도로 되돌아갔습니다. '큰 실례의 말을 했습니다. 하지만 당신들 세대로서는 이해하지 못할 테지요.'"

"부인은 맨더스를 싫어하십니까?"

"딱한 사람이지요……." 메리 부인은 두둔하듯 말했다.

"그런데 그 사나이와 에그 양이 결혼하는 건 허락하시지 않을 테지요?"

"네, 그것은 허락하지 않겠어요."

"어째서입니까?"

"어째서라니요, 그 사람은 친절하지도 않고 게다가……."

"게다가……."

"그 사람의 마음에는 제가 모르는 데가 있는 걸요. 뭐라고 할까요, 아주 차가운 것이……."

새터드웨이트 씨는 잠시 생각에 잠기며 부인을 바라보더니 이렇게 말했다.

"바솔로뮤 스트레인지 경은 올리버를 어떻게 생각했을까요? 그 사람이 올리버에 대해 뭐라고 말한 적이 있습니까?"

"네, 맨더스 청년은 재미있는 연구 대상이라고 말했어요. 또 병원에서 치료하고 있는 환자와 올리버가 서로 닮았다고 말씀하셨어요. 제가 올리버는 아주 튼튼하고 건강해 보인다고 말하자 박사는 '그렇습니다. 그 청년은 아주 건강해요. 하지만 아무래도 저돌적인 데가 있어요'라고 말씀하셨어요."

메리 부인은 입을 다물었다가 다시 말했다.

"바솔로뮤 씨는 이름난 의사이실 테지요?"

"그는 동료 의사 사이에서도 아주 높이 평가받고 있습니다."

"저는 그분이 좋았어요." 메리 부인이 말했다.

"박사는 배빙턴 씨가 돌아가신 일에 대해 당신에게 무언가 말하지 않았습니까?"

"아무 말도 하지 않으셨어요."

"그 일은 조금도 입에 올리지 않았습니까?"

"안 했다고 생각합니다."

"잘 모르실 테니까 대답하기 어려우리라 생각합니다만, 박사가 마음속으로 혹시 무언가 품고 있었다고 생각하시지 않습니까?"

"박사님은 아주 기분이 좋으셨어요. 그리고 자기의 우스갯소리에 만족하고 계신 것 같았지요. 박사님은 그날 밤의 만찬 모임에서 저를 깜짝 놀라게 할 일을 시작할 거라고 하셨어요."

"허, 그랬습니까? 그런 말을 했단 말이지요?"

집으로 돌아가는 길에 새터드웨이트 씨는 부인이 한 말을 곰곰이 생각해 보았다. 바솔로뮤는 어떤 일로 손님을 놀라게 해주려 했던 것일까 하고.

그것은 그가 입에 올려 아무렇게나 말한 한낱 장난일 뿐일까? 아니면 그 명랑한 태도는 확고한 목적을 숨기기 위한 것이었을까? 이것을 아는 이는 아무도 없으리라.

15

"자, 조금이나마 진전이 있나?" 찰스 경이 말했다.

작전회의 중이었다. 찰스 경, 새터드웨이트 씨, 에그 리튼 고어 세 사람이 선실 같은 방에 앉아 있었다. 난로에는 불이 타오르고 밖에는 추분을 알리는 바람이 씽씽거리고 있었다.

새터드웨이트 씨와 에그가 동시에 대답했다.

"없어." 새터드웨이트 씨가 대답했다.

"있어요." 에그가 말했다.

찰스 경은 두 사람을 번갈아 보았다. 새터드웨이트 씨는 "레이디 퍼스트"라고 정중히 말했다.

에그는 생각을 정리하려는 듯 잠깐 잠자코 있었다. 그러다가 마침내 말문을 열었다.

"우리들의 조사는 진척되어 가고 있어요. 우리들이 아직 아무것도 발견하지 못하고 있는 이상, 나아가고 있는 거예요. 이런 표현은 모순인지는 모르지만, 그렇지가 않아요. 제가 말하고 있는 것은, 어떤 흐릿한 스케치풍의 생각을 갖고 있었는데 그 막연한 스케치가 깨끗한 백지가 되었다는 거지요."

"제거하며 앞으로 나아간다는 뜻인가?" 찰스 경이 물었다.

"그래요."

새터드웨이트 씨가 헛기침을 했다. "그를 죽임으로써 이익이 된다는 사고방식은 이 경우 아예 제껴 놓자. 미스터리소설의 용어에 따르면 '스티븐 배빙턴을 죽여 이익을 얻는 사람이란' 아무도 없다고 생각해. 복수라는 것도 불가능해. 배빙턴은 천성적으로 착하고 평화 애호자였던 것으로 보아 그가 적을 만들 만큼 중요한 인물인지 어떤지가 의문이지. 그래서 우리들은 마지막의, 오히려 스케치풍 사고방식으로 돌아가야 하네. 바로 공포설이야. 즉 배빙턴이 죽었기 때문에 어떤 인물이 안전하게 되었다는 거지."

"있을 수 있는 일이에요." 에그가 말했다.

새터드웨이트 씨는 조금 즐거운 듯한 표정을 지었지만, 찰스 경은 난처한 얼굴이 되었다. 주역은 그이지, 새터드웨이트 씨가 아니었기 때문이다.

"문제는 이 다음에 우리가 해야 할 일이에요. 실제로 어떻게 하느냐 하는 것이지요. 누군가의 뒤를 밟나요? 아니면 변장을 하고 누군가의 뒤를 따르며 감시해야 하나요?"

찰스 경이 말했다. "에그, 나는 털북숭이 노인 역은 줄곧 사양해 왔기 때문에 지금부터 새삼스레 그런 짓을 할 생각은 없어."

"그렇다면 어떻게……." 에그의 말이 중단되었다.

마침 문이 열리면서 하녀 템플이 들어왔던 것이다.

"에르퀼 포아로 씨께서 오셨습니다."

포아로는 원기왕성한 얼굴로 들어오더니 멍청히 눈을 둥그렇게 뜨고 있는 세 사람에게 인사했다. 포아로는 눈을 깜박이며 말했다.

"회의에 저두 끼워 주시겠습니까? 어떻습니까? 회의를 하고 계시는 것일 테지요?"

"이거 참 잘 오셨습니다." 찰스 경은 침착을 되찾고 친근하게 손을 내밀었으며, 커다란 팔걸이의자에 포아로를 앉도록 했다.

"느닷없이 어디에서 오시는 길입니까?"

"저는 런던으로 새터드웨이트 씨를 찾으러 갔었습니다. 그런데 콘월에 계시다고 하기에 어디로 가셨는지는 곧 짐작하고 루마스로 오는 첫차를 타고 왔습니다."

"그러셨어요? 그런데 이곳에는 왜?" 에그는 그런 말을 하는 건 실례인 줄 알면서도 얼굴을 붉히며 이어 말했다. "무언가 특별한 까닭이 있어서 오신 거겠지요?"

"나는 내 잘못을 용서받기 위해서 온 겁니다." 포아로가 말했다.

붙임성 있는 미소를 띠며 포아로가 찰스 경 쪽을 보고 외국풍의 제스처로 손을 펼쳐 보였다.

"찰스 경, 당신이 이상한 일이 있다고 말씀하신 것이 바로 이 방이었군요. 그런데 나는, 나는 말입니다, 그것은 당신의 연극적 본능이로구나 하고 생각했었지요. 나는 속으로 이렇게 생각했습니다. '이 사람은 위대한 배우다. 어떤 희생을 치르더라도 연극을 하지 않고서는 못 배기는 것이다'라고. 솔직히 고백합니다만, 저 착한 노신사가 자연사가 아닌 다른 이유로 죽는다는 건 나는 도저히 믿어지지가 않았습니다. 지금도 마찬가지로 어떤 식으로 독을 먹였는지 모를뿐더러, 그 동기가 무엇이었는지 미루어 헤아릴 수도 없습니다. 단순한 공상같이 여겨졌지요. 그런데 또다시 하나의 사건이 터졌습니다. 같은 상황에서 같은 방법으로 살인이 일어난 거지요. 단순한 우연의 일치라고는 생각할 수 없습니다. 아니, 이 두 가지 사건에는 무언가 관계가 있음이 틀림없습니다. 그래서 말입니다만, 찰스 경, 나는 당신에게 사과하러 왔습니다. 말하자면 이 에르큘 포아로의 실수였던 거지요. 그래서 당신들의 회의에 참석시켜 달라고 부탁드리려고요."

찰스 경은 조금 신경질적으로 헛기침을 했다. 좀 당황한 모양이었다.

"그것은 오히려 내가, 포아로 씨, 하지만 시간을 축내게……."

찰스 경은 얼마쯤 말이 막혀 도중에 그만두었다. 눈은 새터드웨이트 씨의 도움을 바라는 듯이 그를 바라보고 있었다.

"대단히 고마우신 말씀입니다." 새터드웨이트 씨가 입을 열었다.

"아니, 아니지요. 내게 감사하실 것도 없습니다. 호기심에서이니까요. 네, 그렇고말고요. 나의 프라이드가 상처받았기 때문입니다. 잘못은 고쳐야지요. 내 시간 같은 건 아무것도 아닙니다. 뭐, 여행 따위 안 해도 좋아요. 언어는 나라마다 다를망정 사람 성질은 어디나 같으니까요. 하지만 물론 내가 환영받지 못한다면, 만일 방해가 된다고 생각하신다면……."

찰스 경과 새터드웨이트 씨가 함께 입을 열었다.

"천만에. 그건 결코……."

"그럼." 포아로는 에그 쪽을 보았다. "에그 양, 당신은 어떻습니까?"

에그는 잠자코 있었다. 세 사나이는 똑같이 그녀의 생각을 분명히 알 수 있었다. 에그는 포아로의 도움을 바라고 있지 않았다.

새터드웨이트 씨는 그 까닭을 알았다. 이것은 카트라이트와 에그 두 사람만의 플레이이기 때문이다. 새터드웨이트 씨는 자기가 보잘것없는 제3자라는 걸 전제하고서 함께 할 수 있었기 때문이다. 그러나 에르큘 포아로의 경우는 달랐다. 포아로는 주역을 맡으리라. 아마 찰스 경도 포아로를 위해 그 자리를 내어줄 것이다. 그렇게 되면 에그의 계획도 물거품이 되고 만다.

새터드웨이트 씨는 곤경에 처한 에그를 동정의 눈빛으로 바라보았다. 다른 두 사나이는 몰랐지만, 얼마쯤 여성적인 감각이 있는 새터드웨이트 씨로서는 에그의 난처함을 잘 알 수 있었다. 에그는 행복을 위해서 싸우고 있다.

그녀는 대체 뭐라고 할까? 아니, 그녀는 뭐라고 말할 수 있을까? 마음속의 생각을 과연 어떻게 입에 올릴 수 있을까?

'나가 주세요, 나가 줘요! 당신이 와서 모든 게 틀어졌어요. 여기에 있지 말아요……!'

그런데 에그는 희미하게 미소지으며, 그러나 간신히 다음과 같이 말했다.

"당신도 함께 있어 주세요."

16

"좋소, 우리들은 동지인 셈이군요, 자, 괜찮으시다면 지금까지의 조사 상황도 들려 주시길 부탁할까요?" 포아로가 말했다.

새터드웨이트 씨가 영국으로 돌아온 뒤의 일을 설명하는 것을, 포아로는 한 마디도 놓치지 않고 듣고 있었다. 새터드웨이트 씨는 훌륭하게 설명했다. 그에게는 분위기를 만드는 재능, 정경을 마치 그림처럼 그려내는 재능이 있었다. 애비 저택이며 그곳의 하녀들, 그리고 경찰부장에 대한 묘사는 참으로 훌륭했다. 포아로는 찰스 경이 가스 난로 뒤에서 쓰다 만 편지를 찾아낸 일을 격찬했다.

"그건 정말 놀랍군요. 추리며 그 재현이며, 아주 완벽합니다. 찰스 경, 당신은 이름난 배우가 되기보다는 이름난 탐정이 되셔야 했을 것입니다."

포아로는 흥분하며 외쳤다.

찰스 경은 그의 독특한 겸손함을 나타내며 포아로의 찬사를 받았다. 여러 해 동안 무대 위의 자기 연기가 박수 갈채를 받을 때에 찰스 경은 언제나 이와 같은 태도를 취하지 않을 수 없었던 것이다.

"당신의 관찰도 정말 정확하군요."

새터드웨이트 씨를 향해 포아로가 말했다.

"갑자기 바솔로뮤 경이 집사와 친해졌던 점 말입니다."

"드 러시브리저 부인에 대해서는 무언가 짚이는 게 없습니까?"

찰스 경이 열심히 물었다.

"좋은 점에 착안하셨군요. 하긴 이것은 우리에게 몇 가지 암시를 줍니다."

다른 세 사람은 어느 누구도 그 '몇 가지 암시'란 어떠한 것인지 몰랐다. 그러나 모른다고는 하고 싶지 않았으므로 다만 동의하는 듯이 중얼거릴 뿐이었다.

찰스 경은 다음 화제로 옮아갔다. 그는 에그와 배빙턴 부인을 방문한 이야기를 했다. 그러고는 그 결과가 다소 불만족스러운 것이었다고 말했다.

"자, 이로써 지금까지 우리가 해온 일을 모두 말씀드렸습니다. 그럼, 당신 생각을 들려 주십시오."

찰스 경은 마치 소년처럼 열심히 몸을 앞으로 내밀었다.

포아로는 잠시 잠자코 있었다. 세 사람은 그를 지그시 지켜보았다. 포아로는 마침내 입을 열었다.

"에그 양, 바솔로뮤 박사가 사용한 잔이 어떤 모양의 것이었는지 기억하고 계십니까?"

에그가 유감스럽다는 듯이 고개를 젓자 찰스 경이 옆에서 끼어들었다.

"나는 기억하고 있습니다."

찰스 경은 일어나 찬장으로 가서 셰리주를 마실 때 쓰는 듬직하고 무거워 보이는 커트 잔을 꺼냈다.

"물론 이것과는 조금 모양이 달랐습니다만, 둥근 모양이 좀더 일반적인 포도주용 잔이었지요. 바솔로뮤 경은 래머스필드 시장에서 테이블 잔을 한 세트 사들인 겁니다. 내가 칭찬했더니 그는 여분으로 여러 개 가지고 있다면서 그 중 몇 개를 내게 주었습니다. 이 잔, 참 좋지요?"

포아로는 잔을 손에 들고 빙글빙글 돌려 보았다.

"이건 좋은 참고가 되겠군요. 그런 잔이 사용되었으리라는 건 생각하고 있었지만."

"어째서지요?" 에그가 외쳤다.

포아로는 에그 양에게 조금 웃어 보였다.

"모르시겠습니까? 바솔로뮤 스트레인지 경의 죽음은 쉽게 설명할 수 있습니다. 그러나 스티븐 배빙턴 쪽은 도무지 모르겠습니다. 아, 이것이 반대였다면 참으로 좋을 텐데."

"뭐라고요? 반대라면 좋다는 건 무슨 뜻입니까?"

새터드웨이트 씨가 물었다.

포아로는 그를 돌아보며 말했다.

"생각해 보십시오. 바솔로뮤 경은 이름난 의사입니다. 이름난 의사이니만큼 살해될 만한 이유도 많게 마련입니다. 의사란 비밀을 알고 있습니다. 그렇잖습니까? 중대한 비밀을 말입니다. 의사에게는 그 나름의 권력이 있습니다. 이제 곧 미치광이가 될 환자를 생각해 보십시오. 그는 의사의 한마디에 매장되고 맙니다. 그렇게 되면 균형을 잃은 머리에 어떤 유혹을 가져다 주겠습니까? 또 의사는 환자가 급사라도 하면 그것에 의혹을 품는 일도 있겠지요. 그렇습니다. 의사의 죽음에는 얼마든지 많은 동기를 생각할 수 있는 셈입니다.

자, 앞서 '사건이 반대였다면' 하고 말씀드렸는데, 그것은 만일 바솔로뮤 경이 먼저 죽고 배빙턴 씨가 나중에 죽었다면 하는 것입니다. 왜냐하면 배빙턴 씨가 무언가를 보았을지도 모르기 때문입니다. 첫 번째의 사건에 무엇인가 수상한 점이 있다고 냄새맡았을지도 모르기 때문입니다."

포아로는 한숨을 쉬고 다시 계속했다.

"그러나 사건은 내가 바라는 대로 생겨 주지를 않습니다. 있는 그 대로 다루지 않으면 안 되지요. 다만 한 가지 말해 둘 것이 있습니다. 스티븐 배빙턴 씨는 사고사가 아니었다는 점입니다. 그 독이, 만일 독이 들어 있었다고 한다면, 그것은 바솔로뮤 스트레인지 경을 죽이려고 넣어진 독으로서, 그것이 잘못 되어 다른 사람을 죽이고 말았을 겁니다."

"멋있는 착상입니다."

찰스 경이 말했다. 그러나 활짝 빛나던 그의 얼굴이 다시 흐려졌다.

"하지만 그런 일을 실행할 틈이 있었다고는 생각되지 않는군요. 배빙턴 씨는 이 방에 들어와서 4분도 되기 전에 발작을 일으켰습니다. 그동안 그 사람이 입에 댄 것은 저 칵테일 반잔뿐이었던 겁니다. 더구나 그 칵테일에는 아무것도 들어 있지 않았었지요."

포아로는 찰스 경의 말을 가로막았다. "그 일이라면 당신은 전에도 말씀하셨습니다. 하지만 논의를 위한 논의로서 그 칵테일에 무언가 들어 있었다고 가정해 봅시다. 바솔로뮤 경을 죽이려고 한 독을 배빙턴 씨가 잘못 마시는 일이 있을 수 있을까요?"

찰스 경은 고개를 옆으로 저었다.

"바솔로뮤 경을 알고 있는 사람이라면, 칵테일 속에 독을 넣든가 하지 않을 겁니다."

"어째서입니까?"

"그는 칵테일을 마시지 않으니까요."

"전혀 말입니까?"

"네, 조금도 못합니다."

"아, 이 생각은 완전히 틀려 버렸군요. 도대체 이해가 안 가는 사건이에요."

"게다가 남의 잔을 잘못 집어드는 일 같은 것도 생각할 수 없습니다. 하녀 템플이 쟁반에 담아 가져왔고, 저마다 마음 내키는 대로 잔을 들었으니까요."

"그렇군요." 포아로는 중얼거렸다. "트럼프 카드를 집듯이 차례대로 칵테일 잔을 다른 사람에게 건네 줄 수는 없지요. 어떤 사람입니까? 하녀 템플이라는 사람은? 오늘밤 나를 안내해 준 하녀입니까?"

"그렇습니다. 고용한 지 3, 4년쯤 됩니다. 참하고 좋은 아가씨입니다. 일도 잘하지요. 태생은 어딘지 모릅니다. 하지만 밀레이 양이 잘 알고 있겠지요."

"밀레이 양……. 당신의 비서 말인가요? 키가 크고 근위병 같은 분?"

"하긴 근위병과 비슷하지요." 찰스 경이 동의했다.

"나는 당신과는 몇 번인가 식사를 함께 했습니다만, 그날 밤까지 그 여자를 만난 일은 없었지요."

"네, 밀레이 양은 언제나 함께 식사를 하지 않습니다. 그날 밤은 손님이 13명이나 되었기 때문에." 찰스 경은 사정을 설명했다. 포아로는 그것을 주의깊게 듣고 있었다.

"그 사람이 스스로 참석하고 싶다고 말했다는 것이겠지요?"

포아로는 잠시 생각에 잠기더니 이윽고 말했다.

"당신의 하녀와 이야기해 보아도 좋을까요? 템플인가 하는 ……."

"그야 어렵지 않습니다."

찰스 경은 벨을 눌렀다. 곧 대답이 있었다.

"부르셨습니까?"

템플은 32, 3세의 키 큰 하녀였다. 꽤 깔끔하고 머리는 손질이 잘

되어 윤기가 났으나 아름답다고 할 수는 없었다. 차분하면서도 발랄한 데가 있었다.

"포아로 씨가 당신에게 무언가 물어보실 일이 있다고 하오."

찰스 경이 말했다.

템플은 침착한 시선을 포아로 쪽으로 옮겼다.

"배빙턴 씨가 여기서 돌아가신 밤의 일 때문인데, 그때의 일을 기억하고 있습니까?" 포아로는 말했다.

"네, 기억하고 있습니다."

"칵테일 잔을 어떤 식으로 나누어 드렸는지 그걸 정확히 알고 싶소."

"죄송합니다만 다시 한번."

"칵테일 잔에 대해서 알고 싶소. 당신이 만들었습니까?"

"아니요, 찰스 경께서 손수 만드시는 걸 좋아하시기 때문에 저는 다만 베르무트며 진, 그밖의 것이 든 병을 가져왔을 뿐입니다."

"그것을 어디에 놓았습니까?"

"저기 있는 테이블입니다."

템플은 벽 쪽 테이블을 손으로 가리켰다.

"술잔을 담은 쟁반은 여기에 있었습니다. 나리께서는 서로 섞어 흔들고 나서 잔에 그 칵테일을 따르셨습니다. 그리고 저는 쟁반을 가지고 다니며 손님들께 건네 드렸지요."

"쟁반의 칵테일 잔은 모두 당신이 나누어 드렸단 말이지요?"

"나리께서 하나만 들어 에그 리튼 고어 양에게 건네 주셨습니다. 그때 나리님은 에그 양과 이야기하고 계셨습니다. 그리고 나서 당신 잔을 집으셨지요. 그리고 새터드웨이트 씨가……."

템플은 순간 새터드웨이트 씨 쪽을 보았다.

"오셔서 하나 집어들어 숙녀분께 잔 하나를 가져가셨습니다. 아마 윌스 여사였다고 생각됩니다."

"맞아요." 새터드웨이트 씨가 말했다.

"다른 분에게는 제가 나누어 드렸습니다. 바솔로뮤 경 말고는 모두 각기 집어드셨어요."

"미안하지만 그때 그대로 여기서 해보아 주지 않겠습니까? 손님이 있던 곳에는 각각 쿠션을 놓지요. 나는 여기에 서 있었지요. 서트클리프 양은 저기였고요."

새터드웨이트 씨의 도움을 얻어 그날 밤의 장면이 재현되었다. 새터드웨이트 씨는 기억력이 좋은 사나이였다. 그는 누가 방의 어느 자리에 있었는지를 아주 잘 기억하고 있었다. 템플은 방안을 돌기 시작했다. 디커스 부인으로부터 시작하여 서트클리프 양, 이어서 포아로, 이어서 배빙턴 씨와 메리 부인, 새터드웨이트 씨, 이렇게 세 사람이 함께 앉아 있었던 곳으로 갔다.

그 순서는 새터드웨이트 씨의 기억과 딱 들어맞았다.

이윽고 템플은 물러갔다.

"쳇!" 포아로는 외쳤다.

"이건 말도 안 되는군요. 템플은 칵테일을 마지막으로 다룬 사람입니다만, 아무리 보아도 그 하녀로서는 독을 만지작거릴 수 없습니다. 게다가 한 사람의 특정한 인물에게 어떤 칵테일을 떠맡기는 일 같은 건 전혀 불가능합니다."

"누구나 자기 몸 가까이 있는 잔을 집는 게 아닐까요?"

찰스 경이 말했다.

"맨 처음에 그 사람이 있는 곳에 쟁반을 가져가면 그게 가능할지도 모르지만, 그것도 불확실합니다. 잔은 모두 한데 몰려 있으니 이 잔이 저 잔보다 특별히 손 가까이 있다는 걸 구별하기란 힘들지요. 안 됩니다. 그런 우연에 의지하는 방법 같은 건 사용했을 리가 없습니다. 새터드웨이트 씨, 배빙턴 씨는 칵테일을 테이블 위에 놓고 있었습니까, 아니면 손에 들고 있었습니까?"

"테이블 위에 놓고 있었습니다."

"놓고 나서 누가 그 근처에 왔습니까?"

"아니요, 내가 가장 그 가까이 있었습니다. 나는 비록 남에게 눈치 채이지 않는 기회를 잡았다 할지라도 그 칵테일에 무언가를 넣는 따위의 재주는 없지요."

새터드웨이트 씨는 굳어진 표정으로 그렇게 말했다.

포아로는 당황하여 사과하듯이 말했다. "아니, 나는 당신이 수상하다고 말하고 있는 게 아닙니다. 그럴 리가 있겠습니까! 다만 나는 사실을 알고 싶은 겁니다. 분석한 바에 의하면, 그 칵테일에서는 아무것도 발견되지 않았습니다. 분석 같은 걸 하지 않더라도 안에는 아무것도 들어 있지 않았던 것 같습니다. 두 가지 다른 시험에서 똑같은 결과가 나왔으니까요. 그러나 배빙턴 씨는 그 칵테일 말고는 아무것도 먹거나 마시지 않았습니다. 만일 순수한 니코틴으로 독살되었다고 한다면, 곧바로 그 증세가 나타났을 겁니다. 이것은 무엇을 암시하는 것이겠습니까?"

"아무것도 암시하는 것 같지 않군요, 그러한……." 찰스 경이 말했다.

"아니요, 그렇게는 말할 수 없습니다. 그러한 말은 할 수 없지요. 이것은 참으로 가공할 만한 사실을 암시하는 것입니다. 나는 이런 일이 정말이 아니기를 간절히 바랍니다. 아니, 물론 있어서는 안 될 일입니다. 바솔로뮤 경의 죽음이 증명해 주고는 있습니다만, 그렇긴 하더라도……."

포아로는 깊은 생각에 잠기며 얼굴을 찌푸렸다. 세 사람은 호기심을 가지고 그를 지켜보았다. 이윽고 포아로는 얼굴을 들었다.

"내가 말씀드리는 일을 이해하시겠습니까? 배빙턴 부인은 멜포트 애비의 파티에는 출석하지 않았습니다. 따라서 부인의 혐의는 풀리는 셈입니다."

"배빙턴 부인……. 그녀에게 혐의를 두려고 한 사람은 아무도 없어요."

포아로는 부드럽게 웃었다.

"혐의를 두지 않았다고요? 그거 참, 이상하군요. 나에게는 그 생각이 바로 떠올랐었습니다. 사건과 동시에 말이지요. 저 가엾은 늙은 목사가 그 칵테일 때문에 독살되지 않았다면, 이 까마귀장에 들어서기 겨우 2, 3분 전에 독이 주어졌을 게 틀림없다고 말입니다. 그러면 어떤 방법으로 당했을까요? 캡슐일까요? 독이 곧 온몸에 돌지 않도록 말입니다. 그러나 대체 누가 그러한 것을 다룰 수 있었겠습니까? 부인만이 가능합니다. 이 경우 남이 생각지도 못할 동기를 가질 수 있는 인물은 누구일까요? 이것 또한 부인뿐일 겁니다."

"하지만 그 두 사람은 아주 사이가 좋았어요. 당신은 그런 건 조금도 모르시면서!" 에그가 성내며 외쳤다.

포아로는 부드럽게 그녀를 향해 미소지었다.

"아니, 이것이 중요한 일입니다. 당신은 그 일을 알고 있지만, 나는 아무것도 모릅니다. 나는 선입견 없이 사실을 그대로 볼 수가 있는 겁니다. 아무튼 들어 주십시오. 나의 경험으로는 진심으로 사랑하고 있었던 남편에게 살해된 아내의 사건을 다섯 가지도 더 알고 있습니다. 그리고 남편이 깊이 사랑하고 있었던 아내에게 살해된 사건은 22건이나 있지요. 여성이란 확실히 보기보다는 사악한 경우가 많아요."

"당신은 무서운 분이에요. 배빙턴 씨는 그런 분이 아니었어요. 그런 생각을 하다니, 무서워요!"

"살인이란 무서운 것입니다, 에그 양."

포아로가 말했다. 그의 말에는 날카로움이 깃들여 있었다.

그는 부드러워진 목소리로 말을 이었다.

"그러나 나는 사실만을 존중하는 사람입니다. 부인이 그런 짓을 하지 않았다는 것에는 동의합니다. 왜냐하면 그녀는 멜포트 애비의 파티에는 없었으니까요. 찰스 경이 이미 말씀하신 것처럼, 범인은 양쪽 파티에 모두 참석한 사람임이 틀림없습니다. 리스트에 올라 있는 7명 중의 한 사람이지요."

"그럼, 우리는 이제 어떻게 해야 할까요?"

새터드웨이트 씨가 물었다.

"당신들은 이미 계획을 가지고 계시겠지요." 포아로가 말했다.

찰스 경은 헛기침을 했다.

"그건 수상하지 않은 사람을 하나하나 지워 가는 방법입니다. 내 생각으로는 리스트에 올라 있는 인물을 하나하나 대상으로 삼아 무죄라는 걸 알게 될 때까지는 범인으로 간주하는 겁니다. 범인과 배빙턴 씨 사이에는 무언가 관계가 있을 게 틀림없다고 생각합니다. 그 관계가 대체 어떠한 것인지 찾아내기 위해 온 힘을 기울이지 않으면 안 됩니다. 아무런 관계도 발견되지 않으면 다음 사람으로 옮겨가는 것이지요."

"그것 좋은 생각이군요. 그래, 그 방법은요?" 포아로가 말했다.

"그것은 아직 의논할 시간이 없었습니다. 우리는 그 점에 대해 무언가 당신에게 충고를 듣고 싶습니다. 포아로 씨, 아마 당신께서 직접⋯⋯."

포아로는 손을 들어 제지하며 말했다. "여러분, 어떻게 할 것인지에 대해서는 나에게 아무것도 부탁하지 말아 주십시오. 어떤 문제든 두뇌로 해결하는 것이 가장 좋은 방법이라는 게 오랜 세월에 걸친 나의 신조이지요. 나는 그저 옆에서 지켜보면서 수집된 정보만 듣게 해 주십시오. 그리고 당신들은 찰스 경이 능숙히 지도하는 조사를 계속해 주십시오."

'나는 뭐란 말인가. 이 배우들 같으니! 언제나 각광을 받으며 주역만 차지하려 하고 있군!' 새터드웨이트 씨는 생각했다.

"아마도 여러분은 이따금 나의 조언 비슷한 것이 필요하게 되시겠지요. 나는 고문입니다. 그렇지 않습니까, 에그 양?"

포아로는 에그를 보며 웃었다.

"좋은 생각이에요. 당신의 경험이 우리에게 도움이 되리라고 생각해요!" 에그는 말했다.

그녀는 흠칫 놀라는 얼굴이 되었다. 그녀는 시계를 보며 외쳤다.

"저는 집에 돌아가야 해요. 엄마가 걱정하다 기절하실 거예요."

"내가 차로 바래다 주지." 찰스 경이 말했다.

두 사람은 함께 나갔다.

17

"자, 물고기가 걸려들었습니다." 에르큘 포아로가 말했다.

에그와 찰스 경 두 사람이 나가고 지금 막 닫혀진 문 쪽을 바라보고 있던 새터드웨이트 씨는 움찔하며 포아로 쪽을 돌아보았다. 포아로는 놀리듯이 조금 미소짓고 있었다.

"그대로이지요, 그렇지 않다고 못하실 겁니다. 몬테카를로에서 그날, 당신은 나에게 이것 보란 듯이 일부러 미끼를 보여 주셨습니다. 그렇지 않습니까? 당신은 신문기사를 보여 주셨습니다. 그것으로 나의 흥미를 부채질하여 내가 이 사건에 열중하기를 바라셨던 겁니다."

"확실히 그렇습니다. 그러나 실패라고 생각하고 있었습니다."

새터드웨이트 씨는 고백했다.

"아니, 당신은 실패 같은 건 하시지 않았습니다. 당신은 인간의 성질을 날카롭게 꿰뚫어보는 분입니다. 나는 심심했었지요. 우리 옆에서 놀고 있던 아이가 한 말 그대로 '아무것도 할 일이 없었던' 겁니다. 내가 이런 심리 상태에 있을 때 당신이 나타났던 것이지요. 심리 상태라고 하면, 숱한 범죄가 그러한 심리 상태일 때에 생기는 법입니다. 범죄와 심리학, 이 두 가지는 손을 맞잡고 걷고 있는 겁니다. 그러나 이야기를 원점으로 돌립시다. 이번 사건은 정말이지 복잡하게 얽힌 사건입니다. 나는 그야말로 갈피를 잡을 수 없게 되고 말았습니다."

"어느 쪽에 말입니까? 처음 쪽 말입니까, 아니면 나중 사건에 대해서입니까?"

"앞도 뒤도 없어요, 사건은 하나입니다. 당신은 처음의 살인, 나중의 살인이라고 하십니다만, 이것은 각각 한 범죄의 반쪽에 지나지 않지요. 나중의 사건은 단순합니다. 그 동기며 수단이며⋯⋯."

새터드웨이트 씨가 말했다.

"확실히 이 사건은 둘 다 어렵습니다. 어느 쪽 잔에도 독은 들어 있지 않았고, 모두들 똑같은 것을 마셨으니까요."

"아니, 그렇지가 않습니다. 그것은 전혀 다른 것입니다. 첫 번째 사건에서는 스티븐 배빙턴을 독살하려고 한 인간이 한 사람도 없었던 것 같습니다. 찰스 경은 하려고만 마음먹었다면, 손님 중 임의의 한 사람을 독살할 수 있었겠지요. 그러나 어떤 특정한 손님이라면, 그러한 일은 도저히 불가능했을 겁니다. 그리고 템플은 쟁반 위의 마지막 잔에 무언가 넣을 수 있었을지도 모릅니다. 그러나 배빙턴 씨의 잔은 그 마지막 것이 아니었습니다. 아니, 배빙턴 살해

는 너무나 불가능한 일이어서 나로선 아직도 있을 수 없는 일로,
결국 그 사람은 자연사라고 생각되기까지 합니다. 그러나 그 일이
라면 곧 알게 되겠지요. 두 번째 사건의 경우는 다릅니다. 손님 가
운데 누구든, 집사나 객실 하녀일지라도 하려고 마음만 먹으면 바
솔로뮤 스트레인지 경을 독살할 수가 있었을 것입니다. 그러므로
이 경우 어려울 건 아무것도 없습니다."

"나로서는 도무지 모르겠습니다만……."

새터드웨이트 씨가 말했다.

포아로는 상관하지 않고 말을 계속했다.

"그 일이라면 언젠가 조그마한 실험을 하여 당신에게 증명해 드리
지요. 좀더 중요한 다른 건으로 옮겨 갑시다. 이것은 중요한 일인
데, 당신은 아마 아시리라고 생각합니다. 당신은 동정심과 섬세한
이해력이 있으시니, 내가 이른바 다른 사람의 놀이에 개입하지 않
는다는 걸 알아 주시리라고 생각합니다."

"당신이 말씀하고 계시는 건……."

조금 미소를 지으며 새터드웨이트 씨가 말하려고 했으나 포아로가
가로막았다.

"찰스 경은 주역을 하지 않으면 안 됩니다. 그 사람은 주역에 익숙
해져 있으니까요. 뿐만 아니라 어떤 사람이 그가 그렇게 해주기를
간절히 바라고 있지요. 내가 잘못 생각하는 것일까요? 처음부터
내가 사건에 관계한 일이 그 에그 양으로서는 전혀 마땅치가 않은
겁니다."

"포아로 씨, 당신은 흔히 말하는 '눈치가 빠른' 분이로군요."

"아, 그 일이라면 바로 알아차릴 수 있었지요. 나라는 사나이는 아
주 잘 감동되기 때문에 연애를 도와는 줄망정 방해하지는 않지요.
당신과 나와 함께 힘을 합쳐 해 나갑시다. 찰스 카트라이트 경의

명예와 영광을 위해. 그렇잖습니까? 사건이 해결되었을 때에는……."

"만일에……." 새터드웨이트 씨는 조용히 말했다.

"그때에는, 아니 나는 결코 실패하지 않을 겁니다."

"결코 말입니까!" 새터드웨이트 씨가 탐색하듯이 물었다.

"나는 이제까지 사건을 맡지 않는 일이 자주 있었습니다. 비록 맡았다 하더라도 곧바로 진상이 파악되는 것은 아니니까요."

"그러나 맡은 사건에서 당신은 한번도 실패하지 않으셨죠?"

새터드웨이트 씨의 끈질김은 다만 단순한 호기심에서 나온 것이었다. 그는 알고 싶었던 것이다.

"그야 단 한번 있었습니다. 훨씬 전 벨기에서. 그런 일을 지금 여기서 이야기하는 것은 그만둡시다." 포아로는 말했다.

새터드웨이트 씨는 자기 호기심이 조금 만족되자 급히 화제를 바꾸었다.

"그런데 아까 당신은 '사건이 해결되었을 때에는' 하고 말하셨지요?"

"찰스 경이 해결해 버릴 겁니다. 그것이 기본선일 테니까요. 나는 톱니바퀴의 작은 톱니 역할을 하겠습니다."

포아로는 두 손을 벌리면서 말을 계속했다.

"어쨌든 나는 때에 따라 한 마디, 겨우 한 마디, 힌트밖에 말씀드리지 않겠습니다. 나는 명예도, 명성도 바라지 않습니다. 필요한 만큼은 벌써 얻었으니까요."

새터드웨이트 씨는 흥미롭다는 듯이 그를 관찰하고 있었다. 새터드웨이트 씨는 이 작은 사나이의 천진난만한 자부심과 지독한 에고이즘이 몹시 통쾌했다. 그러나 그것이 허풍이라고 생각하는 듯한 짓은 어지간한 새터드웨이트 씨도 하지 않았다. 영국인이란 자기가 잘한 일에는 겸손하고, 때로는 실패한 일에마저 만족을 느끼는 법이다. 그러나 라틴계 인간은 자기 힘을 영국인보다는 진지하게 평가하는 법이다. 자기만 현명하다면, 그들은 사실을 숨기든가 할 필요 같은 건 느끼지 않는 것이다.

"내가 알고 싶은 건 당신이 이 사건에서 무엇을 바라고 있느냐 하는 겁니다. 나로서는 그것이 매우 궁금합니다. 한낱 추적할 때의 흥분 때문입니까?"

새터드웨이트 씨가 물었다.

포아로는 고개를 저었다.

"아니, 그런 건 아닙니다. 사냥개처럼 냄새를 맡고 그래서 흥분한다, 한번 냄새를 맡으면 그만둘 수 없다, 그렇습니다. 그러나 그것뿐만은 아니지요. 뭐라고 말해야 좋을까. 진실을 구하는 정열이라고나 할까요? 이 세상에서 진실만큼 기묘하고 재미있고 아름다운 것은 없으니까요."

포아로의 말이 끝나고 나서 잠깐 동안 침묵이 이어졌다.

그리고 포아로는 새터드웨이트 씨가 신중히 베껴 둔 7명의 피의자 리스트를 집어들더니 목소리를 돋우어 읽었다.

"데이크리스 부인, 데이크리스 대령, 윌스 여사, 서트클리프 양, 메리 부인, 리튼 고어 양, 올리버 맨더스, 그렇습니다. 의미심장하지 않습니까?"

"무엇이 의미심장하지요?"

"이름이 씌어진 순서 말입니다."

"그런 일에 의미심장할 건 아무것도 없다고 생각합니다. 특별한 순서 같은 건 매기지 않고 멋대로 이름을 써 갔을 뿐인걸요."

"참으로 의미심장합니다. 이 리스트는 데이크리스 부인으로부터 시작되고 있군요. 그녀가 가장 범인답다고 하지 않고 혐의가 가는 사람으로 생각된 모양이군요."

새터드웨이트 씨가 말했다.

"그럼, 이렇게 말하는 편이 더욱 맞겠지요. 그녀라는 사람은 아마도 모두들로부터 범죄를 범했으리라고 여겨지고 있는 듯한 인물이라고."

새터드웨이트 씨는 충동적으로 뭐라고 반박하고 싶었지만, 포아로의 빛나는 초록빛 눈초리가 조용히 놀리듯이 자기를 보고 있다는 것을 알고 입을 다물고 말았다.

"놀랐습니다, 포아로 씨. 당신이 옳습니다. 모르는 사이 그렇게 되고 만 것이겠지요."

"좀 묻겠습니다만, 새터드웨이트 씨."

"부디 사양 마시고." 새터드웨이트 씨는 흐뭇한 듯이 대답했다.

"당신의 이야기에 의하면, 찰스 경과 리튼 고어 양이 배빙턴 부인을 방문했다고요?"

"그렇습니다."

"당신은 가지 않았습니까?"

"가지 않았습니다. 셋이나 몰려가면 방해가 될 것 같아서."

포아로는 웃었다.

"아마도 당신 성질로는 어딘가에 가셨겠지요. 달리 하지 않으면 안 될 일이 있어서 말입니다. 어디에 가셨었지요, 새티드웨이트 씨?"

"메리 부인과 차를 마셨습니다."

새터드웨이트 씨는 굳어진 투로 말했다.

"어떠한 일이 화제에 올랐습니까?"

"부인은 여러 가지를 이야기해 주었습니다. 젊은 시절 결혼생활에서 트러블 같은 것을."

그는 메리 부인 이야기를 그대로 들려 주었다. 포아로는 동정을 나타내며 끄덕였다.

"그런 건 인생에 종종 있는 일이지요. 이상을 꿈꾸는 젊은 아가씨가 누구의 말도 듣지 않고 품행 나쁜 사나이와 결혼한다는 일 말입니다. 하지만 그밖에 무언가 다른 이야기는 하지 않으셨습니까? 이를테면 올리버 맨더스 씨의 일 같은 거요."

"사실을 말하면, 이야기했습니다."

"그럼, 그 사나이에 대해서 들으셨겠군요. 어떠한 인물이었습니까?"

새터드웨이트 씨는 부인이 이야기한 것을 가감 없이 전했다.

"우리가 올리버의 이야기를 한 줄을 어떻게 아셨습니까?"

"글쎄, 그 이야기를 하기 위해 당신은 그곳에 가시지 않았습니까? 아, 아무 말도 하지 마십시오. 당신은 데이크리스 부인이나 데이크리스 대령이 범인이라면 좋겠다고 생각하시는 모양입니다만, 그러면서도 범인은 맨더스라고 생각하고 계십니다."

포아로는 새터드웨이트 씨의 항의를 막으며 말했다. "그렇고말고요, 당신은 원래 자신의 생각을 함부로 표현하는 성격이 아닙니다. 당신은 자신의 생각을 가지고 계십니다. 그리고 그것을 숨겨 두기를 좋아하십니다. 이해는 하지요. 저도 당신과 똑같으니까요."

"나는 올리버를 의심하고 있지는 않습니다. 말도 안 되지요. 나는 다만 그에 대해서 좀더 알고 싶었을 뿐입니다."

"내가 말한 대로가 아닙니까. 당신은 본능적으로 그 사나이를 택했습니다. 나도 그 사나이에겐 흥미가 있습니다. 이곳의 파티가 있었던 날 밤, 그에게 흥미를 느꼈었지요. 왜냐하면 나는 보았기 때문에……"

"무엇을 말입니까?" 새터드웨이트 씨는 다그치듯 물었다.

"적어도 두 사람이, 아니 좀더 있었을지도 모릅니다. 하여튼 그들이 연극을 하고 있는 것을 보았던 겁니다. 또 한 사람은 찰스 씨였습니다."

포아로는 미소지었다.

"그는 해군사관 역을 하고 있었습니다. 그렇지 않습니까. 그것은 당연한 일입니다. 명배우는 이제 무대에 서지 않게 되었다고 해서 연기를 그만두는 게 아닙니다. 하지만 맨더스 역시 권태를 느껴 놀기에 지친 젊은이 역을 연기하고 있었습니다. 그러나 실제로는, 그는 심심하지도 않거니와 노는 데 지쳐 있지도 않았습니다. 아주 활기가 있었지요, 그래서 제 눈에 띄었던 겁니다."

"어떻게 내가 그를 수상하게 여기고 있는 줄 알았습니까?"

"하찮은 여러 가지 점에서입니다. 당신은 그날 밤, 멜포트 애비에 그 사람을 가게 한 원인이 된 그 사고에 흥미를 가지고 계셨습니다. 당신은 찰스와 리튼 고어 양과 함께 배빙턴 부인을 만나러 가지는 않았습니다. 어째서일까요? 당신은 다른 누구도 모를 당신 자신의 생각을 추궁하려고 하셨기 때문입니다. 당신은 메리 부인에게로 가서 누군가의 일을 알아내려고 했습니다. 누구의 일이었을까요? 이 고장 사람의 일일 것이 틀림없습니다. 그것은 올리버에 대해서입니다. 그리고 당신은 리스트의 맨 끝에 그 사나이의 이름을 썼습니다. 당신이 마음속으로 전혀 의심하지 않고 있는 사람은 누구입니까? 메리 부인과 에그이겠지요? 그렇지만 당신은 이 두 사람 다음에 올리버 이름을 쓰고 있습니다. 이것은 그를 가장 중요한 인물로 보고 그것을 숨겨두고 싶었다는 게 되지요."

"허, 나는 정말로 그런 인간일까요?" 새터드웨이트 씨가 말했다.

"그렇고말고요, 당신은 날카로운 판단력과 관찰력을 가졌습니다. 그래서 그 결과를 간직해 두기 좋아하는 겁니다. 사람들에 대한 견해나 평가는 당신 자신의 컬렉션인 겁니다. 그것을 공개하지 않는 겁니다."

"나는 정말은……." 새터드웨이트 씨가 뭐라 말하려 했으나 그때 찰스 경이 돌아와 이야기는 중단되고 말았다.

찰스 경은 탄력 있는 쾌활한 발걸음으로 들어왔다.

"아, 지독한 밤이야."

그는 직접 위스키소다를 따랐다. 새터드웨이트 씨와 포아로는 필요 없다고 말했다.

"그건 그렇고, 작전 계획을 세우십시다그려. 리스트는 어디 있더라? 새터드웨이트, 이거 참. 그럼, 포아로 고문의 의견을 들어볼까요? 일을 어떻게 분담하면 좋겠습니까?"

"당신은 어떻게 생각하십니까, 찰스 경?"

"글쎄요, 이 리스트에 오른 사람들을 각자 분담하면 어떨까요? 데이크리스 부인, 이 여자는 에그가 맡겠지요. 남자는 그 여자를 객관적으로 조사할 수 없다고 에그는 생각하는 모양이니까요. 그녀의 말도 어느 정도 일리는 있는 것 같습니다. 새터드웨이트와 나는 다른 사람을 맡기로 하겠습니다. 데이크리스 대령, 나는 그의 경마 친구를 몇 사람 알고 있습니다. 그 선에서 무언지 단서가 얻어지리라고 생각합니다. 다음은 안젤라 서트클리프."

"그건 역시 자네 일인 것 같군, 찰스. 그 여자를 잘 알고 있잖나?"

새터드웨이트 씨가 말했다.

"그렇네. 그러니까 더욱 누군가 다른 사람에게 해달라고 하고 싶네. 첫째……." 그는 쓸쓸한 듯이 웃었다. "내가 그녀 뒷조사를 했다는 걸 알면 그녀로부터 '전문이 아닌 일은 그만두세요'라고 핀잔을 받을 걸세. 그리고 둘째로, 여보게, 그녀는 내 친구라서……. 그렇지 않나?"

"지당한 말씀, 당신이 그렇듯 신경을 쓰는 것은 당연하지요. 잘 압니다. 새터드웨이트 씨가 좋겠습니다. 당신 대신 잘 해줄 겁니다."

"메리 부인과 에그, 이 두 사람은 문제가 되지 않습니다. 맨더스 청년은 어떻습니까? 바솔로뮤 박사가 죽은 날 밤 그가 마침 거기에 있었던 것은 그저 우연이었지만, 그래도 조사 대상에 넣어야 한다고 생각됩니다."

"새터드웨이트 씨가 맨더스 청년을 맡게 될 겁니다. 그런데 찰스 경, 누군가를 빠뜨리고 있지 않습니까? 뮤리엘 윌스 여사 말입니다."

"그렇군요. 새터드웨이트가 맨더스를 맡아 준다면, 나는 윌스 여사를 맡지요. 이제 됐습니까? 다른 의견 있습니까, 포아로 씨?"

"아니, 이젠 없습니다. 당신의 조사 결과를 듣는 것을 즐거움으로 삼고 있겠습니다."

"물론 말씀 않으시더라도 내 쪽에서 말하지요. 한 가지 더 생각이 있습니다. 이 사람들의 사진을 손에 넣으면 길링에서 조사하는 데 유용할지도 모릅니다."

"그것은 좋은 생각이군요. 그리고 물어보고 싶은 게 있는데 뭐더라? 아, 그렇습니다. 바솔로뮤 박사는 칵테일을 마시지 않았다는데 포도주를 마셨습니까?"

"네, 그는 포도주를 좋아했지요."

"그걸 마실 때 이상한 맛을 못 느꼈다는 게 이상하군요. 순수한 니코틴은 몹시 써서 기분 나쁜 맛이 나는 법인데요."

"포도주 속에 니코틴 같은 건 들어 있지 않았습니다. 잔의 내용물을 분석했거든요." 찰스 경이 말했다.

"아, 그랬던가요? 내가 깜빡했었군요. 하지만 어떻게 마셨든지 간에 니코틴은 불쾌한 맛이 나는 법이지요."

"그것은 대수로운 일이 아닙니다. 바솔로뮤 박사는 금년 봄에 심한 독감에 걸려 미각과 후각이 꽤 무디어져 있었거든요."

찰스 경은 천천히 말했다.

"아, 그랬었군요. 그 점도 고려하지 않으면 안 되겠군요. 그렇다면 문제가 훨씬 간단해졌습니다."

포아로는 말했다.

찰스 경은 창가로 가서 밖을 바라보았다.

"바람이 아직 불고 있군요. 당신의 짐을 가져오도록 사람을 보내드리지요. 로즈 앤드 크라운 호텔은 열정적인 예술가에게는 쾌적한 곳이지만, 당신은 잠자리가 편한 위생적인 베드 쪽이 좋다고 생각합니다."

"정말 친절하시군요, 찰스 경."

"뭘요, 곧 그렇게 해드리겠습니다."

찰스 경은 방을 나갔다.

포아로는 새터드웨이트 씨 쪽으로 향했다.

"좀 말씀드리고 싶은데요."

"뭡니까?"

포아로는 몸을 내밀고 낮은 목소리로 말했다.

"맨더스 청년에게 어째서 사고를 꾸며 냈느냐고 물어봐 주십시오. 경찰이 의심한다고 말하고 그가 뭐라고 대답하는지 확인해 보십시오."

"당신은……"

"대단한 일은 아닙니다. 그러나 바솔로뮤 경의 일기에 씌어 있었지요. 'M의 일이 걱정스럽다'라고 말입니다. M이란 맨더스를 뜻하는지도 모릅니다. 아무것도 하지 않고 있는 것보다는 뭐든 하는 편이 좋을 테니 말입니다."

"조사해 보지요." 새터드웨이트 씨는 대답했다.

"네, 부탁합니다."

18

앰브로신 의상실의 진열실은 겉보기에는 아주 좋았다. 벽은 흰빛에 가깝고 솜털이 보송보송한 두꺼운 카펫은 거의 빛깔이 없다고 해도 좋을 정도였다. 실내장식도 대체로 마찬가지였다. 크롬이 여기저기서 반짝이고 있었다. 한쪽 벽에는 싱싱한 청색과 레몬 색의 거대한 기하학적 무늬가 그려져 있었다. 그 방은 그즈음의 젊은 실내장식가 시드니 샌드포드 씨가 디자인한 것이었다.

에그는 치과의사의 의자를 연상시키는 듯한 현대적인 디자인의 팔걸이의자에 앉아 있었다. 그녀는 거기에 앉아서 아름다우나 지루한 듯한 얼굴을 한 젊은 여자들이 흐느적거리는 몸놀림으로 몸을 비비꼬며 자기 앞을 지나가는 걸 바라보고 있었다. 에그는 드레스 한 벌 값으로 5, 60파운드쯤 지불하는 건 아무것도 아니라는 듯한 표정을 지어 보이는 데 진땀을 흘리고 있었다.

데이크리스 부인은 언제나처럼 현실과는 동떨어진 태도로 행동하고 있는 것 같았다.

"이것은 어때요? 어깨의 매듭이 재미있지 않아요? 허리선도 아주 그만이고요. 벽돌색은 그만두고 새로운 색깔로 하십시다. 스페인풍의……. 아주 매력적이지요. 붉은빛을 띠는 노란색이에요. 아니면 적포도주색은 어떠세요? 좀 이상하군요. 정말이지 칙칙한 빛깔이에요. 요즘은 너무 수수한 것도 좋지 않지요."

"정하기가 어려워요." 에그가 친근하게 말했다.

"지금까지는 옷을 해 입을 여유가 없었어요. 아주 가난했거든요. 까마귀장에서의 파티 날 밤, 당신이 멋진 옷을 입고 계셨던 것을 기억하고 있어요. 그래서 '돈이 모이면 데이크리스 부인에게 가서 어떤 옷을 입으면 좋을지 가르쳐 달라고 해야지' 하고 생각했지요. 그날 제가 본 당신은 정말 멋졌거든요."

"어머나, 당신은 참으로 좋은 분이로군요. 나는 다만 젊은 에그 양에게 옷을 입혀주는 것만으로도 좋답니다. 아가씨들은 촌스럽게 옷을 입어선 안 되지요. 내 말 아시겠어요?"

'당신은 촌스러울 게 없겠지. 오히려 여우처럼 둔갑하기 잘하는 여자니까!' 에그는 불쾌한 듯이 마음속으로 생각했다.

"당신은 아주 개성이 강해서 보통 흔해 빠진 것은 안 어울려요. 단순하면서도 기발하고 조금쯤 사람들 눈을 끄는 것이어야 해요. 그렇지 않아요? 그래, 몇 가지나 필요하시지요?"

데이크리스 부인은 말했다.

"이브닝 프록코트가 넷, 일상복이 둘, 그리고 운동복이 한두 벌…
…. 그 정도예요."

데이크리스 부인의 태도는 한층 부드러워졌다. 그녀는 다행히 에그의 은행 예금이 정확히 15파운드 12실링밖에 없고, 더욱이 그것을 12월까지의 생활비로 쓰지 않으면 안 된다는 걸 몰랐던 것이다.

여러 가지 옷을 걸친 모델이 에그의 앞을 지나갔다. 옷에 대한 이야기를 하면서 에그는 다른 이야기를 꺼냈다.

"그 뒤로는 까마귀장엔 가시지 않으셨어요?"

"네, 가지 않았어요. 그런데 정말 깜짝 놀랄 사건이었지 뭐예요. 나는 콘월이란 곳이 예술 성향이 강한 곳이라고 생각해요. 예술가들이란 정말이지 참을 수 없어요. 그 이상한 모습하며……."

"너무너무 끔찍한 사건이었지요? 배빙턴 씨는 아주 좋은 분이었는데."

"그렇지만 벌써 끝나고 만 사건인걸요."

"전에 어디서 만나신 일이 있으세요?"

"그 노인 말인가요? 내가? 그런 기억은 없어요."

"배빙턴 씨에게서 언젠가 들은 것 같은데, 콘월이 아니라 길링인가 하는 곳에서 만나지 않으셨어요?"

"글쎄요?" 데이크리스 부인은 눈을 멀거니 떴다. "아니요, 마르셀르, 페디트 스캔데일을 가져와요. 그 제니형 말이야. 그리고 거기 있는 파란 패도형도 가져오고."

"바솔로뮤 경이 독살된 일도 정말 놀랍지 뭐예요." 에그가 말했다. "네, 입에 올리기도 무서워요. 하지만 그 때문에 나는 득을 보았지요. 극성스러운 부인들이 너도나도 몰려와서 그 이야기를 들으려고 옷을 주문하곤 했으니까요……. 자, 이 패도형이라면 당신한테 어울릴 거예요. 이 아무렇지도 않은 듯싶은 기발한 옷주름은 어때요? 이것이 전체를 사랑스럽게 해주지요. 젊은 분에게는 싫증이 나지 않을 거예요. 네, 바솔로뮤 경이 돌아가신 일은 하느님의 도움이지요. 그 기회를 기다렸을 정도인걸요. 아무튼 저 역시 죽였을지도 모르거든요. 죽이는 걸 도와주고 싶었을 정도였답니다."

그때 자못 '단골'인 체하는, 마치 자기가 굉장한 단골인 양 행동하는 한 미국인이 들어와서 이야기는 끊어지고 말았다.

그 미국인이 값비싸 보이는 것을 많이 주문하고 있는 동안, 에그는 데이크리스 부인과 교대한 젊은 여자에게 이느 것으로 할지 결정하기 전에 다시 한번 생각해 보고 싶다고 말하고 무사히 가게를 빠져나왔다.

브루턴 거리에 이르자 에그는 시계를 보았다. 1시 20분 전이었다. 이제 곧 제2의 계획을 실행할 참이었다.

에그는 버클리 광장까지 걸었다. 그리고 천천히 되돌아왔다. 1시에는 중국 미술품을 늘어놓은 진열장을 바라보고 있었다.

도리스 심스는 서둘러 브루턴 거리로 뛰어나와 버클리 광장 쪽으로 향했다. 거기에 이르기 조금 전에 옆에서 누가 말을 걸어왔다.

"실례합니다, 잠깐 이야기를 좀 하고 싶어요." 에그는 말했다.

도리스 심스는 깜짝 놀라서 뒤돌아보았다.

"당신은 앰브로신 의상실 모델이지요? 오늘 아침에 당신을 보았어요. 지금까지 본 사람 중에서 당신이 가장 스타일이 좋아요. 이런 말을 한다고 기분 나쁘게 생각지는 말아요."

도리스 심스는 성내지 않았다. 다만 조금 당황한 얼굴이었다.

"고마워요." 심스는 말했다.

"당신은 친절한 분이겠지요. 그래서 한 가지 부탁하려는데, 버클리나 리츠에서 함께 식사해 주시지 않겠어요? 묻고 싶은 일이 있어요."

잠시 망설이더니 도리스 심스는 승낙했다. 호기심도 있었고 첫째 맛있는 요리가 마음에 들었다.

테이블에 앉아 점심을 주문하자 에그는 설명하기 시작했다.

"이건 비밀로 해주세요. 저는 여자들의 여러 가지 직업에 대해 취재하고 있답니다. 그래서 말인데, 의상실 일에 대하여 여러 가지로 저에게 이야기해 주시지 않겠어요?"

도리스는 좀 실망한 모양이었으나, 시간과 급료와 일의 형편과 불편 등에 대해 상냥하고 자세하게 이야기했다. 에그는 작은 노트에 하나하나 기록했다.

"정말 죄송해요. 저는 이 일에 대해서는 도무지 모르거든요. 숙맥이지요. 이 일을 처음 맡는 거라서요. 저는 가난하지만, 이 따분한 기자 생활이 보람 있게 여겨져요."

에그는 능청스럽게 계속 둘러댔다.

"앰브로신 의상실에 들어가 많은 드레스를 사는 척하기란 아주 배

짱이 있어야 하는 일이지요. 사실대로 말하면, 크리스마스까지 드
레스용으로 쓸 수 있는 돈이란 2, 3파운드밖에 없거든요. 데이크리
스 부인이 안다면 노발대발하실 거예요."

도리스는 소리내어 웃었다.

"그럴 거예요."

"제가 잘했는지 모르겠군요? 부자처럼 보여요?" 에그는 물었다.

"연기가 능숙하던데요. 마담은 당신이 물건을 많이 살 줄로만 알고
있어요."

"낙담하겠지요?" 에그가 말했다.

도리스는 아까보다도 더 크게 소리내어 웃었다. 그녀는 점심을 맛
있게 먹고 있었다. 그녀는 에그를 좋은 사람이라고 생각했다.

'이 사람은 상류 사회의 귀부인이 틀림없어. 하지만 뽐내지도 않고
아주 자연스럽게 행동하는군' 하고 도리스는 생각하고 있었다.

이렇게 거리낌없는 사이가 되자, 에그가 고용주인 데이크리스 부인
의 일을 자유롭게 알아내기란 쉬운 일이었다.

"전 언제나 생각하는데, 데이크리스 부인은 좀 심술궂은 부인 같아
요. 그렇지 않나요?"

에그가 물었다.

"모두들 싫어하고 있지요. 정말이에요. 하지만 아주 똑똑한 사람이
고 일에는 비상한 머리를 갖고 있지요. 사교계의 부인이 의상실 일
을 시작하면, 친구들의 주문이 외상이기 때문에 파산하고 마는 사
람이 있어요. 데이크리스 부인은 그런 사람과는 달라요. 마담은 바
늘 끝 하나 들어가지 않을 만큼 빈틈이 없지요. 솔직히 말해서, 마
담에게는 옷을 보는 안목이 있거든요. 그 방면에 대해서는 훤히 알
고 있고, 사람들에게 어떤 게 잘 어울리는 스타일인지도 잘 알지
요."

"돈은 잔뜩 모았겠네요?"

도리스의 눈에 그런 것은 알고 있다는 듯한 빛이 감돌았다.

"저로서는 그런 일을 말하거나 소문낼 수는 없어요."

"그야 그렇겠지요. 좀더 이야기해 줘요." 에그는 말했다.

"공장은 퀴어 거리에서 멀지 않은 곳에 있어요. 유대인 신사가 마담한테 한두 번 왔었지요. 장사를 다시 일으켜 세우려고 돈을 빌렸던 것 같아요. 그래서 계속 돈을 빌리다가 결국 그 빚이 늘어난 모양이에요. 고어 양……. 정말이지, 마담은 때때로 무서운 얼굴을 하는 일이 있어요. 바짝 여위어서 화장을 하지 않을 때는 차마 볼 수가 없지요. 마담은 밤에도 제대로 잠을 이루지 못하는 것 같아요."

"마담의 남편은 어떤 분이지요?"

"이상하고 조금 징그러운 사람이에요. 많이 만난 건 아니지만요. 다른 아가씨들은 내 의견에 반대인 모양이지만, 마담이 그 사람을 굉장히 좋아하고 있다고 생각해요. 물론 좋지 않은 소문도 있어요."

"어떤 소문인데요?" 에그가 물었다.

"네, 그런 소문은 여기서 다시 입에 올리기도 싫어요. 저는 한번도 스스로 그런 소문을 쑥덕거린 일이 없어요."

"그야 그럴 테지요. 자, 하던 이야기나 계속……."

"네, 점원들 사이에서 꽤나 소문이 파다했어요. 부자이고 바보 같은 젊은 남자에 대해서 말이에요. 그 사람에게 홀딱 반했다고들 하는데, 확실치는 않아요. 마담은 죽자사자하며 쫓아다녔지요. 그런데 그 사람은 적당히 대해 주었던 거예요. 누구에게나 다정한 사람이었기 때문이래요. 하지만 그 사람은 갑자기 명령이 떨어져 항해를 나가 버렸답니다."

"누가 명령을 내렸지요, 의사 선생님?"

"네, 할리 거리의 의사라던가요? 그분이 바로 요크셔에서 살해된 분이에요. 독살되었다는 소문이더군요."

"바솔로뮤 스트레인지라는 분?"

"네, 그래요. 마담은 그분의 파티에 참석했었어요. 우리들은 모두 말했지요. 웃으면서 말이에요. 마담이 죽였을지도 모른다고요. 화풀이로. 물론 농담이지만."

"그래요. 시시한 농담이지요. 잘 알 수 있어요. 나도 역시 데이크리스 부인이 범인인 것처럼 생각되는 걸요, 뭐. 그렇듯 냉혹하고 무자비하니까."

"정말 냉혹하기가 무어라 말할 수 없어요. 게다가 짓궂기도 하고. 한번 성냈다 하면 아무도 옆에 가지 못해요. 남편도 두려워하고 있다는 평판이에요. 하긴 당연한 일이겠지만."

"혹시 배빙턴이라는 사람이나 길링이라는 곳에 대해 마담이 입에 올린 것을 들은 적 있나요?"

"글쎄, 기억나지 않아요."

도리스는 시계를 보고 큰 목소리로 외쳤다.

"어머나 큰일이에요. 서두르지 않으면 시간에 늦어요."

"잘 가요. 함께 점심을 들어 주어서 정말 고마웠어요."

"저야말로 즐거웠어요. 실례합니다, 고어 양. 당신의 기사가 잘 되도록 빌겠어요. 그리고 읽게 될 날을 즐거움으로 기다리겠어요."

'기다려도 헛일이야'라고 에그는 계산을 치르면서 마음속으로 생각했다.

그리고 앞서 기사를 취재하기 위해 썼다고 가장한 메모에 줄을 긋고 거기에 다음과 같이 써넣었다.

신시어 데이크리스, 돈 문제가 곤란한 것으로 추측됨. 성질이 나쁘다는 이야기. 그녀와 관계가 있었던 것으로 여겨지는 젊은이 (부자)는 바솔로뮤 스트레인지의 명령으로 항해를 나갔음. 길링이니 배빙턴이라는 사람을 그녀가 알고 있었느냐고 물어봤지만 반응이 없음.

"그다지 수확이 없는 것 같은데. 바솔로뮤를 죽일 만한 동기가 있다 하더라도 너무나 약해. 포아로 씨라면 무언가 냄새맡았을 테지만 나로서는 무리야." 에그는 중얼거렸다.

19

그러나 에그는 그날의 계획을 모두 끝낸 것이 아니었다. 그녀는 다음 순서로 데이크리스 부부가 살고 있는 아파트에 가야 했다. 그 건물은 아주 호화로운 최신식 건물이었다. 사치스러운 윈도 박스가 몇 개나 달려 있고 외국의 장군과 같은 훌륭한 옷차림을 한 제복의 문지기가 서 있었다.

에그는 안에는 들어가지 않았다. 반대쪽 길을 왔다갔다하고 있었다. 그렇게 1시간쯤을 어슬렁거리고 나자, 벌써 몇 킬로미터나 걸은 것처럼 생각되었다. 5시 반이었다.

그때 택시가 아파트 앞에 닿더니 데이크리스 대령이 내렸다. 에그는 3분쯤 지난 뒤 길을 건너 건물로 들어갔다. 에그는 3호라고 씌어 있는 방의 벨을 눌렀다. 데이크리스 대령이 손수 문을 열었다. 오버코트를 벗고 있는 참이었다.

"어머나, 안녕하세요? 저를 기억하고 계세요? 콘월에서 뵈었었지요, 그리고 요크셔에서도."

"네, 기억하고 있습니다. 양쪽 사건 때에 다 계셨지요. 들어오시오, 고어 양."

"부인을 뵙고 싶어요, 계신가요?"

"브루턴 거리의 그 사람이 하는 옷가게에 나가 있습니다."

"알고 있어요. 오늘 뵙고 왔거든요. 하지만 이제 돌아오실 무렵이라고 생각되어서 여기로 찾아 뵈어도 좋겠다고 생각했기 때문에 왔어요. 방해가 되지 않을까요?"

에그는 호소하는 듯한 눈을 하고서 말을 멈추었다.

프레디 데이크리스는 마음속으로 이렇게 생각했다.

'미인인걸, 예쁜 여자야.'

대령은 큰 목소리로 말했다.

"신시어는 6시 전에는 돌아오지 않습니다. 나도 뉴베리에서 방금 돌아온 참입니다. 재수 없는 날이라, 일찌감치 돌아와 버렸지요. 클럽에 가서 칵테일이라도 한잔, 어떻습니까?"

에그는 데이크리스가 벌써 몸이 비틀거릴 만큼 취해 있다는 것을 알았지만 따라가겠다고 말했다.

어둠침침한 지하 클럽에 앉아 마티니를 마시면서 에그는 말했다.

"아주 재미있어요. 이런 곳엔 처음 와 봤어요."

프레디 데이크리스는 너그럽게 미소지었다. 그는 젊고 예쁜 여자를 좋아했던 것이다. 아마 그가 좋아하는 다른 또 한 가지만큼은 못 될 테지만, 그래도 상당한 열성이 있었다.

"혼났었지요, 그때는. 요크셔의 일 말입니다. 의사가 독살되다니, 좀 재미있는 이야기 아닙니까. 내가 말하는 의미를 아시겠습니까? 다시 말해서 반대라는 것이지요. 사람에게 독을 먹이는 게 의사라는 직업이니까."

그는 자기가 한 말에 배를 잡고 웃더니 또 핑크 진을 주문했다.

"당신은 머리가 좋은 분이군요. 저는 그런 식으로는 생각지도 못했지요."

"물론 농담에 지나지 않지만." 프레디 데이크리스는 말했다.

"이상하지 않아요? 우리들이 만날 때마다 사람이 살해되다니." 에그는 말했다.

"하긴 조금 이상하군요." 데이크리스 대령도 시인했다.

"당신은 저 노목사가, 뭐라더라, 그 자칭 명배우라는 사람의 집에서 말입니다."

"네, 정말 이상해요. 그 사람이 갑자기 죽어 버리다니."

"형편없는 소동이었지요. 당신도 아무 데서나 그렇게 파리 죽듯이 살해된다면 우울해지겠지요. '이번에는 내 차례다'라고 생각하면 몸이 떨리는 것 같습니다."

"당신은 배빙턴 씨를 알고 계셨죠, 길링에서?"

"그런 곳은 모르겠는데요, 그런 케케묵은 곳 같은 데는 들어본 일도 없습니다. 바솔로뮤가 살해된 것과 똑같은 방식으로 그 노인도 살해되었다는 것이 조금 재미있군요. 아니, 조금 이상합니다. 노인도 살해된 건 아닐 테지요."

"그럼, 어떻게 생각하세요?"

데이크리스는 고개를 저었다.

"살해된 게 아니오. 목사를 죽일 사람은 없지요. 의사라면 이야기가 또 다르지만 말이오." 데이크리스는 단호히 말했다.

"네, 의사라면 문제가 다르겠지요." 에그가 말했다.

"그렇소. 당연하지요. 의사란 남의 일에 참견을 잘하는 족속이니까 말이오."

데이크리스는 혼잣말처럼 말했다. 그리고는 몸을 앞으로 내밀고서 말했다.

"놈의 뜻대로 되게 하지는 않을 거요. 에그 양도 알겠습니까?"

"뭘요?"

"의사란 인간의 목숨을 장난감으로 삼는 거요. 그 권리가 지나치게 많거든. 용서할 수 없는 일이오."

"잘 모르겠어요."

"이봐요, 에그 양. 한 인간을 가두어 놓고, 내가 말하는 뜻은 인간을 지옥에 감금시킨다는 말입니다. 잔혹하지 않습니까? 감금해 놓고 먹을 것도 주지 않습니다. 아무리 먹고 싶다고 말해도 주지 않아요. 아무리 괴로워해도 거들떠보지도 않습니다. 의사란 그런 자들이지요. 나는 그렇게 알고 있습니다."

데이크리스의 얼굴이 몹시 일그러졌다. 작은 핀 끝과도 같은 눈동자가 에그를 지켜보고 있었다.

"지옥이오. 분명히 말하지만, 지옥이오. 더욱이 그들은 그것을 가리켜 뻔뻔스럽게도 치료라고 말합니다. 위대한 일을 하고 있는 척하면서 말이오. 돼지들이지."

"바솔로뮤 스트레인지 경도……." 에그가 주의깊게 말하려 했다.

데이크리스는 에그의 말을 가로막았다. "바솔로뮤 스트레인지 경, 바솔로뮤 사기꾼이라고나 할까. 저 훌륭한 요양소에서 어떠한 일이 벌어지고 있는지 알고 싶은걸. 신경병, 모두들 그렇게 말하지만 한번 들어갔다 하면 나오지 못해요. 그렇건만 환자의 자유의사로 들어갔다는 거지. '자유의사'라고 맘이오. 공포에 사로잡히면 묶어두기 위해 그렇게 말하는 거요."

데이크리스는 떨고 있었다. 입이 갑자기 축 늘어졌다.

"지금 내 머리는 뒤죽박죽이오. 산산조각이 났어." 변명하듯이 말했다.

데이크리스는 웨이터를 불러, 에그에게 한잔 더 들라고 권했다. 에그가 사양하자 자기 것만 주문했다.

"이제 기분이 나아졌소." 데이크리스는 잔을 들이켜며 말했다. "이제 좋아졌소. 누군가의 신경을 건드리는 일은 참으로 싫은 일이오. 신시어를 성내게 만드는 것은 싫으니까 말이오. 날더러도 지껄여선 안 된다고 그녀는 말하지요."

데이크리스는 두서너 번 끄덕이더니 "이런 일은 경찰에 말할 수 없지"라고 말했다.

"내가 바솔로뮤를 죽였다고 생각할지도 모르니까. 누군가가 죽었다는 것은 아실 테지요? 우리들 중의 한 사람이 한 짓이오. 그런데 누구냐, 그것을 모르겠단 말이오."

"모르시나요?" 에그가 물었다.

"무엇 때문에 그런 말을 하지요? 내가 그런 걸 알 게 뭐요?"

데이크리스는 성난 듯이 의심스럽게 에그를 보았다.

"나는 아무것도 모르오, 에그 양. 나는 놈의 밉살스러운 치료를 받으러 가거나 하지는 않았소. 신시어가 뭐라고 말하든 가지 않았던 거요. 놈은 무언가 하려 하고 있었소. 그들 둘이서 무언가 하려 하고 있었단 말이오. 하지만 나를 속여 넘길 수는 없었던 거요."

데이크리스는 일어났다.

"나는 강한 사나이오, 고어 양."

"그럼요, 그런데 저 요양소에 있었던 드 러시브리저 부인에 대해 알고 계신가요?"

"러시브리저, 러시브리저라고? 바솔로뮤란 녀석, 그 사람에 대해서 말하고 있었지. 뭐라고 했더라? 생각이 나지 않는군. 전혀 기억나지 않소."

데이크리스는 한숨을 쉬고 머리를 흔들었다.

"기억이 희미해지고 말았군. 다 그런 거지. 그래서 지금 나에게 남은 건 적들뿐이오. 지금쯤 나에 대해 탐색하고 있을지도 모르오."

데이크리스는 불안스러운 듯이 주위를 둘러보았다. 그리고 테이블 너머 에그 쪽으로 몸을 가까이 했다.

"그날 내 방에서 그녀는 무엇을 했던 걸까?"

"어떤 여자인데요?"

"토끼 같은 낯짝을 한 여자 말이오. 희곡을 쓴다던가 하는 여자. 바솔로뮤가 죽은 이튿날 아침이었소. 나는 때마침 아침식사를 마치고 돌아오던 중이었소. 그녀가 내 방에서 나와 복도 구석 문으로 나갔던 거요. 하인들이나 드나드는 그런 문으로 말이오. 이상하지 않소? 어째서 그녀가 내 방에 들어갔을까?. 무엇을 찾아내려 했던 것일까? 무슨 냄새를 맡았던 것일까? 그녀와 그 일은 대체 어떠한 관계가 있는 것일까?"

데이크리스는 몸을 좀더 앞으로 내밀고 말했다. "아니면 집사람이 말하고 있는 것이 정말이라고 생각되오?"

"부인이 무슨 말을 하셨는데요?"

"내가 '무언가를 보았다'고 말했다더군."

데이크리스는 불안한 듯이 웃었다.

"나는 때때로 무언가를 보지요. 쥐라든가 뱀이라든가 그런 것쯤이라면 보지요. 그러나 여자를 보는 것은 이야기가 다르오. 그 여자는 음흉한 눈초리를 하고 있었소. 뭔가를 꿰뚫어보는 눈이었지."

데이크리스는 소파 깊숙이 앉았다. 잠에 빠져드는 것 같았다.

에그는 일어섰다.

"실례하겠어요. 고마웠어요. 데이크리스 대령님."

"천만에, 재미있었소. 정말로 통쾌했소."

데이크리스의 목소리는 희미해져 갔다.

'그가 더 취하기 전에 가는 편이 좋을 거야'라고 에그는 생각했다. 그녀는 담배연기 자욱한 클럽에서 시원한 밤 공기 속으로 나왔다.

하녀 비아트리스는 윌스 여사가 그날 밤 이것저것 캐물었다고 말했었다. 그런데 지금 또 프레디 데이크리스에게 그러한 말을 들었던 것이다. 윌스 여사는 무엇을 찾고 있었던 것일까? 그리고 찾아낸 것은 무엇이었을까? 윌스 여사가 무언가 알고 있다니, 있을 수 있는 일일까? 이 지리멸렬한 이야기에 바솔로뮤 스트레인지 경이 얽혀 있는 것일까? 프레디 데이크리스는 은밀히 바솔로뮤를 두려워하고 미워하고 있었던 것일까?

있음직한 일이다.

그러나 이 중에 배빙턴 사건에 대한 힌트는 아무것도 없었다.

"만일 배빙턴 씨가 살해된 것이 아니라면 무슨 일이 벌어졌을까?" 에그는 혼잣말을 했다.

이때 2, 3피트 앞의 신문 광고문이 에그의 눈에 들어왔다. 그녀는 마른 침을 삼켰다. '콘월의 시신 발굴 결과'.

급히 1페니를 꺼내어 신문을 낚아채듯 집어들었다. 그때 자기와 똑같은 행동을 한 또 한 사람과 에그는 마주 부딪칠 뻔했다. 에그가 사과하며 보니 그는 찰스 경의 비서인 저 유능한 밀레이 양이었다.

나란히 서서 두 사람은 톱기사를 찾았다. 있었다.

'콘월 시신 발굴 결과'라는 글이 눈에 들어왔다. 시체 해부…… 니코틴.

"역시 살해되었군요." 에그가 말했다.

"아, 무서워, 너무해요." 밀레이 양은 말했다.

그녀의 못생긴 얼굴이 놀라서 더욱 일그러졌다. 에그는 깜짝 놀라 그녀를 빤히 쳐다보았다. 에그는 밀레이 양이 인간미가 적은 사람이라고 생각하고 있었기 때문이다.

"정말 놀라운 일이에요. 난 그 사람과 쭉 알고 지냈거든요."

밀레이 양이 설명했다.

"배빙턴 씨와?"

"네, 어머니가 길링에 살고 있었지요. 그리고 그분은 그곳의 목사님이었거든요. 그러니 놀라울 수밖에요."

"네, 그렇겠군요."

"정말이지 어찌해야 좋을지 모르겠어요."

찰스 경의 비서는 말했다.

밀레이 양은 에그의 놀란 얼굴을 보고 얼굴을 붉혔다.

그녀는 빠른 말투로 말했다.

"배빙턴 씨의 부인에게 소식을 전하고 싶지만 아무래도 어떤 식으로 써야 할지 도무지 모르겠어요."

어쩐 까닭인지 에그는 밀레이 양의 설명이 불만족스러웠다.

20

"그런데 당신은 친구로서 온 건가요? 아니면 탐정으로 온 건가요, 그것을 알고 싶어요."

서트클리프 양은 그렇게 말하고 놀리는 듯이 눈을 반짝였다.

그녀는 등받이가 꼿꼿한 의자에 앉아 있었다. 잿빛 머리털은 기품 있게 손질되고, 다리는 포개어져 있었다. 새터드웨이트 씨는 그녀의 구두를 신은 아름다운 발과 날씬한 발뒤꿈치를 감탄하며 바라보고 있었다. 서트클리프 양은 아주 매력있는 여자였다. 그녀가 어떤 일이든 그다지 진지하게 생각하지 않는 것도 그녀의 매력이었다.

"그게 궁금하십니까?" 새터드웨이트 씨가 물었다.

"어머나, 물론이지요. 당신은 저의 아름다운 눈을 보러 오신 건가요? 프랑스 사람들은 그런 식으로 이야기한다면서요? 아니면 살인 사건에 대한 일로 저를 신문하러 오신 건가요? 그렇다면 난 싫어요."

"처음에 하신 말 쪽이 맞는다고 생각되시지 않습니까?"

새터드웨이트 씨는 조금 고개를 숙이며 말했다.

"알게 뭐예요." 이 여배우는 힘을 주어 말했다.

"당신이란 분은 겉으로는 다정해 보이지만 정말은 무서운 분이에요."

"천만에."

"아니요, 그래요. 다만 한 가지 저로서 분명치 않은 것은, 살인 피의자로 여겨지는 일이 치욕인지 칭찬인지 똑똑히 알 수 없다는 거예요. 하지만 칭찬인 것으로 해두겠어요."

서트클리프 양은 머리를 한쪽으로 조금 기울이며 미소지었다. 쉴 새 없이 그녀의 얼굴에 넘쳐 있는 미소는 서서히 사람을 매혹시켰다.

새터드웨이트 씨는 마음속으로 생각했다.

'매력 있는 여자로군.'

새터드웨이트 씨는 소리 높여 말했다.

"말씀드리겠습니다만, 바솔로뮤 스트레인지 경의 죽음에는 나도 적잖이 흥미를 가지고 있습니다. 아시다시피 나는 이전에도 반은 취미삼아 이런 일에 손을 댄 일이 있지요."

새터드웨이트 씨는 점잖게 입을 다물었다. 서트클리프 양이 자기의 활약에 대해 무언가 알고 있고, 그 일을 말해 주기를 바랐기 때문이었으리라. 그러나 그녀는 이렇게 물었을 뿐이었다.

"한 가지만 가르쳐 주세요. 그 아가씨가 한 말에 어느 정도 신빙성이 있나요?"

"아가씨라니요? 그리고 그 아가씨가 뭐라고 말했는데요?"

"리튼 고어 양 말이에요. 찰스에게 홀딱 반한 그 에그 양이…….
찰스 경도 너무하지 뭐예요. 그 사람도 에그 양에게 반해 있겠지요
……. 아무튼 에그 양은 콘월의 노인도 역시 타살이라고 생각하는

모양이던데요. ”

“당신은 어떻게 생각하십니까? ”

“글쎄요. 확실히 똑같은 방식으로 사건이 일어났으니까요. 그 에그 양은 머리가 좋아요. 가르쳐 주세요. 찰스 경은 진심일까요? ”

“당신의 의견은 어떻습니까? 나의 의견보다는 훨씬 가치가 있고 필요하다고 생각합니다. ”

“참 답답한 신중파로군요, 당신은. ”

서트클리프 양은 외쳤다.

“그렇지만 나로 말하면 전혀 분별이 없으니…… ”

서트클리프 양은 한숨을 쉬었다. 그녀는 그쪽을 흘끔 보았다.

“저는 찰스 경을 잘 알고 있어요. 저는 남자들을 잘 알지요. 그 사람은 이제 곧 정착할 것처럼 보여요. 그 사람에게 확고한 데가 있었거든요. 그가 곧 가정을 만들 것 같다는 게 제 생각이에요. 정착하려는 남자들은 아주 시시하고 따분해요. 정말 매력을 잃고 말지요. ”

“찰스 경이 어째서 지금까지 결혼하지 않았는지 나는 늘 이상하게 생각하고 있었습니다. ”

새터드웨이트 씨는 말했다.

“흥, 그 사람이 결혼하고 싶다는 눈치를 남에게 보이거나 한 적이 없었는걸요. 이른바 결혼할 타입의 남자는 아니지요. 하지만 매력 있는 사람인 것만은 분명해요. ”

서트클리프 양은 한숨을 쉬었다. 그녀가 새터드웨이트 씨를 보았을 때, 그녀의 눈이 조금 깜박였다.

“그와 저는……. 네, 누구나 알고 있는 일이니까 부정해도 소용없겠지요. 우리 둘이서 있을 동안은 아주 즐거웠어요. 지금도 가장 좋은 친구 사이지요. 그렇기 때문에 리튼 고어는 저를 그렇듯 노려

보았다고 생각해요. 에그 양은 제가 아직도 찰스 경에게 마음이 있다고 생각하는 모양이에요. 저에게 관심이 있다고요? 있을 테지요. 하지만 저는 친구들이 대개 그러듯이 자기의 연애사건을 미주알고주알 써대는 자서전 같은 건 쓰고 있지 않아요. 만일 제가 그런 짓을 했다가는 에그 양이 싫어할 거예요. 충격을 받을 테지요. 요즘 젊은 아가씨들은 잘 놀라지 않아요? 그 에그 양의 어머니야 전혀 놀란다든가 하지 않겠지요. 차분한 빅토리아 왕조의 사람을 놀라게 하는 일은 여간해서 할 수 없거든요. 빅토리아 왕조의 사람이란 입에 올리지 않고 늘 최악의 경우만을 생각하는 걸요, 뭐."

새터드웨이트 씨는 만족한 듯이 이렇게 말했다.

"에그가 당신을 의심하고 있다고 생각하시는 건 옳습니다."

서트클리프 양은 다음을 이어 말했다.

"저 역시 에그 양에게 질투하지 않는다고 자신할 수는 없어요…… 저도 그렇지만 여자란 모두 고양이 같은 존재랍니다. 그렇지 않아요? 할퀼 테야, 할퀼 테야, 야옹야옹 골골골."

서트클리프 양은 웃었다.

"어째서 찰스 경이 직접 나를 찾아와 사건에 대해 묻지 않았죠? 친한 사이이기 때문이겠지요. 그 사람도 내가 수상하다고 생각하고 있을 게 틀림없어요. 내가 과연 수상할까요? 어떻게 생각하세요?"

서트클리프 양은 일어나서 손을 내밀며 말을 이었다.

"전 맥베드 부인이 아니에요. 희극 쪽이에요."

"동기도 없는 것처럼 보이고 말입니다."

새터드웨이트 씨가 한마디 거들었다.

"맞았어요. 저는 바솔로뮤 스트레인지 경을 좋아했었습니다. 친구였고, 그 사람을 이 세상에서 매장시키고 싶다는 생각 같은 건 전혀 없었지요. 우리 둘은 친구였는걸요. 오히려 범인을 붙잡기 위해 한몫 맡고 나서고 싶을 정도예요. 제가 할 수 있는 일이라면 뭐든 지 말해 주세요."

"서트클리프 양, 당신은 그 범죄와 관련있는 일을 아무것도 보거나 듣지 못한 것 같군요?"

"제가 알고 있는 일은 이미 모두 경찰에게 말했어요. 그 파티 손님 들이 막 도착한 그날 그분은 살해되었지요."

"집사는?"

"그 사람에게 저는 거의 신경쓰지 못했어요."

"손님들에게 무언가 이상한 눈치는 없었습니까?"

"있을 까닭이 없잖아요. 참, 그 젊은이가…… 뭐라고 했더라…… 맨더스지요? 그가 불쑥 나타났었지요."

"바솔로뮤 스트레인지 경은 놀란 것 같았습니까?"

"네, 놀랐던 것 같아요. 그는 만찬 자리에 가기 전에 조금 이상하 다고 저에게 말했지요. '대문을 부수는 새로운 방식인걸. 다만 그 는 대문을 부순 게 아니라 내 담을 부수었지만' 하고 말했어요."

"바솔로뮤 경은 기분이 유쾌했습니까?"

"아주 기분이 좋았어요."

"당신이 경찰에게 알린 비밀 통로란 어떤 것입니까?"

"서재에 입구가 있으리라고 생각해요. 바솔로뮤 경은 저에게 보여 준다고 약속했는데, 그만 딱하게도 그분이 돌아가시고 마셨지요."

"어째서 그런 이야기가 나왔습니까?"

"우리는 그분이 최근 사용한 낡은 호두나무 책상에 대해서 서로 이 야기하고 있었어요. 저는 귀중품을 넣는 비밀 서랍이 딸려 있는지 물어보았지요. 그런 서랍이 아주 마음에 든다고 그분에게 말했어 요. 저는 비밀 서랍이 견딜 수 없이 좋거든요. 그때 그분이 서랍은 아직 모르지만, 이 집에는 비밀 통로가 있다고 가르쳐 주신 거예요."

"바솔로뮤 경은 그의 환자 드 러시브리저 부인에 대해서 무언가 말씀하시지 않았습니까?"

"말하지 않았어요."

"길링이라는 곳을 알고 계십니까?"

"길링? 길링이라고요? 모르겠는데요, 왜 그러시지요?"

"당신은 예전부터 배빙턴 부인과 알고 계셨지요, 그렇지 않습니까?"

"배빙턴이라니, 누구지요?"

"저 까마귀장에서 죽은, 또는 살해된 남자의 이름이지요."

"아, 그 목사님 말이군요. 전 그 사람의 이름을 잊었었어요. 아니요, 그 사람과 만난 일 같은 건 없어요. 제가 그 사람을 알고 있다니, 누가 그런 말을 했을까?"

"당신 일을 알고 있는 누군가이지요."

새터스웨이트 씨는 거침없이 말했다.

서트클리프 양은 재미있어하는 모양이었다.

"어머나, 당신은 그 사람이 저와 무슨 관계가 있다고 생각하고 계시나요? 전 그 같은 가엾은 노인에 대해서는 생각해 본 일도 없어요. 전혀 만난 일조차도 없는걸요."

이런 말을 듣고 보니 새터드웨이트 씨는 이야기를 그만두지 않을 수가 없었다.

21

투팅의 어퍼 캐드카트 로드 5번 거리는 냉소적인 희곡작가가 살 곳으로서는 알맞은 곳이 아니었다. 찰스 경이 안내된 방은 오트밀 빛

벽에다 천장에는 띠 모양으로 금사슬 무늬가 빙 둘러져 있었다. 커튼은 장밋빛 비로드였다. 많은 사진이며 도자기로 된 개가 장식돼 있었다. 전화기는 주름 많은 스커트를 입은 인형의 그늘에 살며시 숨겨져 있었다. 자그마한 책상이 많이 놓여 있으며 버밍엄을 통해 극동에서 들어온 모조품 놋쇠 세공도 있었다.

월스 여사가 소리 하나 내지 않고 방에 들어와서, 소파 맞은편에 놓여 있는 광대 인형을 바라보고 있던 찰스는 그녀의 발소리를 듣지 못했다.

"별일 없으셨어요, 찰스 경? 잘 오셨어요."

찰스는 가느다란 목소리에 뒤돌아보았다.

월스 여사는 말라빠진 몸에 큼직한 점퍼를 아무렇게나 걸치고 있었다. 양말은 주름투성이였고 굽이 꽤 높은 에나멜 슬리퍼를 신고 있었다. 찰스 경은 그녀와 악수를 한 다음 담배를 건네 받고 광대 인형 옆의 소파에 앉았다. 월스 여사는 그와 마주보며 앉았다. 창문에서 드리워진 햇빛이 여사의 코안경에 반사되자 반짝였다.

"이런 곳에 와 주시다니 어머니가 기뻐하실 거예요. 연극을 아주 좋아하시거든요. 로맨틱한 것이라면 무엇이든지 좋아하세요. 당신이 대학에 다니는 왕자 역을 맡으셨던 연극 말이에요. 어머니는 곧잘 그걸 이야기 하시지요. 어머니는 지금 마티네 거리에서 초콜릿을 잡숫고 계실 거예요. 저이 어머니는 그런 분이에요. 초콜릿을 무척 좋아하신답니다."

"그거 참, 고마운 이야기로군요." 찰스 경이 말했다. "그런 일까지 기억해주고 계시다니, 정말 기쁜 일입니다. 관객들은 곧 잊고 마는데 말입니다." 그는 한숨을 쉬었다.

"당신과 만나시면 어머니는 깜짝 놀라실 거예요. 지난번, 서트클리프 양이 오셨을 때도 어머니는 깜짝 놀라셨어요."

윌스 여사는 말했다.

"안젤라가 이곳에 왔었습니까?"

"네, 오셨었어요. 그분이 제 작품을 연기한다고 말씀하시지 않겠어요? 알고 계시겠지요, 〈강아지는 웃었다〉라고 하는."

"네. 그 연극에 대해서라면 신문에서 읽었지요. 좀 장난기가 있는 타이틀이군요." 찰스 경이 말했다.

"그렇게 생각하신다니 기뻐요. 서트클리프 양도 마음에 들어하더군요. 말하자면 현대판 동요라고 할 수 있어요. 잡동사니와 난센스, 속임수와 스캔들이 가득하지요. 물론 서트클리프 양의 역이 주역이며, 모두가 그녀에게 맞추어 춤을 춘다는 게 이 작품의 아이디어예요."

"나쁘지 않군요. 요즘 세상은 미치광이와 비슷한 동요 같으니까요. '강아지가 그런 엉망인 소동을 보고서 웃었다'라는 내용이겠군요."

그러나 그는 갑자기 생각했다. '물론 이 여자가 강아지다, 그녀는 보면서 웃고 있는 거다'라고.

윌스 여사의 코안경이 번뜩였다. 찰스 경은 그녀의 푸르스름하고 이지적인 눈이 자기를 응시하고 있는 것을 보았다.

'이 여자는 뛰어난 유머 감각을 가지고 있구나' 하고 찰스 경은 생각했다.

찰스 경은 큰소리로 말했다.

"무슨 용건으로 제가 이곳에 왔는지 아실 수 있겠습니까?"

"저 같은 걸 만나기 위해서 오셨으리라고는 생각되지 않아요."

윌스 여사는 교활하게 말했다.

찰스 경은 그녀가 입으로 하는 말과 글로 쓰는 말의 차이를 잠시 생각하고 있었다. 작품에서 그녀는 위트와 아이러니가 있지만, 현실의 대화에서는 교활했다.

"나에게 이런 식으로 생각을 불어넣은 건, 정말은 새터드웨이트 씨입니다. 그가 사람의 성격을 꿰뚫어볼 수 있다고 생각하고 있으니만큼⋯⋯." 찰스 경은 말했다.

"그분은 인간이라는 데에 대해 흥미를 품고 계시군요. 아무튼 그분의 도락일 테지요."

"그래서 멜포트 애비에서의 그날 밤 사건 때 무언가 주목할 만한 것이 있다면 당신이 알고 계실 게 틀림없다고 그는 주장하고 있지요."

"그분이 그렇게 말씀하셨나요?"

"네."

"저는 몹시 흥미가 있었어요, 확실히 그랬어요. 눈앞에서 살인을 본 건 처음이었는걸요. 작가란 어떠한 일이든지 재료로 삼아야만 하니까요."

윌스 여사는 천천히 말했다.

"그렇게들 이야기하지요."

"그래서 될 수 있는 한 온갖 일에 주의를 기울이려고 해왔어요."

윌스 여사는 말했다.

이것은 확실히 하녀인 비어트리스가 '이곳저곳을 쑤석거리고 다녔다'고 한 말의 윌스식 표현이었다.

"그때의 손님에 대해 무언가 생각나는 건?"

"손님에 대해서는⋯⋯."

"대체 무얼 눈치채셨습니까?"

코안경이 번뜩였다.

"저는 정말 아무것도 발견하지 못했어요. 만일 발견했다면, 물론 경찰에 신고했지요."

윌스 여사는 겸손하게 덧붙였다.

"하지만 당신은 무언가 알아차리셨을 텐데."

"저는 언제나 사물에 관심을 갖고 있지요. 그렇게 하지 않을 수가 없는걸요. 그렇게 하고 있으면 재미가 있어요."

윌스 여사는 소리내어 웃었다.

"하지만 당신이 눈치를 채신 건 뭐지요, 그것이?"

"아무것도, 아무것도 알아낸 게 없어요. 그저 사람들 성격의 이모 저모를 살펴보는 거지요. 사람들이란 워낙에 재미있는 존재잖아요. 아주 특징적이었지요."

"무엇이 특징적입니까?"

"손님들 모두가 말이에요. 아, 설명할 수 없어요. 저는 이야기를 잘 못하거든요."

윌스 여사는 다시 소리내어 웃었다.

"글로 쓰시는 편이 말하기보다 익숙하다는 것이군요."

찰스 경은 웃으면서 말했다.

"그런 식으로 말씀하시면 싫어요, 찰스 경."

"윌스 여사, 당신은 펜을 잡으면 그야말로 무자비하니까요."

"너무하시군요, 찰스 경. 저에게 짓궂게 구는 건 당신답지 않아요."

"이런 시시한 농담은 빨리 끝내야지. 그럼, 당신은 아무것도 구체적인 것은 발견하지 못하셨다는 거로군요, 윌스 여사?"

"아뇨, 발견했다고는 말씀드릴 수 없지만 적어도 한 가지만은 깨달은 일이 있었어요. 경찰에 말해야만 할 것이지만, 말하는 것을 잊고 말았답니다."

"대체 어떤 일이었지요?"

"집사에 대해서예요. 그 사람의 왼쪽 손목에 딸기 같은 멍이 있더군요. 저에게 야채를 줄 때 안 일이지만, 이런 하찮은 일이라도 도움이 되리라고 생각합니다만."

"매우 도움이 되겠지요. 경찰은 그 엘리스라는 사나이를 잡으려고 필사적이니까요. 정말이지, 윌스 여사, 당신이라는 분은 참으로 놀랍군요. 하녀도 손님도 누구 한 사람 그런 것은 알지 못했는데."

"대개의 사람은 자기 눈을 최대한으로 쓰고 있지 않거든요."

윌스 여사는 말했다.

"정확히 말해서 멍은 어디쯤 있었지요? 얼마만한 크기였습니까?"

"손목을 뻗어 주시겠어요?"

찰스 경은 팔을 뻗쳤다.

"고마워요. 이 근처였어요."

윌스 여사는 자신 있는 손짓으로 한 지점을 가리켰다.

"대략 6펜스짜리 동전 크기였어요. 아무튼 오스트레일리아 모양을 하고 있었지요."

"고맙습니다. 그걸로 분명해졌습니다."

찰스 경은 팔을 거두어들이고 커프스를 다시 끼우면서 말했다.

"제가 이것을 경찰에 알려야만 될까요?"

"그렇군요. 범인을 추적하는 데 도움이 될지도 모르겠습니다. 미스터리소설에서는 흔히 악한에게 그런 표적이 있으니까요. 그러나 현실에서는 그렇지 못하니 한탄스러운 일입니다."

찰스 경은 감정을 곁들여 말했다.

"소설에서는 보통 상처 자국이잖아요?"

윌스 여사는 자랑스럽다는 듯이 말했다.

"멍도 좋은 셈입니다." 찰스 경은 말했다.

그는 어린아이처럼 기쁜 모양이었다.

"문제는 대개의 사람들이 알아보지 못한다는 것입니다. 이렇다 할 특징이 아무것도 없으니까요." 찰스 경은 말을 이었다.

윌스 여사는 살피듯이 그를 지켜보고 있었다.

"이를테면 배빙턴 노인 말입니다만, 그 사람은 좀 색다른 성격을 가지고 있습니다. 아주 꾀까다로운……."

윌스 여사가 말했다. "그분의 손은 특징이 있었지요. 학자의 손이라고 말할 수 있을까요? 관절염으로 조금 구부러져 있었지만, 손가락도 손질이 잘 되어 있고 손톱도 깨끗했어요."

"당신은 참으로 관찰력이 뛰어나시군요. 물론 당신은 옛날부터 그와 아는 사이였겠지요?"

"배빙턴 씨 말인가요?"

"그렇습니다. 그 사람이 그렇게 말했던 것 같습니다만…… 당신과 가까워진 곳이 어디였다고 말하셨던 것 같은데요."

윌스 여사는 단호하게 머리를 저었다.

"제가 아니에요. 당신은 다른 분과 착각하고 계신 거예요. 아니면 그분 쪽에서 잘못 알고 있는 건지도 모르지요. 저는 그분을 만난 일 같은 건 없는걸요."

"그럼, 나의 착각이겠지요. 나는 길링이었다고 생각됩니다만……."

찰스 경은 윌스 여사를 날카롭게 지켜보았다. 윌스 여사는 까딱도 하지 않았다.

"아니요." 여사는 말했다.

"윌스 여사, 배빙턴 노인도 역시 살해된 것이라고 생각되지 않으십니까?"

"당신이나 리튼 고어 양이, 아니 당신이 그렇게 생각하고 계신 거라고 생각해요."

"호, 그러면 당신은 어떻게 생각하십니까?"

"그런 일은 있을 수 없어요." 윌스 여사는 말했다.

찰스 경은, 이 문제에 윌스 여사가 명백히 흥미를 갖고 있지 않아 어리둥절해하며 화제를 바꾸었다.

"바솔로뮤 경이 드 러시브리저 부인에 대해서 뭐라고 말하지 않았습니까?"

"네, 아무 말씀도 하시지 않은 것 같아요."

"그 사람은 요양소에 입원 중인 바솔로뮤 경의 환자입니다. 그 부인은 신경쇠약과 기억상실증으로 괴로워하고 있습니다."

"그가 기억상실증에 대해서 이야기해 준 적은 있어요. 최면술을 걸면 원래 기억을 되살릴 수도 있다고 말하더군요."

"그렇게 말했습니까? 으음……."

찰스 경은 눈살을 찌푸리고 생각에 잠겼다. 윌스 여사는 잠자코 있었다.

"그밖에 무언가 하실 말이 없습니까? 초대한 손님의 일로 무엇인가?"

윌스 여사는 조금 사이를 두고 대답했다.

"아니요, 없었어요."

"데이크리스 부인이나 데이크리스 대령에 대해서는? 아니면 서트클리프 양이나 맨더스 군은 어떻습니까?"

찰스 경은 한 사람 한 사람의 이름을 말하며 지그시 그녀를 바라보고 있었다.

한번 그녀의 코안경이 반짝였다고 생각했지만 확실치는 않았다.

"아무것도 없다고 생각돼요, 찰스 경."

"그럼, 좋습니다." 찰스 경은 일어났다. "새터드웨이트가 아마도 실망할 테지요."

"안되었군요." 윌스 여사는 시치미를 떼며 말했다.

"방해가 되었습니다. 집필에 바쁘실 텐데……."

찰스 경이 말했다.

"정말 바쁘답니다. 사실은……."

"새로운 연극입니까?"

"네, 사실은 멜포트 애비에서 열렸던 파티 때의 인물들에 대해서 쓰고 싶어요."

"명예훼손이 되지 않을까요?"

"염려없어요, 찰스 경. 본인들은 자기 일인 줄 모를 테니까요. 아까 말씀하신 대로 제가 정말로 무자비하게 쓴다면 말이에요."

윌스 여사는 웃으며 말했다.

"우리가 자기 자신의 개성을 과장하여 생각해서 만일 심하게 씌어졌다고 한다면 오히려 그 사실을 깨닫지 못한다는 말입니까? 역시 그렇군요, 윌스 여사. 당신은 아주 잔혹한 사람입니다."

윌스 여사는 소리내어 웃었다.

"걱정 마세요, 찰스 경. 여자는 남자에게는 잔혹하지 않답니다, 특별한 남자인 경우에는 문제가 다르지만. 여자란 언제나 동성에 대해서만 잔혹한 법이에요."

"그 말의 의미는 누군지 불행한 여자가 당신의 집필 대상이 되었다는 뜻이겠군요. 누구입니까? 아, 나도 알 것 같습니다. 신시어 같은 여자는 동성으로부터 호감을 받지 못할 테지요?"

윌스 여사는 잠자코 있었다. 그녀는 미소지었다. 고양이 같은 웃음이었다.

"원고는 직접 쓰십니까, 아니면 구술하십니까?"

"제가 쓰고 타이프쳐 달라고 하지요."

"비서가 하나 있어야겠군요."

"네, 당신의 하녀인 저 머리 좋은 밀레이 양인가 하는 분 아직 계세요?"

"네, 있습니다. 한때 어머니의 시중을 들기 위해 시골에 갔었습니다만 다시 돌아와 있지요. 유능한 여자입니다."

"그런 것 같아요. 좀 충동적이긴 하지만요?"

"충동적이라고요. 밀레이가 말입니까?"

찰스 경은 깜짝 놀랐다. 밀레이 양이 충동적이라니 상상도 못했었다.

"다만 때때로 그렇다는 말이지요." 윌스 여사가 말했다.

찰스 경은 머리를 흔들었다.

"밀레이 양은 기계 같은 사람입니다. 그럼 안녕, 윌스 여사. 방해가 많았습니다. 그리고 지금 말씀하신 일은 잊지 말고 꼭 경찰에 신고하십시오."

"집사의 오른 손목에 있는 멍 말이지요? 염려 마세요, 절대로 잊지 않겠어요."

"그럼, 안녕……. 잠깐만. 지금 '오른 손목'이라고 하시지 않았습니까? 아까는 왼쪽 손목이라고 했는데……."

"그랬나요? 전 멍해 있으면 언제나……."

"그럼, 어느 쪽입니까?"

윌스 여사는 눈살을 찌푸리고 눈을 반쯤 감았다.

"그러니까 저는 이렇게 앉아 있었고…… 그리고 그 사람은…… 찰스 경, 미안하지만 저 놋쇠 접시를 야채 접시 대신으로 제게 건네주어 보세요. 왼쪽으로……."

찰스 경은 시키는 대로 그 찌그러진 놋쇠 접시를 건네주며 말했다.

"양배추는 어떻습니까, 마님?"

"고마워요." 윌스 여사가 말했다.

"알았어요. 틀림없이 왼쪽 손목이었어요. 처음에 말씀드렸던 대로

…… 제가 멍해 있었나 보군요."

"아니, 좌우는 흔히 혼동되는 법이지요." 찰스 경은 말했다.

그는 세 번째로 '안녕' 하고 말했다.

문을 닫을 때 찰스 경은 뒤돌아보았다. 윌스 여사는 그를 보고 있지 않았다. 아까 그곳에 그대로 선 채였다. 윌스 여사는 난롯불을 지그시 바라보고 있었다. 여사의 입술은 만족한 듯한 악의의 웃음을 간직하고 있었다.

찰스 경은 흠칫했다.

'저 여자는 무엇인가 알고 있다. 확실히 뭔가 알고 있는 것이다. 그러나 말하려고 하지 않는다. 도대체 그녀는 어떤 무서운 일을 알고 있는 것일까?'

22

새터드웨이트 씨는 스파이어 앤드 로즈 상회의 사무실에서 올리버 맨더스에게 면회를 청하고 명함을 내밀었다.

새터드웨이트 씨는 곧 올리버가 사무용 책상에 앉아 있는 조그마한 방으로 안내되었다.

젊은이는 일어나 손을 내밀며 말했다.

"어서 오십시오."

올리버의 목소리의 울림으로 짐작건대 그는 '나는 이렇게 말하지 않으면 안 된다. 정말 귀찮고 짜증스러운 일이야' 하고 말하고 있는 듯했다.

하지만 새터드웨이트 씨는 여간해서 물러가지 않을 것 같았다.

그는 자리에 앉아 엄숙하게 코를 풀고, 손수건을 내려다보며 입을 열었다.

"오늘 아침 신문 뉴스를 보았나?"

"새로운 경제 사정 말입니까? 그렇군요, 달러가……."

"달러에 대해서가 아닐세. 살인에 대해서이지. 루마스의 시신 발굴 결과라네. 배빙턴은 그때 독살되었던 거야. 니코틴으로 말일세." 새터드웨이트 씨는 말했다.

"아, 그 일 말입니까? 네, 보았습니다. 우리들의 여탐정 에그가 몹시 기뻐하겠군요. 그녀는 언제나 그것이 살인이었다고 주장했으니까요."

"그런데 자네는 흥미가 없나?"

"저의 취미는 그렇게 난폭한 것이 아닙니다. 결국 살인이란 난폭하고 비예술적이지요." 올리버는 어깨를 움츠렸다.

"반드시 비예술적이라고만은 할 수 없지 않을까?"

"글쎄요. 아니, 그럴지도 모릅니다."

"예술적이냐 그렇지 않느냐는 살인을 저지르는 사람에 의해 정해지는 게 아닐까? 이를테면 자네가 살인을 한다면 아마 더없이 예술적인 방법을 쓰리라고 생각되네만……."

"그렇게 말씀해 주셔서 고맙습니다." 올리버는 천천히 말했다.

"하지만 솔직히 말해서 자네가 교묘히 조작한 가짜 사고 같은 건 별 문제가 되지 않아. 경찰도 역시 그러리라고 생각하네."

잠깐 이야기가 끊겼다. 그리고 펜이 바닥에 떨어졌다. 올리버가 입을 열었다.

"실례지만, 당신 말씀을 이해할 수가 없군요."

"멜포트 애비에서의 자네 행동이 조금 비예술적이었다고 말하고 있는 걸세. 나는 자네가 왜 그런 짓을 했는지 알고 싶네."

또 이야기가 끊겼다. 이윽고 올리버가 말했다.

"경찰이 수상쩍게 여기고 있다고 말씀하시고 싶은 겁니까?"

새터드웨이트 씨는 머리를 끄덕였다.

"자네는 조금 수상쩍게 보인다고 생각되지 않나? 자네로서는 확실한 설명을 할 수 있을 테지만."

새터드웨이트 씨가 유쾌한 목소리로 물었다.

"설명은 할 수 있습니다. 그것이 좋을지 나쁠지는 모릅니다만."

올리버가 천천히 말했다.

"나에게 판단을 맡기도록 하면 어떤가?"

잠깐 사이를 두고 올리버는 말했다.

"저는 바솔로뮤 경의 제안대로 움직였던 것뿐입니다."

"뭐라고?" 새터드웨이트 씨는 놀라며 되물었다.

"조금 이상하실 테지만 정말입니다. 엉터리 사고를 꾸며 자기에게 하룻밤 묵게 해달라고 부탁하라는 편지를 바솔로뮤 경에게서 받았습니다. 까닭은 쓸 수 없지만, 기회가 오면 설명하겠다고 씌어 있었어요."

"그래, 바솔로뮤는 설명해 주었나?"

"아니요, 설명하지 않았습니다. 그때 저는 저녁 식사 바로 전에 그곳에 닿아서 바솔로뮤 경과 단둘이 있을 기회가 없었지요. 그리고 저녁식사 끝에…… 그분은 돌아가시고 말았기 때문에……."

나른한 느낌이 올리버의 태도에서 사라졌다. 그의 검은 눈은 새터드웨이트 씨를 똑바로 바라보고 있었다. 자기의 말이 상대편에게 어떻게 받아들여지는지 알아보려는 것 같았다.

"자네는 지금 그 편지를 가지고 있나?"

"아니요, 찢어 버렸습니다."

"유감스럽군. 하지만 자네는 경찰에 아무 이야기도 하지 않았을 테지?" 새터드웨이트 씨는 무뚝뚝하게 말했다.

"네, 너무 우스꽝스럽게 생각할 것 같아서……."

"정말 그렇겠군."

새터드웨이트 씨는 고개를 저었다. 바솔로뮤 스트레인지가 과연 그런 편지를 썼을까? 아무래도 그답지 않은 일이다. 이런 이야기에는 저 의사의 명랑한 상식에 어울리지 않는 멜로드라마 같은 데가 있다.

새터드웨이트 씨는 젊은이를 올려다보았다. 아직도 올리버는 그에게서 눈을 떼지 않고 있다. 새터드웨이트 씨는 생각했다.

'이 젊은이는 내가 이 이야기를 곧이곧대로 믿는지 어떤지 알고 싶어하는구나.' 그래서 그는 말했다.

"그래, 바솔로뮤 경은 자기가 부탁한 까닭을 설명하지 않았단 말이지?"

"네, 아무것도."

"이상한 이야기로군."

올리버는 그 말에는 잠자코 있었다.

"그런데도 자네는 그 호출에 따랐단 말인가?"

다시 나른한 태도로 돌아간 올리버는 대답했다.

"네, 무엇이나 모두 싫증이 난 저에게는 그것이 말할 수 없이 신선하게 보였기 때문입니다. 솔직히 말해서 호기심도 생기긴 했지만요."

"그밖에 다른 이유가 있었을 테지?" 새터드웨이트 씨가 물었다.

"무슨 뜻입니까? 다른 이유라니요?"

새터드웨이트 씨로서두 자기가 한 말의 뜻을 몰랐다. 다만 막연한 육감으로 그렇게 말했을 뿐이었다.

"나는 자네에게 그밖에 다른 이유가 없었느냐고 묻고 있는 것이네만……."

잠깐 사이를 두었다. 젊은이는 어깨를 움츠렸다.

"아마 털어놓는 편이 기분이 풀리리라고 생각합니다. 그 부인은 이 일에 대해 가만히 입 다물고 있을 것 같지도 않으니까요."

새터드웨이트 씨는 그 문제를 빨리 듣고 싶었다.

"그 살인사건이 있었던 이튿날 아침의 일이었습니다. 저는 앤터니 애스터라는 부인과 이야기하고 있었지요. 나는 수첩을 꺼내다가 무엇인가를 떨어뜨렸습니다. 그러자 그녀가 그것을 집어들어 저에게 건네주더군요."

"그게 대체 무엇이었나?"

"난처하게도 그녀는 저에게 그것을 건네주기 전에 그만 보고 말았습니다. 그건 니코틴에 대한 신문 스크랩이었죠. 니코틴이 얼마나 무서운 독인가 하는 내용의 글이었죠."

"어째서 또 자네는 그러한 것에 흥미를 가졌지?"

"흥미를 가진 게 아닙니다. 저는 그 스크랩을 언젠가 지갑에 넣었을 게 틀림없겠지만, 그 뒤로 잊어버렸던 겁니다. 조금 이상하지 않습니까?"

새터드웨이트 씨는 올리버가 서투른 연기를 하고 있다고 생각했다.

"저는 그녀가 이 사실을 경찰에 신고했으리라고 생각합니다."

올리버는 말을 이었다.

새터드웨이트 씨는 고개를 저었다.

"그렇게 생각되지는 않아. 내가 보기에 그녀는 비밀로 해두는 일을 좋아하는 여자네. 이를테면 정보 수집광이라고나 할까?"

올리버 맨더스는 몸을 앞으로 내밀었다.

"저는 결백합니다, 절대로 결백합니다."

"자네에게 죄가 있다고 말하고 있는 게 아닐세."

새터드웨이트 씨는 조용히 말했다.

"하지만 누군가, 누군가 말했을 게 틀림없습니다. 누군가가 저한테 경찰을 보낸 겁니다."

새터드웨이트 씨는 머리를 저었다.

"아니, 그렇지 않네."

"그럼, 오늘 당신은 어째서 여기에 오셨습니까?"

"반은 나의 의문을 풀기 위해서고, 그리고 반은 현장 조사를 해달라는 친구의 권유 때문에 온 것일세."

새터드웨이트 씨는 조금 과장하여 말했다.

"어떤 친구인데요?"

"에르큘 포아로일세."

"그 사나이입니까?"

올리버는 표정을 바꾸었다.

"포아로 씨가 영국으로 돌아왔습니까?"

"그렇다네."

"어째서 돌아왔지요?"

새터드웨이트 씨는 일어나며 "왜 개는 사냥을 하러 갈까?" 하며 올리버에게 되물었다. 그리고 그러한 반문에 조금 유쾌한 기분이 되어 방을 나왔다.

23

에르큘 포아로는 리츠 호텔의 좀 사치스러운 느낌을 주는 안락의자에 앉아 귀를 기울였다.

에그는 의자 팔걸이에 걸터앉고, 찰스 경은 난로 앞을 가로막고 앉아 있었으며, 새터드웨이트 씨는 모두들 바라보며 조금 떨어진 곳에 앉아 있었다.

"모두 실패였어요." 에그가 말했다.

포아로는 조용히 머리를 저었다.

"아니요, 그런 일은 없습니다. 당신은 지나치게 과장하시는군요. 배빙턴 씨 일에 대해서는 수확이 없었지만, 그밖에 꽤 많은 정보를 모으지 않았습니까?"

"저 윌스라는 여자가 무언가 알고 있소. 틀림없이 그녀는 뭔가 알고 있을 게요. 그리고 데이크리스 대령도 수상쩍습니다. 또 그의 아내는 꼭 돈이 필요했었는데, 바솔로뮤 경이 방해했기 때문에……."
찰스 경이 말했다.

"맨더스의 이야기는 어떻게 생각하나? 나로서는 이상스럽게만 생각되는군. 전혀 바솔로뮤답지 않은 일이야."
새터드웨이트 씨가 물었다.

"그럼, 거짓말이라는 건가?" 찰스 경이 뚝뚝하게 되물었다.

"거짓말에도 여러 가지 종류가 있지요." 포아로가 말했다. 포아로는 얼마쯤 잠자코 있다가 이윽고 입을 열었다. "그 윌스 여사는…… 서트클리프 양을 위해 희곡을 썼다고 하셨지요?"

"그렇습니다. 첫 공연이 다음주 수요일에 있습니다."

"그래요."

그는 또 이야기를 멈추었다. 에그가 말했다.

"우리가 앞으로 어떻게 해야 좋을지 가르쳐 주세요."

이 작은 사나이는 그녀에게 미소를 보냈다.

"해야 할 일은 오직 한 가지, 생각하는 일입니다."

"생각하는 일이라고요?"

에그가 외쳤다. 불만스러워한다는 걸 그 목소리로 알 수 있었다.

포아로는 빙긋 웃고는 말했다.

"하지만 바로 그것이지요, 생각하는 일입니다. 생각함으로써 모든 문제가 해결되니까요."

"우리가 무얼 할 수 있겠어요?"

"행동으로 나가고 싶습니까, 에그 양? 하지만 확실히 당신이 해야할 일이 아직 남아 있습니다. 밀레이 양의 어머니가 길링에 살고 있으며 아프다고 했었지요. 병자란 무엇이든지 알고 있는 법입니다. 한번 들은 일은 결코 잊지 않지요. 그녀에게 뭔가 물어봐 주십시오. 단서가 될지도 모르니까요. 안 그렇습니까?"

"당신은 아무것도 하시지 않나요?"

에그가 집요하게 물었다.

포아로는 눈을 깜박거렸다.

"당신은 저도 뭔가 하라고 말씀하시는 겁니까? 그럼, 바라는 대로 해드리지요. 저는 다만 여기를 떠나지 않을 겁니다. 이곳은 몹시 안락하니까요. 그리고 제가 할 일을 알려 드리지요. 파티, 셰리 파티를 여는 겁니다. 그런 것이 유행이잖습니까? 어떻겠습니까?"

"셰리 파티라고요?"

"그렇습니다. 데이크리스 부인, 데이크리스 대령, 서트클리프 양, 윌스 여사, 맨더스, 그리고 당신 어머니도 와 달라고 합시다. 어떻습니까, 에그 양?"

"그리고 저도요."

"그야 물론입니다. 여기에 계신 분 모두이지요."

"어머나, 속이시면 싫어요. 포아로 씨, 그 파티에서 무슨 일이 일어날 것 같아요. 그렇지 않아요?"

에그가 말했다.

"이제 알게 될 겁니다. 하지만 너무 기대하지는 말아 주십시오, 에그 양. 그건 그렇고, 찰스 씨와 나만 있게 해주십시오. 좀 물어보고 싶은 일이 있어서 그럽니다."

에그와 새터드웨이트 씨가 엘리베이터를 기다리는 동안, 그녀는 완전히 열중하여 말했다.

"정말 스릴 있군요. 마치 미스터리소설 같아요. 한자리에 다 모아 놓고 그 가운데 누가 범인인지 가르쳐 주려는 모양이지요."

"과연 그럴까?" 새터드웨이트 씨가 말했다.

셰리 파티는 월요일 밤에 열렸다. 모두 초대를 받아들였다.

매력적이긴 하지만 분별이 없는 서트클리프 양은 주위를 둘러보면서 장난스럽게 웃었다.

"마치 거미의 객실에 있는 것 같아요, 포아로 씨. 우리들 모두는 거기에 뛰어든 가엾은 파리인 셈이군요. 당신은 놀랄 만한 사건의 결론을 말씀하시고 나서 갑자기 저를 손으로 가리키며 '당신이 범인'이라고 말합니다. 그러면 모두들 '저 여자가 했다'고 외치고, 저는 울음을 터뜨리며 모든 것을 자백합니다. 그런 각본이겠지요? 왜냐하면 저는 아주 암시에 걸리기 쉽거든요, 포아로 씨, 저는 무서워요."

"연극은 그쯤 해 두십시오!" 포아로는 외쳤다.

포아로는 물 주전자며 잔을 가져오기에 바빴다. 그리고 가볍게 머리를 숙이더니 셰리 잔을 서트클리프 양에게 내밀었다.

"이것은 아주 가족적인 조촐한 파티입니다. 살인, 유혈 소동, 독살 같은 이야기는 하지 말도록 하십시오. 그런 이야기를 하면 술기운이 달아나 버릴 테니까요."

포아로는 시무룩한 얼굴로 밀레이 양에게 잔을 건넸다. 그녀는 찰스 경을 따라와 무시무시한 표정을 짓고 서 있었다.

포아로는 잔을 모두 나누어 주고 나서 말했다.

"자, 우리들이 맨 처음 만났을 때의 저 으스스한 기분 나쁜 사건은 잊어버립시다. 파티를 즐기도록 하십시오. 먹고 마시고 유쾌한 기분으로 말입니다. 내일의 목숨은 알 수 없으니까. 아, 이건 안 되겠군. 또 죽는 일 따위를 입에 올리고 말았으니…… 부인."

포아로는 데이크리스 부인에게 머리를 숙여 보였다.

"당신의 건강과 아름다운 드레스를 위해 건배하겠습니다."

"여기에 당신의 잔이 있소, 에그." 찰스 경이 말했다.

"위하여!" 프레디 데이크리스가 말했다.

모두들 저마다 무슨 말인가를 중얼거렸다. 파티가 진행됨에 따라 억지로 유쾌하게 하려는 듯한 공기가 떠돌았다. 모두들 즐거운 듯이 아무것도 신경쓰지 않는 것처럼 꾸미려고 애쓰고 있었지만 포아로만 은 아주 자연스럽게 보였다. 그는 즐거운 듯이 이야기하고 있었다.

"셰리주가 칵테일보다 더 좋군요. 위스키와 비교해 보아도 훨씬 좋 습니다. 그것은 정말 싫습니다. 그리고 위스키는 미각을 망쳐 버린 답니다. 프랑스의 명주를 마신다고 하면 결코, 결코…… 아니, 어 떻게 된 일입니까!"

갑자기 이상한 소리가 나 그의 말이 끊어졌다. 숨막힐 듯한 외침소 리였다. 모두의 눈이 한꺼번에 찰스 경에게로 모아졌다. 그는 얼굴을 떨며 일어서려고 하고 있었다. 잔은 손에서 카펫 위로 떨어졌다. 그 는 두서너 걸음 비틀거리며 걷더니 쓰러지고 말았다.

한순간 모두들 놀라워하며 침묵했다. 그리고 서트클리프 양이 비명 을 올렸고 에그가 앞으로 뛰어나왔다.

"찰스, 찰스!" 에그가 외쳤다.

에그는 덮어놓고 앞으로 나가려고 했지만 새터드웨이트 씨가 부드 럽게 막았다.

"어머나, 이런 수가!" 메리 부인이 외쳤다. "이번에는 저분까 지!"

서트클리프 양이 외쳤다. "독살이에요, 무서워. 아, 무서워, 하느 님!" 갑자기 소파 위에 쓰러지더니 서트클리프 양은 흐느껴 울다가 웃다가 하기 시작했다. 무서운 목소리였다.

포아로는 이 경우의 책임을 지지 않을 수 없게 되었다. 그는 쓰러 진 사나이 옆에 무릎을 꿇었다. 포아로가 찰스 경을 살펴보고 있는 동안 모두들 뒤로 물러나 있었다. 이윽고 포아로는 바지 무릎의 먼지를 털어 내면서 일어섰다. 그는 사람들을 둘러보았다. 모두들 기침소리 하나 없었다. 서트클리프 양의 울음소리만이 들릴 뿐이었다.

"여러분……"

포아로가 입을 열었다. 그러나 에그가 그에게 마구 욕을 퍼부어 대어 더 이상 이야기할 수 없었다.

"바보, 이런 시시한 연극 따위를 하다니. 뭐든지 다 알고 있는 듯한 얼굴로 말이야. 이건 당신 탓이야. 살인이야. 이런 파티만 열지 않았다면 이와 같은 일은 일어나지 않았을 텐데. 찰스를 죽인 것은 당신이야. 당신! 당신이란 말이에요!"

에그는 말이 막혀 그만두고 말았다.

포아로는 슬픈 듯이 정중하게 머리를 끄덕였다.

"말씀하시는 대로입니다. 에그 양. 저입니다, 찰스 경을 죽인 것은 바로 나요. 하지만 에그 양, 저는 특별히 색다른 살인자이지요. 사람을 죽일 수도 있고, 살아나게 할 수도 있습니다."

그는 말투를 바꾸어, 여느때의 사과하는 듯한 목소리로 돌아갔다.

"찰스 경, 능숙한 연기입니다. 축하합니다. 이제 슬슬 막을 내리고 싶으시겠지요."

배우는 웃음 띤 얼굴로 뛰어 일어나 장난스럽게 머리를 숙여 보였다.

에그는 사뭇 숨을 헐떡이고 있었다.

"포아로 씨, 당신은 정말 너무해요."

"찰스 경!" 서트클리프 양이 외쳤다.

"엉뚱한 분이로군요, 당신은."

"하지만 어째서……"

"어째서……"

"대체 무엇 때문에……."

포아로는 손을 들어 모두를 제지했다.

"여러분, 용서해 주십시오. 이 시시한 코미디는 여기에 있는 여러분 모두에게도, 나 자신에게도, 제가 이전부터 생각하고 있던 추리를 증명하기 위해 필요했던 것입니다.

자, 이 쟁반 위의 잔 가운데 하나에만 물 한 스푼을 넣었습니다. 이 물은 니코틴의 대용품입니다. 이 잔은 찰스 경과 바솔로뮤 스트레인지 박사가 가진 것과 똑같습니다. 무거운 커트 잔이기 때문에 약간의 무색 액체는 전혀 알아볼 수가 없지요. 이것을 바솔로뮤 박사의 잔이라고 상상해 주십시오. 그것이 테이블에 놓여진 뒤 누군가가 치사량의 니코틴을 그 속에 넣었습니다. 그 일이라면 누구나 할 수 있습니다. 집사며 손님 가운데 누구든, 아래층에서 식당으로 들어간 사람이라면 누구든지 말입니다.

디저트 때가 되어 포도주가 나오고 잔에 따릅니다, 박사는 마십니다, 그리하여 죽는다는 식으로 말입니다.

오늘 밤 우리들은 제3막의 비극을 상연했습니다. 가짜 비극입니다. 저는 찰스 경에게 희생자 역을 해달라고 부탁했던 겁니다. 그는 잘해 주었습니다. 그런데 만일 이것이 코미디가 아니라 정말이라면, 하고 좀 생각해 봐 주십시오. 찰스 경은 죽어 있다, 경찰은 어떠한 조치를 취할까요?"

서트클리프 양이 외쳤다.

"그야 물론 잔을 조사할 테지요."

서트클리프 양은 찰스의 손에서 바닥으로 떨어진 잔을 턱으로 가리켰다.

"당신은 물을 넣었을 뿐이지만, 만일 그것이 니코틴이었다면……."

"니코틴이었다고 가정합시다."

포아로는 살며시 발부리로 잔을 건드렸다.

"경찰이 잔을 조사하여 니코틴의 흔적을 발견한다는 게 당신의 의견이시겠지요?"

"그래요."

포아로는 머리를 조용히 흔들었다.

"틀렸습니다. 니코틴은 발견되지 않습니다."

모두들 그를 바라보았다.

포아로는 미소지었다.

"그런데 저것은 찰스 경이 마신 잔이 아닙니다."

포아로는 사과하는 듯한 쓴웃음을 떠올리며 윗옷 주머니에서 잔 하나를 꺼냈다.

"이것이 그가 사용한 잔입니다."

그는 말을 이었다.

"이것은 간단한 속임수의 이론입니다. 사람의 주의력은 한번에 두 장소로를 향할 수 없습니다. 내가 속임수를 쓰기 위해서는 여러분의 주의를 다른 곳으로 돌려야만 됩니다. 그러나 극히 짧은 심리적인 한순간이라는 게 있습니다. 찰스 경이 쓰러져 죽었을 때, 이 방에 있는 모두들의 눈은 시신에 집중합니다. 여러분은 그의 둘레에 모입니다. 그리하여 아무도, 어느 누구도 이 에르쿨 포아로를 보고 있는 사람은 없습니다. 그 순간 저는 잔을 바꿔치기하는 것이지요, 아무도 그것을 보고 있지 않습니다.

그럼, 여기서 나의 요점을 밝혀 두지요, 그러한 순간은, 까마귀장에서도, 멜포트 애비에서도 있었습니다. 그래서 칵테일 잔 속에도 포트와인 잔 속에도 아무것도 없었던 거지요."

"누가 잔을 바꿔치기 했을까요?"

에그는 외쳤다.

"그건 아직 모릅니다."

에그를 바라보며 포아로가 대답했다.

"모르고 계시는군요."

포아로는 어깨를 으쓱해 보였다.

손님들은 잔뜩 겁을 먹은 채 돌아갈 기색을 보였다.

모두의 태도는 조금 싸늘했다. 그들은 놀림거리가 된 것으로 생각했던 것이다.

포아로는 손을 저으며 모두를 말렸다.

"부디 잠깐만 기다려 주십시오. 또 한 가지 이야기할 것이 있습니다. 오늘 밤, 우리들은 명백히 코미디를 연기했습니다. 하지만 이 코미디가 진지하게 상연될지도 모릅니다. 즉 비극이 될지도 모르는 겁니다. 사태가 이렇게 되면, 살인자는 제3의 살인을 저지를지도 모른다는 말입니다.

나는 지금 여기서 여러분에게 말씀드립니다. 여러분 가운데 누구든지, 만일 무언가 이 범죄에 대해 무엇인가 아는 일이 있다면 부디 지금 곧 말씀해 주기 바랍니다. 이제 와서 숨겨 두는 일은 위험합니다. 살해될 만큼 위험한 거지요. 그러므로 무언가 알고 있다면 늦기 전에 말씀해 주십시오."

찰스 경은 포아로가 특히 윌스 여사를 향해 말하고 있는 것처럼 생각되었다. 그러나 그러한 노력도 헛일이었다. 아무도 입을 열지 않았기 때문이다.

포아로는 한숨을 내쉬며 손을 내렸다.

"아무도 말씀하시지 않는군요. 하지만 저는 경고해 드렸습니다. 이제 할 일은 없습니다. 알겠습니까? 잠자코 계시는 일은 위험합니다."

그렇건만 누구 하나 한 마디도 이야기하지 않았다. 그리고 모두들 어색하게 돌아가 버렸다.

에그와 찰스 경과 새터드웨이트 씨가 남겨졌다. 에그는 아직 포아로가 한 일을 용서하지 않았다. 그녀는 뿌로통하게 입을 다물고 있었다. 볼은 붉게 물들고 눈은 분노로 이글거리고 있었다. 그녀는 찰스 경 쪽은 보려고도 하지 않았다.

"능숙한 솜씨였습니다, 포아로 씨."

찰스 경은 자못 감동한 표정으로 말했다.

새터드웨이트 씨는 껄껄 웃으면서 말했다. "놀랍군요, 당신이 잔을 바꿔치기하는 걸 내가 전혀 깨닫지 못했다니, 믿어지지 않습니다."

"그래서 저는 털어놓을 수가 없었던 겁니다. 그러므로 실험하는 수밖에 좋은 방법이 없었지요."

"당신이 이 모임을 계획한 것은 다만 그 의도뿐이었습니까? 잔을 바꿔치기하는 일을 아무도 모르는 동안에 할 수 있는지 어떤지 알아보기 위해서?"

"아니요, 그것뿐이 아닙니다. 또 한 가지 목적이 있었지요."

"뭡니까?"

"찰스 경이 쓰러졌을 때, 어떤 한 사람의 표정을 살펴보고 싶었던 겁니다."

"누구예요?" 에그는 날카롭게 말했다.

"아, 그건 비밀입니다."

"그럼, 당신은 그 사람의 표정을 보았겠군요?"

새터드웨이트 씨가 물었다.

"보았습니다."

"어떠했습니까?"

포아로는 대답하지 않았다. 그는 다만 머리를 흔들었을 뿐이었다.

"어떤 표정이었는지 이야기해 주십시오."

포아로는 조용히 말했다.

"몹시 놀라는 눈치였다고 생각합니다."

에그는 다그치듯이 말했다.

"그럼, 당신은 짐작하고 있는 셈이로군요."

"좋을 대로 생각하십시오, 에그 양."

"하지만 그것은……. 그렇다면 당신은 자초지종을 알고 있겠네요?"

포아로는 고개를 저었다.

"아니, 천만에요. 나는 아무것도 모릅니다. 왜냐하면 배빙턴 씨가 어째서 살해되었는지, 그 까닭을 모르기 때문이지요. 그것을 알기 전에는 아무것도 증명할 수가 없습니다. 그러니 아무것도 모르는 거지요. 그것은 모두 스티븐 배빙턴 씨 살해 동기에 달려 있기 때문입니다."

문 두드리는 소리가 나고 웨이트리스가 쟁반 위에 전보를 얹어 가지고 들어왔다.

포아로는 편지를 뜯었다. 그는 얼굴빛이 달라지며 그것을 찰스 경에게 건네주었다. 에그가 찰스 경의 어깨에 머리를 기대며 큰 소리로 편지를 읽었다.

바솔로뮤 스트레인지의 살인 사건에 대해 알려 드릴 일이 있으니 곧 와 주시기 바랍니다.

마거릿 드 러시브리저

"드 러시브리저 부인이군! 결국 우리들이 옳았소. 그녀야말로 사건에 무언가 관계가 있는 겁니다." 찰스 경은 이렇게 소리치고 나서 덧붙였다. "마거릿, 바솔로뮤 경의 일기에 씌어 있었던 머리글자 M, 마침내 뭔가 알게 될 것 같군."

24

곧 격렬한 토론이 시작되었다. 여러 의견이 분분했다. 마침내 열차 시간표가 꺼내졌다. 자동차로 가기보다는 이른 아침 기차로 가는 편이 좋다고 생각되었기 때문이다.

"드디어 비밀의 핵심을 밝히게 되었군." 찰스 경이 말했다.

"그 비밀이 뭐라고 생각하세요?" 에그가 물었다.

"모르지. 하지만 배빙턴 사건에 실마리가 되긴 할 거야. 만일 바솔로뮤가 어떠한 목적으로 사람들을 초대한 것이라면, 내가 생각한 대로 그가 '깜짝 놀라는 일'이 일어날 거라고 말했던 일에 이 드러시브리저라는 부인이 관계되어 있을 게 틀림없어. 그렇게 생각해도 좋다고 여겨지는데 어떻습니까, 포아로 씨?"

포아로는 난처한 듯이 머리를 저었다.

"이 전보는 사건을 더욱 복잡하게 만드는군요. 하지만 우리들은 서둘러야 합니다, 아주 급히 말입니다."

새터드웨이트 씨는 왜 서둘러야 되는지 그 까닭을 몰랐지만, 정중히 동의를 나타냈다.

"좋습니다. 내일 아침 첫차로 갑시다. 그러니까 우리 모두 갈 필요가 있을까요?"

"찰스 경과 저는 길링에 갈 예정이었는데요." 에그가 말했다.

"미루어도 좋아." 찰스 경이 말했다.

"미룰 필요는 없어요. 요크셔에는 우리 네 사람이 모두 가지 않아도 되잖아요. 우스워요, 떼지어 몰려가다니. 포아로 씨와 새터드웨이트 씨는 요크셔에 가시고, 찰스 경과 저는 길링으로 가겠어요."

에그가 말했다.

"이 드 러시브리저에 대해서도 조사해 보고 싶은데."

찰스 경은 생각에 잠기며 말했다.

"왜냐하면 나는…… 그러니까 전에 간호부장과 이야기를 나눈 일이 있었지. 이를테면 한쪽 발을 이미 들이밀고 있기 때문이야."

"그러니까 그냥 내버려 두는 편이 좋아요. 그때 당신은 거짓말을 했잖아요. 드 러시브리저 부인이 제정신이 들었으니 당신은 큰 거짓말쟁이라는 게 발각될 거예요. 길링에 가는 편이 훨씬 중요해요. 만일 우리가 밀레이 양의 어머니와 만나면, 다른 누구보다도 당신에게 흉금을 털어놓고 이야기해 줄 거예요. 당신은 그 사람의 따님을 고용하고 있으니까, 완전히 믿고 있지 않겠어요?"

에그가 말했다.

찰스 경은 발그레해진 에그의 진지한 얼굴을 지그시 바라보았다.

"그럼, 길링에 가겠소. 정말 당신 말대로요."

"물론 그래야지요." 에그가 말했다.

"나도 그건 참 좋은 결정이라고 생각합니다."

포아로가 위세있게 말했다.

"에그 양 말씀처럼 찰스 경이 밀레이 부인을 만나는 일이 가장 좋을 듯합니다. 당신은 우리가 요크셔에서 알아내는 일보다 훨씬 더 중요한 사실을 밀레이 부인에게서 알아낼지도 모르니까요."

그 다음 계획은 이 바탕 위에 세워졌다. 이튿날 아침, 찰스 경은 10시 15분 전에 에그를 그의 차에 태웠다. 포아로와 새터드웨이트 씨는 벌써 기차로 런던을 떠난 뒤였다.

쾌적한 아침 공기 속에는 서리 기운마저 있었다. 에그는 템스 강 남쪽의 숱한 지름길을 지나가는 동안 설레는 것을 느꼈다.

그러나 얼마 뒤 그들은 포크스톤 가도를 나는 듯이 미끄러져 갔다.

메이드스톤을 지나자 찰스 경은 지도를 펼쳤다. 이윽고 차는 간선도로를 벗어나 시골길을 꾸불꾸불 나아갔다. 목적지에 닿았을 때는 12시 15분 전쯤이었다.

길링은 세상에서 동떨어진 듯한 마을이었다. 낡아빠진 교회며 목사관이며 두서너 채의 가게며 추녀를 잇단 시골집들, 서너 채의 새로운 주택들과 아름다운 광장이 있었다.

밀레이 양의 어머니는 교회에서 조금 떨어진 광장 반대쪽의 조그만 집에 살고 있었다.

차가 멈추자 에그가 물었다.

"밀레이 양은 당신이 그녀의 어머님을 만나러 가는 걸 알고 있나요?"

"알고 있어. 밀레이 양은 어머니에게 준비를 하도록 편지를 보냈지."

"그렇게 해도 괜찮을까요?"

"어째서 안 된다는 거지?"

"아니, 뭐, 별로⋯⋯. 하지만 당신은 밀레이 양을 함께 데려오지 않았잖아요?"

"사실은 밀레이 양이 있으면 내가 충분히 활약할 수 없으리라고 생각했기 때문이야. 그녀는 나보다 훨씬 더 유능하니까. 아마도 나를 재촉할 것이 틀림없어."

에그는 웃었다.

밀레이 부인은 우스우리만큼 딸과 닮지 않았다. 딸은 완고한 데 비하여 어머니는 어딘지 부드러워 보였다. 밀레이 양은 모난 편인데, 어머니는 원만했다.

부인은 뚱뚱하게 살이 찐 여자로, 창문에서 바깥 세계 일을 모두 관찰하기에 알맞도록 놓여진 안락의자에 꼼짝 않고 앉아 있었다.

밀레이 부인은 손님들 때문에 몹시 흥분되어 있었다.

"잘 오셨습니다, 찰스 경. 당신의 일은 바이얼릿에게서 잘 듣고 있지요."

바이얼릿이란 이름은 딸 밀레이 양에게는 기묘하게도 썩 어울리지 않는 느낌이었다.

"그 애는 언제나 당신을 칭찬하고 있답니다. 당신과 줄곧 일하는 게 그 아이로서는 몹시 좋은가 봐요. 부디 편히 앉으세요, 리튼 고어 양. 이대로 실례하겠어요, 오랫동안 발이 불편해서…… 하느님의 뜻이므로 불평은 없어요. 사람이란 어떤 일이라도 익숙해질 수가 있는 법이지요. 자동차로 오시느라 고생하셨으니 뭔가 마실 것이라도 드릴까요?"

찰스와 에그는 괜찮다고 사양했으나 부인은 막무가내였다. 부인은 동양풍으로 손뼉을 쳐 홍차와 비스킷을 가져오게 했다. 차를 마시고 비스킷을 먹으면서 찰스 경은 찾아온 목적을 설명했다.

"부인, 이곳 교구 목사로 계셨던 배빙턴 씨의 비참한 죽음을 알고 계실 테지요?"

뚱뚱한 어머니는 머리를 크게 끄덕였다.

"네, 신문에서 시신 발굴에 대한 기사를 읽었습니다. 하지만 배빙턴 씨를 독살하다니, 어떤 사람인지 상상도 못하겠어요. 정말 너무도 좋은 분이었는데. 여기서는 모두에게 호감을 받고 있었지요. 그리고 부인과 아이들도 모두."

"사실 이상한 일입니다." 찰스 경이 말했다. "이 사건 수사는 앞뒤가 꽉 막혀 있는 셈입니다. 정말은 당신에게서 이 사건의 해결에 무언가 실마리가 될 만한 이야기를 들을 수 있지 않을까 생각하고……."

"저에게서요? 하지만 저는 배빙턴 씨 댁 분들과는 만난 일도 없는

걸요. 그렇군요, 15년이나 전의 일이에요."

"하지만 과거에 무엇인가, 그 사람에게 있어 죽음의 원인이 될 것이 있지 않았을까 생각하는 사람도 있습니다."

"과거에 그런 일이 있었다고는 생각되지 않아요. 두 분 다 평화롭게 살고 계셨는걸요. 아이들이 많아서 살림에 아주 곤란을 받고 있었던 것 같긴 합니다만."

밀레이 부인은 기꺼이 추억담을 들려주었지만, 그러나 그 이야기는 그들 두 사람이 해결하려 나선 문제에는 한 가닥의 빛도 비추어 주지 못했다.

찰스 경은 데이크리스 부인이 찍혀 있는 스냅 사진의 확대판이며, 안젤라 서트클리프 양의 젊을 때 초상이며, 신문에서 오려낸 윌스 여사의 얼마쯤 흐릿해진 복제 사진 등을 밀레이 부인에게 내보였다.

밀레이 부인은 몹시 흥미롭게 바라보았지만, 그다지 생각나는 일이 없는 듯했다.

"전 아무것도 기억나지 않아요. 아주 옛날 일이라서. 하지만 여기는 좁은 고장이어서 그렇게 많은 사람들이 드나들지는 않습니다. 의사인 애그뉴 씨 집 따님들은 모두 결혼하여 지금은 다른 곳에 가 계시지요. 지금 계시는 의사님은 독신으로서 젊은 조수를 하나 두고 있습니다. 그리고 케일리스 씨네 올드미스인 따님들은 언제나 큰 의자에 앉아 계셨지요. 그분들은 몇 년 전에 돌아갔어요. 또 리처드슨네 사람들이 있는데 남편분은 돌아가시고 부인은 웨일스로 가 버리셨답니다.

마을 사람들에게도 물론 여러 가지 일이 있지만, 그다지 변화는 없습니다. 내 딸도 지금 제가 말씀드린 정도의 일이라면 들려 드릴 수 있다고 생각해요. 그 무렵엔 딸도 어린아이였는데 곧잘 목사관에 놀러 가곤 했었지요."

찰스 경은 바이얼릿 밀레이의 소녀 시절 모습을 머릿속에 그려 보려고 했지만 아무래도 떠오르지 않았다.

찰스 경은 밀레이 부인에게 러시브리저라는 사람이 누구인지 기억하느냐고 물어보았지만, 그것도 헛일이었다.

그들은 단념하고 작별했다.

두 사람의 다음 일은 빵집에 들어가 점심 식사를 하는 일이었다. 찰스 경은 다른 곳에서 좀더 맛있는 요리를 먹고 싶다고 생각했지만, 에그는 시골에서 소문거리가 될지도 모른다고 주장했다.

"한번쯤 삶은 달걀과 핫케이크를 먹어도 괜찮을 거예요. 남자분들은 어째서 음식에 그처럼 까다롭지요?" 에그는 퉁명스럽게 말했다.

"나는 달걀만 보아도 언제나 우울해져." 찰스 경이 순순히 말했다.

빵집 부인은 매우 수다스러웠다. 빵집 부인 역시 시신 발굴에 대한 기사를 신문에서 읽었으며, 더욱이 시신이 그녀의 옛날 '목사님'이었다는 데 꽤 스릴을 느끼고 있었다.

"저는 그 무렵 아직 어린아이였습니다. 하지만 그분이라면 잘 기억하고 있지요."

그러나 그녀는 배빙턴에 대해서는 그다지 이야기하지 못했다.

식사를 한 뒤 두 사람은 교회로 가서 탄생, 결혼, 사망등록부를 조사해 보았다. 그러나 역시 별다른 것이나 암시적인 것은 하나도 알아낼 수 없었다.

두 사람은 묘지에 들어가 기웃거려 보았다. 에그는 비석에 적힌 이름을 읽어 나갔다.

"이상한 이름이 많이 있네요. 봐요, 여기에 스티브 페니스 집안이라든가, 또 저기에는 메리 앤 스티클패드라는 이름도 있어요."

"어느 것이나 내 이름만큼 우습지는 않군." 찰스 경은 중얼거렸다.

"카트라이트가? 조금도 우습다고 생각되지 않는데요."

"카트라이트가 아니지. 그건 나의 예명이야. 이름을 바꿔 마침내 정식으로 쓰도록 했던 거지."

"진짜 이름은 뭐지요?"

"그건 말하기 곤란해. 죄 많은 비밀이기 때문에."

"그렇게 무서운 일인가요?"

"무섭기보다는 유머러스하지."

"어머나, 가르쳐 주세요."

"안 돼." 찰스 경은 잘라 말했다.

"네, 부탁이에요."

"안 돼."

"어째서 안 되지요?"

"당신이 웃을 테니까."

"웃지 않겠어요."

"아마 배를 움켜쥐고 웃을걸."

"좀 가르쳐 주세요. 제발 부탁이에요."

"참 끈질긴 에그 양이로군. 에그, 꼭 알고 싶나?"

"하지만 당신은 좀처럼 말하려 하지 않는걸요, 뭐."

"당신은 귀여운 에그 양이야."

"이젠 아이가 아니에요."

"그런가? 그럼, 뭐지?"

"가르쳐 줘요." 에그가 조용히 속삭였다.

유머러스하면서도 슬픈 듯한 미소가 찰스 경의 입가를 일그러뜨렸다.

"그럼, 말하지. 아버지 이름은 머그(바보)였어."

"설마!"

"정말이야."

"좀 비극적이로군요. 한평생 머그로 지내다니."

"평생 그런 이름에 얽매어 있다면 견뎌낼 재간이 없지. 지금도 기억하고 있지만, 그 무렵은 젊었어. 루드빅 캐스티글리온이라는 예명으로 할까 하고 생각한 일이 있었어. 하지만 결국 영국인의 발음에 맞도록 찰스 카트라이트로 한 거야."

"이름은 찰스인가요?"

"그렇지, 나의 세례명이야."

그는 망설이는 듯했으나 이윽고 물었다.

"당신은 어째서 찰스라고 그냥 부르지 않고 '경'을 붙여서 부르지?"

"바라신다면 그렇게 불러 드리지요."

"당신은 어제 그렇게 불렀지 않았소, 찰스라고. 그때, 내가 죽었다고 당신이 생각했을 때 말이야."

"아, 그때는……."

에그는 목소리를 차갑게 내려고 했지만, 무슨 까닭에서인지 그녀는 화제를 바꾸는 편이 좋겠다고 생각했다.

"올리버는 오늘 무엇을 하고 있을까요?"

"맨더스 말인가? 왜 그 사나이 일을 염려하지?"

"저는 올리버를 아주 좋아하는걸요."

그녀는 어쨌든 이렇게 말하고 만족스러운 듯했다. 그녀는 곁눈질로 찰스 경을 훔쳐보았다. 그는 질투하고 있는 것일까? 확실히 그는 얼굴을 찌푸리고 있는 것 같다.

그러자 갑자기 에그는 양심의 가책을 받았다. 가엾은 올리버, 이런 사건에 그 사람을 끌어들이다니 부끄러운 짓이라고 에그는 생각했다.

"추워졌어요, 빨리 가요."

에그는 말하면서 와들와들 떨었다. 해는 이미 져 있었다.

'왜 이렇게 이상한 마음이 들까. 예감일지도 몰라' 하고 에그는 생각하며 몸서리쳤다.

"다른 사람들은 무언가 발견했을까요 ? "

에그가 말했다. 찰스 경은 멍하니 생각에 잠겨 있었다.

"다른 사람들이라니 ? 누구 ? "

"요크셔에 간 사람들 말이에요. "

"웬일인지 오늘은 이제까지처럼 염려되지 않는군. "

"찰스, 그렇게 열심이었잖아요 ! "

그러나 찰스 경은 이미 명탐정 역할을 연기하고 있지 않았다.

"그래, 맞아. 그것은 나 혼자의 연극이었어. 하지만 지금은 모두 저 콧수염 씨에게 맡겨 버렸지. 그것은 그 사람의 일이니까. "

"그 사람이 정말로 범인을 알고 있다고 생각하세요 ? 알고 있다고 말하긴 했지만. "

"아마 조금도 모르고 있을 거야. 다만 직업적 체면을 유지할 필요가 있을 테지. "

에그는 잠자코 있었다. 찰스 경이 말했다.

"뭘 생각하고 있지 ? "

"밀레이 양에 대해서요. 제가 당신과 이야기한 그날 밤 밀레이 양의 거동이 아주 수상했어요. 그녀는 시신 발굴의 기사가 실린 신문을 사가지고 보면서 어떻게 하면 좋을지 모르겠다고 말했어요. "

"바보 같은 소리. " 찰스 경은 명랑하게 말했다. "밀레이 양은 늘 어떻게 하면 좋은지 너무나 잘 알고 있어. "

"농담이 아니에요, 찰스. 그녀는 아주 난처한 것 같았어요. "

"에그, 내가 무엇 때문에 밀레이 양의 걱정거리에 신경을 써야 하지 ? 오늘 일 말고도 무언가 신경써야 할 일이 또 있다는 건가 ? 살인 같은 것 될 대로 되라지. "

두 사람은 티타임에 늦지 않도록 찰스 경의 방에 닿았다. 밀레이 양이 맞이해 주었다.

"전보가 와 있습니다, 찰스 경."

"고맙소, 밀레이 양."

찰스 경은 전보를 뜯어 읽더니 섬칫하며 뒤돌아보았다.

"에그, 이걸 보오. 새터드웨이트에게서 온 전보야!"

찰스 경은 그 전보를 그녀의 손에 올려놓았다. 에그는 전보를 읽으며 점점 눈이 커졌다.

25

기차를 타기 전에 에르큘 포아로와 새터드웨이트 씨는 죽은 바솔로뮤 스트레인지 경의 비서 린든 양과 잠깐 만났다. 린든 양은 진심으로 도와주고 싶은 마음이었지만, 그다지 이렇다 할 단서가 될 만한 중요한 사항은 아무것도 몰랐다. 드 러시브리저 부인에 대해서는 박사의 환자 기록 카드에 직업적으로 기록되어 있을 뿐이었다. 박사는 의학 용어 말고는 이 부인에 대해서 아무것도 써두지 않았다.

두 사나이는 12시쯤 요양소에 이르렀다. 문을 연 하녀는 흥분되어 얼굴이 붉어져 있었다. 새터드웨이트 씨는 먼저 간호부장에게 면회를 신청했다.

"간호부장님은 오늘 아침 만나 뵐 수 있을지 어떤지 모르겠어요."

보조원이 자신 없다는 듯이 말했다. 새터드웨이트 씨는 명함을 꺼내어 뭐라고 몇 자 적었다.

"이것을 간호부장님에게 드리시오."

두 사람은 작은 대기실로 안내되었다. 5분쯤 지나자 문이 열리고 간호부장이 들어왔다. 간호부장은 여느때의 원기 있고 활달한 태도가 아니었다.

새터드웨이트 씨는 일어서며 말했다.

"기억하고 계실 테지요? 바솔로뮤 스트레인지 경이 돌아가신 바로 뒤에 찰스 카트라이트 경과 함께 왔었습니다만……."

"네, 새터드웨이트 씨. 잘 알고 있어요. 찰스 경은 그때 가엾은 드 러시브리저 부인에 대해서 물으셨습니다만, 엄청난 상봉이 되고 말았군요."

"에르퀼 포아로 씨를 소개합니다."

포아로는 머리를 숙였다. 간호부장은 허둥지둥 그 인사를 받아들이고 말했다.

"전보를 받으셨다고 합니다만, 까닭을 알 수가 없군요. 모든 일이 수수께끼예요. 확실히 아무리 보아도 가엾은 박사님의 죽음과는 관계가 없다고 생각합니다. 누군가 미치광이의 짓이지요. 그렇게밖에 생각되지 않아요. 경찰에 계시는 분이 이곳에 오시다니, 정말 기분 나빠요."

"경찰이라고요?" 새터드웨이트 씨가 놀라며 물었다.

"네, 10시쯤부터 와 있어요."

"경찰이?"

포아로가 물었다.

"그런데 드 러시브리저 부인과는 곧 만날 수 있을 테지요? 그분께서 이곳에 와 달라고 말씀하셨으니까요."

새터드웨이트 씨가 말했다.

간호부장은 그것을 가로막았다.

"아, 새터드웨이트 씨. 그럼, 아무것도 모르시는군요?"

"무엇을 말입니까?" 포아로가 날카롭게 물었다.

"가엾은 드 러시브리저 부인, 그분은 돌아가셨어요."

"돌아가셨다구요?" 포아로가 외쳤다. "그것 놀랍군요. 그렇군,

이제 알았습니다! 이제 알겠습니다! 좀더 빨리 찾아와서 만났어야
만 했는데……. 그런데 왜 돌아가셨습니까?"

"그것이 아주 이상해요. 초콜릿 상자가 하나 보내져 왔어요. 리큐
르가 든 초콜릿 봉봉(위스키 따위를 넣은 설탕이나 시럽 또는 초콜릿으로 싼 과자)이었지요. 그분이 하나 입
에 넣자, 이상한 맛이 났을 게 틀림없습니다만, 놀라서 그만 삼켜
버리고 말았습니다. 사람들은 보통 먹던 걸 토하지는 않으니까요."

"그것도 그렇습니다만, 더욱이 액체가 갑자기 목 안으로 흘러 들어
가면 토해내기가 어렵지요."

"그래서 부인은 그것을 삼켜 버리고 나서 도움을 청하셨습니다. 간
호사가 달려왔지요. 하지만 손을 쓸 수가 없었어요. 그분은 2분도
채 못 되어 돌아가셨습니다. 의사 선생님이 경찰을 불러오게 했고,
경찰관이 와서 초콜릿을 조사했습니다. 상자 속의 맨 위쪽 초콜릿
은 모두 손이 대어져 있었습니다만, 아래쪽 것은 말짱했습니다."

"사용한 독은?"

"니코틴인 것 같아요."

"그래요……. 또 니코틴이라. 참으로 대담하기 이를 데 없는 수법
이로군."

포아로가 말했다.

"우리는 너무 늦었던 겁니다. 누군가에게 털어놓지 않았지만, 부인
이 우리에게 무엇을 이야기하고 싶어했었는지 이제는 알 도리가 없
습니다."

새터드웨이트 씨가 말했다. 그는 살피듯이 간호부장을 쳐다보았다.
포아로는 고개를 저었다.

"털어놓지는 않았을 겁니다."

"물어보면 알 수 있을 거요." 새터드웨이트 씨가 말했다.

"간호사 가운데 한 사람쯤은……"

"글쎄요, 물어보도록 합시다."

포아로는 이렇게 말했으나 그다지 기대하고 있지는 않는 듯했다.

새터드웨이트 씨는 간호부장을 돌아다보았다. 간호부장은 곧, 드러시브리저 부인을 담당하는, 주간 근무와 야간 근무를 하고 있는 두 간호사를 불러 오게 했다.

그러나 둘 다 간호부장의 설명을 보충할 만한 것은 아무것도 말하지 못했다. 드 러시브리저 부인은 바솔로뮤 경의 죽음에 대해서 이야기한 일이 없었기 때문에, 그런 전보를 친 일조차도 두 사람은 몰랐다.

포아로의 부탁으로 두 사람은 시신이 있는 방으로 안내되었다. 거기에는 사건 담당인 크로스필드 경감이 대기하고 있었다. 새터드웨이트 씨는 그에게 포아로를 소개했다.

그리고 둘은 침대로 다가가서 시신을 살펴보았다. 부인은 40살쯤으로 검은 머리에 얼굴이 파리했다. 죽은 얼굴에는 고통의 흔적이 남아 있었으며, 또한 죽을 때의 괴로움의 자취가 남아 있었다.

새터드웨이트 씨는 천천히 말했다.

"가엾게도……"

그는 에르퀼 포아로에게 눈길을 보냈다. 이 작은 벨기에인의 얼굴에 이상한 표정이 떠올라 있었다. 무언가 그 표정이 새터드웨이트 씨를 오싹하게 만들었다. 새터드웨이트 씨는 말했다.

"누군가가 부인이 이야기하려고 하는 걸 알고서 죽인 겁니다. 폭로하는 걸 막기 위해서 살해한 것이지요."

포아로는 고개를 끄덕였다.

"그렇습니다, 맞습니다."

"부인이 알고 있는 일을 우리에게 이야기하지 못하게 하려고 죽인 겁니다." 새터드웨이트 씨가 포아로를 바라보며 말했다.

"아니면 부인이 모르는 일을 말입니다. 하지만 시간을 낭비해서는 안 됩니다. 해야 할 일이 산더미처럼 쌓여 있으니까요. 이제 더 이상 희생자를 내어서는 안 됩니다. 우리들도 그렇게 노력하지 않으면…… 이번 살인도 같은 범인의 짓일까요?"

새터드웨이트 씨는 호기심에 사로잡혀 물었다.

"그렇습니다. 하지만 한 가지 알게 된 사실은 범인이 생각했던 것보다 훨씬 더 위험한 녀석이라는 점입니다. 조심해야겠습니다."

크로스필드 경감은 두 사람 뒤를 따라 방을 나와 그들이 받았다는 전보에 대해 물었다. 전보는 멜포트 우체국에서 취급한 것이었다. 거기서 조사해 보니, 전보를 친 것은 조그마한 남자아이였음이 밝혀졌다. 젊은 여자 직원은 전보문이 바솔로뮤 스트레인지 사건에 대한 것이어서 매우 놀라워 잘 기억하고 있었던 것이다.

경감과 함께 점심 식사를 끝낸 뒤 찰스 경에게 전보를 보내고 나서 다시 수사를 시작했다.

그날 저녁 6시쯤 전보를 친 소년을 찾아냈다. 소년은 술술 말했다. 그 아이는 남루한 옷을 입은 사나이에게 전보를 부탁받았었다. 그 사나이는 이 전보는 '공원에 있는 집'의 '미치광이 여자'로부터 받은 것이며, 그 여자는 반 크라운짜리 두 닢을 함께 싸서 창문으로 던져 주었는데, 사나이는 무언가 괴사건에 휩쓸리는 것 같아 싫은 데다 또 반대방향으로 가는 길이라서 소년에게 전보와 돈을 건네주며 거스름돈을 가지라고 말했다는 것이었다.

그 사나이에 대한 조사가 시작되었다. 얼마 동안은 할 일이 없어서 포아로와 새스터웨이트 씨는 런던으로 돌아갔다.

두 사나이가 런던에 닿았을 때는 한밤중이 가까워서였다. 에그는 어머니가 있는 곳으로 돌아가 버린 뒤였지만, 찰스 경은 만날 수 있었다. 세 사람은 상황을 의논했다. 포아로가 입을 열었다.

"자, 그러면 내가 말하는 대로 해주십시오. 이 사건을 해결할 수 있는 오직 한 가지 길은 머리를 써서 생각하는 것뿐이지요. 온 영국을 뛰어다니며 희망을 걸고 이 사람 저 사람에게 물어보는 짓은 서투른 풋내기들이나 하는 겁니다. 우스꽝스럽지요. 진실은 다만 내부에서만 발견되는 겁니다."

찰스 경은 조금 의심스러워하는 것 같았다.

"그럼, 어떻게 하겠다는 겁니까?"

"생각하는 거지요. 생각하는 시간을 꼬박 하루 갖겠다는 겁니다."

찰스 경은 희미하게 웃음지으며 고개를 흔들었다.

"생각만 하면, 그 부인이 만일 살아 있다면 무슨 말을 하려고 했으리라는 걸 알 수 있다는 것입니까?"

"알 수 있으리라고 생각합니다."

"그것은 아무래도 불가능할 겁니다. 하지만 포아로 씨, 당신 마음대로 하시지요. 만일 당신이 이 비밀을 꿰뚫어본다면 나는 완전히 두 손 들겠습니다. 나의 패배를 인정하지요. 나는 솔직히 말하는 겁니다. 어쨌든 나로서는 달리 해야 할 일이 남아 있습니다."

아마 그는 그 일이 무엇이냐고 묻기를 바랐을 테지만, 만일 그렇게 바랐다면 그의 기대는 어긋나고 말았다. 새터드웨이트 씨는 경계의 눈을 크게 떴을 뿐이며, 포아로는 생각에 잠겨 있었다.

"그러면 실례해야겠소. 아, 또 한 가지, 나는 윌스 여사의 일이 걱정스럽군요." 배우는 말했다.

"어째서요?"

"없어졌습니다."

포아로는 말끄러미 그를 바라보며 물었다.

"없어졌다니요? 어디로 갔는데요?"

"아무도 모릅니다. 당신에게 전보를 받고 나서 죽 생각해 보았습니다. 나는 그때도 말했듯이, 그녀는 틀림없이 우리들에게 무언가 숨기고 있는 게 있다고 생각했습니다. 언젠가 그 일을 알아낼 수 있으리라고 생각하고 있었지요.

그래서 나는 그녀의 집을 찾아갔습니다. 그곳에 닿은 것은 9시 반쯤이었는데, 면회를 청했지요. 그녀는 오늘 아침 집을 나간 모양이었습니다. 하루 예정으로 런던에 다녀오겠다고 말한 뒤 나갔다더군요. 그런데 저녁때 가족들에게 전보로 하루이틀 동안 돌아가지 않을 테니 걱정 말라고 알려왔다는 것이었습니다. "

"모두들 걱정했겠군요?"

"걱정했지요. 그녀는 빈손으로 나갔으니까요."

"이상하군." 포아로는 중얼거렸다.

"나는 압니다. 그것은 마치…… 어쩐지 걱정스럽군요."

찰스 경은 생각에 잠기며 말했다.

그러자 포아로가 말했다.

"나는 여사에게 경고했었습니다. 여러분에게도 했었지요. '자, 말해 주십시오'라고 말입니다. 그 사람들에게도 말했습니다. 기억하고 계십니까?"

"네, 기억하고 있습니다. 당신은, 그녀 또한 어쩌면……"

"나에게는 나대로의 생각이 있습니다만 지금 그것을 의논하고 싶지는 않습니다." 포아로가 말했다.

"먼저 집사 엘리스, 다음으로 윌스 여사. 엘리스는 어디에 있는가. 경찰이 지금까지 엘리스에게 손을 댈 수가 없었다니, 믿어지지 않는군요."

"경찰은 그 사나이의 시신이 있을 만한 곳을 찾고 있지 않거든요." 포아로가 말했다.

"그럼, 당신도 에그와 같은 의견이로군요. 그가 죽었다고 생각하십니까?"

"엘리스는 이미 살아 있지 않을 겁니다."

"악몽이오! 도무지 아무것도 모르겠습니다!" 찰스 경이 외쳤다.

"아니요, 그렇지 않소. 반대로 제정신이고 이치에도 맞습니다."

"정말입니까?"

"말씀하시는 뜻을 모르겠군요. 확실히 나는 제정신입니다."

포아로가 대답했다.

"당신의 말뜻을 잘 모르겠군요." 새터드웨이트 씨가 끼어들며 이 조그마한 탐정을 이상한 듯이 바라보았다.

"그럼, 당신은 내 머리가 어떻게 되었다는 겁니까?"

찰스 경이 말했다.

"당신은 배우 정신을 갖고 있소, 찰스 경. 창조적이고 독창적이고 언제나 극적 효과만을 생각하고 있지요. 그러나 여기에 계신 새터드웨이트 씨는 관객의 심리를 갖고 계시며, 등장인물을 관찰하고 분위기를 이해할 수 있습니다. 하지만 저는 산문적인 두뇌밖에 없습니다. 저는 극의 분장도 각광도 고려하지 않고 사실만을 보는 겁니다."

"그러니까, 당신을 혼자 있게 해달라는 것이로군요?"

"그렇지요, 24시간 동안만."

"그럼, 조심하시고 편히 쉬십시오."

두 사람은 방을 나왔다. 찰스 경이 새터드웨이트 씨를 향해 차갑게 쏘아붙였다.

"저 사나이는 너무 잘난 체하는 것 같군."

26

포아로는 24시간 동안 누구의 방해도 받고 싶지 않다고 생각했지만 헛일이었다.

이튿날 아침 10시 조금 지나서 올리버 맨더스가 명함을 들려 사람을 보내 잠깐 시간을 내줄 수 없겠느냐고 물어왔다.

맨더스가 방에 들어왔을 때, 포아로는 작은 보퉁이를 풀고 있었다. 그는 그것을 옆으로 밀어놓더니 방문객을 의아스러운 듯이 바라보았다.

"안녕하십니까, 맨더스 씨. 어서 오십시오. 당신이 나를 만나고 싶다고 하셨다고요?" 포아로가 말했다.

"네." 올리버는 조금 머뭇거렸다. 그러자 포아로가 의자를 앞으로 끌어내며 말했다.

"자, 의자에 앉아 주십시오……. 마음 편히 이야기합시다."

올리버는 의자에 앉았다. 그러나 자신이 찾아온 요점을 어떻게 꺼내야 좋을지 망설이고 있는 듯했다.

"그래, 용건이 뭡니까? 나를 도와주시기 위해서 온 겁니까, 아니면 나에게 무언가 하라고 말하려는 겁니까?"

"아니, 저로서는 알 수가 없습니다."

올리버가 천천히 말했다. 그리고 갑자기 몸을 앞으로 내밀며 충동적으로 입을 열었다.

"포아로 씨, 당신은 저를 싫어하십니까?"

포아루는 주금 놀라며 그를 바라보았디.

"그것은 또 어떤 의미로서?"

"아니, 당신도 제가 싫을 겁니다. 저를 좋아하는 사람은 거의 없습니다만…… 전, 저는 어째서 그런지 모르겠습니다."

올리버의 축 늘어진 말투에는 건방진 태도는 완전히 사라지고 없었다. 그는 그 나이 또래의 젊은이들답게 아주 자연스럽게 이야기하고 있었다. 몸을 앞으로 내밀었을 때의 그의 얼굴에서는 여느때의 사람을 얕보는 듯한 표정은 찾아볼 수 없었다. 그 대신 겸손과 얼마쯤 감상적인 열성이 엿보였다.

"하지만 어째서 내가 당신을 싫어하고 있으리라고 생각하지요?"

포아로는 조용히 물었다.

"엊그제 당신이 위장 살인을 했을 때, 그것은 저를 함정에 빠뜨릴 속셈이었지요?"

또다시 포아로의 눈썹이 치켜올라갔다.

"어째서 또 그런 생각을 하게 되었습니까?"

올리버는 음산하게 대답했다.

"왜냐하면 당신은 마음속으로 배빙턴 노인을 죽인 것은 바로 나라고 믿고 계시기 때문입니다."

"천만에!"

"아니요, 당신은 그렇게 생각하고 계십니다. 저에게는 불리한 조건이 많이 있습니다만, 저는 결코 살인 같은 걸 하지는 않았습니다. 포아로 씨, 저는 아닙니다. 그 노인에게 저는 꼭 한번 난폭한 태도를 보인 적이 있습니다, 아주 심하게. 하지만 나중에 저는 그런 짓을 하는 게 아니었는데 하고 뉘우쳤습니다. 저를 믿어 주십시오.

마치 저라는 사람이 둘이었던 것 같습니다. 하나는 증오로 불타고 잔뜩 비꼬인 녀석으로서, 허영 덩어리입니다. 또 하나는 남들 앞에 겨우 나설 수 있는 소심한 사나이입니다. 아, 제가 하는 말을 모르실 테지요."

"아니, 잘 압니다. 알고말고요. 나는 늙었지만 젊은이의 심리가 어떤 것인지는 잘 알고 있습니다." 포아로는 조용히 말을 계속했다.

"당신의 고뇌는 젊음이라는 것 때문입니다. 실제보다 나쁘게 생각하는 것이 젊음의 특징이지요."

포아로는 조금 유머러스한 소리로 이렇게 덧붙였다.

"내 나이 정도가 되면, 사람의 마음을 진열장 속의 물건처럼 잘 알 게 되지요."

"그럼, 알아주시는 겁니까?"

올리버는 기뻐하는 것 같았다. 그는 정말로 매력적인 미소를 떠올 렸다.

"만일 어떤 사람이 자신을 형편없이 이용하려고 한다면 어떻게 해 야 할까요?"

"당신은 이제까지 그다지 행복하지 않았군요?"

올리버의 얼굴이 굳어졌다.

"그렇습니다."

"들어주십시오. 한 가지 충고를 하지요. 당신의 인생은 당신 자신 의 것입니다. 바라는 대로 인생을 사십시오. 비뚤어지게 산다는 것 은 아무 도움이 되지 않습니다. 다만 자기를 비참하게 할 뿐입니 다. 영원히 막다른 길이지요. 더 늦기 전에 그런 생활 태도는 버리 도록 하십시오."

"포아로 씨, 말씀하시는 대로입니다. 모든 것을 물에 씻고 다시 출 발하겠습니다."

"그렇게 하십시오."

포아로는 끄덕이더니 말을 이었다.

"그래, 다음 용건은 뭡니까?"

올리버는 조금 놀란 듯 물었다.

"다음 용건이라니요?"

"무언가 그밖에 하고 싶은 말이 있다고 생각되었습니다만, 내가 잘 못 생각했나 보군요."

"아니, 말씀하시는 대로입니다. 말씀드리고 싶은 일이 있습니다. 저도 함께 이 일을 할 수 있도록 부탁드리러 온 거지요. 저를 믿고 제가 당신을 도와드릴 수 있도록 해주십시오."

"나를 돕겠다고요? 어떻게요?"

"모릅니다. 하지만 제가 도움 드릴 수 있는 일이 틀림없이 있을 겁니다. 제가 잘못 알고 있을지도 모르지만, 당신은 범인의 수사에 퍽 열심인 것처럼 보입니다."

그는 숨을 죽이고 포아로의 대답을 기다렸다. 포아로는 천천히 말했다.

"머지않아 도움을 청하게 되리라 생각합니다."

"아, 정말 고맙습니다." 올리버 맨더스는 이렇게 말하고 얼마쯤 기다렸다. 그러나 포아로는 더 이상 아무 말도 하지 않았다.

"만일 당신의 의혹이 어느 방향으로 쏠리고 있는지 말씀해 주신다면……."

포아로는 머리를 옆으로 흔들었다.

"그것은 아직 말할 수 없소. 나는 비밀을 아주 좋아하는 성격이라서……."

귀가 몹시 예민한 올리버는 포아로의 목소리에서 지렛대를 가지고도 움직일 수 없는 신념을 감지했다. 올리버는 더 이상 부탁하지 않고 두서너 마디 고맙다고 말한 다음 작별했다. 올리버 맨더스가 방을 나가자 포아로의 얼굴에 묘한 미소가 떠올랐다. 그는 중얼거렸다.

"나는 그 젊은이를 너무 얕보고 있었나 보군."

그리고 반쯤 포장이 풀린 채인 보퉁이를 집어들었다.

에그가 안내도 없이 들어온 것은 11시 20분이 지나서였다. 그녀는 깜짝 놀랐다. 이 대탐정은 카드로 집을 짓는 데 열중해 있었기 때문이다.

그녀의 얼굴에 뚜렷한 경멸의 빛이 떠올라 포아로는 변명하지 않을 수 없었다.

"에그 양, 이 나이에 어린아이가 된 것은 아닙니다. 카드로 집을 짓는 일은 언제나 두뇌에 좋은 자극이 되기 때문입니다. 내가 옛날 부터 해온 습관이지요. 오늘 아침 다른 일 다 제쳐놓고 나가 트럼 프를 한 벌 샀습니다. 그런데 유감스럽게도 진짜가 아닌 걸 잘못 사 버렸지요. 하지만 아쉬운 대로 쓸 수는 있습니다."

에그는 다가가서 테이블 위에 있는 카드집을 바라보았다. 그녀는 웃었다.

"어머나, 가족 맞추기를 사셨군요."

"뭐라고 말했지요? 가족 맞추기라고요?"

"네, 게임이에요. 아이들이 종종 놀이방에서 하는 거지요."

"아, 하지만 어쨌든 집만 지을 수 있으면 되지요."

에그는 테이블에서 몇 개의 카드를 집어들더니 재미있다는 듯이 물 끄러미 바라보았다.

"빵집 아들인 빵군, 저는 언제나 그가 좋았지요. 여기에는 우유 가 게의 머그 씨가 있군요. 어머나, 찰스 경이 있었으면 좋았을 텐데. 저는 그분에게 이 사람 사진을 보여주고 싶어요."

"어째서 이 우스꽝스러운 그림이 찰스 경과 연관되지요?"

"그분의 이름이 머그이기 때문이에요."

에그는 놀라고 있는 포아로의 얼굴을 바라보고 웃더니 설명했다. 설명이 끝났을 때 포아로가 말했다.

"카트라이트는 예명이었군요. 머그, 아, 그렇습니다. 속어로 말하 지요, 너는 머그, 즉 얼간이라고요. 누구라도 이름을 바꾸는 건 당 연하겠지요. 아무도 찰스 머그 경은 되고 싶지 않을 테니까요."

에그는 웃으며 말했다.

"머그 부인이 되는 건 더욱 나쁠 테지요."

포아로는 매섭게 그녀를 쏘아보았다. 그러자 그녀는 얼굴을 붉혔다.

"그렇습니까!"

"그렇지 않아요. 저는 당신이 그렇게 말씀하시는 의미를 모르겠군요." 에그는 말했다.

그녀는 빠른 말투로 말을 이었다. "당신을 찾아온 까닭은 상의할 일이 있어서예요. 저는 올리버가 지갑에서 떨어뜨린 신문 스크랩 일이 걱정스러워 견딜 수가 없었어요. 윌스 여사가 그것을 주워서 그 사람에게 돌려 주었지요. 그가 지갑에 그런 스크랩을 넣어 두었던 것을 잊어버렸다고 말한 것은 새빨간 거짓말인지, 아니면 실제로 그러한 일은 없었던 것인지, 그 어느 쪽으로도 해석되거든요. 그가 아무 것도 아닌 종이쪽지를 떨어뜨렸는데도 윌스 여사가 니코틴에 대한 신문 스크랩이었다고 말했을는지 몰라요."

"어째서 그 여자가 그러한 짓을 했을까요, 에그 양?"

"그것은 자기의 혐의를 올리버에게 뒤집어 씌우기 위해서였어요."

"그녀가 범인이라고 말씀하시는 겁니까?"

"네."

"동기는?"

"그것은 저에게 물어보셔도 헛일이에요. 다만 그녀가 미치광이라는 것만은 말할 수 있어요. 똑똑한 사람이 오히려 미치광이인 경우가 있으니까요. 그밖의 이유는 생각나지 않아요. 사실 이렇다 할 동기 같은 건 어디에서도 발견되지 않거든요."

"확실히 막히고 말았군요. 이제 당신에게 동기가 무엇이냐고 묻는 일은 그만두겠습니다. 그 질문이라면 오히려 나 스스로에게 쉴 새 없이 물어야 되는 것이니까요. 배빙턴의 죽음 배후에 있는 동기는 무엇일까? 내가 이 질문에 대답할 수 있을 때 이 사건은 해결될 겁니다."

"그녀가 미치광이라고는 생각하지 않으시는군요." 에그가 말했다.

"범인이 미치광이일지라도 동기는 반드시 있을 겁니다. 미치광이라는 것 역시 하나의 동기가 될 수 있는 거지요. 나는 그것을 찾고 있습니다."

"그렇다면 실례하겠어요." 에그가 말했다.

"방해를 해서 죄송합니다. 하지만 문득 생각이 떠올랐기 때문에…… 서둘러야겠군요. 찰스와 〈강아지는 웃었다〉라는 연극 리허설에 가야 되니까요. 알고 계실 테지요? 윌스 여사가 안젤라 서트클리프 양을 위해 쓴 연극으로 내일이 공연 첫날이에요."

"그렇지!" 포아로가 외쳤다.

"뭔데요, 왜 그러시지요?"

"그렇소, 그렇다니까요! 생각이 났습니다. 어떤 생각이. 이상한 생각입니다. 아, 나는 장님이었소, 장님이었던 겁니다."

에그는 물끄러미 포아로를 바라보았다. 포아로는 자기의 기이한 행동을 깨닫기나 한 것처럼 자세를 바로잡았다. 그는 에그의 어깨를 가볍게 토닥거렸다.

"내가 미치지 않았나 하고 생각했겠지요? 천만에요. 당신이 한 말은 잘 들었습니다. 어서 〈강아지는 웃었다〉라는 서트클리프 양의 연극을 보러 가십시오. 그리고 내가 지금 말씀드린 일 같은 건 신경쓰기 마십시오."

에그는 얼마쯤 의아스러운 표정을 하고 나갔다. 혼자 남게 되자 포아로는 중얼거리면서 방 안을 왔다갔다 했다. 그의 눈은 고양이처럼 녹색으로 반짝이고 있었다.

"아, 그렇다. 풀렸다. 특이한 동기, 정말이지 특이한 동기다. 이런 것에는 이제까지 한번도 마주친 일이 없었는데, 하지만 충분히 이치에 들어맞으며, 상황도 아주 자연스럽다. 어쨌든 참으로 특이하게 보이는걸."

포아로는 자기의 카드집이 아직 그대로 지어져 있는 테이블로 다가 갔다. 손으로 테이블에서 카드를 확 쓸어 버렸다.

"가족 맞추기, 이제 이런 것에는 볼일이 없어. 문제가 풀렸으니까. 이제 행동만 남아 있을 뿐이다." 그는 중얼거렸다.

포아로는 외투를 입고 모자를 썼다. 그리고 아래층으로 내려가 수 위에게 택시를 불러 달라고 했다. 포아로는 운전기사에게 찰스 경의 집 주소를 말했다.

그곳에 이르자 포아로는 요금을 치르고 홀 안으로 들어갔다. 문지 기가 엘리베이터를 운전하고 있지 않아 포아로는 계단을 통해 올라갔 다. 마침 3층에 이르렀을 때, 찰스 경의 거실문이 열리고 밀레이 양 이 나왔다.

밀레이 양은 포아로를 보고 깜짝 놀랐다.

"당신이로군요."

포아로는 미소지으며 말했다.

"네, 납니다."

밀레이 양이 말했다. "찰스 경은 만나실 수 없습니다. 고어 양과 함께 바빌론 극장에 가셨거든요."

"찰스 경을 만나러 온 게 아닙니다. 저번에 방문했을 때 내 지팡이 를 잊고 갔기 때문에……."

"아, 그러세요? 벨을 울리면 템플이 찾아드릴 거예요. 실례지만 저는 그만 가봐야겠군요. 기차를 타려던 참이라서요. 시골에 계신 어머니를 만나러 가려고……."

"그렇습니까. 부디 내 걱정은 마시고……."

포아로는 길을 비켰다. 밀레이 양은 재빨리 계단을 뛰어 내려갔다. 그녀는 작은 서류용 케이스를 가지고 있었다.

밀레이 양이 가 버리자 포아로는 이곳에 찾아온 목적을 잊은 것처럼 보였다. 그는 위쪽 계단참으로 올라가지 않고 왔던 길로 다시 돌아 계단을 내려갔다. 현관문까지 오자 마침 밀레이 양이 택시에 오르려는 참이었다. 또 택시 한 대가 보도를 끼고 천천히 다가왔다. 포아로는 손을 들었다. 택시가 멈춰섰다. 포아로는 택시에 올라타 앞의 택시를 뒤따르라고 운전기사에게 일렀다.

택시는 북쪽을 향해 달리다가 마침내 패딩턴 역 앞에서 멈춰섰다. 패딩턴 역은 그녀의 어머니가 있는 길링으로 가기에는 좀 엉뚱한 곳이었다. 그러나 포아로의 얼굴에는 조금도 놀라는 빛이 떠오르지 않았다. 포아로는 일등석 개찰구로 가서 루마스까지의 왕복 차표를 끊었다. 기차는 5분 뒤에 떠날 예정이었다. 쌀쌀한 날씨여서 외투 깃을 세우고 포아로는 일등석 객차의 한구석에 자리를 잡았다.

루마스에 닿은 것은 5시쯤이었다. 날은 벌써 어둑어둑해져 있었다. 조금 뒤쪽에 서서 포아로는 작은 역의 낯익은 수화물 운반인이 밀레이 양에게 하는 인사말을 듣고 있었다.

"이렇게 오시리라고는 미처 생각지 못했습니다. 찰스 경도 오셨습니까?"

밀레이 양이 대답했다.

"급한 일이 있어서 저만 왔어요. 내일 아침에는 돌아갑니다. 어떤 물건을 가지러 온 건데 마차는 필요없어요. 벼랑길은 걸을 테니까요, 고마워요."

저녁 어스름이 한층 짙어져 갔다. 밀레이는 가파르고 꼬불꼬불한 길을 부지런히 올라갔다. 적당한 간격을 두고 에르퀼 포아로가 뒤따랐다.

그는 고양이처럼 발소리를 죽이며 걸었다. 까마귀장에 닿자 밀레이 양은 가방에서 열쇠를 꺼내 옆쪽 문을 열고는, 문을 열어 놓은 채 안으로 들어갔다. 그녀는 얼마쯤 지나 다시 모습을 나타냈다. 밀레이 양은 녹슨 열쇠와 손전등을 가지고 있었다. 포아로는 조금 떨어져 뒤쪽 풀숲에 몸을 숨겼다.

밀레이 양은 뒤꼍으로 돌아가 풀이 빽빽한 길을 올라갔다. 포아로도 따라갔다. 한참을 올라간 그녀는 마침내 그 근처의 해안에서 눈에 잘 띄는 낡은 석탑에 이르렀다. 탑은 엉성하고 황폐해 보였다. 그러나 더러운 창에는 커튼이 쳐져 있었다. 밀레이는 커다란 나무문에 열쇠를 꽂았다.

찰칵 하는 소리를 내며 열쇠가 돌자 문은 돌쩌귀의 끽 소리와 함께 열렸다. 밀레이는 손전등을 가지고 안으로 들어갔다. 포아로도 재빨리 다가가서 소리나지 않게 문안으로 들어갔다. 밀레이 양의 손전등 불빛이 안성맞춤으로 유리 시험관이며 분젠 버너^(독일 화학자 분젠이 고안한 간단한 가열 장치)이며 그밖의 여러 가지 기구에 비쳐 반짝였다.

밀레이 양은 망치를 집어들었다. 그녀가 그것을 쳐들어 유리 시험관을 내리치려는 순간, 손 하나가 나타나 그녀의 팔을 잡았다. 밀레이 양이 섬칫 놀라며 뒤돌아보았다.

에르큘 포아로의 고양이 같은 초록빛 눈이 지그시 그녀를 들여다보고 있었다.

"그런 짓을 해서는 안 됩니다. 당신이 부수려고 하는 것은 증거물이니까요."

27

에르큘 포아로는 커다란 팔걸이의자에 앉아 있었다. 방 안의 불은 모두 꺼져 있었다. 다만 장밋빛 갓을 씌운 램프만이 의자에 앉은 포아로의 모습을 비춰주고 있었다. 무언가 상징적인 기분이 감돌고 있었다. 포아로만 조명을 받고 있고 다른 세 사람, 찰스 경과 새터드웨이트 씨와 에그 리튼 고어는 어두운 곳에 앉아 있었다. 이 세 사람은 청중인 것이다.

에르큘 포아로의 목소리는 꿈꾸는 듯한 가락을 띠고 있었다. 그는 듣는 사람에게 보다는 오히려 허공을 향해 이야기하는 것 같았다.

"범죄를 다시 한번 구성해 보는 것, 이것이 탐정의 목적입니다. 그러기 위해서는, 마치 카드로 집을 만들 때 카드를 한 장씩 겹쳐 가듯이, 사실을 겹쳐 가지 않으면 안 됩니다. 그리하여 만일 그 사실이 딱 들어맞지 않을 경우는, 즉 카드의 균형이 잡히지 않을 경우에는 다시 처음부터 고쳐 짓지 않으면 안 되는 겁니다. 그러지 않으면 쓰러지고 말 테니까요.

어제도 말씀드렸던 것처럼 인간의 두뇌에는 여러 가지 타입이 있습니다. 극적인 두뇌, 즉 연출가적 두뇌. 이 타입은 기계적인 구조에서 만들어지는 현실의 효과를 노리는 법입니다. 이렇게 극적인 현상에 대해서 예민하게 반응을 나타내는 두뇌가 있는가 하면, 또한 젊고 로맨틱한 두뇌도 있습니다. 마지막으로 산문적인 두뇌가 있습니다. 이 산문적인 두뇌는 푸른 바다라든가 미모사 같은 건 보지 않고, 무대의 배경이 되는 그림만 바라보는 두뇌를 말하지요.

여러분, 이야기는 지난 8월의 스티븐 배빙턴 살인 사건으로 거슬러 올라갑니다. 그날 밤 찰스 카트라이트 경은 스티븐 배빙턴 목사의 죽음이 타살이라는 의견을 말씀하셨습니다. 그러나 나로서는 믿어지지 않았습니다.

내가 믿을 수 없었던 것은 다음 두 가지 이유 때문이었습니다. 첫째 이유는 스티븐 배빙턴 목사 같은 사람이 살해되리라고는 생각하지 않았기 때문이며, 둘째 이유는 그날 밤과 같은 사정 아래에서 특정한 한 사람에게 독약을 먹인다는 일은 불가능하기 때문입니다.

그러나 지금 나는 찰스 경이 옳았고 내가 잘못이었다는 걸 시인

합니다. 사실 나는 겨우 24시간 전에야 비로소 이 사건을 올바른 각도에서 보게 되었던 겁니다. 그리하여 그 각도에서 생각해 보니 스티븐 배빙턴 목사의 살해는 이치에 맞고 가능성도 있었습니다.

그러나 그 점은 잠시 접어 두고, 내가 걸어온 길을 따라 한 걸음 한 걸음 여러분을 안내해 드리지요.

스티븐 배빙턴 박사의 죽음을 나는 우리들의 드라마 제1막이라고 부르겠습니다. 물론 우리들이 까마귀장을 떠났을 때 제1막은 내려졌죠.

제2막은 몬테카를로에서 시작되었습니다. 그것은 새터드웨이트 씨가 나에게 바솔로뮤 경 사건의 기사를 보여주었을 때였습니다. 그것을 보고 나는 그때까지의 내 생각이 잘못이었으며 찰스 경이 옳았다는 걸 곧 깨달았습니다. 스티븐 배빙턴 목사와 바솔로뮤 스트레인지 경 두 사람 다 살해되었던 겁니다. 그리고 이 두 사건은 한 범죄의 일부분이었던 거지요. 뒤에 일어난 제3의 사건으로 이 연극이 끝난 셈입니다. 다름 아닌 드 러시브리저 부인 살해가 그것입니다.

따라서 우리에게 필요한 것은 세 개의 살인 사건을 연결시켜 주는 이치에 맞는 상식적인 논리입니다. 바꾸어 말씀드리면 이 세 범죄는 한 사람에 의해 행해졌으며, 특정 인물의 이익을 위해 행해진 것이었습니다.

이 사건에서 가장 나를 괴롭혔던 것은 바솔로뮤 스트레인지 경의 죽음이 배빙턴 목사 죽음 뒤에 왔다는 사실이었습니다. 이 세 사건을 시간과 장소의 차이를 별도로 하여 보면 바솔로뮤 스트레인지 경 사건이 중심적 내지는 주된 범죄로서, 다른 두 개는 그 성질로 보아 제2차적인 것입니다. 즉 이들 두 인물과 바솔로뮤 스트레인지 경의 관계에서 생긴 것이라고 생각할 수 있지요. 그렇지만 앞에서도 말씀드렸던 것처럼 범죄라는 것은 우리가 바라는 대로 일어나 주지 않습니다. 스티븐 배빙턴 목사가 먼저 살해되고, 그리고 조금 지나서 바솔로뮤 스트레인지 경이 살해되었습니다. 그러므로 두 번째 사건은 첫 번째 사건으로부터 필연적으로 생긴 것처럼 보였으며, 그 때문에 사건의 단서를 잡자면 우선 첫 번째 사건부터 조사할 필요가 있는 것처럼 보였던 겁니다.

처음에 저는 확률의 이론으로 판단하여, 범인이 순서를 그르친 거라고 진지하게 생각했습니다. 바솔로뮤 스트레인지 경을 첫 번째 희생자로 간주하고 있었는데 배빙턴 목사가 잘못 살해되었다는 일이 있을 수 있을까요! 저는 그러한 생각을 버리지 않을 수 없었습니다. 적어도 바솔로뮤 스트레인지 경과 교제가 있는 사이라면, 그가 칵테일을 싫어한다는 것쯤은 알고 있었을 것이기 때문입니다.

또 한 가지 다른 방식으로 풀어 봅시다. 그것은 배빙턴 목사가 첫 번째 파티 출석자 가운데 누군가 다른 사람 대신 잘못 살해된 것이 아닐까 하는 점입니다. 그러나 저는 그러한 증거를 찾아낼 수가 없었습니다. 그러므로 저는 스티븐 배빙턴 목사의 살인이 계획적인 것이었다는 결론으로 되돌아가지 않을 수 없었습니다. 그러나 거기에서도 장애에 부딪치고 말았습니다. 그러한 일은 있을 수 없다는 걸 명백히 알았던 겁니다.

수사는 좀더 간단하고 명백한 이론에 근거하여 시작되지 않으면 안 됩니다. 스티븐 배빙턴 목사가 독이 든 칵테일을 마셨다고 한다면, 누가 기회를 노려 칵테일에 독을 넣었을까요? 우선 살펴보면 그러한 짓을 할 수 있었던 사람은 단 두 사람밖에 없습니다. 그때 마실 것을 들고 온 찰스 카트라이트 경과 객실 하녀인 템플 두 사람입니다. 그러나 이 둘 중 어느 쪽이 잔에 독을 넣었다고 가정하더라도, 어쨌든 배빙턴 목사의 손에 특별한 잔을 건넬 기회는 없었습니다. 템플이 교묘히 쟁반을 들고 다니며 남은 잔을 배빙턴 목사에게 건네주었을지도 모릅니다. 이것은 쉽지는 않지만, 불가능한 일은 아니지요, 찰스 경이 특별한 잔을 배빙턴 목사에게 건네줄 수도 있었겠지요, 그러나 이런 일은 실제로 일어나지 않았던 겁니다. 그 특정한 잔이 스티븐 배빙턴 목사의 손에 건네어진 것은 순전히 우연이었다고 생각됩니다.

찰스 카트라이트 경과 템플이 그때 칵테일 잔을 돌리고 있었습니다. 그러니 이 두 사람 가운데 어느 쪽이든 멜포트 애비에 있었습니까? 없었습니다. 그렇다면 바솔로뮤 경의 포트와인 잔에 살며시 농간을 부릴 수 있었던 건 누구였을까요?

모습을 감춘 집사 엘리스와 조수인 하녀뿐입니다. 그러나 손님 가운데 누가 했을지도 모르는 일입니다. 그러나 그것은 위험한 일입니다. 하지만 하려고 마음만 먹는다면 어려운 일도 아니지요, 파티에 참석한 손님 가운데 누군가가 식당에 숨어들어가 포도주에 니코틴을 탄다는 것입니다.

제가 까마귀장에 여러분의 동료로서 참가하도록 허락받았을 때에는 당신들은 이미 까마귀장과 멜포트 애비에 있었던 사람들의 리스트를 가지고 계셨습니다. 지금이니까 말씀드리지만 저는 리스트의 첫머리에 씌어져 있던 4명의 이름, 데이크리스 대령 부부, 서트클리프 양, 윌스 여사를 피의자 가운데서 빼 버렸습니다.

이 4명은 하나같이 그 만찬회에서 스티븐 배빙턴 목사와 만나게 되리라는 것을 미리 알 까닭이 없었기 때문입니다. 독으로 니코틴을 사용했다는 사실은 면밀한 주의 아래 계획된 것이었음을 증명합니다. 결코 그때 그 장소에서 일시적인 생각으로 한 일이 아닙니다. 그 리스트에는 그밖에 세 사람의 이름이 올라 있었습니다. 메리 리튼 고어 부인과 그녀의 딸 고어 양, 그리고 올리버 맨더스,

세 사람입니다. 이 세 사람은 이렇게 엄청난 일을 저지를 것 같지는 않지만 하지 못할 일도 아닙니다. 이들은 이 고장 사람이라서 스티븐 배빙턴 목사를 살해하는 데 그 만찬회의 밤을 택했을지도 모르는 겁니다. 그러나 저는 이 사람들 중에 범인이 있는지 어떤지에 대한 증거는 잡을 수 없었습니다.

새터드웨이트 씨는 저와 비슷한 선을 따라 추리하셨으리라고 생각합니다. 그리고 올리버 맨더스에게 혐의를 두셨습니다. 맨더스는 가장 혐의를 받을 만한 인물이었다고 할 수 있겠지요. 그 젊은이는 그날 밤 까마귀장에서 몹시 신경이 날카로워 있었습니다. 그는 개인적인 고뇌로 좀 비뚤어진 인생관을 갖게 되었던 겁니다. 게다가 그는 심한 열등감을 품고 있었습니다. 이것은 곧잘 범죄의 원인이 되는 것입니다. 그는 침착하기 어려운 젊은 나이였습니다. 사실 싸움도 했습니다. 또한 배빙턴 목사에 대해서는 적의까지 품고 있었습니다. 그리고 그가 멜포트 애비에 묵게 된 데에는 기묘한 과정이 있었습니다. 그리고 바솔로뮤 스트레인지 경으로부터 편지를 받았다든가 소지품 중에 니코틴 중독에 대한 신문 스크랩을 가지고 있었다는 이상한 이야기도 들었습니다. 뿐만 아니라 바솔로뮤 경의 일기에도 M.이라는 인물이 나오는 대목이 있습니다.

그러므로 올리버 맨더스는 리스트에 올라 있는 7명의 피의자 가운데서 가장 수상쩍은 인물이라는 것이 뚜렷해집니다.

그러나 여러분, 저는 묘한 느낌을 받았습니다. 범죄를 저지른 인물은 양쪽 파티에 다 참석한 인물, 바꿔 말하면 리스트에 있는 7명 가운데 한 사람이 틀림없다고 하는 일은 명백하고 이치에 맞는 것처럼 보입니다. 그러나 그 명백한 일 자체는 계획된 명백함일 뿐입니다. 이것은 정상적인 두뇌를 가진 논리적인 인간이라면 누구나 생각할 수 있는 일입니다. 사실 저는 현실을 보지 않고 교묘하게 그려진 무대장치를 본 것에 지나지 않습니다. 정말 머리가 좋은 범인이라면 그 리스트에 올라 있는 인간이 당연히 의심받는다는 것쯤은 알고 있었을 것이므로, 마땅히 그러한 리스트에는 오르지 않도록 꾸몄을 게 틀림없을 것입니다.

바꾸어 말하면 스티븐 배빙턴 목사와 바솔로뮤 스트레인지 경을 죽인 사람은, 실제로 양쪽 파티에 다 있었으면서도 그렇지 않게 꾸며 보였습니다.

그렇다면 제1의 사건에서는 있었으나 제2의 사건에서 없었던 인물은 누구일까요? 찰스 경, 새터드웨이트 씨, 밀레이 양, 그리고 배빙턴 부인 4명입니다.

이 네 명 가운데 다른 사람으로 변장하여 제2의 파티에 참석할 수 있었던 사람은 누구였을까요? 찰스 경과 새터드웨이트 씨는 남프랑스에 있었습니다. 밀레이 양은 런던에, 배빙턴 부인은 루마스에 있었습니다. 그러므로 4명 중에서는 밀레이 양과 배빙턴 부인이 가능할 것 같습니다. 하지만 밀레이 양이 아무에게도 눈치채이지 않고 멜포트 애비에 나타날 수가 있었을까요? 그녀는 눈에 잘 띄는 생김새이기 때문에 쉽사리 변장할 수도 없었을 것이며, 또 쉽게 남에게 잊혀질 만한 사람도 아닙니다. 나는 그녀가 누구의 눈에도 띄지 않고 멜포트 애비에 있었다는 건 불가능한 일이라고 단정했습니다. 배빙턴 부인도 마찬가지입니다.

그러한 점에서 볼 때 새터드웨이트 씨도 찰스 경도 눈치채이지 않고 애비에 있을 수는 없었겠지요. 새터드웨이트 씨와는 달리 찰스 경이라면 문제는 또 달라집니다. 찰스 경은 오랜 동안 무대를 밟아 온 배우입니다. 그러나 그에게 어떠한 역이 가능했을까요?

다음으로 저는 집사인 엘리스에 대해서도 생각했습니다. 엘리스라는 사나이는 아주 이상한 인물입니다. 사건 2주일 전에 어디서인가 느닷없이 나타나서 사건이 발생한 뒤에는 또 멋들어질 만큼 감쪽같이 모습을 감추었습니다. 어떻게 엘리스가 이렇듯 교묘하게 모습을 감출 수 있었을까요. 그것은 엘리스가 실제로 존재하지 않은 인물이기 때문입니다. 다시 말씀드립니다만, 엘리스는 골판지와 펜과 연출로 만들어진 인물이었던 것입니다.

그러나 그러한 일이 가능할까요? 멜포트 애비의 고용인들은 찰스 경을 알고 있었습니다. 주인 바솔로뮤 스트레인지 경이 찰스 경의 친구였기 때문입니다. 고용인들은 의심하지 않았습니다. 집사로 분장하는 일에는 위험 같은 건 전혀 없었던 겁니다. 비록 고용인들이 눈치챈다 하더라도 조금도 위험할 게 없지요. 농담으로 얼버무릴 수가 있기 때문입니다.

한편, 전혀 의심을 받지 않고 2주일이나 지냈다고 한다면 이보다 더 안전한 일은 없었던 겁니다. 여기서 나는 고용인들이 그 집사에 대해 이야기한 말을 생각해 냈습니다. 그가 '훌륭한 신사'로서 '상류가정'에 있었던 일이 있고, 여러 가지 재미있는 스캔들을 알고 있었다는 일입니다. 그 정도는 극히 간단한 이야기입니다. 그런데 하녀 도리스에게서 아주 중요한 진술을 들었습니다. '그 사람은 지금까지의 집사와는 방식이 다른 데가 있었습니다'라고 도리스는 말했습니다. 그 여자는 이 점을 몇 번이나 되풀이했습니다. 나는 거기서 자신감을 가졌습니다.

그러나 바솔로뮤 스트레인지 경은 이야기가 다릅니다. 그의 친구가 그를 속일 수 있었다고는 생각할 수 없습니다. 바솔로뮤 경은 변장을 눈치챘을 게 틀림없습니다. 그럼 무언가 그것을 뒷받침할 증거가 있었을까요? 그렇습니다. 날카로운 새터드웨이트 씨는 이 조사를 시작했을 때부터 어떤 중요한 한 가지 점을 포착하고 있었습니다. 그것은 바솔로뮤 경이 했다는 이례적인 농담, 바로 그것입니다. 바솔로뮤 경이 고용인에 대해 여느때와는 다른 태도로 '엘리스, 자네는 일류 집사로군' 하고 말했던 일입니다. 이 농담은 그 집사가 찰스 카트라이트이고 바솔로뮤 경이 그것을 알았을 때에라야 비로소 이해되는 것입니다.

바솔로뮤 경은 찰스 경의 분장을 장난으로 보고 있었습니다. 그러나 엘리스의 분장은 장난은커녕 도박이었던 셈입니다. 그 목적은 파티에서 장난을 할 속셈이었습니다. 그렇기 때문에 바솔로뮤 경은 그 능숙한 분장에 놀라며 엘리스에게 유쾌한 농담을 했던 거지요. 게다가 아직 그 계획은 취소될 수도 있었습니다. 파티에 참석한 누군가가 첫 번째 파티 식탁에서 찰스 카트라이트 경을 눈치챘다 하더라도, 돌이킬 수 없는 일은 아직 아무것도 일어나지 않았던 겁니다. 그러나 벨라도나(가지과에 속하는 여러해살이풀로서 독성이 있으나 진통제, 진정제로 사용)로 눈을, 그리고 수염을 붙이고 손목에 멍을 물들인 꾸부정한 허리의 중년 집사를 아무도 눈여겨보는 이는 없었습니다. 대부분의 사람은 관찰력이 부족하기 때문에 극히 미묘한 식별을 해줄 특징마저 지나쳐 버리고 말았던 거지요. 엘리스의 멍은 엘리스의 인상서 중에서도 중요한 분장으로써 물들였던 겁니다. 하지만 그 2주일 동안에 그것을 깨달은 이는 오직 한 사람뿐이었습니다. 총명한 눈을 가진 윌스 여사였습니다만, 이 부인에 대해서는 나중에 말씀드리겠습니다.

다음에는 무슨 일이 일어났습니까? 바솔로뮤 경이 돌아가셨던 겁니다. 이번에는 자연사라고 생각되지 않았습니다. 경관이 와서 엘리스며 다른 사람들을 신문했습니다. 그날 밤 늦게 엘리스는 비밀통로로 달아나서 변장을 벗어 버렸습니다. 그리고 이틀 뒤에는 몬테카를로 근처를 건들거리며 친구가 죽었다는 소식을 듣고 깜짝 놀란 척해 보였던 것입니다.

이것이 나의 설입니다. 실제 증거는 아무것도 없습니다. 그러나 어느 사건이나 이 설을 뒷받침해 주었습니다. 저의 카드집은 이렇게 교묘히 조립되었습니다. 엘리스의 방에서 협박장이 발견되었습니다만, 그것은 모두 찰스 경이 발견한 것이었지요.

그렇다면 바솔로뮤 경이 맨더스 청년에게 보낸 거짓 사고를 꾸미도록 부탁하는 편지는 어떻게 설명될까요? 찰스 경이 바솔로뮤 경의 이름으로 편지를 쓰는 것쯤은 조금도 어렵지 않은 일입니다. 만일 맨더스가 그 편지를 찢어 버리지 않았다 하더라도 엘리스로 분장한 찰스 경이라면 이 젊은 신사의 시중을 들면서 없애는 것은 간단히 할 수 있는 일입니다. 마찬가지로 저 신문 스크랩도 엘리스가 쉽사리 맨더스의 지갑에 넣을 수 있습니다.

그럼, 다음은 제3의 희생자, 드 러시브리저 부인의 이야기로 옮깁니다. 우리들이 부인에 대해 맨 처음으로 들은 것은 언제였지요? 그것은 바솔로뮤 경이 여느때 같지 않게 엘리스는 훌륭한 집사라고 장난스레 농담을 한 바로 뒤의 일이었습니다. 무슨 일이 있어도 바솔로뮤 경이 집사에게 취한 태도에 다른 사람들의 주의가 집중되면 안 되었던 것이지요. 찰스 경은 집사가 가지고 온 용건이 무엇이냐고 곧 물었습니다. 전갈은 드 러시브리저 부인, 바솔로뮤 경의 환자에 대해서였습니다. 그리하여 곧 주의를 집사에게서 이미지의 부인에게 돌리려고 온 힘을 다했던 것입니다. 그는 요양소에 가서 간호부장에게 여러 가지로 물어보았습니다. 있는 힘을 다해 그는 드 러시브리저 부인을 가능한 한 이용해 왔던 것입니다.

우리는 이 드라마 속에서 윌스 여사가 연기한 역할을 조사하지 않으면 안 됩니다. 그녀는 보기 드문 인격을 가지고 있습니다.

윌스 여사는 주위 사람들에게 전혀 깊은 인상을 주지 못하는 사람이지요. 윌스 여사는 아름답지도 않고 기지도 없으며 특히 남에게 동정적이라고 말할 수 있는 편도 아니었습니다. 윌스 여사는 정체를 알 수 없는 인물입니다. 그러나 윌스 여사는 관찰력이 매우 뛰어나고 지적인 사람입니다. 윌스 여사는 펜으로 이 세상에 복수하고 있는 겁니다. 윌스 여사는 종이 위에 인물을 재현하는 비범한 재능을 가지고 있습니다. 윌스 여사가 집사를 여느 사람과 다른 남자라고 느꼈는지 어쨌는지는 모릅니다만, 어쨌든 그 만찬회에서 집사에게 눈길을 보냈던 것은 윌스 여사 한 사람뿐이었습니다. 사건 이튿날 아침, 하녀도 말했듯이 윌스 여사는 만족할 수 없는 호기심에서 여기저기 캐어 물으며 돌아다녔습니다. 데이크리스 부부의 방에 들어갔으며 커튼이 달린 문으로 하인 방에도 들어갔습니다. 마치 몽구스가 본능적으로 냄새를 맡으며 먹을 것을 찾듯이 수색을 시작했던 거지요.

윌스 여사는 찰스 경에게 불안을 느끼도록 한 오직 한 사람이었습니다. 그렇기 때문에 찰스 경은 윌스 여사를 만나려고 했던 겁니다. 찰스 경은 윌스 여사를 만나보고 아주 마음을 놓으며, 그녀가 멍에 대해 알고 있는 일을 몹시 기뻐했습니다. 그러나 그 만남 뒤에 비극이 일어났던 거지요. 윌스 여사는 그때까지 집사 엘리스와 찰스 카트라이트 경을 연결시켜 생각하지 않았다고 여겨집니다. 그러나 윌스 여사는 민감한 관찰자였습니다. 요리가 윌스 여사에게 건네어졌을 때, 자동적으로 얼굴이 아니라 접시를 들고 있는 손으로 주의를 보냈던 겁니다.

처음에 윌스 여사는 엘리스가 찰스 경임을 생각지 못했던 거지요. 그러나 찰스 경이 윌스 여사에게 이야기하고 있을 때, 엘리스는 찰스 경이었다는 것이 갑자기 머리에 떠올랐습니다. 그래서 윌스 여사는 야채가 담긴 접시를 자기에게 건네주는 시늉을 해달라고 부탁했던 겁니다. 윌스 여사가 흥미를 가진 것은, 멍이 오른쪽 손목에 있었는지 왼쪽에 있었는지 하는 게 아니었습니다. 집사 엘리스의 손과 같은 위치에 그의 손을 내밀게 하여 그 손을 조사하려면 구실이 필요했던 거지요.

월스 여사는 모든 사실을 알았던 것입니다. 그러나 월스 여사는 색다른 사람입니다. 그 비밀을 알아낸 것을 혼자서 즐기고 있었으니까요. 게다가 월스 여사에게는 찰스 경이. 친구를 죽였다는 확신이 없었습니다. 찰스 경은 확실히 엘리스로 분장하고 있었습니다. 그러나 그렇다고 해서 반드시 찰스 경을 살인자라고 단정할 수는 없었습니다. 말을 하게 되면 불리한 입장에 설지도 모른다고 생각하여, 선량한 사람은 침묵을 지켰던 거지요.

그래서 월스 여사는 이 비밀을 자기 가슴속에만 간직하고 즐기고 있었던 겁니다. 그러나 찰스 경은 걱정스럽기만 했습니다. 그가 방을 나올 때 본 월스 여사의 흡족해 하는 심술궂은 표정이 마음에 걸렸던 거지요. 월스 여사는 무언가 알고 있다, 무엇인가를. 자기에게 관계있는 일일까. 찰스 경으로서는 알 수 없었습니다. 그러나 찰스 경은 집사 엘리스와 관계있는 일이라고 느끼고 있었습니다. 맨 처음에는 새터드웨이트 씨, 그리고 지금 또 월스 여사가 있는 겁니다. 그는 이 치명적인 점으로부터 사람들의 주의를 돌리지 않으면 안 되었습니다. 전혀 다른 곳으로 주의를 집중시키지 않으면 안 되었습니다. 그래서 찰스 경은 어떤 계획을 생각해냈던 겁니다. 간단하고 대담하고 불가해한 계획을 생각해낸 것이지요.

제가 셰리 파티를 연 날, 찰스 경은 아침 일찍 일어나 요크셔에 갔던 것 같습니다. 남루한 옷으로 변장하여 한 소년에게 전보를 치도록 부탁했던 거지요. 그리고 내가 만든 드라마의 역할을 하기에 늦지 않도록 런던으로 돌아왔습니다. 찰스 경은 또 하나 다른 일을 했습니다. 지금까지 만난 일도 없는 전혀 모르는 한 부인에게 한 상자의 초콜릿을 보냈던 겁니다.

그날 밤 무슨 일이 생겼는가는 여러분도 알고 계실 테지요. 저는 찰스 경의 불안해하는 태도를 보고 그가 윌스 여사에 대해 무언가 의심을 품고 있다고 확신했습니다. 찰스 경이 죽음의 장면을 연기했을 때, 저는 윌스 여사의 얼굴을 주의깊게 살피고 있었습니다. 윌스 여사의 얼굴에서 경악의 빛을 보았지요. 그때 저는 윌스 여사가 살인자는 찰스 경이 아닐까 하고 의심하고 있었다는 것을 뚜렷이 알 수 있었습니다. 그러나 그가 앞의 두 사람과 마찬가지로 독약으로 죽은 것처럼 보였을 때, 윌스 여사는 자기의 추측이 잘못된 것이라고 생각했습니다.

그러나 윌스 여사가 만일 찰스 경을 의심한다면, 윌스 여사의 몸은 위험에 놓이는 겁니다. 두 번이나 살인을 한 사람이라면 한번쯤 또 하고도 남으리라 생각되었습니다. 저는 엄숙한 경고를 했습니다. 그날 밤 늦게 전화로 윌스 여사와 이야기했습니다. 나의 충고에 따라 윌스 여사는 모습을 감추었습니다. 그 뒤로 윌스 여사는 죽 이 호텔에서 묵고 있지요. 제가 한 일이 현명했다는 것은, 찰스 경이 길링에서 돌아온 다음날 밤 투팅에 갔다는 사실로 알 수 있습니다. 그는 이미 때를 놓쳤습니다. 새는 날아가 버렸던 겁니다.

이러는 사이 찰스 경의 관점에서 본다면, 계획은 착착 진행되어 갔습니다. 드 러시브리저 부인은 무엇인가 우리들에게 말하지 않으면 안 될 중요한 일을 알고 있었습니다. 그러나 드 러시브리저 부인은 이야기하기 전에 살해되고 만 것입니다. 이 얼마나 극적인 일이겠습니까? 미스터리소설이나 연극이나 영화의 각본 그대로가 아닙니까? 골판지며 번쩍거리는 종이며 페인트 칠한 천으로 된 무대장치 그것이었지요.

그러나 이 에르큘 포아로는 속아 넘어가지 않았습니다. 새터드웨이트 씨는 부인이 알고 있는 일을 폭로하지 못하도록 하기 위해 살해한 거라고 말했습니다. 저도 동감이었습니다. 그때 '혹은 드 러시브리저 부인이 모르는 일을'이라고 저는 말했습니다. 새터드웨이트 씨는 당혹스러웠던 모양입니다. 그러나 새터드웨이트 씨는 그때 진상을 파악해야만 했던 것입니다.

드 러시브리저 부인은 사실 우리들에게 이야기할 것이 없었기 때문에 살해되었습니다. 부인은 이 사건에 아무 관계도 없었기 때문에 살해되었던 겁니다. 찰스 경이 교묘하게 만든 꼭두각시로서, 도움이 되려면 드 러시브리저 부인은 죽지 않으면 안 되었습니다. 이리하여 죄 없는 사람, 알지도 못하는 드 러시브리저 부인은 살해된 것입니다.

언뜻 보기에 성공을 거둔 것처럼 보이지만 찰스 경은 결정적인 실수를 저질렀습니다. 전보를 리츠 호텔에 있는 이 에르큘 포아로에게 보낸 것입니다. 그러나 드 러시브리저 부인은 이 사건에 제가 관련돼 있는 줄은 전혀 몰랐습니다. 요양소에 있는 사람이 그런 일을 알 턱이 없지요. 정말 믿어지지 않는 유치한 실수였습니다.

저는 확실한 단계에 이르렀습니다. 저는 범인의 정체를 알았던 겁니다. 하지만 최초의 범행 동기는 여전히 알 수가 없었습니다. 저는 생각을 거듭했습니다.

그리하여 바솔로뮤 스트레인지 경의 죽음이 근본적인 어떤 목적에서 이루어진 살인이라는 것을 전보다 더 뚜렷히 알게 되었던 거지요. 대체 무슨 까닭으로 찰스 카트라이트 경은 자기 친구를 죽였던 것일까? 그 동기를 제가 상상할 수 있을까요? 할 수 있다고 생각했습니다.”

깊은 한숨이 새어나왔다. 찰스 경은 조용히 일어나 벽난로 쪽으로 걸어갔다. 거기에 서더니 허리에 손을 짚고 포아로를 굽어보았다. 그의 태도는 새터드웨이트 씨가 말했던 것처럼 자기에게 사기죄를 뒤집어쒸우는 데 성공한 악덕 변호사를 비웃듯이 바라본 엔글루먼트 경의 태도와 닮아 있었다. 마치 고귀함과 불쾌감을 나타내며 사람들을 경멸스럽게 보는 귀족과도 같았다.

"포아로 씨, 당신은 엉뚱한 상상을 하고 있군요. 당신의 이야기에는 신빙성이라곤 하나도 없소. 어째서 당신이 그런 우스꽝스러운 거짓말을 꾸며내는지 나로서는 도무지 알 수가 없소. 하지만 계속하시오. 재미있군요. 내가 나의 오랜 친구를 죽인 동기가 무엇이었는지를?"

작달막한 사나이 에르큘 포아로는 그 귀족을 물끄러미 올려다보았다. 그는 침착하게 천천히 말했다.

"찰스 경, 살인에는 그다지 많은 동기가 필요 없는 법입니다. 공포와 이익과 그리고 여자. 당신의 경우는 지금 말한 맨 처음의 것이 동기입니다. 바솔로뮤 경 살해 동기는 공포였던 거지요."

찰스 경은 자못 경멸하듯이 어깨를 으쓱했다.

"어째서 내가 옛 친구를 두려워하지요?"

"그것은 박사가 정신과 의사였기 때문입니다."

포아로는 잠깐 입을 다물고 잔잔히 낮은 목소리로 이야기를 계속했다.

"이 생각이 떠오른 뒤에 여러 가지로 조사를 했습니다. 나는 헌 신문을 보았습니다. 찰스 경, 당신은 그전에 과로로 신경쇠약이 되어 무대 생활을 그만두고 싶다고 새터드웨이트 씨에게 말씀하신 것을 기억하고 계실 테지요? 그 말은 진상과 조금 달랐습니다. 무대생활을 그만두기 2년 전 당신은 3편의 연극에 출연하셨습니다. 나폴레옹의 생애를 그린 연극과, 하느님을 연기한 종교극이었죠. 그리고 온 세계를 지배하는 초독재자 역의 악한극이었습니다. 그 무렵 당신이 했던 말에는 뚜렷하게 병적인 자부심이 있었습니다. 당신이 신경쇠약에 걸린 데 대해 자세한 것은 모릅니다. 신문에는 유람 항해를 떠났다는 것이 실렸었습니다. 그러나 버젓한 선박회사의 선객 명부에는 당신 이름이 기록되어 있지 않았습니다.

이럴 즈음 리튼 고어 양이 찾아와서 무심코 한 말이 큰 도움이 되었습니다. 당시의 원래 이름이 머그라는 것을 은밀히 들려준 것입니다. 이 순간 나의 마음속에 하나의 문장이 떠올랐던 겁니다. 바솔로뮤 경의 일기 속에서 연필로 쓴 'M의 일이 걱정스럽기만 하다. 아무래도 상태가 심상치 않다'고 하는 그 문장이. M은 맨더스도 아니고 마거릿 러시브리저도 아니고 알 수 없는 인물의 이름도 아니었던 겁니다. M은 머그를 가리키는 것으로, 바솔로뮤 경이 젊었을 적 친구로서 당신을 부른 이름의 약자였습니다. 이리하여 차츰 나의 추측에 확신을 갖기 시작했습니다. 찰스 경이 항해를 떠났다고 생각되는 날, 찰스 머그라는 이름의 한 환자가 랭커셔의 사립 정신병원에 입원했습니다. 멜포트 애비에 있는 바솔로뮤 경의 요양소 직원들은 찰스 경이 너무나 낯이 익었으므로 사람들 눈을 피하기 위한 조치였다는 것은 이해됩니다. 찰스 머그는 4개월 입원해 있다가 퇴원했습니다. 그러나 저는 바솔로뮤 경이 친구의 정신 상태가 이것으로 완전히 좋아졌다고 생각하지 않았으리라 봅니다. 마침내 이러한 바솔로뮤 경의 감시적인 태도는 비극을 낳게 되었습니다.

찰스 경의 병이 완쾌되지 않았던 거지요. 그는 교묘히 그것을 세상에 숨기고 있었습니다. 그러나 그는 걱정해 주는 친구의 노련한 눈을 속일 자신은 없었던 겁니다. 그렇게 바솔로뮤 경이 친구의 정신상태에 어딘지 모르게 불안을 갖고 있는 동안, 찰스 경은 매우 빈틈없는 계획을 세우고 있었습니다.

찰스 경은 바솔로뮤 경이 자기의 자유를 속박한다고 생각했습니다. 그리고 바솔로뮤 경이 자신을 병원에 입원시킬 계획을 갖고 있다고 믿었습니다. 그래서 그는 빈틈없고 아주 교활한 살인 계획을 짰던 것입니다.

내가 죽 고민해 온 알 수 없던 문제의 하나는 찰스 경과 리튼 고어 양의 관계였습니다. 새터드웨이트 씨에게 찰스 경은 상대편 여자가 자기를 사랑하고 있건만 깨닫지 못하는 눈치없는 연인 역을 해보였습니다. 고어 양이 올리버 맨더스에게 반한 줄 믿고 있는 시늉을 했던 것입니다. 그러나 찰스 경만큼 세상을 잘 알고 여성 편력이 많은 남자가 모를 까닭이 없는 것입니다. 그가 자신있어하는 일이 어떤 것인지 스스로 잘 알고 있을 것은 틀림없지요. 그렇다면 그의 태도를 어떻게 설명할 수 있을까요?

간단합니다. 찰스 경은 루마스를 떠나 외국에 나갈 구실이 필요했던 겁니다. 그는 얼마 동안 친구를 피할 합리적인 구실이 필요했습니다. 그래서 그는 실연을 구실로, 거기에다가 자신의 천재적인 연기로 도피할 핑계를 삼는 것이 가장 좋다고 생각했습니다. 그래서 곧 측은함을 불러일으키는 연기를 해보였습니다. 그렇게 하면 바솔로뮤 경이 죽은 뒤, 영국에 돌아와 수사에 한몫 낄 수 있는 구실을 만들 수 있었기 때문입니다. 일이 어떻게 되어가는지 아는 것이 그로서는 중요했던 거지요."

포아로는 잠깐 이야기를 중단했다.

찰스 경은 웃었다. 그것은 정말로 마음속으로부터 재미있어 견딜 수 없다고 생각하고 웃는 것 같았다.

"당신은, 당신은, 그렇게 생각했소?"

만일 이곳에 관객이 '일반석'에 앉아 있었다고 한다면, 찰스 경의 조소적인 태도로 인하여 이 얼간이 비슷한 외국인의 사고방식은 우스꽝스럽기 이를 데 없는 것으로 여겨졌으리라. 그리고 찰스 경 쪽이

건전한 인간으로 보였으리라.

"그럼, 내가 미치광이란 말이오?"

그는 몹시 유머러스하게 말했다.

"친애하는 포아로 씨, 당신의 추리가 너무 엉뚱하다고 생각하지 않소? 늙은이의 망령이라고는 말하지 않겠소만."

그는 이마에 손을 대며 말했다.

"포아로 씨, 그렇게 말하는 건 머리가 좀 어떻게 된 게 아닐까 싶소. 심한 신경 쇠약때문에 톨리의 충고를 받아 사립병원에 들어갔던 건 사실입니다. 그러나 나를 살인광으로까지 만들다니 너무하군요."

그는 잠시 입을 다물더니 다시 전과 마찬가지로 장난기어린 태도로 지껄여댔다.

"그리고 배빙턴, 저 노목사님은 어떻게 된 거지요? 그도 정신병의 권위자였나요?"

"아니요." 에르큘 포아로는 말했다.

"배빙턴 노인을 살해한 까닭은 전혀 다른 것이었습니다. 정말은 아무런 까닭도 없었던 겁니다."

"그럼, 무슨 살인놀이였다는 겁니까?"

"아니요, 그런 것과도 다른 까닭이 있었습니다. 그날 밤 당신은 칵테일 잔에 니코틴을 넣을 기회는 얼마든지 있었지만, 목저한 인물에게 건네줄 수 있을지 어떨지 자신이 없었을 것이라고 나는 여태까지 믿고 있습니다. 나는 어제 아주 사소한 말 한마디로 진상을 파악했습니다. 그 독은 꼭 스티븐 배빙턴 목사를 죽이기 위해 사용된 것이 아니라, 두 사람의 인물, 즉 당신 자신과 바솔로뮤 경을 빼고는 참석한 아무에게나 먹여도 좋았던 것이었지요. 바솔로뮤 경은 당신도 알고 있었듯이 칵테일은 질색이었으니까요."

새터드웨이트 씨는 외쳤다.

"하지만 그건 난센스요, 목적이 무엇이지요? 아무것도 없지 않소?"

포아로는 새터드웨이트 씨를 향해 외쳤다. 그 목소리는 승리를 외치는 목소리였다.

"있습니다. 기묘한 목적이 있지요, 정말 기묘한 목적입니다. 지금까지의 살인 사건에는 없었던 동기입니다. 배빙턴 목사 살인은 무대 리허설이었던 겁니다."

"뭐라고요?"

"네, 찰스 경은 배우였습니다. 그는 배우의 본능에 따랐습니다. 그는 범죄를 범하기 전에 살인의 무대 리허설을 해 보았던 것입니다. 아무런 혐의도 그에게 돌아올 리 없습니다. 이 사람들 가운데 누가 죽든 그로서는 이익이 되지 않을 것이고, 게다가 아시다시피 특별한 인물을 독살한 증거도 없는 셈입니다. 그리하여 여러분, 이 무대 리허설은 성공한 셈입니다. 배빙턴 씨는 살해되고 이 저주할 연극은 아무런 의심도 사지 않았던 거지요. 찰스 경에게 남겨진 일이란 다만 이 사건에 혐의를 걸게 하는 일이었습니다. 그는 우리가 진지하게 덤벼들지 않는 데 아주 흐뭇해했던 것입니다. 잔을 바꿔치는 일도 순조로웠습니다. 그리하여 본 무대도 '성공할 수 있다'고 확신할 수가 있었던 겁니다.

당신도 알고 계시리라고 생각합니다만, 사건은 따로따로 조금 다른 방향을 취했습니다. 제2의 사건 때는 의사가 거기에 있어 바로 독살 혐의를 두었던 것입니다. 그래서 찰스 경은 배빙턴 씨의 죽음을 강조하는 일이 중요했던 거지요. 바솔로뮤 경의 죽음은 최초의 살인 결과 생긴 것이라고 여기게 하지 않으면 안 되었습니다. 사람들의 주의를 배빙턴 살인의 동기로 돌리지 않으면 안 되었습니다.

바솔로뮤 경의 독살에 대한 동기에 관해 사람들의 주의를 불러일으켜서는 안 되었던 거지요.

그러나 한 가지 찰스 경에게 계산 착오가 있었습니다. 밀레이 양이 열심히 감시하고 있었던 겁니다. 밀레이 양은 뜰에 있는 탑 속에서 자기 주인이 화학 실험을 하고 있는 것을 알고 있었습니다. 장미꽃 살충제 살 돈을 지불한 밀레이 양은 그 살충제가 대량으로 없어지는 것을 알고 있었지요. 배빙턴 목사가 니코틴으로 독살되었다는 기사를 읽었을 때, 날카로운 밀레이 양의 두뇌는 곧 찰스 경이 장미꽃 살충제에서 순수한 알칼로이드를 추출해낸 거라고 결론을 내렸던 것입니다.

그래서 밀레이 양은 어찌해야 좋을지 몰랐습니다. 왜냐하면 그녀는 옛날부터 배빙턴 목사를 알고 있었고, 못생긴 여자가 대개 그렇듯 멋쟁이 주인에게 깊고 헌신적인 사랑을 느끼고 있었기 때문입니다.

마침내 밀레이 양은 찰스 경의 실험 기계를 부숴 버리려고 결심했습니다. 찰스 경 자신은 성공을 확신하고 있었기 때문에 그럴 필요를 느끼지 않았으나 밀레이 양은 콘월로 갔습니다. 저는 그 뒤를 미행했습니다. ”

다시 찰스 경은 웃었다. 찰스 경은 한 마리의 쥐 때문에 기분이 몹시 상한 훌륭한 신사와 같은 태도를 하고 있었다.

“당신은 그 낡아빠진 실험 기계가 증거라는 거요 ? ”

찰스 경은 경멸하듯이 말했다.

“아닙니다. 당신이 영국에 돌아오셨거나 또는 떠나셨을 때의 날짜가 적힌 여권이 있습니다. 날짜는 집사인 엘리스가 바솔로뮤 박사 댁에서 일했다는 기간과 우연히도 일치하지요. ”

포아로는 말했다.

에그는 그때까지 얼어붙은 듯이 한마디도 하지 않았다. 에그는 몸을 움직였다. 조그마한 울음소리, 신음하는 듯한 울음소리가 새어나왔다.

찰스 경은 허세를 부리며 뒤돌아보았다.

"에그, 당신은 이따위 터무니없는 이야기를 한마디도 믿지 않을 테지, 응?"

찰스 경은 웃었다. 그리고 손을 내밀었다.

에그는 최면술에 걸린 사람처럼 천천히 앞으로 나아갔다. 에그의 눈은 물끄러미 찰스 경을 올려다보고 있었다. 찰스 경의 곁에 서기 전에 비틀거리며 아래를 보다가 어느 쪽이 정말인가 도움을 구하려는 듯 두 사람을 번갈아 보았다.

그리고 울며 포아로 곁에 무릎을 꿇었다.

"정말인가요, 정말인가요?"

포아로는 부드럽게 양손을 그녀의 어깨 위에 올려놓았다.

"정말입니다, 에그 양."

에그는 말했다.

"전날 시골에 갔을 때 내내 걱정이 되었어요. 어째서인지는 모르지만 무언지 무서웠어요. 그것은…… 그 까닭은……."

"여자의 육감인가, 에그?"

찰스 경은 비꼬며 웃었다. 그는 아직도 침착했다.

"그렇게 된 게 아니오. 여권에 대해서는 설명할 수 있소. 이상하게 보일지도 모르지만, 여러 가지 까닭이 있었던 거요."

찰스 경은 말했다.

에르큘 포아로는 사무적인 투로 말했다.

"찰스 경, 옆방에 경관과 정신병 전문의가 두 사람 와 있습니다."

"벌써 그런 짓까지 했단 말이오?"

찰스 경은 몸을 앞으로 비틀거렸다. 얼굴은 원래의 표정을 잃고 다른 사람처럼 변했다. 무기력하고 심술궂게 보이는 얼굴이었다. 목소리는 카랑카랑하고 잔뜩 쉬어 있었다.

"당신이 날 함정에 빠뜨린 거요. 그렇소, 함정을 판 것이오. 내가 그들을 만날 줄 아오? 음모요, 계략이오. 나를 막다른 골목에 몰아넣은 거요. 놈들에게 손가락 하나 얼씬 못하게 할 테다. 아무도 내 몸에는 손을 못 댄다."

찰스 경은 꼿꼿이 몸을 세웠다.

"나는 위대하다. 너희들 어리석은 자가 만든 법률이 무어란 말이냐? 그 세 사람은 죽이지 않으면 안 되었던 것이다. 그것은 꼭 필요했던 일이다. 세 사람이 죽어서 유감스럽다고는 생각한다. 그러나 죽일 필요가 있었던 것이다. 어떻게든지 나의 안전을 위해서."

찰스 경은 이야기를 멈추고 턱을 움직이며 포아로를 노려보았다.

"그것은 거짓말이다, 덫이다! 거짓말이야. 아무도 와 있지 않다."

"당신이 직접 보십시오." 에르큘 포아로가 말했다.

찰스 경은 문 쪽으로 성큼성큼 걸어갔다. 문을 꽥 열고 들어갔다. 찰스 경의 부르짖는 목소리가 들리고 이어 사람들이 웅성거리는 소리가 들렸다. 포아로는 문으로 가서 안을 기웃거리고 주의깊게 닫았다.

"에그 양, 모든 건 끝났습니다." 포아로는 말했다.

"그는 보호되겠지요, 당신을 집에까지 바래다 줄 친구가 와 있습니다."

포아로는 두 번째 문을 열었다. 올리버 맨더스가 들어왔다. 올리버 맨더스는 곧 에그한테 갔으며 에그도 비틀거리며 올리버 맨더스 쪽으로 다가갔다.

"올리버, 나는 당신에게 너무했어요, 정말 너무했어요. 엄마한테로 데려다 줘요. 네, 엄마한테……."

올리버 맨더스는 에그를 안듯이 문 쪽으로 데리고 갔다.

"그래, 에그, 데려다 줄게."

"아주 무서웠어요, 무서웠어요."

"알고 있어, 이제 끝난 거야, 두 번 다시 생각하지 않아도 좋아."

"잊을 수 없어요, 결코 잊혀지지 않을 거예요."

"아냐, 잊을 수 있어. 곧 잊게 돼. 자, 가지."

에그는 올리버 맨더스의 부축을 받으며 나갔다. 문 있는 곳에서 에그는 걸음을 멈추고 올리버의 팔에서 떨어졌다.

"이젠 괜찮아요."

포아로가 선한 눈짓을 했다. 올리버 맨더스가 돌아왔다.

"에그에게 잘해 주도록 하게." 포아로는 말했다.

"네, 포아로 씨. 에그는 제가 이 세상에서 가장 사랑하는 사람입니다. 아시겠지요? 에그에 대한 사랑 때문에 저는 비뚤어지고 빗나간 인간이 되었던 겁니다. 하지만 이제부터는 다릅니다. 언제나 지켜 주겠어요. 그리하여 언젠가는 꼭……."

"그렇게 해야 하고 말고." 포아로는 말했다.

"찰스 경이 나타나 에그를 유혹할 무렵, 에그 양은 당신을 사랑하기 시작했을 거라고 생각합니다. 영웅 숭배는 젊은이에게 있어 참으로 무서운 위험이더군요. 언젠가 에그 양은 당신을 사랑하여 확고한 행복을 이룩하겠지요."

포아로는 방을 나가는 젊은이를 부드러운 마음으로 배웅했다.

새터드웨이트 씨는 의자에 앉은 채 몸을 내밀었다.

"포아로 씨, 당신은 훌륭합니다. 정말 훌륭합니다."

포아로는 겸손한 표정을 지었다.

"아무것도 아니지요, 아무것도 아닙니다. 3막의 비극, 이제 막은 내렸습니다."

"미안하지만……." 새터드웨이트 씨는 말했다.

"무언가 할 이야기라도 있습니까?" 포아로가 물었다.

"알고 싶은 일이 한 가지 있습니다."

"말씀하십시오."

"당신은 어떤 때는 영어를 능숙하게 하시다가 어떤 때는 그렇지 못한데 그건 무슨 까닭입니까?"

포아로는 웃었다.

"아, 설명해드리지요. 나는 관용적인 영어는 압니다. 하지만 새터드웨이트 씨, 엉터리 영어로 이야기하여 아주 득을 보는 일도 있지요. 그렇게 하면 모두들 사람을 얕보거든요. '외국인이로군. 영어도 제대로 말하지 못하는구나'라고요. 상대에게 두려움을 주기보다는 좀 어리숙하게 보이는 게 비결인 셈이죠. 그러면서 자기 선전도 하는 것이지요. 영국인들은 때때로 '자기를 존중하지 않는 자는 가치가 없다'는 소리를 하니까요. 그게 영국인의 사고방식이랍니다. 따라서 내가 한 행동은 진실이 아닙니다. 그저 상대를 방심하도록 하려는 속셈에 지나지 않고, 그렇게 하는 것이 나로서는 습관이 되고 말았답니다."

"포아로 씨, 당신은 뱀처럼 교활하군요."

새터드웨이트 씨가 말했다.

새터드웨이트 씨는 얼마 동안 사건에 대해서 무뚝히 생각하고 있었다.

"나는 이 사건에서 그다지 대단한 일도 못한 것 같습니다."

그는 분한 듯이 말했다.

"천만에요. 당신은 중대한 일, 바솔로뮤 경이 집사에 대해서 한 말에 의심을 가지셨습니다. 그리고 당신은 윌스 여사의 날카로운 관찰력 역시 알아내셨습니다. 만일 연극을 좋아하는 탓에 극적 효과

에만 정신을 빼앗기지 않고 계셨다면, 이 사건 모두를 해결하셨을
겁니다."

새터드웨이트 씨는 기쁜 듯한 얼굴이 되었다. 그러나 느닷없이 어
떤 생각이 떠올랐는지 아래턱을 내렸다.

"그렇군!" 새터드웨이트 씨는 외쳤다. "겉은 멀쩡한 위인이 칵테
일에 독을 넣다니, 그걸 마시고 무사할 사람은 없지."

"당신이 생각 못한 좀더 무서운 일이 아직도 하나 있습니다."
포아로가 말했다.

"네?"

"바로 내가 마셨을지도 모른다는 겁니다."
에르퀼 포아로는 말했다.

THE COMING OF MR. QUIN

퀸 씨 등장

퀸 씨 등장

섣달 그믐날 밤 로이스턴에서 열린 파티에 참석한 손님 중 나이 많은 축들은 홀에 모여 있었다.

젊은 축들은 잠을 자러 가버렸는데, 새터드웨이트 씨로서는 이것은 기쁜 일이었다. 그는 젊은이들이 가까이에서 떠드는 것이 싫었다. 재미도 없거니와 거친 녀석들이라는 것이 그의 의견이었다. 그들에게는 잔재미가 없었다. 새터드웨이트 씨는 나이를 먹어감에 따라 마음의 아기자기한 것을 더욱 더 좋아하게 되었던 것이다.

새터드웨이트 씨는 62세——등이 약간 굽은 초로의 남자이며 사람의 마음을 들여다보는 듯한 묘하게 작은 요정을 연상시키는 얼굴을 하고 있고, 타인의 생활에 날카롭고 비판적인 관심을 기울이고 있었다. 말하자면 그는 지금까지 쭉 맨 앞 관람석에 앉아서 눈앞에 전개되는 갖가지 인생극을 지켜보고 있었던 것이다. 그는 언제나 구경꾼 역이었다. 완전히 늙은이 축에 끼게 된 지금에 이르러 비로소 깨달은 일이지만 그는 요즘 보는 연극에 대해 차츰 비판적이 되어 있었다. 지금 그는 좀 색다른 것을 찾고 있었다.

물론 그는 이러한 것에 대하여 특별한 감각을 갖고 있었다. 연극거리가 될 만한 것이 가까이에 있으면 본능적으로 그렇다는 것을 알 수 있었다. 오늘 오후 로이스턴에 도착한 이후 그의 이상한 내부 감각이 꿈틀거려 줄곧 '조심하라'고 말하고 있었다. 뭔가 재미있는 일이 일어났거나 일어나려 하고 있는 것이다.

파티에는 그다지 많은 사람이 오지 않았다. 온화하고 친절한 주인 톰 이브샴과 결혼 전에는 롤러 킨이라는 이름이었던, 착실하고 정치를 좋아하는 그의 아내가 있었다. 군인이자 여행가이며 사냥을 좋아하는 리처드 콘웨이 경 외에 6, 7명의 젊은이도 있었는데 새터드웨이트 씨는 그들의 이름을 미처 듣지 못하고 말았다. 그 밖에 포털 내외가 있었다.

이 포털 내외에 대하여 새터드웨이트 씨는 흥미를 느꼈다.

그는 지금까지 앨릭 포털을 만난 적은 없었으나 그에 대해 잘 알고 있고, 그 아버지며 할아버지와는 아는 사이였다. 앨릭 포털은 실로 그 일족의 전형이라고 해도 좋았다. 40세 가까운 연배로, 금발에 파란 눈을 하고 있는 점은 포털 가의 다른 사람들과 같았고, 운동을 좋아하고 승부에 능하나 상상력은 부족했다. 앨릭 포털에게 색다른 데는 조금도 없었다. 그저 평범하고 선량하고 건전한 영국인이었다.

그러나 그의 아내는 그렇지 않았다. 새터드웨이트 씨가 알고 있는 대로 그녀는 오스트레일리아 태생이었다. 포털은 2년 전 오스트레일리아에 간 적이 있는데 그때 그곳에서 그녀를 만나 결혼하여 본국으로 데리고 왔다. 그의 아내는 결혼 전에 영국 땅을 밟은 일이 없었다. 그래도 그녀는 새터드웨이트 씨가 지금까지 만난 오스트레일리아 태생의 여자들과는 전적으로 달랐다.

새터드웨이트 씨는 지금 그녀를 넌지시 관찰하고 있다. 실로 흥미 있는 여자이다. 매우 조용하고 그러면서도 생기가 넘쳐 흐른다. 생기가!

정말로 그렇다. 엄밀히 말하면 미인은 아니다. 맞아, 미인이라고 할 수는 없으나 뭔가 오히려 재액의 씨앗이 될 듯한 일종의 마력이 있다. 이것은 누구나 알아챌 수 있는, 남자라면 누구나 알아챌 수 있는 것이었다. 새터드웨이트 씨의 남성적인 면이 그 점에서는 위력을 발휘한 셈이다. 그러나 여성적인 면(왜냐하면 새터드웨이트 씨에게는 여성적 성질이 꽤 있었기 때문에)도 역시 마찬가지로 또 하나의 다른 문제에 대해 흥미를 끌었다. 포털 부인은 어째서 머리를 물들였을까?

다른 남자라면 포털 부인이 머리를 물들인 것을 아마 알아채지 못했을 테지만 새터드웨이트 씨는 알 수 있었다. 그는 이런 일에 대하여는 환했다. 그래서 그는 어리둥절했던 것이다. 검은 머리의 여자가 금발로 물들이는 수는 흔히 있지만 금발을 검게 물들이는 여자를 보는 것은 이번이 처음이다.

하나에서 열까지 흥미를 끄는 여자였다. 기묘한 직관으로 새터드웨이트 씨는 그녀가 매우 행복하거나 아니면 불행하거나 그 어느 한쪽이라고 확신했다. 그러나 그 어느 쪽인지 알 수 없어서, 그때문에 더욱 초조했다. 게다가 그녀가 남편에게 이상한 영향력을 미치고 있다는 문제도 있었다.

'깊이 사랑하고 있다'고 새터드웨이트 씨는 마음속으로 말했다. '그러나 때로는——맞아, 그녀를 두려워하고 있다! 참으로 재미있군. 특별히 재미있는 일이야.'

포털은 과음했다. 그건 틀림이 없었다. 그리고 포털은 아내가 보고 있지 않을 때 이상하게 아내를 지켜보는 버릇이 있었다.

'신경질이 나 있군' 하고 새터드웨이트 씨는 생각했다. '저 친구, 아주 신경질이 나 있어. 아내 쪽에서도 그것을 알고 있으면서 어떻게

하려고 하지 않는군.'

새터드웨이트 씨는 이 내외에 대해 대단한 호기심을 느꼈다. 예상 밖의 일이 뭔가 진행되고 있는 것이다.

새터드웨이트 씨는 이 일에 대해 골똘히 생각하고 있었는데 커다란 벽시계의 엄숙한 종소리에 퍼뜩 제정신이 들었다.

"12시로군." 이브샴이 말했다. "설날입니다. 새해에 복 많이 받으십시오, 여러분. 사실은 저 시계는 5분 빠르지만요. 아이들도 기다렸다가 새해를 맞이했더라면 좋았을 것을."

"그 애들이 정말로 잠들어 버리다니 도무지 믿을 수가 없어요, 나는." 이브샴의 아내가 차분하게 말했다. "어쩌면 머릿솔이나 뭔가를 우리 침대 속에 넣었을지도 몰라요. 그런 짓을 무척 재미있어하거든요. 왠지 모르겠지만요. 우리 어렸을 때는 그런 짓은 절대로 용납되지 않았는데 말예요."

"시대가 바뀌면 세상사도 바뀌는 법입니다."

콘웨이가 미소지으며 말했다.

리처드 콘웨이는 키가 크고 군인다운 얼굴의 사나이였다. 그도 이브샴도 대체로 비슷한 타입——정직하고 친절하지만 머리가 잘 돌아가는 편이라고는 할 수 없는 사나이들이었다.

"내가 젊었을 때는 모두 손을 잡고 둥글게 서서 〈올드 랭 사인〉을 부르곤 했었지요." 롤러 부인이 말을 이었다. "옛친구를 잊어야 하나, 정말 구슬프다고 나는 늘 생각했어요, 이 가사를."

이브샴은 거북한 듯이 몸을 움직거렸다.

"아아! 그만해요, 롤러" 이브샴은 작은 목소리로 말했다. "이런 곳에서!"

이브샴은 모두가 앉아 있는 홀을 성큼성큼 가로질러 가더니 여분의 전등을 또 하나 켰다.

"내가 바보였어요." 롤러 부인이 작은 목소리로 말했다. "저이는 물론 돌아가신 케이플 씨 생각이 나신 거예요. 이보세요, 엘리너. 난로가 너무 뜨겁지 않아요?"

엘리너 포털은 무뚝뚝한 몸짓을 했다.

"고마워요. 의자를 좀더 뒤로 물리겠어요."

'참으로 귀여운 목소리로군. 나직이 속삭이는 듯한 목소리, 메아리가 되어 듣는 사람의 귀에 남는 듯한 목소리이다' 하고 새터드웨이트 씨는 생각했다. 엘리너 포털의 얼굴은 지금 그늘져 있다. 실로 유감이다.

그늘져 있는 곳에서 다시 그녀의 목소리가 났다. "케이플 씨?"

"예, 이 집의 원래 소유자예요. 권총 자살을 했지요. 아, 네! 걱정 마세요, 톰. 싫으시다면 그 이야기는 하지 않을 테니까요. 물론 톰으로서는 크나큰 충격이었지요. 사건 때 여기 있었으니까요. 당신도 계셨지요, 리처드 경?"

"있었습니다, 롤러 부인."

방구석에 있는 낡은 벽시계가 신음하듯이 지익지익 소리를 내며 천식 환자처럼 허덕이더니 12시를 쳤다.

"새해에 복많이 받으십시오."

이브샴은 겉치레로 예를 갖추어 말했다.

롤러 부인은 편묻을 정성껏 맞았다. "이제 새해를 맞이했군요." 그녀는 포털 부인을 보며 덧붙였다. "당신의 감상은?"

엘리너 포털은 발딱 일어섰다. "잠을 자는 거예요. 만사 제쳐놓고." 그녀는 쾌활하게 말했다.

'안색이 너무 나쁘다' 새터드웨이트 씨는 생각하며 몸을 일으켜 바쁘게 촛대를 준비하기 시작했다. '여느 때는 저런 창백한 얼굴이 아니었는데.'

새터드웨이트 씨는 양초에 불을 붙이자 예스러운 절을 가볍게 하며 그것을 엘리너 포털에게 건네주었다. 그녀는 한 마디 인사를 하고 그것을 받아들자 계단을 천천히 올라갔다.

느닷없이 아주 기묘한 충동이 새터드웨이트 씨의 몸에 흘렀다. 그녀의 뒤를 쫓아가고 싶었다. 그녀를 안심시키고 싶었다. 참으로 이상한 일이지만 그는 그녀가 어떤 위험 앞에 놓여진 듯한 기분이 들었던 것이다. 그리고 곧 이 충동이 사라지자 그는 부끄럽게 생각했다. 자신마저 신경질적이 되어가고 있나보다.

계단을 올라갈 때는 남편에게 눈길을 주지 않았던 그녀가 지금 고개를 돌려 어깨 너머로 그를 날카롭게 쏘아보았는데 그 시선에는 묘하게 강렬한 것이 담겨 있었다. 그것이 새터드웨이트 씨에게 참으로 이상한 느낌을 주었다.

제정신이 들었을 때 그는 당황하며 안주인에게 밤인사를 했다.

"정말 복받는 새해가 되었으면 좋겠어요." 롤러 부인은 말했다. "그런데 정치정세는 중대한 불안을 안고 있는 것 같지요?"

"그렇고 말고요." 새터드웨이트 씨는 진지하게 대답했다. "확실히 그렇습니다."

"가능하다면 꼭." 롤러 부인은 조금도 태도를 바꾸지 않고 계속했다. "머리가 검은 남자분이 맨 먼저 문지방을 넘어주셨으면 좋겠어요. 그 미신을 알고 계시지요, 새터드웨이트 씨? 모르세요? 어머, 놀랐어요. 새해 아침에 머리가 검은 남자분이 맨 먼저 문지방을 넘지 않으면 그 집에 복이 들어오지 않는답니다. 아이고, 침대 속에 너무 징그럽지 않은 것이 들어 있으면 좋으련만. 아이들이란 믿을 수가 없어요, 정말로 개구쟁이여서요."

좋지 않은 예감을 털어버리듯이 롤러 부인은 위엄있는 걸음걸이로 계단을 올라갔다.

여자들이 가버리자 통나무가 타고 있는 난로 둘레로 의자가 당겨졌다.

"자, 한잔."

이브샴은 위스키 병을 집어들며 붙임성있게 말했다.

술이 돌려지자 지금까지 꺼내지 못했던 이야기로 돌아갔다.

"데릭 케이플을 알고 있었지, 새터드웨이트?"

콘웨이가 물었다.

"아, 조금 알고 있었지."

"그럼 자네는, 포터?"

"아니, 만난 적도 없네."

그의 어조가 너무 격하고 또한 방어적이어서 새터드웨이트 씨는 깜짝 놀라 눈을 들었다.

"롤러가 그 이야기를 꺼내서 혼났네." 이브샴은 느릿하게 말했다. "그 비극이 있은 뒤에 이곳은 큰 공장을 하고 있는 사람이 샀다네. 1년이 지나자 그는 자기에게 맞지 않는다던가 뭐라던가 했지. 물론 유령이 나온다나 하는 시시한 소문도 자꾸만 나돌아서, 그때문에 이 집은 평판이 나빠졌다네. 롤러 덕분에 내가 웨스트 키들비에서 입후보했을 때 이 부근에 살아야만 하게 됐는데 그리 간단히 적당한 집을 구할 수가 없더군. 로이스턴이 싸게 나왔길래 결국 샀다네. 유령이니 뭐니, 모두 시시한 소문이지만 그래도 역시 친구 중 한 사람이 권총 자살을 한 집에서 살고 있다는 것을 생각하면 그다지 좋은 기분은 아니네. 가엾은 데릭. 어째서 그런 짓을 했는지, 이건 영원한 수수께끼일세."

"들먹일 만한 이유도 없이 권총 자살한 사람이 그만은 아닐 테지요."

앨릭 포털이 진중하게 말했다.

그는 일어서자 위스키를 또 한잔 소리를 내며 가득 따랐다.

'어딘지 이상하다' 하고 새터드웨이트 씨는 마음속으로 말했다. '사실 어디인지 이상해. 왜 그런지 알았으면 좋겠구먼.'

"빌어먹을!" 콘웨이가 말했다. "바람소리를 들어보게. 지독한 밤이로군."

"유령이 나오기에 딱 알맞은 밤이야." 포털은 껄껄 소리내어 웃으며 말했다. "지옥의 악마들이 오늘밤에는 총출동하겠는걸."

"롤러 부인 이야기로는 그들 중 가장 시커먼 것이 우리에게 행운을 가져다 주는 모양이더라고," 콘웨이는 웃으며 말했다. "저것 좀 들어보게!"

바람이 다시 한번 소름이 끼칠 듯한 흐느껴 우는 소리를 냈고, 그것이 가라앉았을 때 큰 못을 박은 문에서 노크 소리가 세 번 크게 들려왔다.

모두 움찔했다.

"이런 한밤중에 도대체 누굴까?" 이브샴이 외쳤다.

그들은 서로의 얼굴을 바라보았다.

"내가 나가지. 하인들은 잠들었으니까."

이브샴이 말하고 방을 성큼성큼 가로질러 문으로 다가가 한동안 무거운 빗장을 덜거덕거리더니 겨우 문을 열어젖혔다. 얼음같은 바람이 넓은 홀에 세차게 불어들어왔다.

키가 크고 호리호리한 남자의 모습이 마치 액자에 박힌 듯이 출입구에 서 있었다. 뚫어지게 보고 있는 새터드웨이트 씨에게는 이 남자가 문 위의 색유리의 기묘한 작용으로 무지개의 일곱 가지 빛깔로 성장하고 있는 것처럼 보였다. 그러나 다음에 그 남자가 앞으로 나섰을 때에는 마르고 머리털이 검은 사람임을 알았다.

"이렇게 불쑥 밀고 들어와서 정말 죄송합니다." 낯선 남자는 듣기 좋은 온화한 목소리로 말했다. "자동차가 고장이 나서요, 대수로운 것은 아닙니다만, 운전사가 수리하고 있는 중입니다. 하지만 30분쯤은 걸릴 것 같고, 게다가 바깥은 지독히 추워서……."

그는 말을 끊었다. 그러자 이브샴은 급히 말을 받았다.

"그럴 테지요, 들어와서 한잔 드십시오. 자동차 일로 뭔가 도와드릴 것은 없습니까?"

"예, 괜찮습니다. 운전사가 잘할 테니까요. 인사가 늦었습니다만 나는 퀸, 해리 퀸이라고 합니다."

"앉으십시오, 퀸 씨." 이브샴이 말했다. "리처드 콘웨이 경, 새터드웨이트 씨, 포털 씨. 나는 이브샴입니다."

퀸 씨는 소개를 받자 머리를 숙이고, 이브샴이 붙임성있게 끌어내어 주는 의자에 앉았다. 그가 앉았을 때 난로불빛 때문에 한 줄기의 그림자가 그 얼굴을 가로질렀는데, 그 때문에 그의 얼굴은 거의 가면처럼 보였다.

이브샴은 두 개비의 장작을 난로에 더 던져넣었다.

"한잔 어떠십니까?"

"고맙습니다."

이브샴은 그에게 술을 가져가며 물었다.

"퀸 씨, 당신은 이 근방을 잘 아십니까?"

"몇 년 전에 다른 곳에 가는 도중 들린 적이 있습니다."

"그렇습니까?"

"예, 이 집은 그 무렵 케이플이라는 사람의 것이었지요."

"예, 그랬지요." 이브샴이 말했다. "가엾은 데릭 케이플. 알고 계셨습니까?"

"예, 알고 있습니다."

이브샴의 태도가 아주 조금 달라졌다. 그것은 영국인의 기질을 연구한 적이 없는 사람은 거의 알아챌 수 없을 정도의 변화였다. 전에는 어딘지 소극적인 면이 있었는데 지금은 그것이 없어졌다. 퀸 씨는 데릭 케이플을 알고 있다. 그는 친구의 친구이다. 그러니 그의 신원은 보장되고, 아주 신용할 수 있는 것이다.

"정말 놀랐습니다, 그 사건에는." 그는 매우 친근한 어조로 말했다. "마침 그 이야기를 하고 있던 참입니다. 이 집을 사는 것은 사실 마음이 내키지 않았답니다. 달리 적당한 곳이 있다면 좋았겠지만 그렇지가 못했거든요. 그가 권총 자살하던 날 밤 나는 이 집에 있었지요. 콘웨이도 그랬고요. 사실 나는 언제나 그의 유령이 나온다고 생각하고 있습니다."

"실로 불가해한 사건입니다."

퀸 씨는 느릿하게, 사려깊게 말을 끊었는데 그 태도는 마치 중요한 계기의 대사를 마친 배우 같았다.

"불가해하다고 말씀하시는 것도 당연합니다." 콘웨이가 불쑥 말을 끼웠다. "불길한 수수께끼입니다, 영원히 말이지요."

"글쎄요, 어떨는지요." 퀸 씨는 말끝을 흐렸다. "참, 리처드 경, 당신이 하시던 말씀은?"

"실로 놀랐다는 겁니다. 정말 그랬어요. 명랑하고 쾌활하고 이 세상에 걱정이라고는 하나도 없는 혈기 왕성한 남자가 있었고, 대여섯 명의 친구들이 그 집에 묵고 있었지요. 식사 때는 매우 기분이 좋았고, 장래의 계획을 잔뜩 가지고 있었답니다. 그런 사람이 식탁을 떠나자 그대로 2층 방에 가더니 서랍에서 권총을 꺼내어 자살했습니다. 어째서? 아무도 모릅니다. 앞으로도 모를 겁니다."

"그건 좀 너무 지레짐작하는 말씀 아닐까요, 리처드 경?"

퀸 씨는 미소지으며 말했다.

콘웨이는 그를 물끄러미 바라보았다.

"어떤 뜻입니까? 나는 모르겠는데요."

"지금까지 풀지 못한 채 있다고 해서 반드시 풀지 못할 문제라고 할 수는 없다는 겁니다."

"아, 네. 하지만 그때 아무 단서도 나오지 않았는데 지금에 와서는 더 무리겠지요? 10년이나 지났으니까요."

퀸 씨는 조용히 고개를 저었다.

"찬성할 수 없는데요. 역사의 흔적에 비추어 보더라도 당신이 하신 말씀은 틀립니다. 사건 당시의 역사가는 후세의 역사가만큼 진실의 역사를 결코 쓰지 못합니다. 올바른 견해로 사물을 바라보는 균형 잡힌 관찰을 하느냐 어떠냐의 문제입니다. 다른 여러 가지 일과 마찬가지로 상대성의 문제입니다, 말하자면."

앨릭 포털은 괴로운 듯이 얼굴을 일그러뜨리고 몸을 앞으로 내밀었다.

"그렇습니다, 퀸 씨. 당신 말씀이 맞습니다. 시간이 문제를 좌우하지 않습니다. 다만 틀리는 외관으로 문제가 다시 한번 드러날 따름이지요."

이브샴은 관대하게 웃고 있었다.

"그렇다면 이렇게 말씀하시는 거로군요, 퀸 씨. 만일 우리가 오늘 밤 데릭 케이플의 죽은 사정에 대해 말하자면 사문회의 같은 것을 열면 당시와 같은 정도로 진실을 파악할 수 있을 것이다, 라고?"

"당시 이상으로입니다, 이브샴 씨. 개인적인 오차가 대부분 없어졌기 때문에 당신은 자신의 해석을 보태려 하지 않고 사실 그대로 회상하실 겁니다."

이브샴은 의심스러운 듯이 눈살을 찌푸렸다.

"물론 무슨 일에건 출발점이 있어야 합니다." 퀸 씨는 예의 조용하고 부드러운 목소리로 말했다. "대개 가설이 출발점이 됩니다. 아마도 당신들 중 어느 분이든 가설을 갖고 계실 테지요, 어떠십니까, 리처드 경?"

콘웨이는 생각에 잠기며 눈살을 찌푸렸다. "그야 물론." 그는 변명하듯이 말했다. "이렇게 생각했습니다——당연히 모두들 그렇게 생각했지요——이 사건에는 어딘지 여자가 관련되어 있음에 틀림없다고 말입니다. 대개 여자나 돈 어느 한쪽 아닙니까? 돈이 아닌 것만은 확실했습니다. 그 방면의 문제는 아무 것도 없었어요, 그러니 달리 생각할 길이 없지 않겠습니까."

새터드웨이트 씨는 깜짝 놀랐다. 그는 몸을 앞으로 내밀고 자기의 의견을 한마디 피력하려고 했는데, 그때 그는 2층의 복도 난간에 쭈그리고 앉아 있는 여자의 모습을 보았다. 그녀는 흐트러진 모습으로 난간에 몸을 기대고 있었다. 그 모습은 그가 앉아 있는 곳에서밖에 보이지 않았다. 그녀가 열심히 아래층의 이야기에 귀를 기울이고 있는 것은 분명했다. 그녀가 너무 꼼짝 하지 않고 있었으므로 그는 자기의 눈에 비친 그것을 선뜻 믿지 않을 정도였다.

그러나 옷의 무늬는 금새 분간할 수 있었다——고풍스러운, 금실을 섞어서 짠 비단——엘리너 포털이다.

그러자 갑자기 그날 밤의 사건이 전부 하나의 형틀 속에 꼭 들어맞는 것처럼 여겨졌다.

퀸 씨가 왔다는 것은 결코 우연한 일이 아니라 계기가 주어진 배우의 출현 같은 것이다. 오늘밤 로이스턴의 넓은 홀에서는 일장의 연극이 벌어지고 있는 것이다. 배우 한 사람이 죽어 있다고 해서 그 활기가 줄어든 것은 아니다. 아아! 그렇다. 데릭 케이플은 이 연극에서 한몫 끼고 있는 것이다. 새터드웨이트 씨는 그렇게 확신했다.

그리고 또 한 가지 그의 머리 속에 문득 새롭게 번뜩이는 것이 있었다. 그것은 퀸 씨의 소행이다. 그가 이 연극을 연출하며 배우들이 나갈 계기를 주고 있는 것이다. 그가 이 수수께끼의 중심에 있으며, 줄을 당겨 인형을 다루고 있는 것이다. 그는 모든 것을 알고 있다. 2층 난간에 쭈그리고 앉아 있는 여자가 있다는 것까지도. 그렇다, 그는 알고 있는 것이다.

깊숙이 의자에 앉아 구경꾼이라는 자기 역할을 차분히 지키며 새터드웨이트 씨는 드라마가 눈앞에 전개되고 있는 것을 지켜보고 있었다. 조용히, 그리고 무리를 하지 않으며 퀸 씨는 줄을 당겨 인형을 움직이고 있었다.

"여자라, 그래요." 퀸 씨는 생각깊게 중얼거렸다. "식사 때 여자이야기는 전혀 나오지 않았었군요."

이브샴이 나섰다.

"그야 물론. 그는 자기의 약혼을 발표했지요. 그랬기 때문에 케이플의 죽음은 참으로 미친 짓이라고 할 수 있는 것입니다. 그는 그 일로 아주 들떠 있었어요. 지금으로서는 아직 발표는 할 수 없다고 하더군요. 그러나 신혼 레이스에 출전 등록을 마쳤음을 넌지시 말했지요."

"물론 상대 여자가 누구인지 우리는 짐작했지요." 콘웨이가 말했다. "마저리 딜크였습니다. 좋은 여자였어요."

여기서 퀸 씨가 말참견을 할 기색이었지만 그는 아무 말도 하지 않았다. 그리고 그가 입을 다물고 있는 것이 기묘하게 도발적인 느낌을 주었다. 마치 지금의 말을 전적으로 의심하고 있는 것처럼 보였고, 그 때문에 콘웨이는 기가 나는 모양이었다.

"그밖에 뭐가 있지? 어, 이브샴?"

"글쎄." 이브샴은 천천히 말했다. "그건 그렇고, 그는 뭐라고 말했더라? 신혼 레이스에 출전하느니 뭐니, 상대가 허락할 때까지는 그 이름을 말할 수 없다, 아직 발표할 단계가 아니라느니 했지. 아 참,

자기는 사실 행운아라고 말했지. 내년 이맘때쯤에는 착한 아내를 얻어 행복하게 지내고 있을 것이라는 말을 두 옛친구에게 말하고 싶다고, 물론 우리는 상대가 마저리라고 생각했지. 두 사람은 아주 친했고, 그녀를 무척 따라 다녔으니까."

"다만……." 콘웨이는 말을 하다가 말았다.

"뭔가 말을 하다가 말다니, 딕?"

"아니, 요컨대 보기에 따라서는 묘하다는 걸세. 만일 상대가 마저리라면 약혼을 당장에 발표 못할 이유가 뭐냐는 걸세. 어째서 비밀로 했을까? 상대가 남편있는 여자처럼 들리지 않는가? 남편이 죽은 지 얼마 안 되었다거나, 이혼을 하려고 하는 여자가 상대였다거나 말이네."

이브샴이 덧붙였다.

"하긴 만일 그랬다면 약혼을 당장에 발표할 수는 없었겠지. 게다가 지금 와서 생각해 보니 그가 마저리와 별로 만나고 있는 것 같지 않았네. 그야 이미 1년 전의 일이었지만. 나는 두 사람 사이가 식어버린 듯하다고 생각했던 것이 기억나네."

"묘하군요." 퀸 씨는 말했다.

"예, 마치 누군가가 두 사람 사이에 비집고 들어간 듯한 느낌이었어요."

"다른 여자가 말이지?" 콘웨이가 생각깊게 물었다.

이브샴이 말했다.

"확실히 그날밤 데릭은 왠지 보기 거북하리만큼 명랑한 데가 있었다네. 거의 행복에 취해 있는 것처럼. 그러면서도 잘 설명할 수는 없지만 그는 또한 공연히 시비조가 되어 있는 것처럼도 보였어."

"운명의 신에 도전하고 있는 사람처럼 말이지요."

앨릭 포털이 우울하게 말했다.

그의 말은 데릭 케이플에 대해서인가, 아니면 자기 자신에 대해서인가? 그를 지켜보고 있던 새터드웨이트 씨는 후자 쪽 견해로 기울어졌다. 그렇다, 어느 모로 보건 앨릭 포털은 그러한 인간이다. 운명의 신에 도전하고 있는 인간이다. 술로 흐트러진 포털의 상상력이 갑자기 이야기의 장단에 호응했고, 그 자신의 남모르는 근심이 불러일으켜진 것이다.

새터드웨이트 씨는 눈을 들었다. 그 여자는 아직 저기 있다. 응시하고, 귀를 기울이고, 꼼짝도 하지 않고 얼어붙은 듯이 죽은 여자처럼.

"정말 그랬었지." 콘웨이가 말했다. "케이플은 사실 흥분하고 있었다네. 이상하게 흥분하고 있었어. 말하자면 큰 도박을 해서 예상 외의 것을 맞힌 사람 같은 모습이었어."

"하려고 결심한 일에 대해 용기를 떨쳐 일으켰던 것 아닐까요?"

포털이 말하고 마치 연상에 의해 움직여진 듯이 일어서서 또 한 잔 자작으로 술을 따랐다.

"그런 데는 조금도 없었네." 이브샴은 날카롭게 말했다. "그같은 기분이 없었다는 것은 맹세해도 좋을 정도라네. 콘웨이가 말한 대로였어. 예상 외의 것을 맞혀 놓고 자기의 행운을 믿지 못하는 도박꾼 같은 모습이었지. 그러한 태도였다네."

콘웨이는 낙담의 몸짓을 했다. "그런데 10분 후에는……."

그들은 말없이 앉아 있었다. 이브샴은 테이블을 한 번 쾅하고 내리쳤다. 그리고 외쳤다.

"그 10분 동안에 뭔가가 일어났음에 틀림없어. 틀림없다고! 하지만 무엇이었을까? 다시 한 번 신중히 생각해 보세. 우리는 모두 이야기를 하고 있었지. 그 도중에 갑자기 케이플이 몸을 일으켜 방을 나갔지."

"왜 그랬을까요?" 퀸 씨가 물었다.

이 말참견으로 이브샴은 당황했다.

"예? 뭐라고요?"

"'왜'냐고 말했을 따름입니다." 퀸 씨가 대꾸했다.

이브샴은 생각해 내려고 눈썹을 모았다.

"그 때는 대수로운 일로 생각하지 않았어요, 옳지! 그래요, 우편이었어요, 기억하고 있겠지, 그 왜 초인종이 울리자 우리가 일제히 좋아했던 것을. 사흘 동안이나 눈에 갇혀 있었잖나. 몇 년 만의 지독한 눈보라였지. 모든 길이 막혀 신문도 편지도 오지 않았지. 케이플은 이제야 길이 뚫린 모양이라고 하며 나가더니 신문이며 편지를 잔뜩 가지고 왔지. 그는 뭔가 뉴스는 없나 하고 신문을 펼쳐 보더니, 그 다음 편지를 들고 2층으로 갔지. 3분 후에 총소리가 들렸어. 알 수가 없어, 정말 알 수가 없단 말이야."

"알 수 없을 것도 없어요." 포털이 말했다. "물론 편지에 뭔가 뜻밖의 것이 쓰여 있었겠지요, 분명한 일 아닙니까."

"아닐세. 그토록 분명한 일이라면 우리가 못 보고 넘겼을 리가 없네. 검시관도 맨 먼저 그렇게 물었었지. 하지만 케이플은 편지를 단 한 통도 펴보지 않았단 말이네. 편지들은 고스란히 그대로 뜯지 않은 채 경대 위에 놓여 있었거든."

포털은 풀이 죽은 듯했다.

"하나도 뜯지 않은 채였다니, 확실합니까? 읽고 불살라 버렸을지도 모르지요."

"아니, 나에게는 충분한 확신이 있네. 물론 그것이 자연스런 해석이겠지만 그렇지 않았다네. 편지는 한 통도 개봉되지 않았어. 불태워진 것도 없었고, 찢긴 것도 없었다네. 방에는 불기가 없었거든."

포털은 고개를 흔들었다.

"이상하군요."

"참으로 기가 막힌 일이었지." 이브샴은 낮은 목소리로 말했다. "콘웨이와 나는 총소리를 듣고 올라가 그를 발견했단 말이네. 정말 큰 충격이었어."

"전화로 경찰을 부르는 수밖에 없었겠군요." 퀸 씨는 말했다.

"아니오, 마침 운좋게도 그때 우연히 이 고장 순경이 부엌에 와 있었답니다. 기르던 개가 한 마리——콘웨이, 늙은 개 로버를 기억하고 있겠지?——그 전날 행방불명이 되었는데 지나가던 짐마차 꾼이 눈더미에 반쯤 묻혀 있는 것을 발견하고 경찰서에 데려다 주었답니다. 그것이 케이플의 개였고, 특별히 귀여워하던 것을 알고 있었기 때문에 그 순경이 데려다 주었지요. 순경은 마침 총소리가 나기 1분 전에 도착했었거든요. 그래서 우리의 수고는 덜어졌답니다."

"그건 정말 지독한 눈보라였어요." 콘웨이는 생각난 듯이 말했다. "바로 이맘때였을 겁니다, 1월 초의."

"2월이었다고 생각하네. 그 후 얼마 있다가 우리는 외국에 갔었지."

"아니, 1월이었네. 나의 사냥개 네드——네드를 기억하겠지?——가 1월 말에 절름발이가 되었거든. 그것은 이 사건 직후였다네."

"그렇다면 1월의 끝이었던 모양이로군. 묘하지, 여러 해가 지나고 나니 날짜를 기억해 내기가 아주 어려워."

"이 세상에서 가장 어려운 일 중의 하나지요." 퀸 씨가 허물없이 말했다. "뭔가 항간의 큰 사건을 목표로 하지 않으면 어렵습니다. 임금님의 암살이니 대규모 살인 사건의 공판 같은."

"아 참." 콘웨이가 외쳤다. "애플턴 사건의 바로 전날 밤이었어요."

"직후가 아니었던가?"

"아닐세. 기억 못하나? 케이플은 애플턴네와 아는 사이였지. 그는 그 전해의 봄에 그 노인네 집에 묵었다네. 노인이 죽기 바로 1주일 전이었어. 어느날 밤 그 노인 이야기를 하더군. 매우 인색하다느니 애플턴 부인 같이 젊고 아름다운 여성이 그런 남자에게 매어 있다니 참으로 괴로울 것이라느니 하고, 그때는 부인이 그 늙은이를 처치했다는 혐의가 없었지."

"맞아. 자네 말대로였어. 시체 발굴 신청이 허가되었다는 신문기사를 읽은 기억이 있네. 같은 날의 일이었지. 그 기사를 보아도 나는 건성이었던 생각이 나는군. 2층에서 죽어 있는 가엾은 데릭 일이 미심쩍어서 그쪽에 정신이 팔려 있었거든."

퀸 씨는 말했다.

"흔히 있는 일입니다만, 그러나 매우 기묘한 현상이기도 하군요. 그것은 대단히 긴장한 순간에는 뭔가 아주 하찮은 일에 정신이 집중되는 수가 있습니다. 그리고 그것이 훨씬 뒤에도 뚜렷이 생각나지요. 말하자면 그 순간의 정신적 긴장 때문에 마음속에 새겨지기라도 했듯이 말입니다. 벽지의 무늬라든가 전혀 관계도 없는 사소한 일인데도 결코 잊혀지지 않는 거지요."

"좀 묘하군요. 당신이 그렇게 말씀하시는 것은, 퀸 씨." 콘웨이는 말했다. "당신이 말씀하실 때 나는 갑자기 데릭 케이플의 방에 돌아온 듯한 기분이 들었어요. 데릭이 마루 위에 죽어서 쓰러져 있었지요. 창밖의 큰 나무와 바깥의 눈 위에 드리워진 그 그림자가 더할 나위 없이 뚜렷이 보였습니다. 그래요, 달빛, 눈, 그리고 나무의 그림자. 바로 지금도 그것이 다시 보입니다. 아아, 정말로 그림으로 그릴 수 있을 것 같습니다. 그런데 그때는 그것을 보고 있었다고는 전혀 생각도 하지 못했어요."

"그의 방은 자동차 세워두는 곳 바로 위의 큰 방이었지요?"

퀸 씨가 물었다.

"그렇습니다. 그리고 나무는 큰 너도밤나무인데 마차길의 길모퉁이에 있었어요."

퀸 씨는 납득이 간다는 듯이 끄덕였다. 새터드웨이트 씨는 기묘한 스릴을 느꼈다. 그는 퀸 씨의 모든 말, 목소리의 억양 하나하나가 뭔가 목적을 품고 있다고 확신했다. 퀸 씨는 뭔가를 지향하고 있는 것이다. 분명하게 무엇인지 새터드웨이트 씨는 알지 못했지만 누군가의 손이 일체를 조정하고 있다는 데에는 의심할 여지가 없었다.

잠깐 이야기가 끊겼는데, 그 다음 이브샴은 아까의 화제로 돌아갔다.

"그 애플턴 사건 말씀인데, 나는 지금도 똑똑히 기억하고 있어요. 굉장한 화젯거리였으니까요. 그녀는 혐의를 받지 않았지요? 아름다운 여자였어요. 금발이었지요, 멋진 금발."

거의 본의 아니게 새터드웨이트 씨의 눈은 윗층에 웅크리고 있는 모습을 찾았다. 그것은 그의 환상이었을까, 아니면 그가 정말로 본 일이었을까? 그 모습은 마치 한 대 얻어 맞은 듯이 움찔했던 것이다. 하나의 손이 미끄러지듯이 테이블클로스 쪽으로 올라가더니 그 다음 멎는 것을 그는 실제로 보았던 것일까?

술잔이 쨍그렁 하고 떨어지는 소리가 났다. 자작으로 위스키를 따르고 있던 앨릭 포털의 손이 미끄러져서 병을 떨어뜨린 것이다.

"아이고, 이거 미안합니다. 도대체 어찌된 영문인지 모르겠군."

이브샴이 그가 사과하는 것을 가로막았다.

"괜찮네, 괜찮아. 이상하군. 그 쨍그렁 소리도 생각났네. 그 여자도 같은 짓을 했었지? 애플턴 부인 말이네. 포도주 병을 깼지?"

"맞아. 애플턴 그 사람, 포도주를 마시곤 했지. 꼭 한 잔씩, 매일 밤. 그가 죽은 이튿날 부인이 포도주병을 꺼내어 일부러 깼다고 해서 하인들 사이에 소문거리가 되었지. 부인이 남편과 살면서 비참한 기분으로 지냈다는 것을 그들은 모두 알고 있었으니까. 소문이 차츰 커져서 마침내 몇 달이 지난 다음 친척 중 누군가가 시체 발굴 허가를 신청했지. 그랬더니 과연 그 늙은이는 독살당해 있었지. 비소가 아니었던가?"

"아니 스트리키닌이었다고 생각하네. 어느 쪽이든 대수로운 문제는 아니네. 그래 물론 독살이었지. 범인으로 보이는 사람은 오직 한 사람 밖에 없었네. 애플턴 부인은 재판을 받았지. 부인이 석방된 것은 무죄라는 뚜렷한 증거가 있어서라기보다 오히려 유죄로 될 수 있는 증거가 부족했기 때문이었지. 바꾸어 말하면 운이 좋았던 거야. 부인이 그를 해치웠다는 것은 의심할 여지가 없다고 생각하네. 그후 부인은 어떻게 되었나?"

"캐나다에 갔을걸. 아니, 오스트레일리아였던가. 그곳에 백부인지 누구인지, 뭐 그런 사람이 있어서 집을 제공해 주었지. 그 경우 그러는 수밖에 도리가 없었다네."

새터드웨이트 씨의 눈은 술잔을 쥐는 앨릭 포털의 오른손에 못박혀 있었다. 저런, 움켜 쥐고 있지 않은가. '조심하지 않으면 당장에 깨어지겠는걸' 하고 새터드웨이트 씨는 생각했다. '정말 하나에서 열까지 흥미진진하군.'

이브샴이 몸을 일으켜 술을 한 잔 따르며 말했다.

"그런데 어째서 데릭 케이플이 권총 자살을 했는지 그 문제 해결에는 별로 다가가지 못했군. 사문회의는 그다지 성공을 거두지 못했지요, 퀸 씨?"

퀸 씨는 소리내어 웃었다. 비웃는 듯한 그러면서도 슬픈, 묘한 웃음소리였다. 그래서 모두 섬뜩했다.

퀸이 말했다.

"실례입니다만 당신은 아직 과거에 살고 계십니다. 이브샴 씨. 당신은 아직도 당신의 선입관의 방해를 받고 계십니다. 그러나 국외자인 나, 지나가던 타관 사람에게는 다만 사실만이 눈에 비칩니다!"

"사실?"

"예, 사실입니다."

"무슨 뜻입니까?" 이브샴이 물었다.

"나에게는 사실의 순서가 분명하게 보입니다. 당신들은 그 개략을 말씀하셨지만 그 뜻을 깨닫지 못하고 계십니다. 10년 전으로 돌아가 눈에 비치는 사실을 봅시다, 선입관이나 감상의 방해를 받지 않고 말입니다."

퀸 씨는 일어서 있었다. 그는 키가 매우 커 보였다. 난로불이 그의 뒤에서 어른어른 춤추고 있었다. 그는 사람을 사로잡고 놓치지 않는 나직한 목소리로 이야기했다.

"당신들은 만찬의 자리에 앉아 계십니다. 데릭 케이플은 자기의 약혼을 발표합니다. 당신들은 그때 상대가 마저리 딜크라고 생각합니다. 당신들은 지금에 와서는 그다지 자신이 없으십니다. 그에게서는 운명의 신에 도전하여 이긴 사람 같은 들뜬 흥분된 태도가 보입니다. 당신들의 말을 빌린다면 그는 압도적인 불리한 정세에서 예상 외로 이긴 사람 같았습니다. 그러고 나자 초인종이 울립니다. 그는 나가서 사흘동안 연착된 우편물을 받아옵니다. 그는 편지는 뜯어보지 않았지만, 당신들의 말에 의하면 신문을 펼치고 뉴스를 훑어보았습니다. 10년 전의 일이므로 그날의 뉴스가 어떤 것인지 우리는 모릅니다. 먼 나라의 지진일까요, 몸 가까이의 정치적 위기일까요? 우리가 그 신문 내용에 대해 알고 있는 유일한 것은 거기에 꼭 한 가지 작은 기사가 실려 있었다는 것입니다——내무성이 사흘 전에 애플턴 씨의 시체 발굴을 허가했다는 것을 적은 기사가 말입니다."

"뭣이라고요?"

퀸 씨는 계속했다.

"데릭 케이플은 자기방에 올라가 그곳에서 창문으로 뭔가를 봅니다. 리처드 콘웨이 씨는 커튼이 드리워져 있지 않았고, 또한 그 창문은 마차길을 향하고 있다고 하셨습니다. 그는 무엇을 보았을까요? 그가 자살까지 해야 할 만한 어떤 것을 보았을까요?"

"무슨 뜻입니까? 무엇을 보았다는 겁니까?"

퀸 씨의 말이 이어졌다.

"내 생각으로는 순경을 보았다고 봅니다. 개 때문에 오고 있던 순경 말입니다. 그러나 데릭 케이플은 개에 대한 일은 모르고 있었지요. 그가 본 것은 오직 한 사람의 경관이었지요."

긴 침묵이 이어졌다. 마치 시간이 좀 경과하지 않으면 이 논리는 인정할 수가 없기라도 하다는 듯이.

"이거 놀랍군!" 이브샴이 이윽고 작은 목소리로 말했다. "설마? 애플턴을? 하지만 애플턴이 죽었을 때 케이플은 거기에 없었단 말입니다. 영감은 아내와 단 둘이……."

"그러나 1주일 전이라면 거기에 있었을지도 모릅니다. 스트리키닌은 염산염 상태가 되어 있지 않는 한 그다지 쉽사리 용해되는 것이 아니니까요. 포도주 속에 넣어졌는데 그 대부분은 마지막 잔에 부어졌겠지요. 그러니까 그가 떠난 지 1주일이나 후에 말입니다."

포털은 몸을 앞으로 쑥 내밀었다. 그의 목소리는 쉬어 있었고 그 눈은 핏발이 서 있었다.

"어째서 그녀는 포도주병을 깨뜨렸을까요? 어째서 깨뜨렸을까요? 그걸 말씀해 주십시오."

포털은 외쳤다.

여기서 퀸 씨는 처음으로 새터드웨이트 씨에게 말을 걸었다.

"새터드웨이트 씨, 당신은 넓은 인생 경험을 갖고 계십니다. 아마 당신이라면 그 까닭을 이야기해 주실 수 있겠지요."

새터드웨이트 씨의 목소리는 조금 떨렸다. 마침내 그가 나설 차례가 온 것이다. 그는 이 극에서 가장 중요한 대사를 몇 줄인지 말해야만 하는 것이다. 지금은 이미 배우인 것이다, 구경꾼이 아니라.

"내가 생각한 바에 의하면." 새터드웨이트 씨는 조용히 말을 꺼냈다. "그녀는 데릭 케이플을 좋아했습니다. 그녀는 생각컨대, 선량한 여자였으므로 그를 멀리했지요. 그러나 그녀의 남편이 죽었을 때 그녀는 일의 진상을 알아챘던 것입니다. 그래서 사랑하는 사람을 구하기 위해 그녀는 그에게 불리한 증거를 지우려 했던 것이지요. 내 생각으로는 뒤에 그는 그러한 의심이 근거 없는 것이라고 그녀에게 납득시켰고, 그래서 그녀는 그와의 결혼에 동의했지요. 그러나 그때조차도 그녀는 뒷걸음질쳤습니다. 여자란 매우 감정이 미묘하니까요."

새터드웨이트 씨는 자기의 대사를 다 마쳤다.

갑자기 길고 떨리는 듯한 한숨이 주변의 공기를 가득채웠다.

"아니!" 이브샴은 깜짝 놀라며 외쳤다. "저건 무엇일까요?"

새터드웨이트 씨는 그것이 윗층 복도에 있는 엘리너 포털임을 알고 있었지만 예술가 기질의 그는 모처럼의 효과를 망치고 싶지 않았다.

퀸 씨는 미소지었다.

"내 자동차는 이제 고쳐졌을 겁니다. 대접해 주신 것 정말 고맙습니다. 이브샴 씨, 조금은 친구분을 위한 것이 되었겠지요."

그들은 다음 말이 안 나와 멍하니 그를 쳐다보았다.

"그런 면으로는 생각해 보지 않으셨군요. 케이플은 그 여성을 사랑하고 있었습니다. 그녀를 위해서라면 살인도 할 수 있을 만큼. 천벌이 내렸다, 그는 그렇게 잘못 생각했지요. 그래서 그는 자살했습니다. 그러나 그 자신은 알아채지 못했지만 그는 뒤에 남은 그녀에게 어려움을 주는 결과가 되었지요."

"그녀는 무죄 석방되었어요." 이브샴이 중얼거렸다.

"유죄가 증명되지 않았으니까요. 아마 그저 짐작에 지나지 않지만 그녀는 괴로움을 당하고 있을 겁니다."

포털은 두 손에 얼굴을 묻고 의자에 깊숙이 파고들어갔다.

퀸 씨는 새터드웨이트를 돌아다보았다.

"안녕히 계십시오, 새터드웨이트 씨. 당신은 연극을 좋아하시는군요."

새터드웨이트 씨는 끄덕였는데, 자기도 모르게 놀라고 있었다.

"부디 어릿광대 연극을 보십사고 권하고 싶습니다. 지금은 이미 쇠퇴되어가고 있지만 그래도 한번 볼 만한 값어치는 있습니다. 확실히 그 상징주의를 이해하기는 좀 어렵지요. 하지만 불멸의 것은 어느 시대에건 불멸이니까요. 안녕히 주무십시오, 여러분."

그들은 그가 어둠 속으로 성큼성큼 걸어 나가는 것을 전송했다. 그 모습은 아까와 마찬가지로 색유리 때문에 얼룩무늬의 어릿광대옷을 입고 있는 듯한 느낌을 주었다.

새터드웨이트 씨는 2층에 올라갔다. 공기가 싸늘해서 그는 창문을 닫으러 갔다. 퀸 씨의 모습이 마찻길 위를 움직여 가고 있었다. 그러자 옆 출입문에서 여자가 달려가는 모습이 보였다. 그들은 한동안 이야기를 나누었고, 그러고 나자 여자는 집 쪽으로 다시 걸어왔다. 그녀는 바로 창밑을 지나갔다. 그리고 새터드웨이트 씨는 그녀의 얼굴에 생기가 넘쳐흐르고 있음을 보고 다시 한번 감탄했다. 그녀는 바야흐로 행복한 꿈을 꾸고 있는 여자 같았다.

"엘리너!"

앨릭 포털이 그녀에게로 갔다.

"엘리너, 용서해 줘요, 용서해 줘요. 당신 말은 정말이었소. 그런데도 나는 아아, 정말 나빴소. 나는 당신을 믿을 수가 없었소."

새터드웨이트 씨는 남의 일에 강한 관심을 갖고 있었다. 그러나 그는 어디까지나 신사였다. 창문을 닫아야 한다고 생각하고 그는 그렇게 했다.

그러나 그는 지극히 느릿하게 닫았던 것이다.

그녀의 목소리가 들려왔다. 더할 나위 없이 아름다워서 말로는 표현할 수 없을 만한 목소리가.

"알고 있어요, 알고 있어요. 당신은 지금까지 지옥에 계셨어요. 예전에는 나도 그랬어요. 사랑하고 있으면서도 믿기도 하고 의심도 하고, 의심하는 마음을 밀어붙였는가 싶었는데 그것이 다시 심술궂은 얼굴로 떠올라오기도 하지요. 앨릭, 알고 있어요, 알고 있어요. 하지만 더욱 지독한 지옥도 있답니다. 내가 지금까지 당신과 함께 살아온 지옥이. 알고 있었어요, 당신이 의심하고 계시다는 것을. 당신이 나를 두려워하고 계시다는 것을. 그래서 우리의 사랑은 완전히 엉망진창이 되어 버렸지요. 그 남자분, 우연히 지나가다 들른 그분이 나를 구해 주셨어요. 나는 이미 더 이상 참을 수 없었어요. 그래서 나는 오늘 밤, 오늘 밤에 나는 자살할 작정이었어요. 앨릭! 앨릭!"

포아로의 혜안 번뜩이는
크리스티 탁월한 수법

미스터리소설의 경우, 특히 한 작품밖에는 쓰지 않았는데 오래 애독되어 고전적인 명작으로 손꼽히게 되는 작품이 있는가 하면 몇십 권을 써낸 작가도 적지 않다. 뿐만 아니라 다작의 작가 가운데서도 타성적으로 무턱대고 써내기만 한 데 지나지 않은 사람도 있고, 수준 이상의 노작을 계속 써낼 만큼 자질을 갖춘 사람도 있다. 후자의 예로 우리는 영국 작가 애거서 크리스티(Agatha Christie, 1890~1976)를 들지 않을 수 없다.

애거서 크리스티의 처녀작은 1920년에 출판된 《스타일즈 저택 괴사건(The Mysterious Affair at Styles)》이다. 1956년 《죽은 사나이의 우둔(Dead Man's Folly)》까지 약 40년 동안에 애거서 크리스티는 58권의 작품을 썼다. 60세 이후 죽기 전까지의 업적을 나타내는 것으로는 1953년 《장례식을 끝내고(After the Funeral)》가 적절한 예이다.

《장례식을 끝내고》에는 28명이나 되는 인물이 등장하는데 다른 작가들이 흔히 많은 등장인물을 내세워 피의자 수를 늘림으로써 독자들을 어리둥절하게 만드는 얕은 속셈과는 달리 애거서 크리스티는 등장하는 한 사람 한 사람의 성격을 훌륭하게 가려 써서 오히려 얽힌 인물 관계가 수수께끼를 더욱 미궁에 빠뜨리는 역할을 한다.

흔한 트릭을 잘 다루어 긴장감이 넘치게 하는 크리스티 여사의 재능이야말로 거듭 찬양하지 않을 수 없다.

크리스티 여사의 무엇보다도 위대한 점은 처녀작 이래 한결같이 평균적으로 우수한 작품을 발표했다는 점이다. 크리스티가 발표한《스타일즈 저택 괴사건(1920)》《애크로이드 살인사건(1926)》《오리엔트 특급살인(1934)》《3막의 비극(1935)》《ABC 살인사건(1935)》《작은 검둥이(1939)》《신발을 신다(1940)》《백주의 악마(1941)》《살인 준비 완료(1944)》《번뜩이는 시안화물(1945)》《예고살인(1950)》《장례식을 끝내고(1953)》등을 보면 반 다인의 현학 취미, 카의 괴기 취미, 가드너의 반대신문 같은 독특한 색채가 적어 만약 착상의 신기함이 없다면 흥미 없는 타성적 작품으로 떨어질 위험성이 없지 않다. 그러나 우수한 착상과 등장인물에 대한 독특한 성격 묘사, 뒤얽힌 플롯의 묘미가 곧 그녀를 뛰어난 미스터리소설 작가로 추앙받게 하는 요체다.

여기 실은 《3막의 비극》은 장편으로는 16번째 작품에 해당되므로 크리스티 중기 초반을 장식하는 작품이다. 은퇴한 노배우인 찰스 경의 연회석상에서 누구에게도 원성을 살 리 없는 목사가 칵테일을 마시고 죽는다. 같은 참석자들이 모여 베푼 회합 석상에서 의사가 죽는 일이 또 생겨 찰스 경과 그 친구 새터드웨이트는 이 두 사건이 계획된 살인 사건이 아닐까 의심하여 탐색의 손을 뻗치기 시작한다.

친숙한 포아로는 이미 첫 사건이 일어났던 모임에 나타나 있었다. '포아로라는 사나이는 폭풍우를 부르는 갈매기처럼 가는 곳마다 범죄가 뒤따른다'는 말을 듣는데, 거기서 이상한 급사 사건이 일어난 것이다. 그럼에도 그는 타살설에도 자살설에도 참견하려 들지 않는다. '저 사람은 나이가 들어 이제 쓸모가 없어졌다'는 평을 들으면서도 모른 체한다.

그러나 포아로의 작고 반짝이는 눈은 '나를 당신을 위해 코미디를 하는 어릿광대로 생각하시는 모양이군요. 물론 당신 좋을 대로 생각하셔도 좋습니다!' 하고 말하는 것 같다. 찰스 경과 새터드웨이트, 그리고 찰스 경에게 끌리고 있는 에그 세 사람이 서로 분담하여 탐색에 나서 자주 머리를 맞대고 의논을 한다. 그런데 그 자리에 포아로가 나타난다. 그는 두 사건의 배후에 뭔가 있다는 것을 깨닫지 못한 어리석음을 사과하면서 그들의 회합에 끼어주기를 희망한다.

이런 행동은 그의 권위를 의심받는 짓이었지만 그에겐 자신만만한 바가 있었다. 가난한 소년 시절을 보낸 그는 세상의 거친 파도를 타고 넘기 위해 경찰에 들어갔다. 조금씩 진급하여 이름이 알려지고 이어 국제적 명성까지도 얻었다. 퇴직한 뒤에는 대전이 일어나 부상을 입고 피난민이 되어 영국으로 건너갔는데, 거기서 은인이 살해되는 불행을 겪으며 그의 이른바 '작은 회색의 뇌세포'는 기어코 범인을 찾아내는 데 성공한다. 이로써 그는 자기의 인생이 아직 끝나지 않았음을 깨닫고 제2의 인생을 시작한다. 즉 사립탐정을 개업한 것이다. 그런 이후 '오늘까지, 넋을 잃을 것 같은 이상하기 이를 데 없는 사건을 해결해온' 그는 여유만만한 태도를 취한다. 그는 '온 영국을 뛰어다니면서 이 사람 저 사람 묻고 다니는 것은 너무나도 미숙한 방법입니다. 진실은 언제나 내부에서부터 발견되는 것입니다'라고 말하면서, '어떤 문제든 머리로 해결하는 방법이 가장 좋습니다. 이것이 오랫동안의 나의 신조입니다'라고 덧붙여 포아로의 독특한 면모를 발휘한다. 그러고는 진상을 꿰뚫어볼 수 없을 정도로 수법이 뛰어나 얼핏 보기에는 조금도 이상한 데가 없는 사건의 밑바닥 깊숙이 숨어 있는 범인을 찾아내고 만다. 포아로의 뛰어난 혜안이 번뜩이는 크리스티 작품 가운데서도 두드러지게 탁월한 기법의 작품이다.

《3막의 비극》이라는 제목도 단지 은퇴한 배우가 등장할 뿐 연극이 배경으로 되어 있는 것은 아니다. 막을 내리고 보면 작자의 빈틈없는 속셈에 납득이 간다. 연극을 좋아하는 그녀다운 계획이다.

그녀의 작품은 책으로써만이 아니고 무대나 방송을 통해 끊임없이 환영받고 있다. 영국 관객들이 추리극을 좋아한다는 점도 있지만 무엇보다도 연극을 아는 크리스티가 거기에 맞춰 작품을 썼기 때문이다.

퀸 씨와 새터드웨이트 씨가 등장하는 애거서 크리스티의 단편은 14편에 이른다. 그중에서 새터드웨이트 씨의 힌트로 퀸 씨가 예리하게 추리하여 사건의 진상을 명쾌하게 밝히는 〈퀸 씨 등장〉 한 작품을 가려뽑아 수록했다.

동서미스터리북스(DMB 300)

1
황금벌레
포/김병철 옮김

괴기와 환상, 광기와 이성, 극한의 탐미. 미스터리소설의 창시자로, 치밀 정교 암묵의 시인으로, 문예비평가로, 세계문학사에 탁월한 천재 미국 최대의 문호 에드거 앨런 포! 모르그거리의 살인, 어셔집안의 몰락, 검은 고양이, 마리로제의 수수께끼 등 추리독자 필독 대표작 전집.

2
셜록 홈즈의 모험
도일/조용만 조민영 옮김

명탐정 셜록 홈즈! 전세계인의 마음을 사로잡는 셜록 홈즈와 왓슨 박사, 환상의 명콤비가 런던을 무대로 통쾌한 모험의 세계를 유감없이 펼치는 제1작품집. 작가가 직접 뽑은 〈얼룩끈〉〈붉은 머리 클럽〉〈입술이 뒤틀린 사나이〉등 아무리 읽어도 질리지 않는 주옥편.

3
그리고 아무도 없었다
크리스티/김용성 옮김

초면의 남녀 10인이 절해고도 인디언섬으로 향한다. 호화로운 대저택으로 들어가니 초대한 주인의 모습 대신 우아한 식탁만이 그들을 맞이한다. 그때 어디선가 들려오는 마더 구즈의 노래! 기발한 착상, 얽히고 설킨 복선, 미스터리 여왕의 진면목이 드러나는 불후의 명작.

4
Y의 비극
퀸/이가형 옮김

부호 요크 해터는 독살된 시체로 뉴욕 만에 떠오르고 그 뒤 연속되는 의문의 사태로 순식간에 해터 집안은 참극에 휘말리게 된다. 레인 탐정의 등장, 그의 추리망에 걸린 인물, 그가 범인일 수 없는 현실적인 모순 등 빈틈없는 복선과 명쾌한 해명으로 독자를 사로잡는 퀸의 걸작.

5
브라운 신부의 동심
체스터튼/박용숙 옮김

체스터튼의 독특한 구성이 빛을 발하는 브라운 신부 걸작 시리즈. 기상천외한 트릭과 통렬한 풍자, 유머, 특유의 역설과 경구, 독보적이고 기발한 아이디어, 동그란 얼굴에 볼품없는 작은 체구, 검은 모자에 박쥐우산을 손에 든 우스꽝스러운 신부는 늘 독자의 의표를 찌른다.

6
통
크로프츠/오형태 옮김

런던의 한 부두에서 포도주 통을 끌어내리는 하역작업중 줄이 흔들리면서 무거운 통 4개가 바닥에 떨어진다. 그 중 깨어진 한 통에서 나온 것은 금화와, 반지 낀 여자의 손! 미스터리소설의 후추같은 묘미를 맛볼 수 있는, 크로프츠의 손꼽히는 본격 미스터리 고전.

7
나인 테일러스
세이어즈/허문순 옮김

늪지대 마을에 초상을 알리는 종소리가 울려퍼졌다. 붉은 저택의 주인이 숨진 것이다. 고인의 희망은 죽은 아내와 한 묘지에 묻히고 싶다는 것. 그런데 무덤을 파헤쳐보니 알 수 없는 유해가 하나 더 나온다. 영국이 낳은 최고의 미스터리 고전으로 칭송되는 세이어즈의 대작.

8
월장석
콜린즈/강봉식 옮김

인도 사원의 신비한 보물〈월장석〉에는 어두운 재앙의 그림자가 따른다. 대하처럼 도도히 흐르는 서스펜스! 거듭 역전을 거듭하는 으스스한 사건의 진상! 황색 다이아몬드는 악마의 보석인가? T.S. 엘리엇이 '최대·최고의 미스터리'라고 극찬한 대명작!

9
환상의 여자
아이리시/양병탁 옮김

'밤은 젊고 그도 젊었다'로 시작되는 첫 귀절은 로맨틱한 뉴욕 거리를 느끼게 한다. 시시각각으로 다가오는 사형집행일! 기묘한 오렌지빛 모자를 쓴 그 여인은 어디에 있는가? 강렬한 스릴, 가슴 조이는 서스펜스로 미스터리문학의 새 장을 연 아이리시의 신비로운 명작!

10
비숍살인사건
반 다인/김성종 옮김

마더 구즈의 노래말대로 처참하고 기괴한 연쇄살인극이 벌어진다. 순진무구한 동요와 무시무시한 살인이라는 야릇한 아이러니. 번스는 독특한 심리분석으로 한 발짝 한 발짝씩 범인을 절벽 끝으로 몰아가는데…… 반 다인의 최고 수작으로 꼽는 세계 10대 걸작의 하나인 필독서.

11
말타의 매
해미트/양병탁 옮김

고대, 말타 섬의 기사단이 스페인 황제에게 바쳤던 순금 매의 조각상을 둘러싼 수수께끼와 연속살인, 피투성이의 보석 쟁탈전에 뛰어든 사립탐정 새뮤엘 스페이드의 터프한 활약상은 눈부실 듯 숨가쁘다. 미스터리소설사에 최고의 자리를 마련한 하드보일드 불후의 명작.

12
애크로이드살인사건
크리스티/김용성 옮김

마을 유지 애크로이드 씨가 단도에 찔려 숨지는 사건이 일어난다. 이미 부인은 수면제 과다복용으로 숨이 멎어 있는 상태. 셰퍼드 의사는 이 모든 상황을 있는 그대로 정확히 정리하면서 수수께끼의 범인을 밝히려 한다. 크리스티의 명작 중 명작으로 독창적인 트릭이 눈부시다.

DONGSUH MYSTERY BOOKS(DMB300)

13

검은 탑
제임스/황종호 옮김

옛 친구인 신부의 연락을 받고 요양원을 찾아간 달글리시 경감은 뜻밖에도 그의 죽음을 알고 놀란다. 더욱 기묘한 것은, 사고나 자살을 위장한 환자들의 변사가 끊이지 않는 것! 중후한 필치로 CWA상을 4번이나 수상한 현대 미스터리계를 대표하는 거장의 야심찬 대작.

14

이집트 십자가의 비밀
퀸/김성종 옮김

T자형 십자가에서 죽음을 맞게 된 교장, 백만장자, 항해사, 그리고 정체를 알 수 없는 사나이. 비밀을 알고 있는 이는 오로지 죽은 사람들뿐. 마침내 체념하는 싶던 엘러리의 눈빛이 순간 번뜩인다. 작가와 독자 사이에 격렬하게 펼쳐지는 두뇌싸움! 흥미진진한 게임의 결과는?

15

주홍색 연구
도일/김병걸 옮김

빈집에서 발견된 자상당한 시체와 현장에 남겨진 피로 쓴 글씨 '복수'의 의미는 무엇인가? 모르몬교도들이 빚어내는 색정과 음모를 합주하는 장렬한 오케스트라! 세기의 명탐정 셜록 홈즈와 왓슨 박사 콤비가 해결하는 아더 코난 도일의 첫 번째 명작 장편!

16

그린살인사건
반 다인/안동민 옮김

뉴욕 한복판, 100년도 넘은 오래된 저택이 있다. 그곳에서 그린 씨의 두 딸이 총에 맞는 참극이 일어난다. 그린 집안 사람들을 모조리 없애려는 보이지 않는 살인자가 나타난 것이다. 학구파 필로 번스 탐정이 등장하는 12작품 가운데서도 첫손에 손꼽히는 특A급 미스터리.

17

사나이의 목
시므농/민희식 옮김

상메 감옥 제11호 사형수 감방은 이상한 긴장감이 감돈다. 2명의 여자를 살해한 죄로, 그날 아침 사형선고를 받은 흉악 살인범이 익명의 편지에 이끌려 지금 탈옥을 감행하고 있는 것이다. 범인 배후에 숨은 진범을 체포하기 위한 메글레가 펼치는 일생일대의 숨막히는 한판 도박.

18

흥분
프랜시스/김병걸 옮김

영국 경마계 장애물 경주에서 뜻밖의 사건이 잇따라 일어난다. 경마 부정사건의 검은 안개에 과감히 도전하는 종마목장 경영자 다니엘 로크. 챔피언 기수 출신 작가의 남성미 넘치는 격정적인 승부 세계가, 읽는 이를 숨쉴 틈 없이 매료시키는 스릴 만점의 경마 미스터리 최대 걸작!

19

화형법정
카/오정환 옮김

황금알을 낳는 인기작가의 원고에 딸려 있는 사진을 본 스티븐슨은 아연실색한다. 17세기 독살 범인의 모습이, 틀림없는 아내 마리였기 때문이다. 부인 독살이 유행처럼 번졌던 17세기와 현대가 야릇하게 맞물리며 묘한 긴장감을 더하는 미국 최고의 미스터리.

20

굿바이 마이 러브
챈들러/장백일 옮김

전과자 마로이는 형무소를 나오자마자, 흑인들의 거리 도박장으로 8년 전에 헤어진 여자를 찾아가지만 또다시 살인을 하고 만다. 멋쟁이 사립 탐정이 등장하는 가슴저린 애수와 스릴 만점의 드라마. 미스터리를 뛰어넘는 순수문학적인 서정의 수작!

21

미스 마플 13 수수께끼
크리스티/박용숙 옮김

괴사건을 제출하고 추리하며 풀어가는 〈화요 나이트클럽〉의 13수수께끼. 도수 높은 안경, 무릎 위 뜨개질감을 만지며 사건의 진상을 풀어가는 노처녀 미스 마플의 명쾌한 혜안! 미스터리의 여왕 애거서 크리스티가 명탐정 미스 마플을 등장시킨 첫 번째 인생만사 옴니버스.

22

바스커빌의 개
도일/진용우 옮김

명문 바스커빌 집안의 주인 헨리 경이 돌연 변사체로 발견된다. 얼굴만 심한 충격으로 일그러졌을 뿐 외상도, 단서도 없다. 피살자 옆에 찍힌 커다란 개 발자국. 깊은 밤, 짙은 안개 속에 홀연 나타나는 괴물! 황량한 다트무어 시골 마을 배경으로 펼쳐지는 셜록 홈즈의 대활약상.

23

웃는 경관
바르·슈발/양원달 옮김

스톡홀름의 비 내리는 밤. 경시청 전화가 자지러지게 울린다. 시체가 가득 실린 버스가 시내에서 발견된 것이다. 버스 안은 한마디로 도살장. 어느 미치광이의 짓인가! 살인과 주임 마르틴 베크는 스텐스트롬 형사의 책상 서랍에서 약혼녀의 누드 사진을 보게 되는데……

24

요리장이 너무 많다
스타우트/김우탁 옮김

세계 최고 요리장 13인의 파티에서 살인 사건이 발생한다. 모든 요리장이 동기를 가졌고 기회가 있었다. 시기와 음모, 기지와 패러독스, 인간의 선을 지향하는 건강한 유머. 초대손님인 배불뚝이 신사 네로 울프는 맥주와 난을 좋아한다. 지성과 거장 스타우트 최고의 명작.

동서미스터리북스(DMB 300)

25
독화살의 집
메이슨/김우종 옮김

탁월한 두뇌로 추리하여 진상을 꿰뚫어보는 지적인 탐정 프랑스 인 아노, 그는 자주 홈즈와 비교된다. 큰어머니의 막대한 유산을 상속받게 되어 살인혐의를 뒤집어 쓴 아름다운 처녀와 집요하고 음험한 범인. 보석처럼 빛을 발하는 신랄한 유머가 매력적인 문학적 향기 높은 작품.

26
레베카
모리에/김유경 옮김

몬테카를로에서 알게 된 영국 귀족의 후처로 들어가게 된 '나'. 만더레이 저택에 첫발을 디뎠을 때 '나'를 에워싸는 것은 압도적인 미모와 지성 그리고 재능으로 무장한 죽은 첫부인 레베카의 짙은 그림자였다. 그녀의 죽음을 둘러싼 진실! 귀부인의 숨겨진 마성이 베일을 벗는다.

27
심야 플러스1
라이얼/김민영 옮김

추적자의 끈질기고도 집요한 공격. 시대의 물결에 덧없이 밀려난 전쟁유물 레지스땅스! 이들의 애화와 생의 마지막 승부를 한 발 총성에 거는 운명과의 처절한 대결. 뜨거운 열기를 품고 전개되는 비정한 남성의 세계. 영국 미스터리작가협회상을 받은 모험 액션스릴의 명작!

28
재앙의 거리
퀸/현재훈 옮김

결혼식 전날 느닷없이 모습을 감춘 짐은 3년이 지난 어느 날 갑작스레 돌아온다. 그를 기다리고 있던 약혼녀 노라는 더 이상 아무것도 묻지 않은 채 식을 올리고 행복한 부부가 된다. 어느 날 밤 노라는 남편이 읽다 만 책갈피에서 기괴한 편지를 발견하고 경악해 쓰러지는데……

29
아기는 프로페셔널
에어드/서창근 옮김

4인조 악당이 주 200달러의 임대료로 아기를 빌려 부잣집 아기와 바꿔치기하는 기발한 유괴방식을 생각해낸다. 프로페셔널 아기는 벙글벙글 웃으며 뭐이나 잘 먹는데, 25만 달러를 요구한 부자 아기는 빽빽 울기만 하며 골치를 썩인다. 포복절도할 유머 범죄소설 최고 걸작!

30
예고살인
크리스티/박용숙 옮김

조간신문을 펼쳐든 마을 사람들은 경악에 찬 신음소리를 내뱉는다. 한 광고 때문이었다. '살인을 알립니다. 10월 29일 금요일 오후 6시 30분에 리틀 패독스에서 친지분들이 오시기를 기다리겠습니다.' 도대체 누가, 무엇 때문에? 미스 마플이 등장하는 크리스티의 살인예고 걸작.

31
813
르블랑/이가형 옮김

체포된 괴도는 모든 일간지에 대담한 탈옥예고를 싣고 유유히 실행한다. 더할 수 없이 잔혹한 괴인물〈L M〉과 의문의 수식〈813〉수수께끼를 뒤쫓는 아르센 뤼뺑의 신출귀몰 활약상. 다이아몬드왕의 죽음으로 시작된 미혹의〈813〉손에 땀을 쥐게 하는 뤼뺑시리즈 최대 로망.

32
빨강머리 레드메인즈
필포츠/오정환 옮김

런던 경시청 민완 형사 브렌던은 제니 펜딘이라는 여자로부터 남편이 살해되었다는 연락을 받는다. 빨강 머리 거부 레드메인 집안에 살인의 마수가 점점 뻗쳐오는데…… 그 배후에는 애증과 범죄가 소용돌이친다. 그레이트 미스터리 10대 명작에 꼽히는 필포츠의 로맨틱시즘 걸작.

33
쥐덫
크리스티/황종호 옮김

온갖 사연을 안고 몬크스웰 장에 몰려든 사람들. 밖에는 엄청난 눈보라가 몰아치고 있다. 전화도 끊어지고 사람들의 발길도 묶인 이곳에 한 경관이 스키를 타고 찾아온다. 쥐덫의 밀실상황인 몬크스웰 장에서 누군가가 죽지 않으면 안 된다는데…… 그렇다면 누가 죽을 것인가?

34
트렌트 마지막 사건
벤틀리/손정원 옮김

부호 피살사건 수사에 나선 트렌트는 피살자의 아내도 공범이라는 확증을 잡으나, 그녀한테 애정을 느낀 나머지 사건의 진상을 기록으로 남기고 떠나 버린다. 인간 욕망의 미묘한 성격 묘사를 플롯에 융합시켜 긴박감을 더하는 근대 미스터리소설의 이정표. 벤틀리의 걸작.

35
특별요리
엘린/황종호 옮김

인적 드문 차가운 거리 어둠 속에 그 요리집이 있다. 시공을 초월한 미각, 영혼을 녹이는 맛…… 아밀스탄 양의 특별요리가 이곳에서 만들어진다. 맛의 비밀을 캐는 일은 영혼 속을 훔쳐 보는 일. 일상 속 괴기와 공포·심령의 비극을 조명한 지성파 엘린의 이색 미스터리.

36
엉클 애브너의 지혜
포스트/김우탁 옮김

법원은 혼잡했다. 지주 살인범으로 한 처녀와 그의 애인이 단죄되려는 순간 엉클 애브너가 일어났다. 개척기 버지니아를 무대로 솔로몬의 지혜를 구사하는 애브너의 활약상과 미국인의 프런티어 드림정신으로 추악한 인간만상 사건을 생생히 묘파한 걸작 미스터리.

DONGSUH MYSTERY BOOKS(DMB300)

37

죽음의 키스
레빈/남정현 옮김

연인들은 학생이었다. 임신한 여학생이 결혼을 재촉하자, 결국 남학생은 그녀를 죽이려 한다. 권총, 약물, 사고, 위장 살인…… 몇 가지 살인 방법 가운데 자살로 위장하여 살인하기로 한다. 약관 23세의 천재 작가 아이라 레빈에 의해 완성된 경탄할 수밖에 없는 걸작.

38

X의 비극
퀸/이가형 옮김

뉴욕 전차 안에서 벌어진 기괴한 살인사건. 끔찍한 니코틴 독을 바른 코르크 알이 신종 흉기로 사용된다. 이 밀실 범죄의 용의자는 모든 승객! 한때 배우로도 이름을 날린 귀머거리 탐정 도르리 레인, 그의 깔끔하고 세련된 수사가 시작된다. 엘러리 퀸의 본격 미스터리소설의 백미 X편.

39

살의
아일즈/유영 옮김

완전범죄는 이루어질 것인가? 컴플렉스에 찬 음울한 성격의 시골 의사가 치정살인에 성공하고 그 희열과 마력에 끌려 세균 감염에 의한 대량 살인을 기도한다. 세계 미스터리문학사상 도서추리의 3대 걸작으로 꼽히는 범죄심리소설 최고 명작!

40

오리엔트 특급 살인
크리스티/강남주 옮김

유고슬라비아와 체코 국경 깊은 산속, 눈보라로 발이 묶인 급행열차에서 안으로 문이 잠긴 침대칸에 온몸이 피투성이가 되어 죽어 있는 승객이 발견된다. 사건은 달리는 레일바퀴처럼 독자를 긴박감으로 마구 조여가는데…… 포아로의 '회색 뇌세포'가 바쁘게 움직인다.

41

추운 나라에서 돌아온 스파이
칼레/임영 옮김

밀고를 당해 조직과 부, 삶과 꿈을 잃어버리고 쫓기는 사나이 리머스의 운명을 건 한판 승부! 모략과 배신이 공존하는 냉혹한 스파이 세계. 극한상황에서의 인간의 사랑과 진실. 박진감 넘치는 터치, 빼어난 플롯, 극명한 조율적 묘사. 영미 미스터리 최우수상을 받은 최고의 스릴러!

42

ABC 살인사건
크리스티/박순녀 옮김

포아로 탐정에게 살인을 예고하는 기묘한 도전장이 날아든다. 과연 이 도전을 뒷받침이라도 하듯 애셔(A) 부인이 앤도버(A)에서 살해당한다. 연이어 베티 버너드(B)가 벡스힐(B)에서 또…… 쓰러진 시체 옆에는 ABC 철도 안내서가 놓여 있다. 이제 누가 죽을 차례인가?

43

셜록 홈즈의 회상
도일/조용만 조민영 옮김

미스터리소설은 홈즈에서 시작되어 홈즈로 귀결된다고 했던가! 시대를 초월 전세계 독자들의 열렬한 지지를 받고 있는 불후의 명탐정 셜록 홈즈, 특히 라이헨바흐 폭포 격투에서 홈즈가 실종되는 충격적인 사건이 벌어지는데…… 오, 위대한 탐정은 마침내 죽었단 말인가?

44

Z의 비극
퀸/이가형 옮김

뉴욕 경찰 귀신같은 경감 샘은 은퇴 후 사립탐정사무소를 개설한다. 악명높은 정치가 포어세트 상원의원이 은으로 된 페이퍼 나이프에 심장을 찔려 쓰러지는 사건이 일어난다. XYZ 연속 등장 귀머거리 도르리 레인의 명석한 두뇌회전이 돋보이는 퀸의 걸작.

45

도버4/절단
포터/황종호 옮김

폭우 쏟아지는 캐리 곶, 한 사나이의 자살을 목격한 런던 경시청 명물 경감 윌프레드 도버는 곧 진상 수사에 나선다. 거친 남성들이 중탕 후 양처럼 순해져서 나타나는 월타튼 마을의 비밀은? 도버 경감이 익살스럽게 펼쳐가는 사립전단과 남성 거세의 충격저 결착.

46

위철리 여자
맥도널드/김수연 옮김

그녀의 이름은 휘비 위철리, 21살. 안개 자욱한 11월의 어느 날 아침 샌프란시스코 해변에서 자취를 감춘다. 그녀의 행방은 오리무중. 아버지는 사립탐정 루 아처에게 사건을 의뢰한다. 휘비가 사라진 것은 단순한 가출처럼 보이지만…… 미국 가정의 비극을 그린 하드보일드 걸작.

47

긴급할 때는
허드슨/홍준희 옮김

아메리카 탐정작가클럽 수상작품. 법에 위배되는 중절수술이 젊은 처녀를 죽음으로 몰아넣었다. 어머니의 증언으로 중국인 의사가 체포되지만 그는 무고함을 주장한다. 의사 존은 곤경에 처한 친구를 위해 사건해결에 집착하게 된다. 의학 미스터리 야심작!

48

진리는 시간의 딸
테이/문용 옮김

병상의 글랜트 경감은 어린 왕자들을 죽이고 왕위를 빼앗은 극악무도한 영국왕 리처드 3세의 추상화를 바라보면서 바닥모를 깊은 의혹에 잠긴다. 고문헌을 뒤지며 역사의 진상을 추적하는 안락침대 위의 탐정. 세계 미스터리문학사에 찬연히 빛나는 역사 미스터리의 압권.

동서미스터리북스(DMB 300)

49
죽은 사람은 스키를 타지 않는다
모이즈/진용우 옮김

돌연, 백설의 스키장을 기습한 피의 살인제! 사건을 맡은 티베트 경감은 마약밀수의 검은 손길을 뒤쫓는다. 우연히 사건의 소용돌이에 휘말린 청년 줄리오와 스키 교사인 아버지, 남작, 청년 조각가 등이 얽힌 인간욕망을 발가벗기는 범죄 드라마 명작.

50
0시간으로
크리스티/안동림 옮김

사각사각 써내려가는 아늑한 펜소리…… 방에는 오직 그만이 있었다. 그러나 누군가가 그 글을 읽는다면 제 눈을 의심하리라. 종이에는 치밀한 살인 계획이 꼼꼼히 적혀 있었으니. 모든 미스터리소설의 매너리즘을 깨버린 애거서 크리스티 여사의 야심작!

51
야수는 죽어야 한다
블레이크/현재훈 옮김

폭주하는 차에 아들을 잃은 미스터리작가 필릭스 레인은 복수를 위한 완전살인을 계획한다. 편집광적 아버지 울분이 놓은 올가미 속으로 범인은 아무것도 모른 채 한발한발 올가미속으로 다가온다. 계관시인 세실 D. 루이스가 필명으로 발표한 격조 높은 본격 도서미스터리 수작편!

52
점과 선
세이초/강영길 옮김

규슈 해안에서 발생한 의심할 여지 없는 남녀 자살사건. 여기에는 놀라운 간계가 숨어 있었다. 직무 비리를 둘러싼 복잡한 배경과 용의자의 철벽같은 알리바이 앞에 고개를 떨구는 형사들. '사회파'라는 새바람을 일으킨 일본이 세계에 자랑하는 《점과 선》《제로의 초점》 2대 걸작.

53
셜록 홈즈의 귀환
도일/조용만 조민영 옮김

희대의 악당 몰리아티 교수의 간계로 죽음을 당한 셜록 홈즈, 이를 애도하는 수많은 독자들은 팔에 상장(喪章)을 두르고 런던 시내를 돌며 애도의 뜻을 나타냈다. 뿐만 아니다. 편지에, 전화에……홈즈를 살려내라는 빗발치는 독자의 성화에 마침내 13편의 걸작들은 빛을 본다.

54
상복의 랑데부
울리치/김종휘 옮김

여객기 승객이 무심코 떨어뜨린 병이 참극의 시발이었다. 한순간에 사랑하는 여자를 잃은 조니는 복수의 집념을 불태우며 모든 승객의 연인들을 차례로 살해하기로 마음먹는다. 긴박감 넘치는 서스펜스, 독특한 우수와 서정이 깔린 외로운 사나이의 음산한 범죄 스릴러.

55
13호 독방의 문제
푸트렐/김우탁 옮김

체스 세계챔피언은 아마추어 도젠 교수와의 게임에서 패배하자 외쳤다. '당신은 사람이 아니오, 사고기계요!' 이 한 마디로 유명해진 도젠 교수, 그는 홈즈의 라이벌로 기이한 사건들을 명쾌하게 해결해 나간다. 타이타닉 호 침몰 때 아내를 살리고 사라져간 대천재의 대표 명작집.

56
지푸라기 여자
아블레이/이가림 옮김

한 여자의 타산과 허영 자의식을 잔인하리만큼 적나라하게 폭로한 새디스틱한 성격 묘사와 완전 범죄의 성공이 돋보이는 작품. 완전 범죄의 성공을 묘사하는 반사회적 구상은 미스터리 작가에게는 영원한 매력을 지닌 테마일 수밖에 없다. 그것을 완벽한 형태로 실현시킨 절대명작.

57
기암성
르블랑/이가형 옮김

대서양 횡단 호화여객선에 흔적없이 출몰하는 도둑의 정체는? 뤼빵은 사랑하는 여인을 위해 조용하게 숙적 가니마르 경감에게 체포된다. 감옥을 집무실로 사용, 유유히 활약하는 대괴도신사와 대탐정 셜록 홈즈의 불꽃 튀는 격전. 뤼빵시리즈 초대작!

58
네덜란드 구두의 비밀
퀸/박기반 옮김

수술대에 눕혀진 백만장자 노부인이 철사로 목졸려 숨져 있다. 엘러리의 명석한 두뇌로도 제2의 살인을 막지 못한다. 마수의 손길은 멈추지 않은 채 점점 암약해 온다. 수학처럼 정연한 논리, 페어플레이로 모든 단서가 사전에 독자에게 주어지는 전형적 본격 미스터리 결정판.

59
검찰측 증인
크리스티/강영길 옮김

젊은 레너드 볼이 살인죄로 기소되었다. 그가 재정일을 봐주던 돈 많은 부인을 죽였다는 혐의였다. 알리바이를 증명할 수 있는 유일한 증인이었던 그의 아내가 남편이 저지른 범행임을 오히려 뒷받침해버리는 게 아닌가! 영·미에서 롱셀러를 기록한 너무도 유명한 재판극.

60
모자수집광사건
카/김우종 옮김

음울한 전설이 전해내려오는 런던 탑을 무대로 영국의 명물인 짙은 안개, 낮에도 어두운 그 탑 안에서 실크해트를 쓰고 중세기 무쇠 화살을 등에 맞은 채 죽어 있는 사나이. 모자도난사건 괴매를 쫓는 펠 박사의 명쾌한 추리. 밀실 살인의 거장 딕슨 카의 최고 걸작.

61
공포의 보수
러브크래프트/정광섭 옮김

기괴하고 심오한 대우주의 악마가 괴기와 공포의 환영에 몸서리치는 독자들을 아득한 태고에서 영겁의 미래로 이어지는 암흑세계의 포로로 잡아들일 러브크래프트 대망의 작품! 크투르프신화가 살아 숨쉬고 신들의 분노와 통곡이 울려오는 그로테스크문학의 최고 환상 걸작!

62
카나리아 살인사건
반 다인/안동민 옮김

브로드웨이의 아름답고 요염한 무희 카나리아가 밀실에서 살해된다. 용의자 4명의 알리바이는 저마다 허점이 있지만 결정적 증거 또한 하나도 없다. 탐정 파이로 번스는 포커게임을 통해 범인을 지적하는데…… 밀실구성과 심리적 탐정법을 구사한 반다인 최고의 세기적 베스트셀러.

63
구석의 노인 사건집
오르치/이정태 옮김

허수아비 같은 노인이 구석에 앉아 있다. 사건 보도기사와 몇 가지 객관적 상황을 놓고 얽힌 실타래처럼 미궁에 빠진 진상을 한올한올 풀어나가는 안락의자 탐정의 전형, 구석의 노인이 펼치는 유니크한 활약상을 그린 명편. 색다른 명탐정이 등장하는 이색적 미스터리.

64
경관혐오
맥베인/석인해 옮김

눈부신 조명 아래 환락의 거리가 있고, 그곳에 묻혀진 어두운 생활이 있다…… 한여름밤 돌연 쏟아지는 흥탄에 87분서의 형사들이 쓰러진다. 비정의 대도시 소음 속에서 연속되는 경관 살인. 경찰소설이라는 전혀 새로운 분야를 개척한〈87분서 시리즈〉제1탄!

65
빨강집의 수수께끼
밀른/이철범 옮김

15년 만에 오스트레일리아에서 돌아와 빨강집을 방문한 형은 살해되고 집주인마저 종적을 감춘다. 2명의 아마추어 탐정이 만들어내는 기발하고 유머러스한 분위기, 절묘한 트릭. 페이지마다 번뜩이는 기지들이 눈부시다.〈아기곰 푸〉로 더 잘 알려져 있는 밀른의 고전 명작.

66
로마 모자의 비밀
퀸/강영길 옮김

로마극장에서 일어난 악덕변호사 살해사건은 실크헤트의 소재를 둘러싸고 암초에 부딪친다. 그럴듯한 용의자들이 등장, 사건은 더욱 복잡하게 얽혀든다. 퀸 부자의 애정어린 협조로 사건을 해결하는 아름다운 일급 미스터리소설로 엘러리 퀸 출세작.

67
벤슨살인사건
반 다인/정광섭 옮김

월거리 사기꾼 주식중개인의 죽음을 둘러싸고 용의자는 넘쳐날 지경이다. 알리바이에 집착하는 검찰측의 주장을 명탐정 파이로 번스는 독특한 심리분석법을 구사하여 하나하나 깨뜨리며 진짜 범인을 지적하는데…… 미국 본격 미스터리소설의 황금기를 연 반 다인의 처녀작.

68
차이나오렌지의 비밀
퀸/김우종 옮김

보석과 우표수집가로 유명한 출판업자의 사무실에서 신원을 알 수 없는 한 사나이가 살해된다. 더 놀라운 것은 피해자가 입고 있는 옷에서부터 그 방의 가구가 모조리 거꾸로 뒤집혀져 있다는 점. 뉴욕타임스가 격찬한 밀실살인사건 불후의 초A급 명작.

69
작은 독약병
암스트롱/문호 옮김

55살에 이르도록 여자를 모르던 초로의 교사가 뒤늦게 젊은 여성을 만난다. 그러나 이 만남은 곧 파탄에 이른다. 자살하기 위해 올리브 기름병에 담은 1드램의 독약! 그 독약병을 버스에 놓고 내리게 되는데…… 쿠믹하면서도 서스펜스 넘치는 대추리극. 8미의 미니미즘의 결정판!

70
백모살인사건
헐/백길선 옮김

뚱뚱보 게으름쟁이 에드워드는 사사건건 자기를 괴롭히는 백모를 죽이기로 작심한다. 겁많은 소악당이 완전범죄를 꿈꾸며 살인을 계획하고 그것을 착착 실행에 옮기는 과정이 기막히게 전개되어 실소와 함께 폭소를 자아낸다. 세계 3대 도서 미스터리소설 고전 걸작.

71
피의 수확
해미트/이가형 옮김

한 사나이가 퍼슨빌에 도착하자 사건 의뢰인은 피살된다. 총탄과 피가 난무하는 무법의 광산도시, 암흑가에 육탄으로 돌진하는 비정의 화신 강철 같은 사나이. 위험에 맞닥뜨린 인간의 성격과 잔학성, 냉소주의를 완벽하게 묘파해 하드보일드 시대를 연 걸작 장편 미스터리.

72
비로드의 손톱
가드너/박순녀 옮김

추문이 몰고 온 살인극에 엉뚱한 혐의를 쓴 변호사. 진퇴양란의 궁지에서 벗어날 만한 묘책은 없는 것일까. 명탐정 변호사 페리 메이슨과 그의 아름다운 여비서 델라 스트리트가 콤비가 되어 풀어내는 사건의 전말은? 미국인에게 최고의 사랑을 받은 영원한 애독서.

동서미스터리북스(DMB 300)

73

기나긴 이별
챈들러/이경식 옮김

사립탐정 말로는 위험과 궁지에 빠져 있는 테리의 국경탈출을 돕는다. 대부호 딸로 자유분방한 아내 실비아가 죽은 채 발견되고 평소 아내의 바람기를 괴로워하던 테리가 의심을 받게 된다. 생생한 문체, 비정한 시선으로 사나이 우정을 그린 하드보일드의 거장의 대표작!

74

제8지옥
엘린/김영수 옮김

한 통의 투서로 비롯된 뉴욕경찰 내 오직사건은 말단 경관 랜딩까지 그 소용돌이 속으로 몰아넣는다. 랜딩은 한사코 결백을 주장하지만 사태는 점점 불리해진다. 악의 구렁텅이 속에서 신음하는 인간군상을 향기로운 필체로 그려낸 미국 탐정작가클럽상에 빛나는 최고 걸작!

75

독초콜릿사건
콕스/손정원 옮김

벤딕스 부부는 초콜릿제조회사에서 보낸 식품을 맛보다가 아내는 죽고 남편은 가까스로 살아난다. 초콜릿 속에 독이 들어 있었을까? 셀링검을 회장으로 하는 범죄연구회 회원 6명이 펼치는 6가지 추리 방법과 해결책을 펼쳐보이는 본격 이색 미스터리소설의 1급 고전 명작.

76

디미트리오스의 관
앰블러/임영 옮김

국제적 범죄거물 디미트리오스가 죽었다. 각국 경찰의 추격을 교묘히 따돌리며 1, 2차 세계대전의 황폐와 혼란 속을 헤집고 다닌 그는 악의 화신인가. 처절한 곡예와 숨막히는 추적, 그리고 서스펜스 미스터리소설로서의 오락성과 문학적 리얼리티를 획득한 앰블러의 대표작.

77

크로이든발 12시 30분
크로프츠/맹은빈 옮김

크로이든 공항을 이룩한 파리행 여객기가 착륙했을 때 돈많은 앤드루 노인은 이미 목숨이 끊어진 뒤였다. 범인의 시각에서 사건이 전개되는 독특한 구성. 그가 살의를 품게 되는 심리에서부터 계획, 실행, 재판에서의 일회일비를 박진감 있게 그려낸 도서추리소설 명편.

78

어두운 거울 속에
매클로이/강성희 옮김

여교사 포스티나는 사표를 내라는 교장의 말에 어리둥절한다. 이유는 짐작조차 가지 않는다. 그저 요즘들어 자기를 보는 주위 시선이 마치 망령이라도 대하듯 두려움과 혐오로 가득차 있다는 그밖에는. 옛 전설을 소재로 마치 망령을 대하는 듯 으스스한 이색 미스터리 걸작.

79

호그 연쇄살인
데안드리아/허문순 옮김

눈보라가 휘몰아치는 뉴욕 주 한 지방도시 스파터에서 달리는 차 위로 느닷없이 떨어진 게시판에 여고생 2명이 맞아 사망하는 사건을 시작으로 괴이한 살인사건이 꼬리에 꼬리를 물고 일어난다. 1979년도 미국 미스터리작가클럽 최우수 페이퍼북상 수상한 본격 미스터리 걸작.

80

가짜 경감 듀
러브시/강영길 옮김

콧수염을 달고 스틱을 든 채플린이 뒤뚱거리며 걷던 1920년대를 배경으로 대서양을 횡단하는 호화여객선 루시타니호를 탄 인간군상들의 선상 미스터리. 교묘한 화법과 플롯, 사실적 묘사에 코믹한 결말로 영국 추리작가협회 골드 더거상을 수상한 피터 러브시의 최대 걸작.

81

제제벨의 죽음
브랜드/신상웅 옮김

귀환병사들을 위한 야외극의 막이 올라가자 갑옷차림의 말탄 늠름한 기사들에게 조명이 쏟아지고 관중의 박수갈채가 우렁차게 터진다. 라이트 쏟아지는 무대 위 높은 탑 발코니에서 제제벨이라는 여인이 목졸려 죽은 채 느닷없이 떨어져 내린다! 본격파 여류작가 최고 걸작.

82

여왕폐하 율리시즈호
매클린/허문순 옮김

영국 해군은 무기 및 연료를 실은 선단을 편성하여 부동항 무르만스크로 보내는데 엄동설한의 북극해, 어금니를 번쩍이며 그들을 기다리는 것은 나치의 U보트와 폭격기 그리고 살인적인 추위와 엄청난 폭풍. 한 이름없는 교사를 일약 베스트셀러 작가로 만든 전쟁소설 대걸작.

83

혼징살인사건
세이시/김문운 옮김

오카야마현 어느 시골마을 식당에 세 손가락의 사나이가 나타났다. 그런데 그날밤 그 혼징 집안에 시집온 신부가 처참하게 살해된다. 범인은 세 손가락의 사나이인가, 아니면? 일본 최대 명탐정 긴다이찌 고스케가 등장한 첫 작품. 낭만적 괴기무드가 빛을 발하는 고전명작!

84

독수리는 날개치며 내렸다
히긴스/허문순 옮김

영국 수상 윈스턴 처칠을 납치하기 위한 독일 낙하산부대의 대활약. 제2차 세계대전을 배경으로 실제 상황과 인물을 등장시켜 전쟁의 잔인함과 흉포성, 그리고 휴머니즘을 농익은 와인으로 빚어낸 잭 히긴스의 절묘하고도 대담무쌍한 전쟁모험 소설의 최고 걸작 베스트 원!

85
음울한 짐승
란포/김문운 옮김

일본 미스터리문학의 최고봉 에드가와 란포의 1인 3역이라는 기상천외한 트릭을 적용한〈음울한 짐승〉을 비롯하여 천재탐정 고고로가 등장하는〈심리시험〉등 온갖 이단과 신비공포와 에로티시즘으로 채색된 대표 명편을 엄선하여 묶은 동양적 이색 미스터리 걸작집.

86
한푼도 용서없다
아처/문영호 옮김

월스트리드에서 잔뼈가 굵은 베테랑 콘맨(신용사기꾼)이며 부호인 하비 메트카프의 상대는 대학교수, 의사, 미술품 중개상, 귀족후예 이렇게 4명이다. 이들 4인조가 저마다 특기를 살려 사기당한 백만달러를 단 한푼의 모자람없이 되찾기 위해 속고 속이는 빅 콘게임 한판 승부.

87
태양은 가득히
하이스미스/김문운 옮김

가난한 미국 청년 톰은 25살. 친구의 아버지로부터 유럽에서 방탕한 생활을 하고 있는 아들을 데려와 달라는 부탁을 받는다. 우여곡절 끝에 대부호 아들 디키를 찾지만…… 1960년 르네 클레망 감독이 영화화, 푸른 지중해와 어울리는 테마음악, 야성적 알랭 들롱의 일품 연기로 유명.

88
질주
배글리/추영현 옮김

차에서 내린 순간 고장 난 차에 타고 있던 사내가 돌연 저격수로 돌변한다! 피오르드와 빙하의 섬 아이슬란드를 무대로 전개되는 영·미·소의 격렬했던 스파이전의 진상은? 우수한 정보부원을 이중간첩으로 이용하려는 음모를 그린 배글리의 활극 스파이 스릴러!

89
당신을 닮은 사람
달/윤종혁 옮김

인간이 도박에 쏟는 열정, 다만 상상력만으로 무서운 공포에 전율한다는 주제. 잔혹한 기지와 공포를 겸비한 로얼드 달의 코믹하면서도 기기묘묘한 주옥 같은 열다섯 엽기괴담. 그것은 우리들의 이야기이고, 바로 당신을 닮은 사람들의 너무도 기막힌 이야기이기도 하다.

90
세 개의 관
카/김민영 옮김

첫 번째 희생자를 낸 뒤 공기처럼 가볍게 사라졌던 범인은 두 번째 희생자를 눈 위에 발자국 하나 남기지 않고 또 살해한다. 불가사의하고 전혀 불가능하다고 생각되는 살인사건을 제시하고 쾌도난마로 명쾌한 결말을 끄집어내는 일류 본격파 미스터리 작가의 특A급 걸작.

91
노랑방의 수수께끼
르루/민희식 옮김

스땅제르송 박사의 저택 '노랑방'에서 날카로운 여인의 비명소리가 들린다. 사람들이 문을 부수고 방안으로 들어가 보니 피바닥에 쓰러진 것은 박사의 딸이자 연구조수인 마띨드 스땅제르송 양! 세계 미스터리 밀실 테마에서 가장 성공작으로 손꼽히는 프랑스 본격파 가스통 르루 대작.

92
흑거미 클럽
아시모프/강영길 옮김

'흑거미클럽' 회원은 여섯 사람…… 변호사, 암호전문가, 작가, 화학자, 화가, 수학자, 여기에 매달 한번씩 만찬회를 갖는 식당의 급사가 특별회원이다. 마지막으로 사건의 진상을 알아내는 사람은 언제나 급사인 헨리의 몫! 안락의자 탐정역사에 새로운 획을 더한 아시모프 대표작!

93
자칼의 날
포사이스/석인해 옮김

프랑스 경찰의 삼엄한 포위망을 뚫고 전 프랑스 대통령 드골을 암살하려는 자칼을 형사 루베르가 좇아 필사적인 사투를 벌인다. 실제로 있었던 사실과 픽션이 혼연일체가 되어 빠른 템포로 전개되는 정치 스릴러. 영화화되어 서스펜스 영화로 큰 인기를 불러일으킨 명편.

94
우편배달부는 벨을 두번 울린다
케인/박기반 옮김

고속도로변 샌드위치 식당은 배불뚝이 그리스인 주인과 젊고 섹시한 미모의 아내 콜라가 경영하는 가게, 이곳에서 일하게 된 프랭크는 콜라와 깊은 관계를 맺고 남편을 살해하기 위한 완전범죄를 계획하는데…… 1930년대 미국을 무대로 폭력과 성적인 배신행위를 그린 풍속도.

95
그리스 관의 비밀
퀸/윤종혁 옮김

엘러리 퀸은 하버드대학 졸업 직후 아버지가 수사중인 미술품중개상인 칼키스 살인사건에 뛰어들게 된다. 추리기계적인 멋쟁이가 무게잡는 청년의 모습에서 벗어나 인간적 체취를 드러내기 시작한 엘러리 퀸 생애 중 가장 재능 넘치고 필력 왕성한 전성기 최고 걸작!

96
9마일은 너무 멀다
케멜먼/이정태 옮김

'9마일은 걷기가 쉽지 않다. 행여 비라도 내리면……' 이 한마디를 놓고 저 혼자 해석 추론을 거듭, 열차 안에서 일어난 살인사건의 진상을 풀어나가는 안락의자 탐정 니콜라스 웰트(애칭 닉) 명예교수. 엘러리 퀸즈 미스터리 매거진 콘테스트에서 특별상을 받은 우수작 모음집.

97
처형 6일전
라티머/문영호 옮김

사형집행을 기다리는 사나이가 절망의 나락에서 분연 몸을 일으킨다. 자신의 무죄를 증명해보이기 위해서다. 처형까지 남은 시간은 겨우 6일뿐. 하루, 한 시간, 한 시각 점점 전기의자로 다가가는 시간과의 피말리는 싸움에서 과연 진범을 찾아낼 수 있을 것인가.

98
스위트홈 살인사건
라이스/백길선 옮김

미스터리 작가인 어머니를 가진 카스테어즈 집안의 10살, 12살, 14살 세 아이가 진짜 살인사건에 겁없이 뛰어든다. 기상천외한 아이들의 기지와 유머, 유쾌하고 즐거우며 포복절도할 센스, 그리고 건강한 가족애가 넘친다. 어른들을 위한 유쾌한 동화, 유니크한 명작!

99
소름
맥도널드/강영길 옮김

신혼여행 첫날 새색시 도리의 돌연한 실종. 사립탐정 아처는 신부의 행방을 쫓는다. 며칠 뒤 그는 남편에게 돌아온 도리의 모습을 발견하는데 그녀의 찢긴 블라우스 사이로 유방이 드러나고…… 현대 미국 가정의 비극을 날카롭게 묘사한 로스 맥도널드 필생의 대작.

100
우드스톡행 마지막 버스
덱스터/문영호 옮김

어둠이 다가오는 옥스퍼드, 좀처럼 오지 않는 우드스톡행 버스를 기다리다 지친 두 처녀는 마침내 히치하이크를 결심한다. 그날 밤 한 처녀가 피살체로 발견된다. 그러면 다른 한 처녀는 어디로 사라진 것일까. 현대 본격 미스터리소설 20세기의 최고 걸작.

101
엘러리 퀸의 모험
퀸/장백일 옮김

남아프리카에서 귀국하여 호텔에 묵고 있던 한 사나이의 죽음을 다룬 '아프리카 출장직원의 모험'으로부터 로프로 목매달아 죽은 여자곡예사의 죽음을 그린 '목매달린 곡예사의 모험' 등 엘러리 퀸 특유의 현학적 체취와 흥미로운 재능이 유감없이 번뜩이는 주옥 명편.

102
시행착오
버클리/황종호 옮김

중년의 평론가 토드헌터는 주치의로부터 앞으로 몇 달밖에 살지 못한다는 선고를 받는다. 그리하여 얼마 남지 않은 동안 그는 타인을 위해 유익한 살인을 저지를 것을 결심하고 집을 나서는데…… 특이한 구성을 보여주는 앤서니 버클리의 본격 범죄심리미스터리의 역사적 걸작.

103
악마 같은 여자
부알로·나르스잭/양원달 옮김

세일즈맨 라비넬은 막대한 보험금을 노려 자살로 위장, 아내를 살해한다. 주도면밀한 살인계획은 성공하지만 그 직후부터 죽은 아내로부터 편지가 오고, 망령처럼 그 모습을 남편 앞에 나타내는 게 아닌가. 조르주 크레조가 영화화하면서 더욱 유명진 미스터리극.

104
로즈메리 베이비
레빈/남정현 옮김

로즈메리는 마침내 숙원이 이루어져 브램퍼드에 입주하게 된다. 그런데 빅토리아 왕조풍으로 장식된 고풍스럽고 검은색인 이 아파트는 추악하고 꺼림칙한 사건이 끊이지 않는다. 로즈메리는 뱃속의 아기가 혹시 악마의 자식이 아닐까 의문을 품는데……. 오컬트문학의 선구적 대작.

105
중간지점의 집
퀸/현재훈 옮김

뉴욕과 필라델피아 중간쯤에 있는 트렌턴의 작은집에서 살인사건이 일어난다. 엘러리의 솜씨로 살해된 남자의 의외의 사실이 폭로된다. 그는 뉴욕과 트렌턴에 각각 아내를 가진 중혼자였던 것. 점입가경으로 빠져드는 엘러리 퀸의 추리가 단숨에 펼쳐저 경쾌하면서도 상쾌하다.

106
어둠의 소리
필포츠/박기반 옮김

바람부는 쓸쓸한 언덕에 서 있는 호텔에 머물고 있던 은퇴한 베테랑 형사 존 링글로즈는 한밤중에 한 어린아이의 피도 얼어붙을 비명소리에 놀라 잠에서 깨어난다. 무슨 원한이 있는 것일까? 영국의 남서부 다트무어를 무대로 필포츠의 문학적 향기가 높은 범죄심리 압권!

107
말더듬이 주교
가드너/장백일 옮김

페리 메이슨 사무실로 찾아온 맬로이 주교는 말더듬이였다. 그는 22년 전에 일어난 중대과실치사 사건의 변호를 맡아달라고 부탁한다. 상대는 백만장자 렌월드 가문. 흥미를 느낀 메이슨은 사립탐정 드레이크에게 주교를 미행시키는데…… 가드너 문학적 전성기에 얻은 걸작.

108
황제의 코담뱃갑
카/전형기 옮김

프랑스 북부 피서지에서 영국인 로즈 경이 담뱃갑으로 맞아죽는 사건이 일어난다. 상황증거에서 맞은편에 살고 있는 여성이 살인 용의자로 지목되나 사건 당일 그녀의 전남편이 찾아와 함께 창문 너머로 참살현장을 목격했던 것. 완벽한 알리바이 무너뜨리는 딕슨 카의 대표작.

DONGSUH MYSTERY BOOKS(DMB300)

109
움직이는 손가락
크리스티/김민영 옮김

전지요양을 위해 시골마을로 내려간 남매는 생각지도 못한 사건에 휘말린다. 익명의 편지가 마을사람들에게 무차별적으로 배달되면서 험담, 악의적 소문, 심각한 의혹이 만연했기 때문이다. 익명의 편지에 감춰진 사건의 진상은? 미스 마플이 등장하는 크리스티 본격 미스터리!

110
해골성
카/전형기 옮김

라인강변 로렐라이 바위에 있는 해골성을 사들인 희대의 마술사 메이르자는 환상적인 성으로 개축한다. 그러나 성의 주인은 변사체로 강물에 떠오르고, 배우 마일런 아리슨도 온몸이 불길에 휩싸인 채 성벽에서 떨어져 죽는다. 마술세계의 불가능범죄를 다룬 카의 이색걸작.

111
브라운 신부의 지혜
체스터튼/박용숙 옮김

어디 한구석 재주라고는 보이지 않는 얼뜨기 신부지만 그는 아무리 어려운 사건이라도 쾌도난마로 속시원하게 해결한다. 기상천외한 트릭, 통렬한 풍자와 유머, 독특한 역설과 경구로 미스터리계를 무섭게 체스터튼의 두 번째 명작집. 읽는 재미가 너무나도 흥겹고 쏠쏠하다.

112
10일간의 불가사의
퀸/문영호 옮김

온몸이 상처투성이에 피 흘리며 찾아온 엘러리 퀸의 옛친구 하워드는 놀랍게도 아무것도 기억하지 못한다. 어쩌면 자신이 살인을 저질렀는지도 모르겠다며 전율하는 하워드는 엘러리에게 라이트빌로 함께 가달라고 부탁한다. 엘러리 퀸 라이트빌 시리즈 최고 대표 걸작!

113
불연속 살인사건
안고/유정 옮김

그해 여름 산간마을에 초대된 작가 등 7, 8명이 연달아 칼에 찔리거나 교살, 독살, 익사체로 죽어나간다. 이처럼 연속된 살인사건이 범인이 제각각 아무런 상관없는 불연속 살인사건이라면? 일본 전후 문단의 거장 안고가 자기의 재능을 자신만만하게 발휘한 미스터리소설의 고전 명작.

114
빨강 별꽃
오르치/남정현 옮김

혁명의 열풍 속 복수와 증오로 광란하는 프랑스, 길로틴의 칼날로부터 옛귀족들을 구출해내기 위한 '빨강별꽃'의 신출귀몰하는 암약이 전개된다. 위태로운 죽음의 경계선을 유유히 넘나드는 정체불명 빨강별꽃은 누구인가. 간계와 술책, 사랑과 용기로 점철된 오르치 불멸의 명작!

115
3막의 비극
크리스티/강남주 옮김

폭풍우를 부르는 갈매기처럼 포아로에게는 범죄가 뒤따른다! 은퇴한 노배우가 연 파티에서 선량한 목사가 칵테일을 마시고 죽는다. 수개월 뒤 배우의 친구인 의사가 똑같은 방법으로 죽는다. 범인은 어떻게 독이 든 글라스를 정확히 돌렸을까? 크리스티 여사 16번째 장편 명작.

116
어느 스파이의 묘비명
앰블러/맹은빈 옮김

프랑스 남부의 아름다운 피서지에 놀러온 청년 카메라에 자기도 모르는 군사기밀이 찍혀 있는 바람에 스파이 용의자로 체포된다. 한 인간이 우연히 찾아든 사건에 휘말려들면서 겪게 되는 절망적 고뇌에 초점을 맞춘 거장 앰블러의 본격 스파이소설사에 빛나는 선구작.

117
셜록 홈즈 마지막 인사
도일/조용만 조민영 옮김

사건 지 얼마 되지 않은 친구로부터 초대를 받고 하룻밤 자고 나니 주인을 비롯한 모든 사람들이 그집에서 홀연히 자취를 감추었다는 기상천외한 사건을 다룬〈등나무집〉을 비롯하여 코난 도일 원숙기에 발표한 죽음의 내새가 물씬나는 걸작 8편 퍼레이드!

118
기묘한 신부
가드너/장백일 옮김

재혼문제를 상담하러온 묘령의 젊은 여인은 겁에 질려 횡설수설한다. 여인의 신분을 조사해보니 문제의 여인에게는 전남편 살해용의가 걸려 있었다. 무죄를 확신하는 법정의 마술사 메이슨의 비책은 과연 성공할 것인가. 페리 메이슨 법정시리즈 초베스트 롱셀러!

119
신데렐라의 함정
자프리조/지정숙 옮김

나는 20살 처녀, 억만장자의 상속인입니다. 내가 지금부터 이야기하는 것은 교묘하게 위장된 살인사건입니다. 나는 그 사건의 탐정입니다. 증인입니다. 피해자입니다. 게다가 범인이기도 합니다. 도대체 나는 누구일까요? 여자 주인공이 1인 4역을 연기한다는 이색적인 화제작.

120
뤼뺑이냐 홈즈냐
르블랑/이가형 옮김

백만 프랑짜리 복권과 프랑스 왕관에 박힌 전설의 푸른 다이아몬드가 도난당한다. 프랑스 국민적 괴도로 자처하는 아르센 뤼뺑과 바다 건너 영국의 세계적 대탐정 셜록 홈즈와의 명예를 건 대결전. 당대의 두 명탐정 뤼뺑 대 홈즈의 승부내기 두뇌 싸움이 볼만하다!

동서미스터리북스(DMB 300)

121
프렌치 경감 최대사건
크로프츠/김민영 옮김

보석상 지배인은 살해되고 금고에 보관된 다이아몬드가 사라졌다. 2개의 금고 열쇠 중 하나는 은행에, 또 하나는 사장이 늘 몸에 지니고 다니므로 도저히 여벌열쇠를 만든다는 것은 불가능한데 금고문이 열린 것이다. 그렇지만 둔재 탐정은 범인을 향해 맹렬하게 돌진한다.

122
신의 등불
퀸/장백일 옮김

퀸의 중·단편 가운데 수작으로 꼽히는 중편〈신의 등불〉을 비롯하여 엄선된 9편의 단편을 수록한 걸작집. 추리의 마술사 퀸은 놀라운 트릭을 과연 어떻게 연출했을까. 경탄할 만한 작품뿐만 아니라 퀸의 경마·권투·야구·풋볼 등 개인적인 취미까지 엿볼 수 있어 흥미롭다.

123
스타일즈 저택 괴사건
크리스티/김인영 옮김

전쟁터에서 부상을 당하고 옛친구 어머니 집인 스타일즈 저택을 방문한 헤이스팅스는 도착하자마자 사건에 휘말린다. 스무 살이나 연하인 남자와 재혼한 친구의 어머니 에밀리 여사가 독살된 것이다. 불후의 명탐정 에르퀼 포아로가 첫등장하는 크리스티 여사의 기념비적 처녀작!

124
르윈터의 망명
리텔/문영호 옮김

미사일 권위자인 르윈터 부교수가 일본 도쿄에 있는 소련대사관에 돌연 망명을 요청한다. 르윈터의 망명 소식을 접한 미국방성은 소련 KGB와 대항한 조치를 강구하게 됨으로써 두 나라 사이에는 불꽃 튀는 첩보전이 전개된다. 근래 보기 드문 스파이소설의 화려한 역작!

125
거대한 잠
챈들러/문영호

사립탐정 말로는 백만장자 스턴우드 장군으로부터 사건해결을 의뢰받는다. 장군에게는 도박꾼에다가 알코올중독자인 맏딸 비비안과 색정광에다가 마약중독자인 둘째딸 카멘이 있는데 그녀들이 언제나 말썽인 것이다. 멋쟁이 탐정 필립 말로가 첫 등장하는 기념비적 명작.

126
파일 7
맥기번/윤종혁 옮김

가죽 점퍼를 입은 절름발이 사나이가 뉴욕 2번가의 호화로운 저택 앞에서 걸음을 멈추었다. 그리고 3주가 지난 깊은 밤에 그 집의 어린 딸과 보모가 감쪽같이 모습을 감추었다. 이윽고 20만 달러를 요구하는 협박장이 날아들고…… 납치 미스터리의 백미를 보여준 명작!

127
미스 블랜디시
체이스/이태주 옮김

미모를 자랑하는 부잣집 딸 블랜디시 양을 유괴한 갱단, 또 그 먹이를 뺏으려고 피나는 쟁탈전을 벌이는 또 다른 갱단. 사디즘과 마조히즘, 폭력이 난무하는 냉혹무참한 갱의 세계를 그려 단숨에 50만 부를 팔아치우는 대성공을 거둔, 하드보일드 파를 탄생시킨 역사적 문제작!

128
인간사냥
스타크/양병탁 옮김

파커는 복수의 화신이 되어 돌아왔다! 10개월 전 9만 달러짜리 '거사'를 성사시킨 직후에 아내와 짝패는 그를 배신했다. 그는 모든 것을 잃었고 생명마저 위협받았다. 냉혹하고 비정한 세계에서 살아남으려 몸부림치는 늑대같은 사나이의 거친 삶을 다룬 액션 영웅 '포인트 블랭크'

129
난파선 메리디어 호
이네스/이태주 옮김

어느 해 3월 태풍이 몰아치던 밤, 영불해협의 악명 높은 '마의 암초'에 낡은 화물선 메리디어 호는 좌초 조난된다. 그런데 해난심판법정에서 선장은 당시의 상황을 설명하기를 꺼린다. 장대한 바다를 무대로 펼쳐지는 정통 해양 어드벤처 미스터리 고전적 명작.

130
어센덴
몸/신상웅

유럽대륙을 무대로 죽음의 위협을 받으면서도 첩보활동과 정보수집에 목숨을 걸고 암약하는 스파이들. 신출귀몰하는 통속 스파이소설의 정형을 깨고 문호 서머셋 몸이 자기의 정보국 체험을 소재로 엮은 연속 단편 명작. 그 생생한 묘사가 섬뜩하리만큼 두렵고 흥미진진하다!

131
셜록 홈즈 사건집
도일/조용만 조민영 옮김

단정하고 지적인 얼굴 뒤에 악마 같은 잔인성과 교활함을 감춘 구루너 남작과 명탐정 홈즈와의 숨막히는 대결 그린〈거물 의뢰인〉을 비롯, 중세의 기이한 전설을 둘러싸고 벌어지는〈서섹스의 흡혈귀〉등 코난 도일 만년의 원숙한 필치로 그려낸 주옥편 열두 작품을 수록한 걸작집.

132
에르퀼 포아로의 모험
크리스티/천두병 옮김

영국 교과서에 실린 명작〈유괴된 총리대신〉, 전설과 과학적 추리가 대결하는〈저주받은 상속〉〈그랜드메트로폴리탄 보석 도난사건〉등 작은 키에 몸집 작은 벨기에인 명탐정 에르퀼 포아로가 등장하는 크리스티 여사의 단편 명작집. 교묘한 트릭과 위트와 유머가 일품이다.

DONGSUH MYSTERY BOOKS(DMB300)

133
꼬리 아홉 고양이
퀸/문영호 옮김

닥치는 대로 살인을 저질러 뉴욕시를 공포의 도가니로 몰아넣은 연속살인마 '고양이'의 정체는 무엇일까? 그 냉혹한 범행에는 어떤 동기도 목격자도 없다. 다만 유일한 단서는 희생자의 목을 조른 비단끈 뿐…… 미스터리의 거장 엘러리 퀸의 에너지 넘치는 이색적인 거작!

134
기데온과 방화마
매릭/박명석 옮김

그날 아침도 출근하자마자 기데온을 기다리고 있던 것은 낡은 아파트 방화사건이었다. 어린이를 포함한 8명의 사람이 그 불에 타죽었다. 격렬한 분노가 치밀어 오른 기데온은 방화범을 한시라도 빨리 잡겠다고 결심한다. 그러나 방화마는 기데온에게 비웃음을 던진다.

135
금요일, 랍비는 늦잠을 잤다
케멜먼/문영호 옮김

새로 부임한 젊은 랍비의 평판은 별로였다. 무신경한 복장이며 원리원칙적인 그의 설교는 교회신자들의 눈살을 찌푸리게 하는데 충분했다. 그런 때에 랍비의 자동차 옆에서 목졸린 여자시체가 발견된다. 미국 탐정작가클럽 최우수 신인상에 빛나는 랍비 미스터리 시리즈 제1탄!

136
완전살인
부시/남정현 옮김

완전범죄를 선언하며 경찰과 신문사에 당당히 도전한 괴짜 범인은 철벽의 알리바이를 준비한다. 엄청난 기백으로 독자를 압도하는 알리바이에 수수께끼는 풀릴 것 같지 않으나, 난공불락의 견고한 진지도 결국은 붕괴되기 마련. 독자의 영혼을 사로잡는 부슈의 처녀작이며 역작.

137
노래하는 백골
프리먼/김종휘 옮김

고전적인 추리단편의 대표작. 〈오스카 브로즈키 사건〉〈모의된 살인〉〈노래하는 백골〉등이 수록되어 있으며 모두 도서미스터리의 대표작으로 불린다. 범죄편 및 추리편으로 나누어져, 범죄편에서는 일어난 사건을, 추리편에서는 손다이크가 추리하는 형식으로 꾸며져 있다.

138
겁쟁이 연맹
스타우드/황종호

폴 채핀 소설의 외설재판으로 조간이 떠들썩하자 울프는 아치에게 그 소설을 사러 보낸다. 채핀이야말로 모독연맹이라는 단체의 멤버가 차례로 기이한 죽음을 맞이한 사건의 결정적인 열쇠를 쥔 인물이었던 것이다. 멤버에게 보내온 협박장으로 모독연맹의 멤버들은 겁에 질린다.

139
포튠을 불러라
베일리/김인영

'셜록 홈즈의 라이벌들'로 통칭되던 명탐정 전성시대에 빠져서는 안 될 포튠 씨. 특히 현대파로서의 날카로운 직관력을 지닌 명추리가 발휘되는 그의 작품집에는 따뜻한 인간미가 녹아들어 포튠 씨를 한층 매력있는 명탐정으로 명성을 얻게 하고 있다. 그 포튠을 불러라!

140
의혹
세이어스/김순택

영국이 낳은 미스터리 여류작가로 크리스티와 어깨를 나란히 하는 미스터리의 여왕 도로시 세이어스. 그녀의 최고의 걸작으로 알려진 〈의혹〉과 그녀가 창조한 〈귀족탐정 피터 경〉의 활약을 그린 수작 7편을 수록한 대망의 작품집. 세이어스 여사의 진묵면이 그대로 빛난다!

141
비틀린 집
크리스티/강성희

비틀린 집에서 마음이 비뚤어진 노인이 독살된다. 천성이 배배 꼬인 가족과 거액의 재산을 남기고, 상황은 집안사람들의 범행임을 시사하고 있다. 마더 구즈의 노래를 교묘하게 도입하여 독특한 유머를 맛깔스럽게 우려내는 크리스터 여사가 특기를 펴는 동요살인.

142
회색 플란넬 수의
슬래서/강성일

버크 베이비라는 아기를 이용한 대대적인 유아식품 판촉…… 이 기획은 크게 성공하는 듯 보이지만 곧 관계자의 죽음으로 어두운 그늘이 드리워진다. 뉴욕을 무대로 한 치밀한 구성과 교묘한 대사로 독자들을 찾아온 역작 장편! 미국 탐정작가클럽 최우수 장편상 수상작.

143
12인의 평결
호스게트/김민주

전체 3부 구성으로, 1부에서는 배심원들의 개인적인 경력과 인품이 소개되고 2부에서는 자신을 미워하는 조카를 백모가 독살한 것처럼 보이는 사건을 다루고 3부에서는 그 재판이 열리는, 이색적인 법정 미스터리로 미스터리소설사상 특이한 위치를 차지하고 있는 명작.

144
마지막으로 죽음이 온다
크리스티/박순녀

미모의 교만한 여자 노플레프트를 데리고 일족의 장이 돌아온다. 그날부터 집에는 재액이 닥쳐온다. 반목하는 형제와 아내들…… 기원전 2000년의 나일 강변에서 일어난 놀라운 연속살인! 이집트의 고대도시를 무대로 일류 작가의 화려한 붓놀림이 펼쳐내는 이색걸작.

145
높은 창
챈들러/오정환

파사디나의 유복한 미망인이 가보로 내려오는 오래된 금화를 찾아달라고 의뢰한다. 부인은 며느리를 의심하고 있으나, 말로는 다른 비밀이 많다는 것을 알아챈다. 교만한 부인과 생활력 없는 아들, 검은 안경 쓴 남자…… 차갑고 투명한 일인칭 문체로 그려진 하드보일드파의 명작.

146
법의 비극
헤어/강영인

고등법원 판사 바버는 재판개정 예정일 중 고명한 피아니스트에게 교통상해를 입힌다. 엄청난 배상금과 함께, 걸핏하면 날아드는 기분 나쁜 협박 편지…… 한 재판관에게 닥친 비극을 영국풍 유머와 아이러니로 유감없이 묘사한 본격파의 힘찬 대작.

147
흑사관 살인사건
무시타로/추영현

무시타로의 독자 가운데 한 사람이, 만일 전쟁이 일어난다면 성서나 불경이 아닌 바로 이 책을 지니고 전쟁터로 떠나겠다고 한 너무도 유명한 에피소드를 갖고 있어 더욱 유명해진 일본 미스터리의 명작. 삶의 심오한 의미를 되새김질하고 그윽한 깊은 맛을 음미하게 하는 걸작이다.

148
유리열쇠
해미트/장백일

도박사로 유명한 네드 버먼은 상원의원의 뒤를 봐주면서 실권을 노리는 보스와 친하다. 선거를 코앞에 두고 보스 주변에서 살인사건이 일어난다. 과연 사건의 범인은? 누가 가장 진실을 알고 싶어하는가? 암흑가를 그린 작품 가운데서도 해미트가 가장 아꼈다는 비정의 문학!

149
너를 노린다/철의 문
밀러/허민

거대한 부를 누리고 있으면서도 고독한 생을 보내는 올드미스 헬렌 클래로는 어느 날 기묘한 전화를 받는다. 수정구슬에서 참살된 헬렌의 모습을 보았다는 미지의 목소리였다. 살인, 탐정, 결과의 의외성이라는 본격 미스터리의 3요소를 골고루 갖춘 심리 스릴러의 걸작.

150
끝없는 밤
크리스티/박순녀

예로부터 마을사람들이 두려워하는 전설의 '집시 언덕'. 마이크는 이곳에서 한 여인을 만나, 두 사람은 곧 열렬한 사랑에 빠진다. 그러나 주위의 반대를 무릅쓰고 결혼한 이들에게는 아내의 죽음이라는 놀라운 파국이……! 애증과 범죄를 참신한 수법으로 그려낸 본격 미스터리.

151
햄릿이여 복수하라
이네스/문일선

불길한 예고가 되풀이되면서 이상한 분위기에 휩싸인 호화저택에서 아마추어 연극〈햄릿〉이 성대하게 공연되는 중에 출연자가 사살된다. 애플비 경감 앞에 늘어서는 용의자는 하나같이 쟁쟁한 각계의 명사로, 문학을 비롯한 고상한 토론이 격렬하게 벌어지는 가운데 수사가 진행된다.

152
실종당시 복장은
워/황종호

미국 매사추세츠 주의 여자대학에서 한 미모의 여학생이 실종된다. 친구들 사이에 평판도 좋고, 그녀를 싸고 도는 야릇한 소문도 없었는데 백주대낮에 홀연히 모습을 감춰버린 것이나. 수사과정을 치밀하게 그려 경찰소설에 새로운 바람을 불러일으킨 거장의 대표적인 걸작.

153
아내를 둘 가진 사나이
퀸틴/백길선

사장의 딸과 결혼하여 사회적 지위를 획득한 주인공에게 전처가 찾아온다. 아내는 여행 중이었다. 그러나 같은 시각 살인사건이 일어나는 바람에 전처가 용의자로 지목된다. 뒤섞인 구성, 쫓기는 자의 서스펜스, 결말의 의외성 등 퀸틴의 특색이 유감없이 발휘된 장편.

154
육교살인사건
녹스/임헌영

골프 코스를 돌고 있던 립스, 고르튼, 카마이클, 마리옛 네 사람은 남자의 시체를 발견한다. 얼굴이 엉망진창이어서 누구인지 식별이 곤란한 상태였다. 사고사인가 타살인가? 또는 자살? 네 사람의 추리가 시작된다. 전편에 걸쳐 유머가 흐르는 영국인 체취 그윽한 작품.

155
갤튼사건
맥도널드/김세연

부유한 명문가의 미망인이 사립탐정 류 아처에게 22살의 젊은 나이로 집을 나가 행방불명이 되어버린 아들을 찾아달라고 의뢰한다. 류 아처가 마침내 찾아낸 것은 사랑과 희망! 정통 하드보일드의 제1인자 맥도널드가 삶의 불안과 희망을 그린 가슴 저려오는 감동의 걸작!

156
찢어진 마음
니리/김남일

이제 막 정신병원을 퇴원한 아내가 강간당했다. 그리고 그의 주변에서 꼬리를 물고 일어나는 연속강간사건. 마음이 비뚤어진 자의 소행인가? 그러나 할리도는 옛 연인과 아내에게는 결코 들키고 싶지 않은 비밀을 만들려 하는데…… 사이코 스릴러의 원조 리처드 니리의 최고 걸작.

DONGSUH MYSTERY BOOKS(DMB 300)

157
누명
크리스티/김민주

막대한 자산을 가진 의붓어머니를 살해했다는 죄로 복역하게 된 쟈코는 강력히 무죄를 주장하지만 끝내 받아들여지지 않고, 결국은 옥중에서 병사한다. 그러나 그에게는 확고한 알리바이가 있었던 것이다! 인간의 어두운 심리를 날카롭게 파헤친 크리스티 여사의 독특한 이색작.

158
시인과 미치광이
체스터튼/오정환

미스터리소설이면서도 환상문학 계열에도 수록되어 있는 이유를 잘 알 것 같은 범인과 주인공과의 절묘한 조합. '웃기는 콤비'가 주는 인물조형의 묘미와 누가 진짜 미치광이인지 하는 스릴넘치는 미스터리. 과연 누가 진짜배기 미치광이인가? 읽을수록 깊은 묘미를 느끼게한다.

159
그림자 81
네이험/조순

로스앤젤레스에서 하와이로 향하던 점보 747 여객기가 납치되었다는 무선이 들어왔다. 보이지 않는 범인은, 여객기의 사각지대에 들어와 결코 모습을 드러내지 않는 완전무장한 제트 전투기. 풍부한 뉴스 및 정보를 구사하여 현장감 넘치는 정확한 필치로 그려낸 생생한 모험소설.

160
플레이 벅
챈들러/김병걸

여자의 미행을 의뢰받은 말로는 로스앤젤레스 역에 도착한 열차 속에서 그 여자를 발견한다. 그러나 역 구내에서 요란한 복장을 한 사내와 말을 주고받던 여자는 태도가 일변한다. 한눈에도 그 여자는 협박당하고 있었다. 많은 수수께끼를 간직하고 있는 문제작.

161
제2의 총성
버클리/정명완

모든 사람이 싫어하는 플레이보이가 살인을 연기하던 무대 위에서 진짜로 사살되었다. 그런데 현장에서는 기이하게도 두 발의 총성이! 범인 역을 맡은 나는 궁지에 몰려 셸링검에게 도움을 청한다. 타인의 심리를 손바닥 들여다보듯 하는 셸링검의 솜씨가 빛을 발한다.

162
메그레 경감의 덫
시므농/고원

몽마르트르는 때아닌 공포 속으로 빨려 들어갔다. 5개월 연속 벌써 다섯 명의 여자가 누군가의 손에 참살된 것이다. 경찰의 엄중한 경계를 비웃기라고 하듯 거침없이 범행을 거듭하는 거리의 살인마. 궁지에 몰린 메그레 경감은 범인을 유혹할 거대한 덫을 전 시가지에 쳐둔다!

163
강철도시
아시모프/윤종혁

강철로 뒤덮인 대지와 대기로부터 차단된 무수한 돔형 도시가 80억 인구를 수용하고 있는 미래도시. 옥외 작업은 모두 로봇이 맡아서 처리한다. 지구는 이미 오래 전부터 다른 혹성으로 이민을 실시하여 이 포화 상태의 지구인구를 도태시키려 애쓰고 있는데…….

164
이와 손톱
벨린저/김세연

마술사의 사랑이야기와 공포스러운 잔혹한 살인사건을 다룬 재판 이야기가 서로 교차하다가 서스펜스가 최고조에 달했을 때 의외의 연결고리점을 발견하고 서로 맞물며 대단원의 막을 내린다. 첫머리의 트릭과 기교에 넘치는 수법은 울리치의 모든 작품 가운데서 최고 수작으로 꼽힌다.

165
심판은 내가 한다
스필레인/이기석

선혈이 낭자한 새디즘과 강력한 에로티시즘을 풍기는 통속 하드보일드의 대표작. 부패한 경찰과 사법당국 대신 스스로 사회정의의 집행자가 되어 범인을 체포하여 재판하는 사립탐정 마이크 해머의 통쾌한 이야기. 미국 뉴욕 출생의 스필레인이 선보인 기념비적인 서너색.

166
승부
프랜시스/김병걸

장애물 경기 기수로, 또 신문사 경마담당 취재기자로 특이한 이력을 가진 영국의 미스터리 작가 프랜시스의 미스터리는 한결같이 경마계를 소재로 하고 있다. 20여 권에 달하는 그의 유명한 '경마 시리즈' 가운데서도 기념할 만한 제1작.

167
장례식을 마치고
크리스티/진용우

리처드의 장례를 마치고 가족들은 유언집행인으로부터 유산분배방식을 듣는다. 그 자리에서 리처드의 여동생 코라가 느닷없이 소리친다. "오빠는 살해된 거 아니에요?" 그리고 다음날 그녀는 시체로 발견된다! 유산을 둘러싼 한 가족의 심리적 갈등 속에서 포아로가 본 것은?

168
요리인
크래싱/신상웅

보다 더 훌륭한 요리를 만들고픈 어느 요리인이, 자기가 마음껏 솜씨를 발휘할 수 있도록 환경을 마련하기 위해서 모든 수단을 동원하여 거추장스러운 상대를 처치하면서 높이 오른다는 내용. 잔혹할 정도로 투철한 사명감에 감동마저 느끼게 되는 묘한 작품.

동서미스터리북스(DMB 300)

169
연속살인사건
카/문무연

요기서린 스코틀랜드의 고성에서 일어난 의문의 죽음. 요괴전설인가, 보험금을 노린 자살인가, 또는 살인인가? 밀실의 죽음에 흥미를 느낀 펠 박사의 눈앞에서 다시금 일어나는 밀실의 죽음. 전설과 말장난, 기괴와 웃음이 교차하는 가운데 펠 박사가 푼 수수께끼는?

170
이마벨의 사랑
해임즈/이기문

착실한 교회신자 잭슨은 창부 이마벨에게 홀딱 반했다. 그러나 이마벨은…… 50년대 언더 그라운드로 퍼져나가던 흑인사회. 살아남기 위해서는 거짓도 진실처럼 통하던 도시의 법, 부조리조차 정당화하는 '블랙'의 특수성. 당시 흑인사회의 혼란이 눈에 선연한 묘사가 압권이다.

171
딱정벌레 살인사건
반 다인/신상웅

주의깊게 읽으면 꽤 일찌감치 범인이 누구인지 눈치챌 수도 있지만, 그럼에도 사건 해명에 이를 때까지 독자를 충분히 즐겁게 할 수 있는 구성으로 이루어져 흥미롭다. 반 다인 특유의 중후한 문체와 이집트 풍물에 대한 취미가 곳곳에 스며든 이색적인 작품.

172
뼈와 침묵
힐/이경식

취해서 귀가한 다르질 경감은 뒷집 침실에서 전개되는 광경에 저도 모르게 눈길을 빼앗긴다. 불이 켜지더니 커튼이 열리고 실오라기 하나 걸치지 않은 전라의 여인이 나타난 것이다. 인간의 삶과 죽음에 깃들어 있는 고통과 수수께끼를 사실 그대로 진지하게 그려낸 본격 걸작.

173
아라비안나이트 살인
카/오정환

천일야화를 제재로 세 사람의 화자가 각자 자신의 시점에서 사건과 추리를 말하고 그것을 들은 펠 박사가 수수께끼를 푸는 형식의 이야기. 사람이 사물을 볼 때 누구나 자신의 시점으로밖에 보지 않는다는 것을 일깨워주는 특이한 작품으로 신비하고도 야릇한 쾌감을 맛볼 수 있다.

174
미궁사건전담반
비커즈/정광섭

도서미스터리소설의 창시자 프리먼의 뒤를 이어 그의 수법을 적극적으로 도입한 작품이 바로 이 미궁사건 전담반 시리즈이다. 범인이 살아온 삶을 극명하게 그려내 신선한 충격을 주었던 사회서 도서미스터리소설로 사건 해결방법은 손다이크의 과학수사 방법을 취하고 있다.

175
나일에서 죽다
크리스티/박석일

미모의 자산가 리넷과 젊은 남편 사이먼은 나일 강에서 허니문을 즐기고 있다. 그러나 이 두 사람의 등 뒤에는 사이먼의 옛 약혼자 자넷의 그림자가…… 두 사람을 따라다니는 그녀의 모습에서 포아로는 불길한 생각을 하게 된다. 미스터리와 로맨스가 결합된 대표적인 성공작.

176
레인 마지막 사건
퀸/김동원

수염을 울긋불긋 물들인 이상한 남자가 셈을 방문한다. 한 통의 편지를 맡기고 남자는 사라지지만, 같은 무렵 박물관에서는 셰익스피어의 희귀본이 바꿔치기 되는 사건이 발생한다. X, Y, Z에 이어지는 4부작의 대미를 장식할 거장의 대표적 걸작.

177
살의의 쐐기
맥베인/김문운

87분서 시리즈. '오늘밤 8시에 숙녀를 죽이겠다. 자, 어떻게 할 셈이냐?' 소년이 들고 온 신문활자를 오려붙인 편지를 보면서 홀스 형사는 누군가의 못된 장난이겠거니 했다. 그러나 상사의 명령은 달랐다. 빨리 숙녀를 찾아라! 그러나 그 시각 범인은?

178
검은옷의 신부
울리치/김영

그녀는 시카고로 간다고 하면서 다음 역에서 내려 뉴욕으로 돌아왔다. 그리고 그녀가 가진 물건에서 이니셜을 모두 지우고 새로운 여자로 탈바꿈한다. 다섯 남자의 신부가 된 것은 그로부터 얼마 뒤였다. 서스펜스의 거장 코넬 울리치의 가슴을 뜨겁게 달구는 명작.

179
사라진 완구점
크리스핀/박석일

고명한 시인 캐드건은 자극을 찾아 모교인 옥스퍼드의 밤을 배회한다. 거기서 완구점을 발견하고는 들어가 보는데 늙은 여인의 시체가 뒹굴고 있는 게 아닌가! 다음날 시인은 경관을 데리고 찾아가지만 그런 완구점은 존재하지도 않는다고 했다. 신본격서 크리스핀의 대표작.

180
백주의 악마
크리스티/하영진

평화로운 피서지 스마글러드 섬의 고요는 갑자기 깨어졌다. 미모의 여배우가 사체로 발견된 것이다. 범인은 섬에 있는 것이 분명하지만 관계자 전원에게는 철벽같은 알리바이가…… 수사가 암초에 걸렸을 때 투숙객 가운데 에르퀼 포아로가 나섰다! 크리스티의 대표적 걸작.

DONGSUH MYSTERY BOOKS(DMB 300)

181 유대의 창
카/김선영

괴기 취향을 사용하지 않고 오로지 밀실 트릭만으로 승부하는 존 딕슨 카가 카터 딕슨이라는 이름으로 발표한 유일한 걸작품. 피고인 변호사 H.M. 경이 전개하는 법정 변론을 통해 진실을 추구하는 밀실 미스터리의 대표작. 언제 읽어도 가슴 흐뭇한 감동을 느낄 수 있다.

182 허무의 공물
히데오/추영현

마이니치 신문이 뽑은 전후 20년을 결산하는 미스터리소설 베스트3에 들어간 작품. 보석상으로 유명한 나가누마 집안 사람들은 선조들이 아니누 족을 사냥한 저주를 받아서인지 하나둘 변사하자, 명탐정을 꿈꾸는 4명의 아마추어가 이 수수께끼를 풀려고 추리경합을 벌인다.

183 살인방정식
그레고리/김성년

신문기자 프레치가 어느 남자로부터 자신을 살해해 달라는 의뢰를 받는다. 말기 암으로 치료의 가능성이 없으니 고통 속에서 죽기보다는 차라리 총을 맞아 죽고 싶다는 것이었다. 의문을 품은 프레치는 승낙하는 체하면서 사내의 주변을 조사하는데…….

184 모자에서 날아온 죽음
로슨/김용린

로슨 마술연구가 서벗 박사가 안으로 잠겨진 방 안에서 살해된 채 발견되는데, 그 주변에는 기이한 마술도구들이 즐비하다. 가장 주목받던 용의자도 곧 뒤따라가듯 밀실에서 살해되고, 이제 사건은 복화술사까지 관련되는 복잡한 양상을 띠게 된다. 로슨의 마술 같은 미스터리.

185 땜장이, 양복장이, 군인, 스파이
르카레/이해윤

스마일리 3부작 가운데 제1편, 영국 첩보부에 이중스파이가 있다고, 은퇴한 스마일리에게 본부에서 조사를 의뢰해온다. 러시아 첩보기관과 연락하는 수수께끼의 코드네임은 과연 누구인가? 아내의 마음이 멀어짐에 가슴을 태우면서도 조지 스마일리는 사건의 핵심으로 다가선다.

186 시터포드 수수께끼
크리스티/김민주

시터포드 산장에서 재미삼아 행해진 강령 의식. 이때 진짜로 나타난 영혼이 실로 섬뜩한 예언을 남긴다. 산장 주인 트리빌리언 대위가 살해되리라. 같은 시각 산기슭 마을에서 대위가 살해된다! 대위의 조카가 용의자로 체포되지만 그의 무죄를 믿는 약혼자가 사건에 도전한다.

187 꿈이 열리는 거리
트레베니안/전채원

그에게 신이란, 십자가에 못 박힌 살아있는 육체를 가진 친근한 존재였다. 그는 지금도 신을 믿고 있다. 그리고 가슴 깊이 신을 증오했다! 피로움에 지친 그는 비명을 질렀다. "바보, 멍충이! 빌어먹을 똥덩어리!" 교회 안에 그의 목소리가 메아리쳤다.

188 긴급심야판
맥기번/박석일

개혁파의 기수로 지목되는 시장후보 코드웰이 자택에서 창부를 살해하는 사건이 발생한다. 게다가 그는 만취상태라고 한다. 미심쩍게 생각한 신문기자 타렐은 탐문수사를 시작한다. 행동하는 신문기자를 서스펜스 풍부하게 그려낸 사회파 미스터리의 수작!

189 초대받지 않은 손님의 부페
프랜트/길정섭

영국 미스터리소설 사상 가장 두드러지게 이채를 발하는 크리스티아나 브랜드, 중후한 콕크릴 경감이 등장하여 스릴에 넘치는 수수께끼 풀어나가는 묘미가 맛깔스럽다. 너무도 브랜드다운 미스터리의 진한 진수를 맛보여 주는 프랜트의 걸작 단편집.

190 붉은 오른손
로저스/남구연

결혼식을 올리러 가던 커플이 도중에 태워준 히치하이커는 빨간 눈에 찢어진 귀, 개처럼 뾰족한 송곳니를 가지고 있었다. 이어서 코네티컷 주 산중에서 펼쳐지는 공포의 연속살인극. 살인귀의 마수에 걸려 피의 제물로 바쳐지는 사람들의 악몽 같은 밤은 과연 언제 끝이 나려나?

191 무덤으로 가는 티켓
블록/류민

현대 하드보일드의 걸작 시리즈를 하나만 든다면 역시 로렌스 블록의 무면허탐정 맷 스카더 시리즈일 것이다. 그 장중한 주제며 농밀한 문제, 이야기의 탐스럽고 짙은 향기는 그 무엇에도 비교할 수 없는 초일류. 그 시리즈의 대표작《무덤으로 가는 티켓》.

192 도구라마구라
규사크/김영련

윤회전생의 과학적 원리를 축으로 상상의 극한까지 달려간 초소설! 규슈제국대학 정신병원 병동에서 시계소리에 눈을 뜬 나는, 과거는 물론이고 이름조차 기억나지 않아 당황한다. 그때 법의학을 담당하는 와카바야시 교수가 들어와 내 기억을 되살리기 위한 실험을 시작한다.

동서미스터리북스(DMB 300)

193

블랙 달리아
앨로이/박남재

1947년 1월 15일 로스앤젤레스 시내 빈터에서 젊은 여성의 사체가 발견된다. 언제나 검은 머리에 검은 옷차림을 고수하던 여인, 누구나 알고 있고, 또 아무도 모르던 여인. 어느새 사건은 '블랙 달리아'로 불리고……. 40년대 로스앤젤레스의 시대상을 농밀하게 그려낸 암흑소설의 대작.

194

로제안나
비얄/오승운

뜨겁게 내리쬐는 여름날 오후, 유람선이 다니는 운하에 젊은 여성의 시체가 떠올랐다. 아무것도 걸치지 않은 처참한 모습. 피해자의 신원은? 범행현장은? 용의자는? '미스터리계에 군림하는 킹과 퀸'으로 평가받은 비얄 슈발 부부의 데뷔작.

195

A형의 여자
르윈/백승선

"부탁이에요, 내 생물학상의 아버지를 찾아주세요……." 한산한 사무실에 갑자기 뛰어든 소녀 때문에 샘슨은 당황한다. 대부호 크리스털 집안의 외동딸이 혈액형으로 자기가 진짜 자식이 아니라는 사실을 알았다고 눈물로 호소한 것이다. 명문가의 추악한 다툼을 다룬 미스터리.

196

사라지는 남자
프리맨틀/서근석

저자가 영국의 유력지〈데일리 메일〉지의 외신보도 부장으로 근무하던 37세에 쓴 처녀작. 서방세계로의 망명을 테마로 영국과 소련 사이의 스파이전을 너무나 실감나게, 더욱이 탁월한 문체와 구성력으로 그려내어 유럽에서 선풍적인 인기와 절찬을 받았던 작품.

197

옥문도
세이시/권오현

모든 면에서 미스터리소설 취향을 만끽시켜줄 교묘한 대작이라고 에도가와 란포가 격찬을 아끼지 않았던 작품. 순일본적인 풍토와 심경을 배경으로 창의적인 트릭을 구사하여 연속살인을 다룬, 전후 가장 뛰어난 수확이라는 정평을 얻고 있는 대작.

198

문신살인사건
아키미즈/김남

문신에는 아편과 같은 야릇한 매력이 있다. 바늘로 수만 번 살을 찌르는 격렬한 고통 뒤에는 황홀한 도취가 기다리고 있으니. T대학 의학부 표본실에 누워 있는 머리도 없고 손발도 없는 몸뚱이뿐인 시체. 밀실 속에서 펼쳐지는 비극, 본격 미스터리소설의 최고 걸작!

199

잠자는 살인
크리스티/박순녀

뉴질랜드에서 영국으로 건너 온 그웬더는 자기 이상에 딱 맞는 집을 구입한다. 그런데 이상한 것은 자기가 예전에 이 집에서 살았고, 여기서 어떤 젊은 여성이 살해되었다는 기억을 떠올린 것이다. 그웬더와 그의 남편은 '잠자는 살인'의 범인을 밝혀낼 것인가.

200

대학제의 밤
세이어스/오정환

애거서 크리스티와 나란히 미스터리 황금시대의 여왕의 한 사람으로 평가받았던 도로시 세이어스, 그녀가 창조한 귀족 탐정 피터 윔지 경 시리즈로 유명한 작품 가운데서도 최고로 평가받는 장편. 대학제의 밤에 그곳에서는 무슨 일이 일어났던 것일까?

201

조카는 몽유병자
가드너/주영일

큰아버지가 몽유병중에 사람을 죽이지나 않을까 걱정하는 조카딸. 어느 아침 큰아버지의 베갯맡에서 피로 물든 고기 자르는 칼을 발견하고는 그녀는 새파랗게 질린다. 이 조카딸이 넓은 저택에서 칼에 찔린 피해자를 찾아다니는 모습에서 긴박감과 유머가 흐뭇한 열기를 더한다.

202

마틴 휴이트 탐정
모리슨/석지연

법률사무소 직원이던 마틴 휴이트는 따로 독립하여 사립탐정사무실을 연다. 어떤 계층과도 위화감 없이 사귈 수 있는 능력을 지닌 그와, 왓슨 역의 신문기자 브렛. 사건도 사건이지만 이 두 사람이 런던 구석구석을 누비면서 당시의 시대상을 실감나게 전해주는 재미 또한 만만치 않다.

203

호수 속 여자
챈들러/김계덕

호수 위로 떠오른 것은 눈도 입도 없는 그저 회색 덩어리로 변해버린 여자의 시체였다. 화장품 회사 사장의 의뢰로 모습을 감춘 사장부인의 행방을 찾고 있던 말로는 호수별장으로 발길을 옮기는데……. 하드보일드과 거장 챈들러가 고유한 서정과 문체로 그려낸 이색 대작.

204

즐거운 매장
크리스핀/조성출

평화로운 마을에 살인사건 소동이 벌어졌다. 명사 부인이 독이 든 초콜릿으로 독살당하고 담당경찰도 산속 오두막에서 시체로 발견된 것이다. 선거전도 포기하고 사건해명에 뛰어드는 아마추어 탐정 펜 교수! 생생한 풍물묘사 및 세련된 스토리 전개가 일품인 크리스핀의 대표작.

DONGSUH MYSTERY BOOKS(DMB300)

205
초록은 위험해
브랜드/김남

육군병원에는 전쟁으로 상처입은 부상자가 속속 실려 들어온다. 우편배달부 히긴스도 그중 한 사람이다. 세 명의 의사의 집도 아래 그의 수술은 금세 끝나는 듯 했으나 환자는 단말마와 함께 곧 숨을 거둔다. 황금시대 미스터리소설의 전통을 정통으로 이어받은 걸작.

206
오페라의 유령
르루/이희영

새 여자가수가 탄생하면서부터 오페라 극장에는 참사와 기이한 사건이 꼬리를 문다. 그것들을 어둠 속에 조종하는 '괴인'은 누구인가? 그리고 그 목적은? 세기말의 오페라 극장에서 애틋하고 가슴 서늘하게 전개되는 괴기 로맨스의 걸작.

207
아메리카 총의 비밀
엘러리 퀸/이가형

40인의 기수를 거느리고 2만 관중의 환호 속으로 성큼성큼 들어가던 로데오의 스타 백 혼. 이어서 총성이 들려오면서 자욱한 연기속으로 사라진 한 생명. 수많은 용의자와 많은 흉기 가운데 진짜 범인과 흉기를 발견하지 못하면 수수께끼는 영원히 풀릴 가능성이 없다.

208
밤을 깊이 묻어라
맥킬버니/김성원

이 작품은 다층구조의 멋진 범죄소설이다. 저자는 시인으로 작품 중의 많은 구절들은 짧은 시처럼 군더더기 하나 없이 보석처럼 응축하고 있다. 우리는 여기에서 시인의 감수성과, 본 대로 전해줄 수 있는 시인의 재능을 다시 한번 인정하게 될 것이다.

209
독사
스타우드/손정원

골프장에서 저명한 대학총장이 갑자기 죽음을 맞는다. 자연사도 사고사도 아니다. 목격자가 몇 명 있지만 범인을 본 사람은 아무도 없다. 그럼 도대체 어찌된 일인가? 또 범행에 사용된 흉기는 무엇이며 범행의 동기는? 발표되자마자 센세이션을 일으킨 스타우드의 대표작.

210
비뚤어진 여자
가드너/주영일

재판장면이 처음 등장하는 페리 메이슨 제1탄. 전반 중반은 비교적 부드럽게 진행되지만 종반의 법정대결은 숨 막히는 박력이 넘친다. 정교한 구성과 특히 시간의 취급방법이 탁월한 수작으로, 메이슨 시리즈를 처음 읽는 사람에게 특히 권해주고 싶은 걸작.

211
러시아에서 사랑을 담아
플레밍/오정환

러시아 암호해독자 타치아나 로마노바로부터 러시아의 신형 암호 해독기 '헥터'를 영국으로 가져오면 망명을 돕겠다는 연락을 받은 제임스 본드. 곧 이스탄블로 날아간다. 케네디 대통령의 애독서로 화제가 된 작품이며, 영화 〈007 위기일발〉로 제작되어 전 세계를 휩쓸었다.

212
제3의 사나이
그린/임헌영

작가 마틴스는 친구 하리의 초대를 받고 제2차 세계대전 종결 직후의 빈을 찾아온다. 그러나 그가 도착한 바로 그날 하리의 장례식이 행해지고 있었다. 교통사고로 사망했다는 것이다. 20세기 문학의 거장 그레이엄 그린이 인간의 어두운 그늘을 그려낸 명작. 영화로도 상영되었다.

213
사랑은 피를 흘리고 쓰러진다
크리스핀/곽신

아름다운 여학생의 실종, 화학 실험실의 도난사건. 학교에서 일어난 작은 사건들은 종업식 전날 밤 갑자기 교직원의 이중살인사건으로 발전한다. 옥스퍼드 대학의 명탐정 저버스 펜 교수 드디어 등장!

214
밤의 열기 속에서
존 폴/송상욱

8월의 뜨거운 열기가 식지 않은 밤, 쥐 죽은 듯 조용한 시골마을에 살인이 벌어졌다! 피해자는 마을을 방문중인 저명한 음악가. 곧 마을 전역에 비상경계를 편 경찰은 용의자로 흑인을 지목한다. MWA 최우수 신인상과 CWA 수상. 냉철한 두뇌의 명탐정 팁스 형사 첫 등장!

215
판도라의 상자
저스틴/황종호

커프먼 경감 시리즈. 메트로폴리탄 미술관에 누군가가 습격하여 값비싼 그림을 다섯 점이나 도둑맞는다. 16분서 서장 커프먼 경감은 즉시 긴급동원명령 '판도라의 상자' 작전을 개시한다. 장대한 스케일로 그려가는 강력한 경찰소설 시리즈 제1탄.

216
법정 밖 재판
헨리 젠/신동집

나는 증인의 위증으로 유죄판결을 받았다! 회사사장 윌시는 거짓을 가장 혐오한다. 살인죄로 종신형을 선고받지만 탈옥하여 신뢰할 수 있는 이름난 판사를 자택에 감금한다. 사건 관계자도 판사댁에 불러 모은 그는 재판을 다시 열자고 한다. 블랙 코메디풍의 이색 법정미스터리.

동서미스터리북스(DMB 300)

217
눈의 벽
세이초/김동집

감각적인 리얼리즘에 넘치는 이야기는 온몸으로 실감하는 현장감을 지니고 있으며 기존의 미스터리소설에서는 보기 드문 특이한 흥분을 불러일으킨다. 무겁고 딱딱한 느낌도 다소 있지만 이 작품은 엔터테인먼트로서도 그 어느 작품도 따르지 못하는 일급의 즐거움을 제공한다.

218
백주의 사각
다카기 아키미쓰/이해윤

전후의 역사와 경제를 배경으로 현행 법률의 사각과 맹점을 찌르는 도쿄대 출신자들의 모임인 히카리(光)클럽이 시도했던 완전범죄를 노린 실화를 다룬 작품. 1948년, 도쿄대 법학부가 생긴 이래 가장 뛰어난 수재로 불리던 구마다 고이치가 금융법 위반으로 체포되는데……

219
형사의 긍지
류인/심하섭

전라로 자살을 시도한 기억상실증의 여인, 아내가 가출했다고 호소하는 어쩐지 침착한 남편. 파우더는 범죄의 길에 빠져든 듯한 아들의 마음의 문을 두드리면서, 새로 배속된 휠체어를 탄 여형사를 꾸짖고 격려하면서 정열적으로 사건을 파헤친다. 경찰소설 최고봉 파우더 시리즈!

220
샘 쌍둥이의 비밀
엘러리 퀸/이가형

사건설정이 엄청나고 몸서리치는 긴박감. 끝까지 읽고나면 그 모든 의문들이 그야말로 기적처럼 강한 설득력을 갖고 상쾌하게 풀린다. 분위기를 이끌어가는 놀라운 기교도 기교이지만 예리한 관찰력과 독특한 트릭에서도 가장 성공작이 아닐까 생각되는 매력적인 작품.

221
나선계단
라인하트/조순

가난한 재봉틀 행상인의 집에서 태어나 간호학교를 다니지만 그 무렵 아버지는 권총 자살을 하고, 어머니는 그 충격으로 반신불수가 되어 사망하는 비극을 겪어야 했던 미국의 소설가. 그녀의 두 번째 장편으로 엄청난 베스트셀러가 되었으며 3차례나 영화화되었다.

222
막스 카라도스
브리마/박명석

셜록 홈즈의 성공 후 명탐정 전성시대가 도래했고 그 시대 최후의 명탐정으로 일컬어지는 막스 카라도스, 눈이 보이지 않는 이 탐정은 뛰어난 감각으로 사건을 풀어간다. 낙뢰에 의한 사고사로 위장한 《부룩벤든 저택의 비극》은 최고 걸작으로 꼽는다.

223
찰리챈 대활약
비거즈/추영현

세계일주중이던 미국 관광단 일원이 런던과 니스에서 한 사람씩 살해당한다. 그러나 두 번째 피해자가 보낸 편지로 관광객 중에 오래된 적이 함께 있다는 사실은 밝혀지지만 그가 누구인지는 아무도 모른다. 더구나, 사건은 다 끝난 것이 아니었다!

224
여자에게 맞지 않는 직업
P.D. 제임스/윤종혁

탐정은 여자에게 맞지 않는 직업. 22살 세상 모르는 철부지 탐정 코델리아의 결심은 흔들리지 않는다. 자살한 공동경영자의 불행한 영혼을 위해 혼자서 탐정사무실을 계속 지키고 있는 그녀. 첫 의뢰는 갑자기 대학을 중퇴, 스스로 목숨을 끊은 어느 청년. 가냘픈 처녀 탐정의 대활약.

225
검은 트렁크
아유카와 데쓰지/한성자

검은 트렁크에 담겨 도착한 사체를 둘러싸고 오니쓰라 경감이 시행착오를 거듭하면서 끝까지 정밀한 퍼즐을 풀어 사건을 해결한다는 내용으로 치밀하게 계산된 절묘한 복선을 마음껏 즐기게 하는 정교한 작품. 입에서 입으로 알려져 유명해진 본격파 거장의 실질적인 데뷔작.

226
바보인생
기기 고타로/서병홍

탐정소설 예술론을 제창하던 기기 고타로(木木高太郎)의 대표적 장편. 깊고 오묘한 소설 세계와 인간을 그리는 일에 주안점을 두었던 작가였던 만큼 그즈음에 쓰여진 소설과는 어딘지 모르게 다른 빛을 발하고 있다. 일본 최고의 엔터테인먼트 문학. 제4회 나오키(直木)상 수상.

227
밤은 천 개의 눈을
아일리시/신상성

별들이 쏟아지는 밤, 청년 형사 존은 강에 몸을 던지려는 처녀를 구한다. 한번도 틀린 적 없다는 예언자가 아버지의 죽음을 예언했다는 놀라운 고백. 사자가 죽음을 몰고 온다! 그 예언자의 정체는? 아니, 사자라니? 서스펜스 소설의 거인 아일리시의 진수를 맛보시라.

228
수다쟁이 참새
티레트/임동선

"참새가 말했네……" 수수께끼 같은 말을 남기고 노인은 숨을 거두었다. 드디어 끔찍한 연속살인의 막이 오른 것이다. 히틀러가 정권을 장악하고 나치가 유대인을 습격하던 긴박한 상황 아래 한 미국인 기술자가 살인사건에 휘말린다. 도로시 세이어즈도 절찬한 이색 미스터리.

DONGSUH MYSTERY BOOKS(DMB 300)

229

탈옥 9시간째
벤 벤슨/안장언

간수를 인질로 삼은 한 탈옥수와 경관의 허허실실. 밀고 당기는 줄다리기가 실로 박력에 넘치고 인물묘사도 그 누구도 흠잡을 데가 없다. 그러면서도 기분 좋은 속도감으로 상쾌하게 진행되는, 그야말로 흙 속에 묻힌 진주 같이 상쾌하게 빛나는 쾌속질주의 걸작!

230

힐다여, 고이 잠들라
거버/조성출

평범한 중년 공무원이 집으로 돌아와 보니 아내 힐다가 가스 오븐에 머리를 집어넣고 죽어 있었다. 자살할 이유를 몰라 고개를 갸우뚱하는 남편에게 달려온 경찰관은 살인사건이라고 하면서 그를 유력한 용의자로 잡아간다. 음울한 악녀의 내면을 날카롭게 파헤친 걸작.

231

교환살인
브라운/김남

완전범죄의 조건은 무엇일까? 정답은 동기 없는 살인이다. 두 인간이 서로가 죽이고 싶은 상대를 바꿔 교환살인을 한다. 완벽한 알리바이만 갖춰놓는다면 그야말로 완전범죄가 아닐 수 없다. 귀재 브라운이 교환살인의 끝 지점에 준비해 둔 의표를 찌르는 역전극은?

232

범죄의 진행
시먼스/이경직

작가는 말했다. 내가 세상에서 가장 혐오하는 것은 고상한 얼굴 밑에 가려진 폭력이고, 사형의 필요성을 이야기하는 재판장이며, 쾌락을 위해 살인을 저지르는 점잖고 의젓한 청년이다. 선량한 얼굴 아래 가려진 폭력을 들춰내는 데 범죄소설만큼 적절한 매개체가 달리 또 있을까?

233

빅보 살인
상그울/유한진

19세기 말 런던에서 사회운동가가 살해되어 노동운동의 전사가 체포되는 사건을 그린, 빅토리아 왕조시대의 영국 노동자 계급과 노도처럼 들끓던 노동운동을 테마로 한 뜨거운 사회소설. '미국은 인종의 도가니'라는 유명한 말도 실은 이 작가의 희곡에서 유래되었다.

234

밤이 끝날 때
존 맥도날드/이도영

세 남자와 한 여자. '늑대살인사건'으로 불리던 흉악한 사건의 주범 4인조의 사형이 방금 집행되었다. 이야기는 그 사형집행관이 친구에게 보낸 편지에서 시작된다. 강도, 유괴, 폭행, 살인 등 극악무도한 범죄의 실체를 하나씩 벗겨내는 박진감 넘치는 서술이 매력적이다.

235

게일즈버그의 봄을 사랑하며
잭 피니/임춘원

'나'라는 인물이, 근대화의 물결에 저항하며 과거의 환영에 붙들려있는 실업가가 지금은 없어진 전차며 클래식 카, 마차 등의 망령을 보았다는 증언을 기술하는 형태로 꾸며져 있다. 여기에는 태풍처럼 밀려드는 근대화의 물결을 저지하고픈 현실에 대한 피니의 저항감이 엿보인다.

236

백설과 붉은 장미
맥베인/박진석

어머니와 의사가 모의하여 정신병원에 갇혀 있다는 젊은 여성. 뒤틀린 모녀관계와 악몽과도 같은 기이한 세계. 인간관계가 갖가지 변주곡을 연주하며 겹겹이 뒤얽히다 단숨에 변모하는 라스트의 엄청난 놀라움! 교묘한 이야기꾼의 재능에 바치는 한숨 닮은 찬사!!

237

오른팔
딕 프랜시스/잠이석

외팔이 민완 조사원 지드 할리에게 옛부터 알고 지내던 말 농장에서 의뢰가 들어온다. 절대라고 일컬어지던 우승 후보마가 나가는 족족 참패를 면치 못하다 결국 퇴장될 위기에 처했다는 것이다. 조사에 나선 할리를 기다리는 핏은 콩트의 무령바이트로 빌어넣는 끔찍한 협박이었다!

238

어느 시인의 만가
이네스/정종규

라널드 가슬리는 굉장한 기인이다. 하지만 어느 정도인지는 마을사람들도 짐작하지 못했다. 광기에 가까운 에르카니 성의 주인 가슬리가 성벽에서 추락한 사건의 전말을. 황량한 스코틀랜드의 겨울을 배경으로 그려낸 마이클 이네스의 명작. 너무도 깊이 가슴에 남을 중후한 이야기!

239

심플 플랜
스미스/조문현

어느 겨울날 저녁, 빚에 시달리다 못해 자살한 양친의 무덤으로 향하던 행크 미첼은 형과 그의 친구와 함께 외진 길을 차로 달리고 있었다. 그 길에서 소형 비행기의 잔해와 파일럿의 사체. 그리고 440만 달러가 그득히 들어있는 돈 자루도 함께. 타고난 이야기꾼의 충격적인 데뷔작.

240

스페인 곶의 비밀
엘러리 퀸/이가형

바닷가 리조트 지에서 아름다운 청년이 전라의 시체가 되어 망토에 감싸인 채 발견된다. 범인의 발자국은 흔적도 찾아볼 수 없는데…… 사체의 모습에 모든 수수께끼가 숨어 있다. 엘러리의 수수께끼는 늘 그렇지만 역시 고개를 끄덕일 수밖에 없는 국명 시리즈 9번째 작품.

동서미스터리북스(DMB300)

241
자택에서 급사하다
브랜드/이윤석

부호 리처드 경의 화려한 저택에서 죽은 아내를 기념하는 연례파티가 열리고 친척들이 모여든다. 그 다음날 별채에서 리처드 경은 싸늘한 시체로 발견된다. 영국 최고의 여류작가 브랜드가 그녀만의 독특한 상황설정 및 특유의 위트와 풍자로 종횡무진 구사한 본격 미스터리.

242
8백만의 죽음
로렌스 블록/정성일

연령은 40대 전반, 꼬질꼬질한 양복에 꾸깃꾸깃 주름이 잡힌 모자를 쓰고 맨해튼의 싸구려 호텔에서 지내는 이혼한 알코올 중독자 무면허 사립탐정. 그가 그리는 치장되지 않은 뉴욕의 고독과 애수, 리리시즘에 넘치는 로렌스 블록의 명작.

243
크리스마스의 프로스트
윙필드/신동춘

시골마을 덴튼에 크리스마스가 가까워오건만 문제가 한두 가지가 아니다. 갑자기 모습을 감춘 8살 소녀, 심야에 은행에 침입하려던 수상한 인물 등 일벌레이자 남 신경 안 쓰는 괴짜형사 프로스트가 펼치는 발군의 구성력과 유머센스가 빛을 발하는 주목의 제1탄!

244
사라진 시간
해린저/유지산

나는 밤거리에서 목을 졸린 채 쓰러져 있었다. 구두를 제외하면 벌거숭이가 되어, 구두 속에는 1000달러 지폐가 한 장 들어 있다. 응급처치로 목숨은 구했지만 기억을 완전히 잃어버렸다! 나는 혼자 힘으로 그 기억을 되찾으려 노력하는데…… 진기한 발상으로 가득찬 기교파 걸작.

245
탐정을 찾아라
팻 맥거/송상욱

병약한 남편을 죽이고 돈과 자유를 노리는 미모의 젊은 아내. 살인을 결행한 밤 그 산장을 방문한 네 손님 가운데 남편이 죽기 전에 부른 탐정도 있었다. 그녀는 필사적으로 추리를 전개하여서 그 탐정을 찾아내 죽이지만 탐정은 여전히 존재한다. 범인이 탐정을 찾는 이색작품.

246
스카이 잭
토니 켄릭/김진선

인기 없는 변호사 베렉커에게 어처구니 없는 사건조사 의뢰가 들어온다. 360명을 태운 보잉747기가 사라지면서 2500만 달러를 요구했다는 것이다. 10만 달러의 수고비로 탐이 나서 베렉커는 사건에 뛰어든다. 거대한 점보기와 360명의 승객들은 도대체 어디로 사라진 것일까?

247
악덕의 거리
레나드/권오현

로스 프랭클린은 뉴욕 시 조사국 복스 100과의 특별조사원이다. 복스 100과는 시정에 관한 시민들의 불평불만을 접수하는 창구. 옆집 여자가 원조받은 수표를 잃어버렸다고 속여서 재교부를 받고 있다는 신고를 받은 그는 빈곤한 거리에 드리워진 악의 거미줄을 발견한다.

248
실투(失投)
파카/양병탁

보스턴의 스펜서 탐정에게 조작시합의 조사 의뢰가 들어온다. 문제가 된 사람은 프로야구의 수퍼 스타로 레드삭스의 보물 왼팔잡이 마티 랩투수. 그의 아내는 마약불법소지의 전과가 있는데 이것을 폭로하겠다는 지역 폭력단의 협박에 못 이겨 마티는 마침내 '실투'해 버리고…….

249
사이코
블록/황종호

활기를 잃은 옛 도로에 서 있는 모텔. 사무실 돈을 횡령하여 연인에게 달려가던 메리 클레이는 하룻밤 지친 몸을 이곳에 쉬어가려 한다. 모텔주인 노먼 베이트는 그녀를 다정하게 맞이한다. 그러나 그날 밤 납처럼 분칠한 노파가 그녀를 습격하고, 고깃칼이 그녀의 목을 절렀다!

250
밀사
그린/신상웅

영국 기선이 도버 항에 입항하면서 막이 오르는 주인공은 D라고 불리는 45살 남자. 그는 계략에 빠져 정부로부터 받은 사업 신임장도 잃어버리고 경찰에게 쫓기는 몸이 된다. 가난한 소녀 엘제가 등장하고, 전쟁의 비참함, 행복, 이 세상에 대한 믿음 등이 가슴을 울리는 명작.

251
인터컴 음모
앰블러/이기석

제네바에서 발행되는 국제시사주간지 〈인터컴〉은 영향력 제로인 반공잡지이다. 그런데 사장이 죽고 무기화약을 취급하던 수수께끼의 인물이 새로 주인이 되면서 사정은 돌변한다. 〈인터컴〉이라는 주간지를 이용한 놀라운 음모와 그 내막을 파헤친 상쾌한 앰블러의 이색작.

252
마라가 비밀지령
마스키네스/김민주

스페인의 항구 마을에 휴가를 얻어 와있는 미국 우주개발국 직원 페어리가 옛 친구를 만나 플라멩코를 보러 가는 데서 사건은 시작된다. 전편을 흐르는 인간적인 너무도 인간적인 풍경묘사와 함께 스파이들의 심리가 선명하게 드러나는 여류작가의 섬세한 터치가 놀랍다!

DONGSUH MYSTERY BOOKS(DMB 300)

253

링거라 코드
위렌 키프/김병걸

신생 콩고 공화국에서 미대사관 소속 스턴즈 대위가 사살된다. 범인은 콩고 인. 그러나 경찰서에 잡힌 이 범인도 누군가에 의해 살해된다. 한국전쟁 참전동료인 CIA국원 버논은 목숨을 걸고 정보활동을 전개한다. 인간을 신뢰하는 모험소설로 시대를 초월한 세련된 작품.

254

몰다우의 검은 강
듀비스톤/윤종혁

14만 파운드의 유산! 닉키는 하늘을 나는 기분이다. 게다가 변호사로 부터 미리 받은 200파운드도 흐뭇하기 이를 데 없다. 그러나 그 유산 이야기는 꾸며낸 이야기. 결국 닉키에겐 빌려쓴 차용증만 남게 되었고 변호사는 그 차용증을 대신하여 프라하에 다녀오라고 명령한다.

255

멜랑콜리 묘약
브래드베리/이기석

미국의 대중적인 SF작가 브래드베리의 대표적인 단편 환타지. 〈평온한 하루〉〈화룡〉〈멜랑콜리 묘약〉등 모두 22편이 수록되었다. 시인다운 비유와 감각, 풍부한 이미지, 비약적인 연상이 특정인 작가의 매력이 멜랑콜리한 묘약처럼 신비스럽고도 강한 흡인력으로 작용한다.

256

브라운 신부의 불신
체스터튼/박용숙

마음을 비우고 미스터리소설사상 가장 뛰어난 작가는 누구일까 생각해 보면 포와 체스터튼의 모습이 떠오른다. 이 두 사람의 작품이 모든 작가와 작품을 뛰어넘어 가장 훌륭하기 때문이다. 브라운 신부의〈동심〉〈지혜〉에 이어지는 12년 만에 간행된 시리즈 3번째 작품〈불신〉!

257

비로드의 악마
딕슨 카/최인규

수수께끼와 낭만과 모험을 사랑하되 충성심과 의협심에 가득한 호탕한 신사. 과거 독살사건의 진상을 규명하여 한 여성의 생명을 구하기 위하여 악마와 계약하여 시간을 멈추게 하는 펜튼 교수는 그야말로 작가 카의 분신이다. 일단 읽기 시작하면 도중에 멈출 수 없는 걸작.

258

배반의 거리
폴 케인/한문찬

철저한 외면묘사로 일관하고 있는 3인칭 시점, 냉혹비정한 주인공, 눈부실 정도로 선명한 전개, 실감나는 액션, 감정이 응축된 대사, 입체적인 인물상, 그리고 박진감 넘치는 줄거리. 그야말로 고전중의 고전인 이 책을 읽기 전에는 더 이상 하드보일드를 논하지 말라!

259

처형의 데드라인
하워드/홍성문

사형수의 타임리미트를 다룬 작품 중 단연 베스트 원. 인물의 내면을 성충동으로 파헤치고, 다면적인 비밀로 가득찬 사형수의 초상을 잔혹할 정도로 세밀하게 벗겨낸다. 든든하고 견실한 구성도 좋고 긴밀하고 힘찬 문체도 매력적인 미국 범죄소설의 백미!

260

하얀 거짓말
브라운/김계덕

브라운은 뛰어난 단편소설을 썼다. 짧은 줄거리에서도 단편이 갖는 감칠맛을 느끼게 해주는 그는 단편소설의 귀재다운 작가. 시대를 초월한 상큼한 맛을 느낄 수 있는 걸작들로만 구성된 이 단편집 가운데서도〈외쳐라, 침묵이여!〉는 그야말로 최고 걸작!

261

도주하는 거위
고슬링/강유열

광고회사에 다니는 여성팀장 클레어가 막 택시를 타려는 순간 총알이 팔을 꿰뚫었다. 그녀를 병원안 간 옛 애인은 폭탄이 터져 사망. 클레어가 공원에서 본 남자는 킬러로 그녀를 살인 목격자로 오해한 것이다. 로맨틱한 스토리 전개에 세련된 데기로 구성된 시처스런 작품.

262

마성의 살인
샌더스/권오현

피해자의 후두부에 이상한 흉기가 사용되었음을 나타내는 흔적이 있다. 뉴욕 251분서의 딜레이니 서장은 흉기를 찾기 위해 노력하지만 입원중인 아내의 병세가 악화되고 시경 본부내의 권력투쟁에 휩쓸리는 불운이 계속된다. 경찰소설이자 범죄소설이기도 한 특이한 작품.

263

산장기담
실리 잭슨/김병걸

초자연현상 분석을 전문으로 하는 몬타규 박사는 마침내 마음에 드는 유령가옥을 발견한다. 그리하여 실험에 도움이 될 만한 남녀를 이 '산장'에 초대하여 함께 여름을 보내게 되는데…… 전형적인 '귀신의 집' 이야기. 1963년 로버트 와이즈 감독이 영화로도 만들었다.

264

사라진 소방차
마이 슈벌·펄 바루/김남

권총으로 자살한 남자가 '마틴 벡'이라고만 쓴 메모를 남겼다. 같은 날 군바르드 라송 경감이 감시하던 아파트가 눈앞에서 폭발하여 엄청난 화염에 휩싸인다. 그런데 어찌된 일인지 소방차는 좀처럼 달려오지 않는다. 경찰들의 휴머니즘을 경쾌한 템포로 그려낸 수작.

265
코코
스트라우브/정광섭

소아과 의사 풀은 전물자 위령제로 떠들썩한 워싱턴에서 옛 전우들을 만난다. 그들이 베트남에서 경험한 잊을 수 없는 악몽…… '코코'가 다시 출현한다는 기사를 보았기 때문이다. 초자연적 요소를 가미한 독특한 사이코 미스터리를 도입한 스트라우브의 첫 번째 작품.

266
고리키 공원
스미스/문영호

77년 4월 모스크바 시의 고리키 공원에서 남녀 세 사람의 사살체가 발견된다. 사체는 안면이 벗겨나간 채 손끝이 절단되어 있어 신분을 증명할 만한 것은 아무것도 없다. 당시 소련 사회에 살던 시민들의 일상을 섬세하고 날카로운 통찰력으로 그려내어 충격을 준 걸작.

267
맨해튼의 어둠
체스텐/박석일

'300백만 달러를 내지 않으면 뉴욕 시 전체를 정전시키겠다'는 협박이 날아들고, 첫 번째 목표가 된 110층짜리 세계무역센터 빌딩은 삼시간에 그 기능이 마비된다. 혀를 내두를 범인의 정전계획과 필사적인 경찰들의 모습을 다룬 스토리텔링의 완벽함이 독자들을 흐뭇하게 한다.

268
우아한 죽음의 장소
렌 딕튼/문호

전후 영국에서 중요한 정보가 누설된 사건은 두 번 있었다. 한 번은 정부 고관이 소련의 이중스파이였던 '필비 사건', 또 한 번은 콜걸 크리스틴 킬러를 통해 육군대신의 정보가 소련으로 흘러들어간 '프로휴머 사건'. 이 사건을 하드보일드풍 문장으로 경쾌하게 그려낸 수작.

269
에이트
캐서린 네빈/이해윤

프랑스혁명 직후의 혼란 속에서 젊은 수녀 밀레유는 샤르마뉴 대제로부터 전해오는 체스 세트를 악의 권력으로부터 지킬 역할을 맡고 있었다. 거기에는 세계의 비밀이 숨어 있었다. 스케일이며 제목 등 어쩐지 친근한 느낌과 함께 상상력도 비약하는 걸작.

270
샌드라의 미로
노엘 하인드/김민주

아버지의 뒤를 이어받은 변호사 다이엘즈의 사무실이 방화로 타버리면서 대부호인 샌드라 일가의 파일도 사라진다. 그리고 이 일을 전후로 빅토리아 샌드라가 죽고 토마스의 집 앞에서는 살인사건이 일어난다. 참으로 잘 짜여진 구성이라고 감탄 또 감탄하게 되는 명작.

271
잃어버린 거리
잭 피니/정광섭

고향에서 개업의를 하고 있는 마일즈의 진료실에 고교 동창생 베키가 상담하러 온다. 친구 윌마가 '자기 큰아버지가 이제는 큰아버지가 아니다'고 호소하고 있다는 것이다. 기상천외한 사건을 담담한 문체로 풀어나간 SF 서스펜스의 걸작. 세 차례나 영화화 되었다.

272
바늘 눈
겐 프래트/박진석

노르망디 상륙작전을 소재로 한 소설은 많지만 그 가운데 소수파의 독일측 스파이를 주인공으로 한 작품은 드물다. 스파이의 이름은 '바늘'. 몸에 달고 있는 무기가 바늘인데서 연유하는 이름이다. 스토리의 감칠맛도 풍부한 스파이 모험소설의 역사에 길이 남을 명품.

273
써늘한 간담
딕 프랜시스/김문영

경마장을 미리 둘러보러 온 유명한 기수가 권총으로 자살한다. 젊은 기수, 핀의 눈앞에서 한 치의 망설임도 없이 그를 자살로 몰고 간 것은 과연 무엇인가? 그 후에도 기수들 사이에는 괴이한 사건이 이어진다. 스토리에 살짝살짝 후추 같은 맛을 더하는 프랜시스 대표작.

274
프랑스 파우더의 비밀
엘러리 퀸/이가형

'독자에게 보내는 도전장'. 이 도전장 앞까지는 독자에게 모든 단서를 제공하고 그것을 바르게만 해석하면 명탐정 엘러리 퀸과 마찬가지 결론은 낼 수 있도록 꾸며져 있다. 철저한 논리적 구성도 근사하고 마지막 한 줄까지 범인을 밝히지 않는 것도 얄미울 정도로 감동적!

275
초가을
파카/임중빈

아들을 데려와 달라던 어머니의 간절한 소망을 들어주기 위해 죽을 힘을 다해 아버지로부터 그 자식을 데려와 그녀의 손에 넘겨준다. 자폐증 증세가 있는 15살 소년과의 마음의 교류를 그린 어떤 남자의 진한 삶의 모습이 가슴을 울리는 로버트 파커의 이색 걸작.

276
장미별장
메이슨/안장완

프랑스 남부의 피서지에 보석 수집가로 알려져 있는 장미별장의 여주인이 참살된다. 실내는 뒤진 흔적이 역력하다. 도대체 어떤 일이 장미별장에서 일어난 것일까? 멋진 구성과 인물조형의 묘미, 멋과 낭만이 있던 옛 시대의 낭만이 향기롭게 피어오르는 메이슨의 고전적인 명작.

DONGSUH MYSTERY BOOKS(DMB 300)

277
릴리언과 악당들
토니 겔링/김문영

바니와 엘라는 하룻밤에 부부가 되고 릴리언이라는 딸을 가지게 된다. 게다가 이들 세 사람은 단숨에 억만장자로 변신! 물론 모두 위장이다. 엘라에게 바니는 남편은커녕 철천지원수에, 릴리언은 생판 모를 고아다. 미국에 입국하려는 테러조직이 급조한 포복절도할 유머추리.

278
명탐정 황금시대
체스터튼/이기석

범죄소설의 작가는 크게 두 종류가 있는데, 피해자의 목을 자르거나 독물을 이용하여 생명을 빼앗는 타입이다. 이런 유니크한 지론을 전개한 사람은 다름아닌 브라운 신부를 낳은 체스터튼. 단편 미스터리소설의 거장 체스터튼이 직접 선별한 걸작선집.

279
맹인 이발사
딕슨 카/안동민

딕슨 카의 작품 가운데서는 가장 위트가 넘치고 유머러스한 작품. 선상에서 일어난 살인사건을 카 특유의, 아니 지나칠 정도로 많은 엔터테인먼트로 장식된 이 작품은 딕슨 카의 팬이라면 절대 놓칠 수 없는 특별한 맛이 일품. 눈이 먼 이발사 본 것은 정작 무엇이었나.

280
밤을 걸어라
딕슨 카/안동민

살인귀 전 남편은 얼굴을 완전히 뜯어고친 뒤 아내를 죽이러 찾아온다. 고혹적인 에로티시즘을 혼합하여 미묘한 트릭을 성립시키는 카의 데뷔작. 공포감을 주는 요소로 독자들을 즐겁게 하는 작품 중에서도 가장 멋진 작품으로 완성되었다는 평가를 받는다.

281
야수의 거리
레너드/오정환

극악무도한 악당과 대적하는 과묵한 주인공이라는 서부극 구조가 많은 레너드의 작품 가운데서도 이 작품은 스토리가 심플한 만큼 그 색깔도 더욱 짙다. 빠른 템포와 생생한 현장감, 차가운 탄산음료수를 단숨에 들이키는 듯한 짜릿한 청량감이 느껴지는 세련된 명작.

282
여류조각가
윌더즈/김인영

어머니와 언니를 살해하고 사체를 토막낸 올리브는 무기징역을 선고받고 형무소에 수감된다. 그녀의 이야기를 책으로 쓰기 위해 프리라이터 로즈가 취재를 시작한다. 아버지, 이웃사람, 전직 형사 등 개성적 인물들이 오래동안 기억에 남는 장편 수작.

283
움직이는 표적
로즈 맥도날드/임헌영

텍사스의 석유왕이 실종되었다. 탐정 아처는 수색 의뢰를 받지만 얼마 안 가 10만 달러의 현금을 준비하라는 본인서명 속달이 배달된다. 아무래도 납치사건인 듯하지만 돈을 건넨다고 해서 그의 안전이 보장된다는 법은 없다. 하드보일드의 제1인자 류 아처의 빛나는 데뷔 장편!

284
피로 얼룩진 달
U. 엘로이/문영호

아파트 일실에서 복부를 난도질당한 나체의 여인이 천장에 매달려 죽어 있는 것이 발견된다. 홉킨즈가 경찰 데이터를 살펴보니 비슷한 피해자가 더 있었다. 로스 맥도널드를 스승으로 생각하고 그에게 감사하는 마음으로 자신만만하게 헌정한 최우수 작품.

285
마에스트로
존 가드너/박일충

세계적인 지휘자 루이스가 뉴욕 콘서트 직후에 저격당했다. 하비 크루거와 함께 궁지를 탈출한 '마에스트로' 루이스가 99년의 생애를 이야기하면서 뜻밖의 사실이 하나둘 드러난다. 음악을 둘러싼 에피소드며 여성편게, 메피의 '비르나니' 등이 흥미롭나!

286
달과 뼈
조나산 캐롤/유지산

이상적인 연인 다니와 결혼하여 첫 출산을 앞둔 카렌은 더없이 행복하다. 유일한 불안이라면 임신과 함께 시작된 기이한 꿈. 그녀는 꿈의 세계에서 아들 펩시와 함께 '달의 뼈'를 찾아 모험을 계속하고 있었던 것이다. 신비한 꿈의 세계와 현실의 불길한 공포가 뒤섞인 명작.

287
누군가 노리고 있다
클렉/김남

잡지 편집자 스티브의 아내를 죽인 범인의 처형이 다가오는 시기에 그의 아들과 연인이 유괴당한다. 두 사람은 뉴욕의 그랜드 센트럴 역 지하에 갇혀 있고 그곳에는 폭탄이 설치되어 있다는 것이다. 서스펜스를 고조시켜 나가는 작가의 솜씨에 숨이 가빠진다.

288
레이튼코트의 수수께끼
버클리/한만춘

레이튼 코트의 주인 스탠위스 씨가 이마에 총을 맞고 서재에 죽어 있는 것이 발견되었다. 현장은 밀실상태이고 유서가 발견됨으로써 경찰은 자살로 단정하지만, 기이한 사체의 모습과 체재객의 수상적인 행동을 본 로저 셀링검은 의문을 품고 탐정활동을 개시한다.

동서미스터리북스(DMB 300)

289
불사조를 쓰러뜨려라
아담 폴/황종호

무대는 베를린. 퀴러는 네오나치의 핵심인물인 옥토버와 사투를 벌인다. 퀴러는 '가설의 귀신'이라고 불려야 할 남자로 어떤 상황에서도 항상 복수의 상황을 예상하고 논리적으로 하나씩 계산해본 뒤 행동에 들어간다. 심리묘사가 정밀하고 우화적인 색채가 강한 대작.

290
여덟번째 날
엘러리 퀸/이가형

헐리우드에서 일을 마치고 뉴욕으로 돌아가던 길에 엘러리 퀸은 네바다주 사막에서 길을 잃고 헤매다 외부와 격리된 어느 신비로운 자급자족 공동체로 들어가게 된다. 여기서 잡화를 담당하는 남자가 망치로 머리를 맞고 살해되는데… 퀸의 작품으로는 상당히 이체로운 뜻밖의 걸작.

291
악마의 신부
앤 라이스/권오현

샌프란시스코의 건축가 마이클은 익사 직전에 나타난 누군가로부터 그의 소원을 들어주기로 하고 목숨을 구한다. 그리고 그 기억을 잊어버린 그는 목숨을 구해주었던 미모의 젊은 외과의 로랜을 만나 운명적인 사랑에 빠진다. 〈마녀의 각인〉시리즈 중 네 번째 작품.

292
북벽의 사투
밥 랭글리/조순

알프스의 아이거 북벽에서 한 등반가가 백골화된 독일군인의 시체를 발견한다. 경찰에 통보하니 질문공격을 받고 심지어 '이 사건은 절대 외부에 발설하지 말라'는 엄중한 경고까지 듣는다. 등반과 관련된 지식도 상세하게 묘사되어 작품의 품격을 더한 밥 랭글리의 걸작 모험소설.

293
피와 그림자
마이켈/박명석

안개 자욱한 런던 거리에서 가라테 살인사건이 연발한다. 미궁으로 접어든다는 소문이 파다한 가운데 홈즈의 열혈팬 TV배우와 런던경시청의 불꽃 튀는 수사대결이 벌어진다. 마차는 자동차로 뒤바뀌고 과학적 수사방법이 만능인 현대에서 홈즈류의 추리는 과연 되살아날 수 있을까?

294
고도의 악마
에도가와 란포/최린

밀실상태에서 연인이 죽고, 그 조사를 의뢰한 아마추어탐정까지 환시하는 가운데 살해된다. 사건의 진상을 캐기 위해 그는 친구와 함께 남쪽 고도로 떠나지만 그들을 기다리고 있는 것은 이루 형용할 수 없는 지옥, 바로 그 자체였다! 일본을 대표하는 에도가와 란포 걸작.

295
메이지 단두대
야마다 후타로/김영련

특유의 장치를 사용한 미스터리소설이면서도 소설이 가지는 재미와 실재한 인물의 배치 등은 현대의 어느 작품과 비교해도 전혀 손색이 없다. 단편으로 보면 경천동지의 트릭은 찾아볼 수 없지만 '메이지 소설'이라는 일본의 시대적인 분위기를 물씬 맛볼 수 있는 가작.

296
여형사의 죽음
로스 토마스/정광섭

죽음과 사생활, 알려지지 않은 여동생의 생활을 들추어보는 오빠의 조심스런 손길. 책을 읽고 난 뒤 떠나지 않는 깊은 여운이 부드러운 마음 한구석을 맨손으로 잡는 듯한 통증마저 불러일으킨다. 인기 작가 로스 토마스의 미국 미스터리작가클럽 최우수 장편상 수상작.

297
우리 왕국은 영구차
라이스/임중빈

관능적인 미모, 아침햇살 같은 머리카락, 곡선미, 목소리, 그리고 장미꽃을 연상시키는 손발을 지닌 데로라를 심벌로 상품 선전하는 골드 크림이 지금 미국시장을 휩쓸고 있다. 그러나 데로라는 여성은 사실 실재하는 인물이 아니다. 다섯 미인 합성한 가공 포복절도 유머 미스터리.

298
코마
로빈 쿡/홍영의

현대의학의 정수를 한자리에 모은 보스턴 기념병원. 간단한 수술 중에 환자가 혼수상태에 빠지고 식물인간이 된 것이다. 사건에 의문을 품은 의학생 수잔은 병원 측의 압력에도 굴하지 않고 조사를 개시한다. 의학계 음을한 심연에 날카롭게 메스를 들이댄 전율할 걸작 의학서스펜스.

299
X를 체포하라
필립 맥도널드/오정환

극작가 갤럿이 찻집에서 얼핏 엿들은 대화는 범죄를 모의하는 깜짝 놀랄 계획이었다. 얼마 안 되는 단서를 바탕으로 게슬린 대위는 정체모를 범인의 행방을 뒤쫓는다. 논리적인 전개와 숨막히는 서스펜스, 엘러리 퀸도 절찬한 맥도널드의 어디에 내놓아도 손색이 없는 명작!

300
최후의 증인
김성종

한국문학사상 빛나는 미스터리 명작. 살인혐의로 억울하게 옥살이한 사나이의 출옥과 살인 처연한 인간의 연속살인이 시작된다. 한시대의 희생자로 비극적 최후를 맞는 그 모습에 독자는 비통과 통분으로 가슴을 치고 만다! 추리문학 거장 김성종의 한국일보 장편소설 수상작품.